NO ME ALCANZARÁ LA VIDA

GUADALAJARA

EL AÑO DE 1850

NO ME ALCANZARÁ LA VIDA

Celia del Palacio

SUMA
de letras

No me alcanzará la vida
D.R. © Celia del Palacio, 2008

De esta edición:

    D.R. © Santillana Ediciones Generales, SA de CV
    Universidad 767, colonia del Valle
    CP 03100, México, D.F.
    Teléfono: 54-20-75-30, ext. 1633, 1623
    www.sumadeletras.com.mx

Primera edición: mayo 2008
Primera reimpresión: junio 2008

ISBN: 978-970-58-0313-0
    978-970-58-0397-0 (Tapa dura)

    Diseño de cubierta: Víctor Ortiz Pelayo
    Diseño de interiores: Miguel Ángel Muñoz
    Lectura de pruebas: Antonio Ramos Revillas,
                  Elizabeth Corrales Millán
    Cuidado de la edición: Jorge Solís Arenazas

Impreso en México

PARA JAIME,
QUIEN ME ABRIÓ LAS PUERTAS DE LA LITERATURA
DESDE LA INFANCIA
Y SIGUE ABRIÉNDOME LAS PUERTAS DEL CONOCIMIENTO
HASTA HOY.

GRACIAS POR ESTAR AHÍ SIEMPRE.

NUESTRAS VIDAS SON PÉNDULOS....

DOS PÉNDULOS DISTANTES
QUE OSCILAN PARALELOS
EN UNA MISMA BRUMA
DE INVIERNO.

—RAMÓN LÓPEZ VELARDE

SERÁN CENIZA, MAS TENDRÁ SENTIDO;
POLVO SERÁN, MAS POLVO ENAMORADO.

—FRANCISCO DE QUEVEDO

I

San Miguel de Papasquiaro: junio de 1849
Zacatecas: abril de 1850

os caballos corrían furiosos sobre el valle cubierto de breñas… El ruido de cascos y relinchos la despertó. No… Sólo había sido el aire. Sofía trató de escuchar los augurios de la noche y se contuvo cuando una ráfaga abrió la puerta del balcón. Desde un cielo desnudo, la luz de la luna se abrió paso y dibujó sobre el piso un rectángulo perfecto. Se levantó y forcejeó con el cerrojo para cerrar de nuevo el balcón, pero al cabo de un momento desistió. Salió a la noche. El viento movía con brutalidad las ramas de los sauces en el arroyo. Vio una estrella que brillaba como un diamante solitario y más arriba reconoció con dificultad los fragmentos temblorosos de Andrómeda y Perseo. La luna llena recortaba las sombras de dos coyotes cerca del bosque y el airón jugaba con los aullidos. "Ya es junio", pensó. Y luego musitó: "Pronto lloverá".

Volvió a la cama vacía y se sorprendió preguntándose por Felipe, su marido. La puerta que comunicaba los dos cuartos estaba abierta, señal de que él no había vuelto. Al principio del matrimonio ella se despertaba como ahora, inquieta, esperando que él visitara su cama. Escuchaba sin respirar los arañazos de plata en la escalera, después los pasos en la loza de la habitación contigua y, por fin, el portazo contundente que clausuraba la esperanza de que la visitara y que abría un abismo entre los cuartos. Los primeros meses la visitaba poco y, al paso del tiempo, Felipe dejó de cruzar el umbral de la habitación de su mujer. Siempre llegaba tarde y seguía el mismo ritual silencioso. Ella terminó por perder la inquietud y dejó de sentir la extrañeza de que su marido no quisiera dormir a su lado.

Se quedó dormida a pesar del temor a los caballos de su sueño. Esta vez soñó con su padre; estaba en Topia subiendo con él por un peñascal. Volvió a despertarse. El aire parecía querer entrar por la puerta del balcón. La luz de la luna se abría paso por la ranura inferior y convertía el piso en un lago congelado. Con dificultades volvió a conciliar el sueño. Cuando sus ojos se vencieron cayó en el vacío infinito de la boca de una mina, en los estanques inmóviles del centro de la tierra.

La despertó de la angustia la voz de nana Luisa. La criada entró con una jarra de agua caliente que vació en el aguamanil de porcelana. Ya era de día.

Poco a poco los ruidos de la mañana entraron por los ventanales y el balcón. En esa aparente quietud, Sofía escuchó las ruedas de un carro que tropezaban con el pedreguillo del camino, luego los cascos de las caballerías, un murmullo que fue creciendo como si una multitud entrara a la hacienda. Sofía buscó con la mirada el balcón al momento que nana Luisa ya corría hacia ese lugar, desde donde gritó:

—¡Traen a un muerto!

Bajaron con prisa de la habitación mientras los hombres depositaban el cuerpo envuelto en una cobija de pobre en el piso del recibidor.

—Lo mataron en el camino de La Coyotada —le contó Remigio con la cabeza gacha y culpable.

Sofía no reaccionó al principio. La mañana entraba a raudales por la puerta junto con el olor del aire anisado. Poco a poco, las cabezas desnudas de los trabajadores se asomaban perplejas y tímidas por la puerta y por las ventanas de la casa principal de La Enredadera, la hacienda triguera más grande de la región.

Un silencio espeso se había impuesto. Nana Luisa no dejaba de persignarse. Sofía mantenía la vista clavada en el sarape, ajena a la figura de la mujer que rezaba. La prenda estaba raída y el basto tejido azul no tenía más adornos que una cinta marrón. Las espuelas que asomaban por uno de los extremos eran de las botas de Felipe. Uno de los jinetes que lo habían traído puso el sombrero maltratado sobre el cuerpo, a la altura del vientre. Ella levantó una orilla del sarape pegado al rostro del muerto. El pecho ensangrentado tenía cuatro orificios negros.

—Pónganlo en la mesa del comedor —exigió con voz firme.

Remigio se fue a Santiago Papasquiaro a encargar el ataúd y después a Durango para avisar a la familia Porras de la súbita muerte del primogénito. Sofía estuvo todo el día ocupada dando órdenes. Las cocineras preparaban la comida funeral; las criadas limpiaban la casa, encendían los cirios y alistaban el cuerpo. Nana Luisa se mantenía pegada a ella mientras un velo lúgubre y ominoso iba cayendo lentamente sobre los habitantes de La Enredadera.

Al caer la tarde fueron llegando los deudos. Encontraron a la joven viuda con una expresión ausente que atribuyeron al dolor. En realidad, en el rincón más oscuro del despacho donde se había improvisado la capilla ardiente, Sofía se había sentado a deshacer los nudos de la madeja que había sido su vida.

No era la primera vez que la joven se encontraba en presencia de la muerte. Apenas hacía cuatro años que había vestido a su madre con el sudario de encaje que ella misma había guardado en un armario, al prever su propio fin. También había velado a su padre un año después y, a lo largo de su adolescencia, le había tocado enterrar a sus hermanos más pequeños, muertos al nacer o en la primera infancia. Sin embargo esta vez era distinto porque en su corazón no sentía nada. Sorpresa, tal vez, contrariedad. Se avergonzó de ser tan insensible. No lograba encontrar una lágrima para llorar al que había sido su marido. En el fondo siempre había presentido que, tarde o temprano, algo así tenía que suceder.

Sofía era la sexta hija de don Celestino Trujillo y Luz Quezada. Su padre fue el dueño de La Perla de Morillitos, una de las haciendas más prósperas de la región de Patos. Desde niña, don Celestino la enseñó a montar y disparar; le había infundido el gusto por la vida del campo al convertirla en su compañera de faenas; la hizo embarnecer a fuerza de largas cabalgatas hasta la laguna de Guatimapé y la transformó de la chiquilla enfermiza criada por nana Luisa en una joven fuerte y hermosa, orgullosa de su herencia y su larga cabellera rojiza.

La familia Porras frecuentaba a sus padres desde que tenía memoria, pero ella nunca había convivido con Felipe, el primogénito, hasta que lo encontró en la sala de su casa aquella tarde de mayo, en el aniversario de la muerte de don Celestino. El joven rubio de apariencia frágil iba a ultimar con su hermano Manuel, heredero de La Perla de Morillitos, los planes de boda. Se arregló el matrimonio y ella fue entregada a su flamante marido una tormentosa tarde de julio.

Fue una boda de conveniencia, pero no fue un martirio. Felipe le hacía el amor, totalmente contenido; la cubría de besos después de las caricias frías y los jadeos; invariablemente, aquellos encuentros frustrantes y agotadores terminaban cuando Felipe le pedía perdón con lágrimas en los ojos. Sofía no entendía el motivo de tanta pena. Ella le acariciaba los rizos dorados y le repetía que no pasaba nada. Una noche él se atrevió a confesarle que ella era muy parecida a su difunta hermana, muerta un par de años antes de que se conocieran. Era algo que el joven no podía soportar. Entonces ella entendió el llanto de su marido, la distancia impuesta entre ambos.

Felipe dejó de visitar el lecho conyugal poco después de la boda. Al principio, Sofía lo echó de menos. Le agradaban el tibio aroma que dejaba en la cama, el olor a varón y las caricias. Luego se resignó. Muchas noches Felipe ensillaba el caballo cuando todo el mundo dormía y se iba al burdel de Matea. La gente le decía a ella que su marido era capaz de cerrar el burdel por tres días, que apostaba fuertes sumas con los rancheros de la región, que había perdido dinero y tenía deudas, pero ella nunca le preguntó nada al respecto.

Ella no le guardaba rencor por ese abandono. Sentía un calor que nada tenía que ver con la pasión. Él era atento con ella, pero no tenían nada qué decirse y con frecuencia los silencios se instalaban, incómodos, entre ambos. Ella esperaba que algún día los hijos llenaran el vacío de los días y las noches, pero en los pocos años que duró su unión, no quedó encinta.

Una mañana, fue a ver a Soledad, la curandera de la sierra, para que le devolviera el amor de su marido y le diera algún bebedizo para quedar por fin embarazada. Más por aburrimiento y curiosidad que por interés de recuperar lo que nunca había tenido, se fue hasta la sierra de La Campana a visitar a la vieja que hacía amarres, traía niños al mundo, enderezaba huesos y reparaba virgos.

Entre conjuros y ensalmos, la bruja Soledad le dio a
Sofía el cariño que no tuvo en los brazos maternos, la serenidad que no halló en el matrimonio y la sabiduría que no
encontró en las lecciones de la maestra que su padre le llevó
a la hacienda cuando era niña.

—Tú no eres estéril —le auguró la bruja una tarde—.
Tendrás una hija en otra vida, cuando sea tiempo. Ora no
toca, niña. No toca…

Enterraron a Felipe al día siguiente, en el camposanto del
pueblo. Los primeros calores de junio habían empezado a
descomponer el cuerpo y no esperaron a la familia que venía
de Durango. Su suegra y sus cuñadas no invitaron a Sofía a
irse con ellas después del novenario. Ya en el carro de viaje,
mientras secaba sus ojos enrojecidos por el llanto, la señora
Porras le susurró:

—Aquí estarás mejor, querida. La ciudad no es para ti.
Una muchacha como tú, acostumbrada al campo, pues…

Sofía no dijo nada. No quería ir a la ciudad. No quería la
compasión de esas mujeres ni de nadie.

Felipe había nombrado a Remigio, su amigo de la infancia, albacea testamentario. Éste notificó a Sofía, casi dos
meses después del entierro, que iba a vender la hacienda para pagar las enormes deudas que su marido había contraído,
e invertiría el resto. Ella tendría su renta anual de por vida;
podría vivir tranquila y volverse a casar pronto. Además

de contar con esto, Sofía recordó al licenciado Gamiochipi, quien administraba la pequeña herencia que su madre le había dejado en un arranque de culpa por el desamor. Con eso alcanzaría para empezar de nuevo.

Mucho tiempo después se enteró, por el mismo licenciado Gamiochipi, que Remigio había desaparecido con el dinero de la venta de la hacienda. Nadie pudo dar razón del albacea. En el pueblo murmuraban que él había matado a Felipe. La noche de su muerte, ellos estuvieron bebiendo juntos hasta muy tarde en el burdel de Matea y luego se fueron por el camino de la hacienda.

Aún así, Sofía ya era propietaria de una casa, dos caballos finos, tres mulas para carga, cuatro baúles de ropa, enseres domésticos, tres pinturas de calidad —entre ellos, un bucólico paisaje que parecía extraído de una leyenda alemana, con bosque y mar—. Decidió conservar la biblioteca de su marido, la cual no resultó de interés para el albacea. Se había quedado sin criados, sólo nana Luisa había insistido en irse con ella.

Su hermano Manuel, al enterarse de la muerte de su cuñado, fue a visitarla. Le ofreció que se regresara a vivir con él y su esposa en La Perla de Morillitos, el lugar donde había crecido. Sofía percibió un tono forzado detrás de la oferta y pensó en lo que tendría que dejar si aceptaba la invitación.

—Tendrás que hacer un esfuerzo —le hizo ver Manuel—. Tú sabes que mi mujer es muy católica y tus costumbres no le parecen de buenos cristianos. Eso de visitar a la bruja en la sierra de La Campana… La verdad es que a mí tampoco me parece bien lo que haces. Piénsalo. Si te decides, me mandas avisar.

Después de pensarlo por algún tiempo y consultarlo con las barajas que Soledad le había enseñado, Sofía buscó al anciano abogado Gamiochipi y le dijo:

—Me voy a Guadalajara. Venda usted la casa, licenciado, venda usted todo lo que haya que vender. Quiero irme de aquí y no volver nunca.

El licenciado se sorprendió ante la iniciativa pero no dijo nada. ¿Guadalajara? ¿Irse a vivir a Guadalajara? Sofía no le dijo que de pequeña había visto en la biblioteca de su padre un libro con grabados, uno de ellos de la catedral de Guadalajara, que desde entonces se grabó en su memoria. En aquel momento, apenas pudo deletrear correctamente el nombre de aquella misteriosa ciudad, que significaba "Río de piedras". La sonoridad de sus sílabas la había cautivado desde entonces.

En sus viajes a la sierra, después de la muerte de Felipe, vinieron a su memoria el libro y el nombre de aquella ciudad lejana, y preguntó a Soledad por ella. Los augurios para Guadalajara eran buenos. Las estrellas y las figuras de la baraja en la noche de la sierra le dijeron que habría mucha agitación, pero que allá podría encontrar su vida y que sería feliz, como nunca había sido. Entonces se dio cuenta de que nunca había sido realmente feliz.

Sofía emprendió el viaje una tarde ventosa, en febrero de 1850. Marchó sin tristeza camino a Guadalajara, aquella ciudad en la que tenía puestas sus esperanzas.

El licenciado Gamiochipi fue a despedirla hasta el puente que delimitaba la pequeña población comercial. No pudo evitar sentir un hueco en el estómago al verla desaparecer con la vieja nana Luisa en el destartalado carro de viaje que hacía el recorrido dos veces por semana hasta la ciudad de Durango. ¿Qué sería de ella? ¿Estaría a salvo recorriendo los caminos? ¿Y si llegaban a asaltarla…? No podría perdonarse si algo le llegaba a pasar. Pero era tan terca… digna hija de su padre. Lo único que había logrado de ella era la promesa de que le escribiría al llegar y le dejaría saber que estaba bien.

Sofía pasó casi dos semanas en Durango, en el mesón de La Fontana de Oro. En plena cuaresma, la algarabía se respiraba en la plaza, en el pequeño teatro, en la capital de la Nueva Vizcaya, como se le conocía en tiempos coloniales a aquella provincia. Le dio miedo la gente de mala catadura que se encontraba en las calles: mineros súbitamente enriquecidos, aventureros de toda laya, atraídos a la región por las recompensas para matar comanches; las pulperías donde se cerraban los negocios sucios; las casas de mala nota; algunos extranjeros que querían disfrutar del reciente auge minero. Había muchas mujeres solas, con la cabeza descubierta y un gesto osado en la cara, buscando, esperando a los soldados de los presidios del norte que llegaban para encontrar alguna diversión. Por otro lado, temía encontrarse con la familia Porras. Sabía que sería inevitable cruzarse con ellos algún día.

Tomó la diligencia a Zacatecas. Ahí llegó a la casa de una amiga del licenciado Gamiochipi, la señora Josefa Letechipia, quien la recibió con afecto y, cariñosamente, la obligó a quedarse casi un mes en la solariega casa de cantera que compartía con Josefa Sierra, su cuñada. Ambas la introdujeron en la sociedad zacatecana y le presentaron a los poetas que visitaban su casa. A pesar de que la señora Letechipia acababa de perder a su marido, no había querido cerrar su tertulia de los viernes, "para no morir de tristeza", le dijo un día con un murmullo ahogado. La joven duranguense nunca había conocido mujeres tan activas, tan interesadas por la cultura, sin miedo a aparecer en público. Algún día, pensó, sería como ellas.

A inicios de abril, la señora Letechipia la despachó con un comerciante amigo suyo que iba hasta Guadalajara. Le dio cartas para familias de allá: los Robles Gil, los Cruz-Aedo. También le pidió que entregara un legajo envuelto en papel azul a Pablo Jesús Villaseñor.

—Son poemas, Sofía, de los poetas que ya conoces. Villaseñor prometió publicarlos en algún periódico. También le mando una recomendación para un amigo mío que vive en Guadalajara, Jesús González Ortega. Es un joven seminarista que escribió un poema para mi marido, que en paz descanse. Ojalá Villaseñor o sus amigos lo quieran publicar.

Entrégale todos los paquetes, él los llevará a quien considere pertinente.

Le costó trabajo despedirse de las señoras. Ya no estaba tan segura de querer ir a una gran ciudad donde no conocía a nadie.

En Zacatecas, en la tertulia de la señora Letechipia, había encontrado por primera vez la amistad.

II

Guadalajara: época actual

Querido Manuel:

    ¿Todo bien en estos días? Como te prometí, empiezo a escribirte hoy para contarte los detalles de mi viaje de regreso. Espero que con estos correos electrónicos podamos mantener el contacto, estar cerca a pesar de la distancia, tú en París y yo en Guadalajara.

Lo primero que vi al sobrevolar de nuevo la ciudad fue la línea azul turquesa del horizonte. Eso me hizo desear con más fuerza que Guadalajara tuviera mar.

Al llegar, todos fueron bajando apresurados mientras yo todavía miraba por la ventanilla la línea que se perdía tras la pista de aterrizaje. Tenía que bajar las dos bolsas que llevaba conmigo, así que perdí varios minutos en medio de la corriente de pasajeros en plena euforia.

¡Cuánto ha cambiado todo! Ahora el pasajero desciende de inmediato a una sala profusamente iluminada y llena de tiendas de toda especie.

Busqué a Godeleva entre la gente. No había una gran multitud a esa hora, así que la ubiqué enseguida. A pesar de no haberla visto en tantos años, su larga y ondulada mata de pelo dorado, su manera sencilla de vestir, la pícara expresión en el rostro, la sonrisa todavía de niña y su desenfado, esa facilidad para manejar las situaciones, la hacían inconfundible; era la misma compañera de la preparatoria que siempre me ha resultado entrañable. Tú la conoces, ¿la recuerdas? No le gusta nada su nombre, le parece horrible. Cuando íbamos en la prepa, solía cambiárselo al conocer a algún muchacho. A mí, en cambio, me fascina; es un nombre medieval. Un nombre de princesa perdida. Cada vez que se lo decía, tronaba la boca y me pegaba. "Eso nadie lo sabe más que tú, a los demás les parece un nombre de rancho."

Verla ahí me hizo sentir que, a pesar de todo, no podían haber cambiado tanto las cosas en mi ciudad.

Mientras caminaba hacia Godeleva, en dirección de la puesta de sol que inundaba de lleno los pasillos de ese aeropuerto ultramoderno, hacia esa nueva ciudad que no era la Guadalajara de mi adolescencia, me preguntaba cómo lograría llevar a cabo el propósito que me trajo hasta aquí: escribir la historia de una de las primeras sociedades literarias del siglo XIX para mi tesis de doctorado. Pero acaso con mayor desesperación me preguntaba cómo voy a sobrevivir sola otra vez en este lugar (o en cualquier otro, para el caso). No queda nadie de la familia aquí. Ni siquiera muchos amigos. Sólo Godeleva, la más cercana de las amistades que tuve en mis lejanos días de estudiante.

Ya sé que no estuviste de acuerdo con que viniera a escribir la tesis, que no estás de acuerdo todavía en esta exploración del pasado en una ciudad que, como tú comentas, es provinciana, aunque sea la segunda en tamaño e importancia de este país. Quizá Guadalajara sea todo lo que dices, pero ejerce sobre mí una fascinación extraña. Me jala, me reclama; por eso quise que el tema de mi investigación fuera sobre la historia de esta ciudad. Me moría de ganas por estar aquí de nuevo y revivir, más que mi juventud, un pasado que no me perteneció directamente pero que es mío. Tal vez no puedas entenderlo, Manuel, tú nunca viviste aquí y desde allá las cosas se ven de otra manera.

Te imagino regresando de tu paseo cotidiano por el Marais hasta el Marché d'Alique. ¿Qué compraste hoy para la cena? Me llenan de nostalgia tu caminata, los paseos que hacíamos entre los olores de las especias del norte de África, la Babel a nuestro alrededor, los sabores intensos en las pastelerías marroquíes, nuestras conversaciones sobre literatura y música. Extraño la Place des Vosgues desde las ventanas de tu apartamento… Pero basta de nostalgias, tenía que regresar.

Al salir de ese enorme aeropuerto de cristal y aluminio, se me vinieron de un golpe la infancia, la juventud, el olor del aire y el calor insoportable de abril que permeaba aún en la tarde, el mismo que deben haber sentido nuestros padres al llegar aquí. Imagínate su deslumbramiento al llegar a esta ciudad luminosa después de haber pasado buena parte de su vida en la capital y, antes de eso, en Durango, con tantas privaciones por la situación política y económica. Entiendo perfectamente que hayas preferido no seguir a la familia en el periplo a Guadalajara en busca de la salud de mi padre, y te hayas ido a Europa. Mucho tiempo lamenté haberte perdido. Pero esa sensación se borró cuando vivimos juntos en París los años de mi postgrado; ahora puedo tenerte cerca de este modo epistolar.

De camino al coche de mi amiga empecé a dudar si habría sido una buena idea venir aquí. Casi me arrepentí de haber vuelto; supe que tendría que enfrentar a los fantasmas de estas calles.

Godeleva me iba explicando cómo había cambiado la ciudad, me iba mostrando los nuevos edificios y las enormes plazas comerciales de camino a un pequeño bar que ella conoce, sobre una de las avenidas principales en la zona de Chapultepec. Los tequilas me pusieron de buen humor. Pronto olvidé mis dudas.

Guadalajara es, para mí, un prodigio de luz ámbar y crecientes fantasías marinas. Me resulta difícil imaginar —por el cálido clima y la exuberante vegetación— que nunca hubieran estado aquí las playas, los arrecifes ventosos contra los cuales estallara la furia cobalto de un mar tibio y el malecón en cuyos camellones se contonearan obvias palmeras y menos esperados almendros, dátiles o bojes… Aunque, ¿por qué no cempasúchiles?

Recuerdo que cuando ustedes se divorciaron Soledad también se mudó a Guadalajara. Tal vez nunca te dije que ella se convirtió en el hada madrina de mi infancia. Mi tedio era roto cuando me llevaba a su casa para darme clases de piano. Después de practicar con ella canciones durante un rato, me sentaba en la alfombra junto al gato gris, a escucharla tocar una fuga de Bach que terminó despertando en mí deseos sin nombre, nostalgias sin paralelo, una carencia eterna y, al mismo tiempo, una sensación de tranquilidad, la presencia de algo que nunca termina: lo bello repitiéndose hasta el infinito, junto con el olor a café, las tardes de lluvia, el aroma a Shalimar que despedía esa hermosa extranjera de pelo largo y tu ausencia, que llorábamos las dos, la esposa y la hermana abandonadas, desde entonces.

Guadalajara fue la ciudad donde yo, la princesa niña, me convertí en adolescente. No fue en la pista de patinaje, en el entronque de la avenida Patria —que yo llamé en secreto "Malecón 2 de noviembre"— ni en la avenida Guadalupe, centro de reunión de jóvenes a los que nunca hablé; tampoco en esas plazas que ejercieron sobre mí la atracción por lo desconocido. Los sueños vinieron a instalarse por muchos, tantos años, a falta de verdaderas vivencias.

Un día se operó en mí la magia: dejé de ser princesa, encontré en la cultura el medio más seguro de acceder cómodamente al sistema republicano de la vida real. Seguí tocando el piano en los descansos de la clase de inglés; descubrí los misterios de las calles más lejanas en la colonia Americana;

disfruté los placeres de una tarde de lluvia con muchachos de mi edad rumbo a las clases de francés, y me aficioné al café y a las canciones europeas. Soledad desapareció de mi vida cuando entré a la universidad; regresó a España a hacer el doctorado. Nunca he podido llenar del todo el hueco que dejó. Más que mi cuñada, era mi amiga. Ella me enseñó a tocar el piano y a través de la música lográbamos paliar nuestra soledad.

Ahora, por supuesto, ésta es otra ciudad. Casi no reconozco las calles convertidas en enormes pasos a desnivel; me asombran las monumentales esculturas, las plazas comerciales de espejos deslumbrantes. Casi no puedo verme, ver mi juventud —"la primavera bruta de mis años al amor", como dijera la canción—; se me escapa cualquier tipo de pasado en estas maravillosas tardes doradas de occidente. Se me fuga la memoria de mis años en la facultad, me resulta difícil sobreponer los recuerdos de los sabios maestros, las discusiones políticas en las cantinas del centro; me cuesta trabajo reconocer esta ciudad de calles rectas, numerosos parques, incesante tráfico, incipiente glamour de chica fresa que ahoga con dificultad el olor a queso panela y torta ahogada bajo el elegante perfume de sus boutiques exclusivas.

Cuando terminé la carrera, Guadalajara ya tenía amplias avenidas; miraba hacia Zapopan imitando bulevares californianos; se extendía hacia el poniente, más allá de la Minerva, pero permanecía polvorienta y olvidada en el centro, adormilada en mi inexistente malecón. Yo me había vuelto una criatura refinada, era un polígono desigual que no encajaba con nadie, en ningún lado. Yo, princesa destronada, leía, caminaba sola hasta mi casa cada noche, me entrenaba en las obras de arte más recientes a través de las revistas, aprendí lo elemental sobre música. Me perdí en los extraños caminos de la libertad.

Mi alma buscaba intranquila aquella fuga de Bach de mi infancia que tantas veces oí tocar a Soledad. En aquel tiempo no sabía nada de la relación entre Escher y Bach, ni del teorema de Gödel, ni de las fábulas de Zenón de Elea. Sólo alcanzaba a percibir la fuga; escuchaba las notas que nunca se alcanzan pero que coinciden, no en el mismo instante, pero sí en la misma dimensión. Algo que, sin saber porqué ni cómo, siempre tuvo que ver conmigo.

Por otro lado, añoraba viajes a ciudades extrañas con desconocidos. Mis contradicciones de adolescente me hacían desear las fiestas a las que nunca iba y los romances con muchachos de mi edad que me parecían insulsos por sus conversaciones en las que nunca pude participar. Veintidós años: lo clandestino de mis salidas inocentes, papá enfermo y la continua zozobra en el aire. Y sobre todo, mi escape, la gran liberación.

Godeleva y yo platicamos mucho la tarde de mi llegada. Recordamos juntas nuestros años de la prepa y la universidad. Hablamos de cómo me alcanzó el hastío, cuando me harté de ser la hija de familia que hace lo que le dicen y me lancé a recorrer hasta el final los caminos de la libertad. Ella estuvo conmigo en el momento en que me fui a vivir sola, un día de junio en el que las tormentas comenzaban a caer en la ciudad. Fue conmigo al funeral de papá, ¿recuerdas? También estuvo cerca durante la enfermedad de mamá y nos ayudó con los trámites del sepelio.

Después de la tercera ronda —¿o era la cuarta?— de tequilas derechos nos abordaron los infaltables galanes. Los despachamos enseguida. Seguíamos siendo las mismas tontas que pretenden comerse el mundo a puños, sin miedo y un poco sin escrúpulos, aunque a la mera hora no somos capaces de hacer mal a nadie. (Por cierto, ¿por qué dos mujeres no pueden sentarse en la barra de una cantina en esta ciudad y pedir sus tequilas igual que todo el mundo, sin que eso signifique que están buscando una aventura? Parece ser que eso sí que no ha cambiado.)

Al filo de la media noche Godeleva me llevó a mi nueva casa. Es un departamento amueblado que hizo el favor de rentar para mí en pleno centro, tal como se lo había pedido. Está junto al templo de San José, en la calle de Liceo. Es un departamento pequeño, tiene dos cuartos, fue adaptado para estudiantes o profesores extranjeros, con libreros, mesa de trabajo y, ya ves, hasta internet; así que puedes decir que ya estoy instalada. Y la verdad, estoy feliz. Todo es nuevo, como si no lo hubiera visto nunca. Sólo estuve lejos ocho años, pero siento que nada es igual.

Ayer fui a presentarme al Centro de Investigaciones Humanísticas, donde voy a trabajar. El director es simpático e inteligente. Ya nos habíamos puesto en contacto desde hace tiempo y, la verdad, le agradezco que me haya recibido como investigadora invitada. El lugar es maravilloso, tiene unos ventanales enormes que dan a la Plaza del Santuario; desde ahí puede ver uno hasta la barranca de Huentitán, por un lado, y hasta la glorieta de la Normal, por el otro. Me dejaron un cubículo ventilado, lleno de luz, y lo mejor es que me queda a sólo tres cuadras de casa. No tendré pretexto para no trabajar.

Te escribiré para contarte lo que vaya descubriendo. Gracias por estar ahí para mí.

Te mando un beso.

S.

Guadalajara: abril de 1850–abril de 1852

os tapatíos caminaban apresurados, como si fuera muy tarde. No era cierto lo que decían de Guadalajara, que ahí nadie llevaba prisa. Por la calle San Francisco algunos jóvenes atildados, probablemente escribientes en las notarías, llevaban folios bajo el brazo y caminaban sin mirar a nadie. Matronas de ampulosos vestidos andaban bajo la sombra de sus quitasoles de encaje y saludaban con la cabeza, aquí y allá, sin detener su marcha. En Los Portales, las indias de enaguas brillantes mostraban lustrosos tomates en montoncitos de tres y rollos de hierbas medicinales: flores de árnica y manzanilla, estrellas de anís y cortezas con todos los tonos del marrón; también había moradas cabezas de ajo y racimos de velas sobre las piedras. En la Plaza de Armas, mendigos andrajosos atosigaban a los transeúntes.

Nadie pareció notar la diligencia que detuvo su chirriante marcha frente al mesón de Guadalupe, en la calle del mismo nombre. En el zaguán, los viajeros se refugiaron del sol de las cinco de la tarde, que a esa hora aún quemaba. Al bajar, Sofía alcanzó a ver cómo se apilaban las pacas de forraje en el pasillo, mientras nana Luisa se perdía en el edificio para buscar un jarro de agua para su patrona.

Por fortuna, cuando decidió mudarse, el abogado Gamiochipi la había puesto en contacto con un amigo suyo de Guadalajara, abogado también, a quien además debía entregar cartas de la señora Letechipia. El dueño del mesón tenía un sobre para ella, con el membrete "Licenciado José María Cruz-Aedo, notario". En una nota amable, el amigo de Gamiochipi prometía pasar a buscarla al día siguiente por la mañana, una vez que hubiera descansado. Había hecho todos los arreglos para que Sofía pudiera quedarse en el mesón de Guadalupe hasta que la casa que había comprado en su nombre estuviera habilitada.

El resto de la tarde las mujeres se dedicaron a instalarse. El cuarto era cómodo. Había una gran cama de latón en el centro, un ropero y un peinador. En un rincón se encontraban un catre, varios petates y cobijas para la criada. Tardaron varias horas para poner en orden el equipaje: guardar los vestidos en el ropero; el cofrecito de las joyas en uno de los estantes, junto a la ropa blanca; los cosméticos y los adornos encima del peinador. Cuando terminaron se fueron a dormir.

Al día siguiente, Sofía despertó en cuanto nana Luisa abrió la cortina del cuarto. Un tazón de atole con galletas de nata descansaba en una charola sobre la mesa de noche. El oro derretido llegó hasta la cama y la cegaba por momentos. Las campanas del convento de Santa María de Gracia habían soltado el vuelo. Los brazos verdes de los helechos del pasillo custodiaban la puerta. Una guitarra entonaba un sonecito campirano y el olor del atole, con tropiezos de canela, se escapaba del tazón hacia ella.

—Aquí me quiero morir —pensó— o tal vez ya he muerto... pero no se debe morir en abril, menos en Guadalajara.

¿De dónde llegaba ese rumor de voces que caían sobre la sábana como flores de jacaranda? ¿Y esa música entrañable?

—Así debe ser el cielo —se dijo—. Si esto es la crueldad, que se quede abril por siempre.

Nana Luisa había salido y volvió a entrar con el agua tibia para el aseo matutino. Le dijo a su patrona que un caballero preguntaba por ella y le extendió una tarjetita. El licenciado Cruz-Aedo la esperaba en el zaguán.

—No pensé que llegara tan temprano. Ojalá pueda volver en una hora. Dígale que me he quedado dormida.

Nana Luisa salió y Sofía brincó de la cama; se despojó de la camisa de dormir, dejando al descubierto el cuerpo blanco. Recorrió con el jabón de olor los brazos torneados y las axilas, los senos redondos y turgentes, el largo cuello, la cara que aún conservaba ciertos rasgos infantiles. Pronto, el agua tibia la hizo perder los últimos jirones de sueño. Se quitó los calzones, se limpió el pubis rojizo y las piernas largas. La nana volvió cuando Sofía había terminado el aseo, justo a tiempo para extenderle la ropa interior de lino y ayudarle a anudar el corsé. Sofía se miró en el espejo del ropero: la nariz recta, los ojos grandes de mirada un tanto melancólica, la hermosa mata de pelo rojizo que era su orgullo. Se sentó frente al espejo y se puso las medias. Le gustaban sus piernas y nunca desperdiciaba la ocasión de ceñirlas con la suntuosa caricia de la seda. Nana Luisa le acercó los escarpines rojos y le ató las correas. Los pies pequeños lucían maravillosamente el calzado de satín. Se puso un poco de colorete en las mejillas y lo extendió con movimientos rápidos mientras se dejaba peinar. Una trenza, otra trenza, luego las dos anudadas con horquillas en un peinado alto; por último, la nana soltó sobre las orejas y la nuca los bucles que había fijado la noche anterior con listones para que estuvieran listos al despertar.

Sofía buscó en el cofrecito de las joyas unos discretos aretes de rubí que combinaban con el vestido que había decidido ponerse. Finalmente se polveó la cara, el pecho y los brazos antes de tomar el chal. Acababa de cumplir veintitrés años y sabía que era bella.

Aprovechó los últimos momentos, antes de que el abogado regresara a buscarla, para mirarse de cuerpo entero en el espejo. Se rociaba agua de colonia cuando nana Luisa entró para avisarle que el licenciado había vuelto. ¿Qué pensaría de ella aquel desconocido? A pesar del atrevido color del cabello, de su deseo de vivir sola en una gran ciudad,

¿adivinaría su fragilidad? ¿Se asustaría como los otros de esa fuerza interna un tanto salvaje, natural, que no había aprendido a controlar?

El circunspecto abogado de más de sesenta años estaba emparentado con la elite citadina y su notaría era una de las más prestigiosas en Guadalajara. Había tomado el encargo del licenciado Gamiochipi con agrado —le dijo a Sofía en cuanto la vio—, en recuerdo de su amistad con el duranguense. Él conocía su historia a través del abogado Gamiochipi y, aunque no le dijo nada, Sofía adivinó que sentía pena por ella, aunque de seguro mezclada con una gran curiosidad por conocer a una mujer que se atrevía a mudarse sola a una ciudad desconocida.

El abogado parecía haber vencido la desconfianza inicial y le sonreía. Le había conseguido una casa amplia, en una zona agradable y limpia, en la calle del Seminario, muy cerca del convento de Santo Domingo. Iba a ser vecina del señor diputado Jesús López Portillo, que vivía en la acera de enfrente, unas cuantas casas más allá.

Sofía se dejó conducir del brazo del viejo abogado por las calles soleadas de la ciudad. Casi no escuchaba las especificaciones de la casa, cuántos cuartos, que si tenía cochera en el segundo patio con entrada por la calle de la Aduana, que si estaba cerca de la fuente del palacio. Iba absorta, maravillada por los altos edificios de cantera, por la multitud de carretelas y caballos que transitaban por las calles, por los pregones de los vendedores: el aguador, el vendedor de leche, el que voceaba los titulares de *La Voz de Alianza,* sonidos que terminaban convirtiéndose en una sola polifonía perfectamente acordada. El notario la protegía de los pordioseros que, sin que ella alcanzara a darse cuenta, se colgaban de su vestido.

—Estoy en la ciudad —se repetía—, tengo tanto qué ver… No me alcanzará la vida.

Una gran sonrisa se pintó en su cara cuando estuvo al frente de su nueva casa, los ojos se le llenaron de ilusión cuando recorrió los cuartos vacíos y los corredores que daban al patio central, rodeado de helechos y flores.

Se imaginó cómo sería su nueva vida en ese lugar. Furtiva, la luna entraría por las ventanas de los cuartos. Aquellos espacios desiertos se irían llenando de risas, murmullos y llanto. Se imaginó que esa casa sería su barco; el barco de vela que la llevaría hasta las costas de la China a través de un mar cobalto con el que fantaseaba en esa ciudad de ensueño.

Ya de regreso en el zaguán sombreado del mesón de Guadalupe, el viejo notario le extendió a Sofía la llave del portón de la nueva casa.

—A Rita, mi esposa, y a mi cuñada Florinda les va a encantar conocerla. Tiene usted que venir a la casa pronto.

Ella se lo prometió al tiempo que le entregaba las misivas de la señora Letechipia, ante la sorpresa de él al darse cuenta de que contaban con más amigos en común.

Trascurrieron varios días desde que el licenciado José María Cruz-Aedo le había mostrado la propiedad. Una mañana, mientras nana Luisa iba al mercado a buscar útiles de limpieza para la nueva casa, Sofía se sentó junto a la ventana del cuarto en el mesón, a enterarse de las noticias en *La Voz de Alianza*. En la segunda página leyó que la noche anterior se había llevado a cabo, en el salón principal del palacio de gobierno, la instalación solemne de La Falange de Estudio, una sociedad de jóvenes reunidos con el propósito de cultivar la literatura. Pablo Jesús Villaseñor había leído el discurso de apertura.

—Dios mío —recordó—, tengo que llevarle los poemas de las señoras de Zacatecas a ese caballero.

Sofía leyó la reseña con avidez y supo cuánto se había perdido en la vida; metida en San Miguel Papasquiaro había permanecido ciega y sorda a muchas cosas bellas del mundo. Deseó haber asistido a la sesión la noche anterior, haber escuchado la orquesta y los poemas que los jóvenes vates leyeron. Habría conocido a esa gente.

Las semanas siguientes buscó en el periódico más información sobre La Falange, la ciudad y su gente. Le pareció que a esa Guadalajara desconocida le latía un corazón oculto debajo de sus iglesias y sus plazas, un corazón que se desbordaba de pasión, con ganas de vivir. Una fuerza reflejada en las palabras de esos jóvenes a quienes no conocía.

Por la noche, después de haber dejado los pisos de su nueva casa brillantes a fuerza de lejía y cera, después de haber paseado en la plaza bajo los naranjos en flor, Sofía devoraba las noticias y los versos publicados. Rendida sobre las sábanas rociadas con agua de colonia, leía las reseñas de los recitales.

Cuando por fin sintió que estaba instalada en su nueva casa, envió una nota a Pablo Jesús Villaseñor para entregarle las cartas de las señoras de Zacatecas. Comenzó a frecuentar asiduamente la casa del escritor. Poco a poco crecía una amistad con él y su esposa, quienes le prestaban libros que ella leía con avidez en una sola noche. Conversaba durante horas con Refugio, la joven y enamorada mujer del poeta, quien le confiaba con inocencia sus secretos y temores de recién casada. Sin embargo, cuando la pareja insistía en que los acompañara a las sesiones solemnes de La Falange, Sofía se negaba con cualquier pretexto. A pesar de la agradable experiencia de la tertulia en Zacatecas, controlaba sus enormes deseos de conocer a aquella gente porque se sentía tímida, inadecuada, incluso ridícula. No tenía ropa apropiada y recordaba cuando su suegra le insinuó que sus modales no eran los de una señorita de la ciudad.

—Además, no es lo mismo Zacatecas que Guadalajara —concluía para sí misma cuando la tentación quería ganarle.

Un día de enero de 1851, el joven escritor puso en las manos de Sofía un librito impreso con cuidado. No era la primera vez que Pablo Jesús le recomendaba libros. Sin embargo, la emoción con que el blanco y barbado joven depositó el libro entre las manos de Sofía, la puso a ésta en alerta.

—¡Felicidades! —exclamó abrazando al joven al leer la portada: *La Aurora Poética de Jalisco. Colección de poesías líricas de jóvenes jaliscienses, dedicada al bello sexo de Guadalajara. Publicada por Pablo Jesús Villaseñor*—. ¡Al fin!

De vuelta en casa, Sofía estuvo leyendo hasta la madru gada sobre el sofá que estaba junto a la ventana. Le gustaba la poesía; algo dentro de su pecho se sacudía al leer los versos acompasados y las palabras que adquirían súbitamente nuevos significados. Leyó algunos poemas de amor y despecho, otros sobre distintas búsquedas espirituales. Pero su corazón empezó a latir con mayor fuerza cuando llegó a ciertos versos que con una energía viril proclamaban, por una parte, la certeza de una vida más allá de la muerte y, por otra, exhortaban a la patria a levantarse del fango de la esclavitud. Era una voz familiar, una voz que venía de otro tiempo y quedaba tatuada en su mente y en su cuerpo.

¿De dónde venía esa fuerza? ¿De dónde aquel atrevimiento para llamar a los maestros tapatíos "rudos viejos"? Ahí estaba el corazón oculto que le latía a Guadalajara debajo de la piel. Allí, en esas letras, estaba la pasión; detrás de cada palabra, la posibilidad de un mundo nuevo que se abría, como una gardenia que muestra sus pétalos en medio de la noche.

Despacio, leyó el nombre del autor del poema, saboreando cada una de sus letras: Miguel Cruz-Aedo.

Le tomó algún tiempo averiguar quién era el poeta causante de tan honda impresión. Por el apellido, intuía que era pariente del amable licenciado que la había asistido al llegar a Guadalajara. Los meses siguientes hizo averiguaciones cautelosas a través de Refugio y del mismo Pablo.

El joven escritor era miembro de La Falange de Estudio. Estaba terminando la carrera de abogado y, en efecto, era hijo del licenciado José María.

Una noche, cuando los Villaseñor la invitaron al teatro Principal para el estreno de la nueva obra de Pablo Jesús, Refugio le susurró al oído que Miguel era un distinguido joven que estaba en uno de los palcos, junto a los otros miembros de La Falange, al tiempo que señalaba en dirección a ellos.

¡Cuántas veces volvió la cabeza para verlo a placer! Aunque apenas alcanzaba a distinguir sus facciones en la penumbra, le agradaba cada vez más. Los reflejos de luz develaban una nariz recta, la profundidad de unos ojos negros, el brillo de los dientes pulcros y una hermosa sonrisa. Miguel vestía frac y seguía la acción no sólo de la obra, sino de la concurrencia con sus binóculos.

Ni los aplausos, ni los gritos soeces del populacho en la "cazuela", ni la balacera de insultos contra los gachupines en el escenario, ni el calor, ni los perfumes de las damas en la luneta… Nada podía distraerla de su ocupación de espiarlo, nada era suficiente para apaciguar el retumbo del corazón.

No, el hombre no muere, su cuerpo en buena hora
fanal es que el viento sumiera en el mar

Sofía no se cansaba de repetir los versos desde la primera noche que los encontró. Imaginaba que él los pronunciaba en voz muy baja. Mientras lo miraba discretamente, se preguntaba si él también la espiaría. ¿Se preguntaría él quién era esa joven desconocida? Sofía se sonrojó únicamente de imaginarlo.

Una pelea entre los asistentes obligó a suspender la obra. Cuando ella quiso ver al poeta con más claridad, el grupo de jóvenes falangistas había desaparecido del palco.

Un domingo, varios meses después, lo vio por el paseo en un caballo rumbo a la iglesia. Orgulloso, varonil, iba repartiendo piropos a las mujeres que también recorrían la calzada junto al río en finos corceles y carretelas abiertas, adornadas a la moda.

A fines de marzo del año siguiente, lo vio de cerca en Las Fragatas del barrio de San Felipe. El dueño del almacén lo había llamado por su nombre cuando el joven alto y de tez morena clara entró a preguntar por los nuevos casimires, mientras ella, en un rincón, se medía unos guantes de hilo.

Nunca quiso hacerse notar. ¿Qué podría decirle una muchacha norteña, ranchera, a un atildado joven, poeta, culto, guapo y al parecer muy popular entre las mujeres de Guadalajara? Era mejor que no la viera. Que no supiera siquiera de su existencia y de la enorme admiración que había despertado en ella. Además tenía miedo de sentir el sofoco desconocido, el temblor de las manos, la presencia de lo irremediable.

Algunas semanas después, el viernes santo, Sofía asistió a los festejos de la semana mayor en compañía de nana Luisa.

La catedral tenía una amplia escalinata en la entrada, el atrio estaba lleno de vendedores y perros callejeros a pesar de la incesante actividad de los perreros, que se movían sin descanso de un lado a otro —vestidos de sotana azul oscuro, con dos llaves rojas bordadas en el pecho y la esclavina blanca sobre los hombros—, ahuyentando con su látigo a vendedores y perros por igual. Contra la tierra del atrio se frotaban las enaguas de percal y seda, los vestidos de satín, encaje y crespón de las mujeres jóvenes y viejas, ricas y pobres, que acudían al festejo.

La iglesia principal de Guadalajara se llenaba a reventar los días de san Santiago o san Miguel, en las procesiones de semana santa o en las misas de Te deum. Sofía se había sentido mareada en el fresco interior, con el aire inundado de fragante incienso y mezclado de olores. Había vuelto a salir en dirección de Los Portales, mientras buscaba a nana Luisa.

De pronto, lo vio… Iba vestido correctamente: levita gris, camisa blanca y corbata de moño oscuro. Acalorado, se secaba el sudor de las sienes con un pañuelo y se abanicaba con el sombrero gris.

La turba se agolpaba y, arrastrada por el movimiento, Sofía estuvo a punto de arrollarlo.

—Dispense usted. Con tanta gente no puedo ver nada. No sé cómo llegué aquí —se maldecía a sí misma por habérsele ocurrido acudir al Te deum en aquella populosa ciudad a la que todavía no se acostumbraba por completo.

El joven se volvió a mirarla, sonrió levemente sorprendido, hizo una pequeña inclinación con la cabeza y agregó:

—Señorita, quisiera proporcionarle a usted un paraje más cómodo, aquí estará usted mejor —dijo mientras le abría sitio—. Acérquese usted al pilar, dé un paso más, junto al cajón, así. Déme la mano, cuidado, no se vaya a romper el vestido. Un poco más acá para ver mejor, ahora sí, ya estamos bien.

Sofía se sostenía con grandes dificultades del cajón de pino, ahora cerrado, donde se vendían los dulces en el interior de Los Portales. Incluso en el punto donde se encontraba —entre el pilar y el cajón— la corriente conseguía empujarla.

Sin atreverse a decir nada, miraba con azoro el espectáculo ante sus ojos. Sintió el brazo masculino pasar por su espalda con el fin de sostenerla cuando el empuje de la sudorosa multitud era más fuerte y amenazaba con aplastarla. Sentía la mirada oscura clavada en su perfil, como una fogosa corriente, y trataba de mantener la mente ocupada en varias cosas: los trabajos que se estaban realizando para la construcción de las nuevas torres de catedral, los bordados de cantera apenas visibles del Palacio Cañedo… Apelaba inútilmente al abanico para dominar el sofoco. Si hubiera podido habría corrido lo más lejos posible.

Parsimoniosamente, la gente comenzó a retirarse. Ella permaneció inmóvil, aterrada, pensando cómo despedirse.

—Don Miguel —se le escapó—, no sabe cuánto le agradezco.

Le ofreció de nuevo la mano, sin mirarlo.

—Me conoce —respondió él.

Aún sujetaba su mano cuando estuvieron en medio del arroyo. Después de agradecerle una vez más con los ojos bajos, Sofía se soltó tras un pequeño esfuerzo. Iba a alejarse, pero él la retuvo. El ruido de un carruaje a poca distancia de ellos casi ahogó en el polvo la frase apresurada.

—Seguro a una señorita distinguida y sensible como usted le gusta la poesía. El primero de mayo se presentará la revista *El Ensayo Literario*, en el instituto. Venga usted, le aseguro que le agradará. Puedo enviarle de inmediato una invitación formal...

Sofía quiso negar, pero dijo bajito antes de alejarse:

—No se moleste. Intentaré asistir. Gracias por todo.

Cruzó la calle y desapareció entre los devotos que aún se dispersaban. Una vez segura de que el muchacho no la seguía, se perdió completa en los olores a jazmín, tierra, paja y cantera recién lavada. Escuchó atenta el retumbar de las ruedas sobre las piedras, los cascos de los caballos, unos en marcha más rápida que otros, las campanas de la catedral, lentas, que anunciaban las dos de la tarde. Sonrió una vez más, antes de atreverse a abrir los ojos de nuevo. Lo mejor era volver a casa.

IV

Guadalajara: época actual

No me he quedado quieta. He trabajado como loca para instalarme física y mentalmente en esta ciudad, en la Guadalajara que es, en la que fue y, ¿por qué no?, también en la Guadalajara de mis fantasías marinas.

Los primeros días estaba encantada con mi nuevo cubículo y no salía de ahí, pero ahora, cada vez más, he preferido trabajar en casa. Cuando he ido al centro, me encuentro con las investigadoras, todas muy bien vestiditas. Las tapatías son bonitas y elegantes, no cabe duda, pero sus círculos son cerrados. ¿Cómo pude olvidar algo así? No me dejarán entrar nunca. Algunas me saludan, pero nada más. Estas mujeres tienen la facultad de regresarme a un estado de indefensión que no había conocido desde la adolescencia. Me siento de nuevo inadecuada, como si hubiera algo oscuro y reprobable en mí que no me hiciera merecedora de pertenecer a sus exclusivos círculos. ¿Será que a pesar de haber nacido aquí sienten que no pertenezco del todo a este lugar?

¿Será que aunque viví en Guadalajara la mayor parte de mi vida, en realidad nunca he pertenecido por completo a ella?

En el centro también me encuentro con los historiadores y los antropólogos sociales. Ellos me miran con más simpatía, incluso con deseo. Su instinto de galanes sale a relucir aunque no quieran, sin embargo no han hecho ningún avance claro al respecto. Pese a todo, me pregunto cómo me verán los demás, cómo me verías tú: una mujer cabizbaja de maltratada melena que un severo moño negro aprisionó esta mañana. Por cierto, me pinté el pelo de rojo…

Me fascina caminar por la ciudad. Aunque parece que ando de paseo, no es el caso. Hoy mismo fui al sótano mal ventilado que lleva el nombre de Archivo de Instrumentos Públicos, donde se guardan las escrituras del virreinato y las distintas actas notariales; también estuve en el no menos lúgubre Archivo Histórico del Estado. Ambos ocupan los extremos de un complejo arquitectónico oficial. En el corto trayecto entre uno y otro caben una y mil cosas: el bullicio, los recuerdos, el viento fresco, la parada del autobús que va al otro lado de la ciudad, donde debería estar el malecón: Ruta Benito Juárez–Playa Norte (bueno, en realidad dice algo así como La Estancia, después del número 629, aunque sí existe otra ruta que te lleva a Miramar).

He hecho mi tarea lo mejor posible. Ya investigué lo esencial sobre la época. ¿Te queda claro a ti de qué estoy hablando? En 1852, el país empezaba a superar una larga crisis económica y moral después de haber perdido la mitad del territorio nacional tras la guerra de Texas. El presidente en ese momento, Mariano Arista, procuró formar su gabinete con liberales puros, moderados y conservadores, buscando la unión que no lograría darse. Estábamos en las vísperas del último periodo de gobierno de Antonio López de Santa Anna, justo antes de la guerra de reforma, uno de los momentos más confusos y complejos de la historia de México. En ese entonces, Maximiliano ni siquiera soñaba con venir aquí y a Benito Juárez no le pasaba por la cabeza llegar a ser presidente.

Aunque creí haber leído todo lo que había que leer respecto a esta ciudad y sus habitantes en el siglo XIX, me he encontrado cosas muy interesantes. Guadalajara era una próspera ciudad que contaba con cincuenta mil habitantes más o menos. De ellos, muchos vivían de la industria y el comercio.

La palabra *tapatiotl* ("lo que se da por lo que se compra") define muy bien el carácter regional de los tapatíos hasta el presente. De un carro a otro, puedes escuchar en cualquier calle: "¿a cómo?", "¿lo menos?". Sin embargo, la ciudad también presume de su cultura. La altanera "Atenas de México" había tenido desde el siglo XVIII varios colegios, una universidad, imprentas y una tradición combativa a nivel nacional. Hacia la mitad del siglo XIX circulaban en Guadalajara varios periódicos y el presidente Arista había intentado que los diversos grupos en pugna (liberales puros, moderados y conservadores) hicieran las paces. En el colegio de San Juan se podían adquirir conocimientos de dibujo y pintura. Los jóvenes, al salir de ahí por las noches, se reunían en grupos bohemios escandalizando por las calles; también se empezaron a reunir en ateneos para discutir cuestiones culturales y literarias. Eso último es lo que a mí me interesa estudiar.

Al llegar al archivo, entro en mi nube de polvo, y ahí me siento revivir. Tengo ya algunos documentos como el acta constitutiva de La Falange de Estudio, que me consiguió un compañero del trabajo, pero me faltan otros para empezar a redactar el trabajo, papeles que permanecen ocultos entre los años perdidos, vestigios de los personajes de mi tesis.

Sin embargo, este proceso interminable de revolver papeles me desespera. Hay que buscar durante semanas, días y años el archivo para dar con lo que uno anda buscando… o no dar, que es lo más frecuente.

Hoy estuve de suerte. El joven y eficiente empleado dio con las cajas que ya habíamos buscado sin éxito. Ahí encontré nada menos que *La Aurora Poética de Jalisco*, la primera revista literaria del siglo XIX. Además estaban los discursos de Miguel Cruz-Aedo, el presidente de la sociedad literaria que me interesa.

En la revista, una colección de versos de los jóvenes valores de mediados de ese siglo, me encontré el famoso poema de Cruz-Aedo en contra de los viejos que levantó una gran polvareda en su tiempo. Los versos son muy malos, pero no puedo resistirme a ellos. Me atrapa la pasión con la que están escritos. Y luego los discursos… No me quiero dejar impresionar por la retórica decimonónica aunque, contra mi voluntad, pronto me he encontrado absorta en la lectura de esos documentos. Prefiero mil veces la novela de costumbres que Cruz-Aedo dejó inconclusa en las páginas de otra revista, *El Ensayo Literario*. Una de las primeras escenas, donde un joven conoce a una muchacha en medio de una procesión de Te deum, es una de las más chispeantes y divertidas. Te la trascribo en archivo adjunto, a ver si te gusta más su prosa que sus ripiosos poemas. Me reí mucho. Lo encuentro entrañable.

A pesar de la luz lejana del foco, del continuo parloteo de las empleadas e incluso del tono altivo de los recién llegados al solicitar documentos, logré escribir este texto:

Miguel Cruz-Aedo pertenece al género híbrido que oscila entre el personaje histórico y la vida imaginaria schwobiana. Es un caso de la colorida mitología jalisciense digno de ser descubierto y reinventado. A partir de los dos o tres datos concretos que se conocen de su vida turbulenta, podría reconstruirse, de la manera más completa, la epopeya de la reforma en el estado. Ni militar ni literato ni reformista ni tribuno ni víctima, como es calificado por sus benévolos y escasos biógrafos: Cruz-Aedo se queda en leyenda, héroe empolvado cuyo nombre no alcanza las clases de historia ni las sagas militares.

¿Qué te parece?

Es más sencillo escribir la vida de otros. Perderme en los detalles de la vida de este hombre. Y aún así, me está costando un trabajo enorme. ¡Qué sed! Ni te digo cuántas copas de vino mediaron entre la idea original y las primeras líneas. La comida, las labores domésticas. Cuántas horas de conversación banal antes de poner la mano en movimiento. El impostergable atardecer en la terraza, el voluptuoso olor de los jazmines, la noche toda, el tabachín.

Si no le escribo la vida a este hombre, no me va a quedar más que morirme de tedio.

A veces siento que he perdido la voluntad, al grado de ser incapaz de hacer el más mínimo esfuerzo por frenar la sed e impulsarme al movimiento. Me voy hinchando de alcohol y frustración. Y sin embargo no puedo explicar qué es eso inconfesable en una vida que parece cómoda y atractiva: mi doble vida. ¡Qué castigo pensar tanto y darle vueltas a las cosas, resolverlas tan bien en la cabeza y ser incapaz de externarlas aunque sea en papel! Tal vez sea la última oportunidad. "El pasado tiene futuro a través de la palabra que lo guarda", dijo alguien cuyo nombre no recuerdo.

Después del archivo, me fui caminando hasta el centro. Me tomé dos tequilas en un bar al aire libre, junto al antiguo templo de La Compañía, donde ahora está la Biblioteca Iberoamericana. Pasé por el convento del Carmen y llegué hasta Chapultepec, esa hermosa avenida arbolada cuyas pretensiones pequeño burguesas datan de la *belle époque*. Recuerdo que cuando me fui no había más que casas, pequeños negocios y algún café; ahora está llena de librerías y talleres de diseñadores de modas.

Me gusta caminar sin ser mirada, pretendiendo que no existo, pretendiendo que me deslizo invisible en un mundo que no me pertenece. Llegué hasta donde empieza la avenida México, donde hay bazares de antigüedades. No recordaba esa zona en absoluto. Me metí a una de las tiendas para matar el tiempo y de pronto, entre las chucherías sin mucho valor, descubrí un cuadro.

La pintura no es muy grande. Se trata de un paisaje con una cabaña a la entrada de un bosque denso y, a lo lejos, se ve el mar… En esa atmósfera de serenidad y misterio, hay un columpio vacío junto a la cabaña, iluminado y en reposo. La luz y los colores tienen un magnetismo increíble, me resultan fascinantes. La imagen parece modesta, pero tiene un poder de evocación absoluto. Al verla, me sumerjo en ella, me siento atrapada. Como si la pintura pudiera sacar a la luz algo que es completamente mío…

No sé si fueron los tequilas o qué, pero me encariñé con la pintura. No sé si tenga mucho valor en realidad, pero eso no me importa. Me gustaría que tú la vieras porque yo no sé mucho de arte. Probablemente fue pintada por un miembro de la escuela prerromántica a principios del XIX, pero no tiene firma. Está muy maltratada y se ve que ha pasado por muchas aventuras.

Como te imaginarás, al notar mi interés el vendedor me la dio a precio de oro. Aún así, la compré. Ahora mismo la estoy viendo y, a medida que la miro, la pintura me parece más y más familiar. ¡Me gusta tanto! La colgué en medio de la sala, cerca de la ventana, para que le diera la luz. Me pregunto quién viviría en esa cabaña, quién pudo haberse mecido en el columpio, y sobre todo, a quién pudo haber pertenecido el cuadro para sufrir tantas heridas y maltratos. Incluso se ve quemado en una esquina. ¡Qué vida! Ahora veo que también los objetos la tienen. Es difícil explicarte lo que experimento, pero cuando veo la pintura, me siento por fin en casa. Cada vez que la contemplo, una inexplicable sensación de serenidad se apodera de mí: el bosque, el mar en calma, la cabaña donde deben vivir seres felices.

Te dejo. Quiero leer con cuidado las copias del discurso de Cruz-Aedo.

Un beso,

S.

Guadalajara: abril de 1850–mayo de 1852

espertó ahogándose… Otra vez el mismo sueño. Estaba cubierto de sudor. Se sentó en la cama, respiraba con dificultad la cálida oscuridad del cuarto. Tardó unos minutos en reaccionar. Imágenes extrañas. Un atisbo del futuro. Un milagro para atrapar la ilusión.

¿Quién era esa mujer que lo esperaba en una ciudad con mar?

¿Por qué el sueño le causaba tanta angustia?

El joven se había revuelto entre las sábanas toda la noche sin hallar reposo. Con los ojos entrecerrados, se había despojado de la camisa de dormir y su espléndida desnudez fue tragada por la penumbra. Ni la luz mortecina del velador de cristal rojo al fondo del cuarto, ni la salmodia de los grillos, ni el contrapunto de los perros a lo lejos, ni siquiera el arpa alucinada de un mosquito alcanzaron a traerlo de regreso de la pesadilla:

Una casa en medio del campo y un columpio donde se mecía una mujer, con el pelo rojo al aire; ella se reía ante el placer del bamboleo y la caricia del viento aromado de los abetos. Parecía una escena de leyenda alemana. En el horizonte, se alcanzaba a ver el mar. Un mar azul y furioso como tantas veces lo había visto él en los grabados europeos. En el mar se reflejaba una enorme luna. Luna líquida, luna temblorosa que parecía tragárselo todo. Él se dejaba vencer por el cálido lengüetazo salado de la brisa. Cerraba los ojos. Turquesa por todas partes. Entraba despacio a la casa, subía escaleras, abría puertas. Los cuartos eran grandes y espaciosos. Las ventanas enormes daban al bosque y, más allá, ese mar embravecido comenzó a asustarlo. Ese mar que la luna había transformado en plata líquida. En ese espejo helado nadaba un pétalo negro de la flor perfumada que deseaba ser bebida.

La sensación no era de paz, a pesar de esas bucólicas escenas. La mujer se reía de él mientras se paseaba en el columpio, cada vez más rápido, cada vez más alto, hasta tocar el cielo. Él temía que ella cayera, temía no poder alcanzarla nunca. La invitaba a bajarse e irse juntos.

Ella denegaba, con sus mejillas enrojecidas por el esfuerzo y las carcajadas.

—No en esta vida; hay futuro. El futuro no acaba aquí —repetía ella entre risas—. No puedo regresar, tendrás que encontrarme.

Después, ella le extendía una manzana roja tan brillante que lo cegaba por momentos, tan apetitosa y, sin embargo, tan aterrorizante al mismo tiempo, que él no se atrevía a tomarla. Parecía derretirse en su propia luz. De pronto, de la fruta comenzaba a escurrir sangre...

En el cuarto de Miguel, la única luz era la del velador de cristal rojo, cuya flama iluminaba el pequeño crucifijo y le daba a la pieza un halo fantástico y sórdido a la vez. Se levantó todavía adormilado después de alcanzar la camisa. Abrió los postigos para permitir que entraran los ríos de luz del día que pronto anidaron en los cojines, en la cabecera de latón y en la jarra de porcelana. Escuchó los trinos de los canarios en las jaulas del pasillo y, aún más lejana, la voz de la tía Florinda que entonaba una canción de amor.

Se lavó todavía pensando en el bosque y el mar embravecido de su sueño. ¡Qué tontería! ¿Por qué lo esperaba la mujer? Y él, ¿de dónde sacó esas palabras? ¿De dónde había sacado el valor para ordenarle nada a nadie?

El mar sólo existe en tu memoria.
Voltea hacia todas partes.
¿Hay mar aquí?

¿De quién eran esas extrañas palabras que resonaban en el fondo de su cabeza?

Se rasuró cuidadosamente con la navaja de Solingen que le había regalado su padre. Esparció con especial esmero la loción de Macasar en los rizos negros antes de peinarse, se anudó la corbata y abrochó sus botines.

Su habitación era una de las más cómodas de la casa. A la muerte de su hermana menor, en la epidemia de cólera de 1833, su madre le había destinado el cuarto más cercano al despacho de su padre, con una amplia ventana que daba hacia la buganvilia del segundo patio. La puerta de pino había perdido un poco el color original. Estaba un poco vencida y a veces se atoraba. Cuando Miguel intentó abrirla, tuvo que hacer un esfuerzo adicional para que la parte donde la madera se había combado por la humedad cediera. Cerró los ojos aturdido por la luminosidad de la mañana. La buganvilia le abría los brazos desde la pared del fondo.

En el comedor lo esperaban las mujeres. Su madre, su hermana Josefa Epitacia, la tía Florinda y la prima Anita. Hablaban de la fiesta en casa de sus amigos, los Robles Gil, de los vestidos de las mujeres, de las galletas de almendra, la gallina asada y los jamones curados que se sirvieron en la cena. En medio del barullo le preguntaron si quería atole, si prefería café, si le apetecía carne con chile y frijoles, si había dormido bien.

Él seguía pensativo. Doña Rita, su madre, le sirvió un plato humeante y Anita estuvo a punto de derramar el café. "Hay futuro, el futuro no acaba aquí." ¿Qué quería decir con eso aquella mujer?

—Miguel, acuérdate que tu papá te pidió recoger sus papeles en el despacho —su madre le acercó la canasta con las tortillas.

—Acuérdate que prometiste llevarnos a Los Colomos, ahora que hace tanto calor —la tía Florinda volvió a llenar el tazón de china con el fragante líquido.

—Sobre todo, ahora que ya no tienes tanto trabajo —terció Anita.

—No se me olvida, pero aún tengo unos pendientes. El domingo iremos a donde quieran.

Abrió el periódico con toda la intención de que lo dejaran en paz. *La Voz de Alianza* anunciaba la candidatura a gobernador de Jesús López Portillo por los moderados, publicaba una crítica de teatro de Pablo Jesús Villaseñor y publicitaba la ropa nueva de Las Fragatas.

Las mujeres fueron saliendo del comedor con su murmullo de enaguas y su aroma a naranjas agrias. Miguel se bebió el café con calma.

Esa misma tarde, sentado en su poltrona de cuero favorita, leía *Cándido*, de Voltaire. Más que leer, se hundía en meditaciones. Qué deprimente se volvía el escritor francés con ese olor a semana santa en el aire, con la sombra violeta de las jacarandas que caían de forma inclemente sobre el patio central, la noria, los rosales y los jazmines. "Este no puede ser el mejor de los mundos posibles", se decía Miguel al repasar el texto. "De hecho —meditaba—, el optimista debe ser un imbécil."

Ya su padre lo había reprendido más de una vez por dedicar tanto tiempo, mucho más del razonable, a leer aquellos libros "ateos" en vez de prepararse para ejercer la profesión de abogado. A Miguel le importaba mucho más el pensamiento ilustrado que los aburridos procesos de embargo de tierras, infidencia y deudas particulares. Sobre todo, pensaba en un final adecuado para aquella serie de apuntes que llamaba "novela" y que sus padres, su tía y su hermana se limitaban a llamar "tonterías".

—No es hora de vagancias ni de sueños, Miguel —le espetaba con alguna regularidad aquel abogado respetable, con el rostro surcado por arrugas de preocupación—. Debes pensar en el futuro, te espera la carrera de abogacía.

Al decir esto, su padre se refería a la amistad de Miguel con José María Vigil, discípulo de don Sotero Prieto, cuyo socialismo se murmuraba con escándalo. Pero sobre todo condenaba su cercanía con Pablo Jesús Villaseñor, quizá el más apasionado y sin duda el más talentoso de esos jóvenes aprendices de literatos. El joven que era dueño de la hacienda de Cedros, recién casado y con un hijo, desatendía los negocios familiares para escribir poemas.

—He terminado mis estudios —respondía Miguel cada vez que el señor Cruz-Aedo le hacía la misma recriminación.

Esa ocasión no fue diferente. Dos semanas antes Miguel había presentado el difícil examen de graduación en la universidad. Desde entonces su padre no le había dirigido la palabra.

Las hojas de la higuera en el calor de la tarde anunciaban augurios que no quiso escuchar. Cuando entró al despacho para guardar el libro en su escondite, encontró al anciano en la sombra del rincón. Parecía sumido en hondas reflexiones. José María lo llamó y le ordenó sentarse a su lado.

Las mujeres de la familia participaban en la escena sin intervenir, pálidas y silenciosas como estatuas de mármol. El abogado movía la cabeza en señal reprobatoria.

—Toda la ciudad habla de tu examen. ¡Maldita sea la hora! ¡Cómo pudiste presentar a tus maestros una tesis tan aventurada, tan absurda, por dios!

Su padre perdió la compostura. No le dijo que la teoría defendida por Miguel era más vieja que él mismo. Prefirió el ataque directo. El amplio salón inundado de plantas hacía que Miguel se sintiera ahogado, la presencia de las mujeres le resultaba molesta y sin embargo no se pudo contener.

—¿Quién podría considerar improcedente que los hijos ilegítimos tengan los mismos derechos de sus hermanos legítimos? —respondió, impulsivo—. Sólo aquellos cuyas ideas retrógradas han sido la causa de todos los males del país, aquellos culpables de que una figura tan funesta como Santa Anna mutilara nuestra patria.

No se atrevió a decirle que hacía mucho tiempo sospechaba que su padre era uno de esos hombres que habían olvidado sus ideales a mitad del camino, que había sido capaz de pedir el regreso del nefasto dictador veracruzano y, peor aún, que tenía una razón más fuerte, más personal tal vez, para no querer la igualdad de los hijos ilegítimos para la sucesión testamentaria. Su padre, lo había intuido desde hacía tiempo, era un hipócrita.

Los labios del anciano temblaron. Los dientes apretados y la mirada fogosa refulgían en ambos. Padre e hijo parecían el mismo.

—¡Cállate! No soy uno de esos jovencitos amigos tuyos que se impresionan con tus discursos. Vas por mal camino. ¡Ese poema tuyo en su librito...! —el anciano alcanzó *La Aurora Poética de Jalisco*, buscó ante el silencio expectante de todos y leyó unos versos—. A mí me parece, hijo, que el porvenir se va haciendo a cada momento. Además de que estos versos son malos, me parecen una intoxicación provocada por demasiado Byron y por ese otro, el que acaba de traducir Heredia, Lamartine.

El abogado leyó en voz alta sin mirar:

Despreciando a esa grey de rudos viejos
que os ha dado hasta aquí tan fría acogida

—Los viejos nos han dado la espalda. ¡No dije más que la verdad! —se defendía Miguel.

Las cuatro mujeres tejieron de inmediato un murmullo asustado.

—Esos "rudos viejos" te han alimentado y enseñado todo lo que sabes —continuó el notario—. Ustedes los jóvenes creen que todo lo van a resolver. Los cambios vendrán a su tiempo, cuando sean necesarios. Óyeme bien —dijo levantando un dedo amenazante—: no quiero saber que vuelves a encontrarte con esos muchachos. Ni quiero ver un solo libro más de ese tipo en mi casa —esgrimió el volumen de Voltaire que, en su desconcierto, Miguel había dejado sobre el escritorio.

—El libro es tuyo. ¿Ya se te olvidó que eras tan "polar", tan impío como mis maestros?

Miguel abandonó el salón ante la sorpresa de todos. Tomó el paletó y el sombrero de la percha del zaguán mientras salía dando un portazo.

Aunque ésa no hubiera sido la primera de una serie de peleas entre su padre y él, probablemente fue la que lo hizo sentir más desilusionado. Miguel pensaba que el viejo iba a sentirse orgulloso de sus esfuerzos. Se había graduado con honores en la universidad gracias a esa tesis que él tanto criticaba. Le esperaba un futuro promisorio en el foro jalisciense. ¿Cómo podía ser que él no lo comprendiera?

A medida que iba recorriendo a largos trancos las calles del centro, pudo pensar con más claridad. ¡Por supuesto que su padre no podría comprenderlo! No lo comprendía simplemente porque era viejo. Se había dado por vencido, se había sentado en la cómoda poltrona de la respetabilidad y había olvidado sus sueños. Él y los otros viejos eran quienes tenían el poder. ¡Por eso había que matarlos a todos! Y sin embargo, ¿por qué seguía buscando su aprobación en la misma medida en que iba creciéndole el desprecio ante él?

A su regreso sólo había una figura silenciosa esperándo-lo con la cena.

—A mí me gustó mucho tu poema, Miguel, yo estoy orgullosa de ti —le susurró Anita, su prima, mientras lo acompañaba hasta la puerta de la habitación.

Miguel sonrió. Le acarició el cabello castaño que le caía en una cascada hasta la cintura y con un dedo le plantó un beso en la frente.

—Duerme bien, corderito. Mañana será otro día.

A pesar de todo, Miguel no obedeció a su padre. Siguió acudiendo a las sesiones en el claustro de fray Manuel de San Juan Crisóstomo Nájera, quien tenía la palabra clave para hacerlo ahondar en el estudio de los clásicos, además de tener siempre listo un discurso vehemente sobre vene-rables hombres de la patria. Esa era su verdadera vida. Un fuego nuevo parecía quemarlo al escuchar las palabras del sabio fraile, mil esperanzas le anidaban en la piel al hablar de política y del futuro con sus amigos en aquel maravillo-so recinto, rodeados los jóvenes por todos los tesoros que el padre Nájera había logrado acumular "para el pueblo de Guadalajara": miles de volúmenes en todos los idio-mas conocidos, pinturas originales y copias de maestros célebres.

Más de una vez se quedó con el fraile en el oscuro claus-tro. Fray Manuel mandaba entonces a traer chocolate con bizcochos y se sentaba en la poltrona de madera junto a la mesa atestada de papeles donde, ante los descuidos del maestro, Miguel alcanzaba a distinguir las adiciones a su gramática otomí o sus más recientes descubrimientos sobre el sistema volcánico mexicano.

Ese día no fue la excepción. Al final de la lección de aquella tarde, Miguel espetó:

—Está todo tan revuelto que sólo nos queda el futuro.

Los demás estudiantes de derecho y jóvenes profesionistas en ciernes se marcharon, haciéndole bromas:

—¡Abran paso al hombre del futuro!

Miguel se quedó con aire melancólico, esperando a que todos se hubieran ido.

—¿Qué lo inquieta, señor Cruz-Aedo?

—El futuro, padre.

—Se preguntará usted de qué servirán todos los sacrificios, todo este trabajo para crear el país que deseamos.

El prior del Carmen no miraba a su joven discípulo; permanecía con la vista clavada en la cucharilla de plata que daba vueltas sin cesar en la taza de porcelana, provocando remolinos en el chocolate que arrancaba, a su vez, pequeñas espirales de humo.

—La vanidad es mala consejera —decía sonriente y con un tono apacible el fraile—. Considérese usted un instrumento, un mero eslabón en la cadena del incesante fluir de la historia. Y sin embargo, tampoco puede dejar usted de hacer sino lo que está haciendo, sino lo que debe hacer.

Miguel no respondió. Después de algunos minutos de silencio en el que resonaron las campanas del convento que llamaban a misa de seis, preguntó:

—¿Usted cree, padre, que en el futuro, el mar podría estar más cerca?

El sabio no se dejó sorprender por la intempestiva pregunta.

—Continentes van y continentes vienen, señor Cruz-Aedo, ahí tiene usted el hundimiento de la Atlántida. En el caso de nuestro país, no sería de asombrarse que movimientos telúricos más allá del alcance de nuestra ciencia pudieran aflojar la franja de tierra que nos separa del mar y hundirla. Si usted gusta, puedo prestarle algunos estudios que documentan la posibilidad... Pero, si me permite la pregunta, ¿a qué tanto interés por este asunto tan curioso?

—He tenido pesadillas, padre, de un futuro con mar. Y me ha entrado la curiosidad, ¿será posible?

—Probablemente se necesitarían miles de años, movimientos volcánicos intensísimos, pero sí, en teoría es posible que algún día a esta ciudad llegara el mar. Algunos de mis estu...

—Hay una mujer —interrumpió—. En un columpio.

—¡Ajá! Siempre hay una mujer —se burló el fraile—. ¿Y eso qué tiene que ver con el mar o el futuro?

—Es complicado. Ella vive en una casa junto al mar, en una ciudad que podría ser ésta, en el sueño sé que es ésta, pero todo ha cambiado. Ella me busca y no puede hallarme.

Compartimos el espacio, pero no el tiempo. Quiero traerla a mi mundo y cada vez escapa, se va más lejos. Entre ella y yo, está el mar. Un mar en el que se refleja la luna. Una luna amenazante y helada. La mujer se mece en un columpio entre dos mundos, dos mundos distantes y una misma bruma de invierno.

El padre Nájera era la única persona en el mundo a quien Miguel podía mencionar el asunto. El prior guardó silencio.

—Aquí el mar no es lo más importante —dijo por fin fray Manuel—, tal vez le interesen algunos libros sobre viajes en el tiempo, vidas paralelas, metempsicosis… Y claro, Phoebe, la vieja Selene. Hay leyendas sobre la luna en todas las culturas antiguas. En muchas de estas historias, según cuentan los textos, el ritmo cíclico de la luna representa un patrón que se asimila como parte de la vida humana. En las fases rítmicas de luz y oscuridad, las tribus del paleolítico debieron percibir un patrón de crecimiento y decadencia siempre renovado, y ello les proporcionaría confianza en la vida…

—Mitos paganos. Y sin embargo, padre, estamos en el siglo XIX, el siglo del progreso. Esas ideas de los pueblos antiguos no dejan de ser pintorescas y sin embargo…

Iba a hablarle de la manzana sangrante, aunque aquello le parecía más obvio: el pecado. ¿O no? ¿Sería que habría sangre en el futuro?

En ese instante, un monje entró al aposento. Era hora de su cita con los canónigos, así que fray Manuel se disculpó.

—Ya me contará usted mañana. Pase a la biblioteca y busque estos libros, le darán muchas ideas —le extendió el papelito donde acababa de garrapatear algunos nombres y títulos.

Miguel salió del convento; llevaba varios volúmenes bajo el brazo, un par de ellos eran obras francesas antiguas. Estaban también *De la adivinación* de Cicerón, *La Interpretación de los sueños* de Artemidoro y *Las raíces de la civilización* de Alexander Marshack.

Las palabras del sabio monje todavía retumbaban en su cabeza:

"Las tribus del paleolítico comenzaron a confiar en la reaparición de la luna creciente con el paso del tiempo y a reconocer la oscuridad como el tiempo de espera previo a la reaparición de la nueva vida. Mediante la experiencia de la muerte sintieron quizás que eran acogidos de nuevo en el oscuro vientre de la madre y posiblemente creían que volverían a nacer, como la luna."

Por dos razones se apresuró a llegar a su casa: no quería encontrarse amigos por la calle para no tener que explicarles su interés en libros tan peculiares; por otro lado, quería llegar antes de la cena, a fin de evitar otra escena desagradable con su padre.

Miguel miraba intrigado a la mujer del vestido turquesa sentada en la tercera fila. Cuando ella levantó la vista antes

fija en el papel manila del programa, él le sonrió y agitó levemente la mano en señal de saludo. Ella hizo un discreto movimiento de cabeza y también sonrió. Contra todas las reglas
del decoro, la mujer seguía mirándolo. ¿Qué le encontraba
ella de tanto interés? Hacía unos días se habían encontrado
en Los Portales frente a la catedral y él la había ayudado entre la turba. Miguel se acomodó discretamente la levita, se
alisó el bigote. ¿Lo encontraría bien parecido?

Las mujeres de su casa se lo decían todo el tiempo; la tía
Florinda suspiraba cuando lo veía pasar vestido con elegancia, rumbo al paseo. Su misma madre le tomaba la barbilla
para reconvenirlo cariñosamente y tras cubrirlo de besos le
advertía: "Sé gentil con las mujeres, hijo mío, de seguro podrás tener todas las que quieras, con esa cara y ese cuerpo."
En efecto, ninguna mujer lo había rechazado nunca. Basta-
ba acercarse y vencer los disimulos que ordenaba el mínimo
decoro para tener a cualquier jovencita a su merced. Aquella
mujer no sería la excepción.

Sentía la mirada de ella clavada en su persona. Debió
haberle agradado su sonrisa, los ademanes al hablar, el én-
fasis de su vena azul surcándole la frente y la mirada grave.
Detrás de la cristalina caoba de los ojos femeninos flotaba
una sonrisa.

Cuando todos hubieron tomado sus lugares, Miguel
comenzó con las palabras de presentación y mientras daba
lectura a las líneas de su discurso desde el podium, se preguntaba: "¿Quién es esa mujer que me gusta tanto? ¿Cómo

es que me mira de este modo? Al menos ha atendido a la invitación esta noche."

Hizo una pausa y paseó la mirada por la audiencia silenciosa. Ahí estaba el joven gobernador, feliz padre de familia, junto a su esposa y su hijo pequeño, quien había estado a punto de sacarlo de quicio... ¿A quién se le ocurre llevar a un niño de dos años a una velada literaria? Estaban también sus compañeros de La Falange, los familiares, los tíos, las novias; luego, esa mujer. Sola, joven, con un aire melancólico intrigante. Veinticinco años a lo más. Vestida de crespón turquesa con tápalo de encaje, sin sombrero; llevaba en cambio un sencillo moño que sostenía una cascada sedosa color rojizo que caía sobre sus hombros.

Miguel se sabía el discurso de memoria, así que continuaba mecánicamente, imprimía la inflexión necesaria a cada palabra aunque su mente divagara en recuerdos: el olor del incienso, el calor del viernes santo, el perfume del crespón en el Te deum.

Los ojos de la mujer lo devoraban. Parecía estar grabando el momento en su memoria, para un día futuro. Él no pudo aguantar más, empezó a descontrolarse, perdía el renglón adecuado en la hoja, tosía discretamente y le respondían toses igual de discretas a contrapunto. Una llovizna caída a destiempo comenzó a agujerear el silencio con piquetes de cristal. Con la mirada interrogaba a la mujer.

Después, todo había acabado por fin. Aplausos entusiastas de la audiencia. El tiempo le pareció eterno, como la marcha del invierno y la primavera, antes de lograr salir de ahí y dar alcance a la mujer que iba ya en camino de la puerta.

Al tomarla por un brazo, más bruscamente de lo que hubiera deseado, la hizo tirar la bolsa. Mientras recogía del piso los diversos objetos, aprovechó la cercanía de la joven para aspirar el perfume de gardenias que se desprendía de las oleadas de satín turquesa. Eran gardenias entibiadas en la corriente de un olor a mujer que se abría paso con toda la fuerza y pasión de la juventud. Sintió que le flaqueaban las piernas. No, ella no era como las jovencitas que había conocido. Esta vez no se conformaría con un baile, una flor o un beso robado, fugaz e intrascendente.

Una súbita duda, una luz distinta a la de las bujías en los candiles. La neblina densa de un tiempo sin tiempo que lo cegaba... Con los papeles en la mano, Miguel miraba ese rostro en el que no se adivinaba ningún signo que lo trajera de vuelta a esa noche.

Otro tiempo, otra época, ruidos extraños y trajes desconocidos, rostros estupefactos... Mil imágenes de un tiempo distinto pasaron por su mente, mientras le extendía a la mujer los objetos caídos de la bolsa, avergonzado por su torpeza.

Silencio.

Era necesario un lenguaje extraño en ese minuto en que las estrellas explotaban frente a sus ojos, en ese mundo incomprensible de máquinas y magia, donde el progreso no coincide y las horas tienen mucho más de sesenta minutos.

—Me he permitido… Usted viene sola, quisiera llevarla a su casa, si no le molesta. A estas horas de la noche no es conveniente…

—Me esperan… Hay una berlina allá afuera.

El vestido no le sentaba y su color de pronto le pareció opaco, todo le quedaba mal: la crinolina, el amplio escote, incluso las voluminosas joyas. Por el rostro le pasaban muchas cosas: ojos color de miel y rasgos suaves, sonrisa franca de dientes blancos y parejos.

—Al menos hasta la puerta.

El brazo expectante no era necesario. Había mujeres que caminaban sin ayuda. Mujeres que llegaban solas a su casa, bajo las luces de una populosa ciudad sin noche.

Miradas que se encuentran. Ojos castaños que de pronto se convierten en planicies cósmicas que uno recorre a velocidades superiores a las de la luz, con rumbo desconocido. Es el momento cuando todo encaja, todo cae en su lugar y uno piensa que jamás pudo haber sido de otro modo. Ese instante, en fin, en que el escalofrío, la sorpresa, la interrogación se convierten en certeza, certeza absoluta.

Esta mujer venía a trastornarle el mundo. A cambiar de lugar los objetos. A despojar a los misterios de sus capas de humo. Venía a examinar su mundo poético, a desordenar lo bien aprendido en una vida inútil. Ya empezaba a hablar con sus palabras. Se había internado ya en su laberinto de metáforas.

La sombra del coche se confundía en la calle angosta con el olor a forraje, a piedras lodosas, entre los murmullos de los últimos invitados a la sesión formal del instituto, en el antiguo templo de La Compañía.

Ella no atinaba a subir a la berlina; se le enredó la falda en el estribo. Mano solícita que recibe mano helada, temblorosa. Con cuidado, así. Quiso que sintiera la calidez de su voz en la penumbra, como una tibia cobija paternal. Rostro enmarcado en la negrura interior del vehículo, en la soledad de un no sé dónde. ¿Tiene nombre? Algo que no se puede pronunciar, algo que no se alcanza a comprender.

—Dígame su nombre— suplicó.

—Me llamo Sofía, señor Cruz-Aedo.

Lo sabe, lo sé todo. Ahora será para siempre, más allá de la muerte. "Un alma el cielo me dio, un solo amor me infundió y sólo ese amor tendré."

El vehículo emprendió la marcha y se perdió más allá de la oscuridad tortuosa de la calle del Carmen.

VI

Guadalajara: época actual

Antes que nada, te cuento que me cambié de casa. Encontré un departamento en la zona poniente de Guadalajara, me encantó y aquí estoy. Creo que debo comenzar a instalarme más en forma, no podía seguir rentando por mucho tiempo un departamento amueblado.

El edificio es nuevo. A su puerta las melenas ambivalentes de los alamillos se agitan con el aire cálido. Tal vez no sea tan importante ponerle un nombre al lugar. En las grandes ciudades —quizá también en las pequeñas— los nombres de los edificios resultan casi siempre inadecuados, sin embargo a los tapatíos les encanta bautizarlos. A poca gente se le hubiera ocurrido que el edificio de medio pelo sobre una pretenciosa y arbolada avenida pudiera llevar el nombre de un poeta.

Desde los balcones se respira la salinidad de esa playa que sólo existe en mis deseos; se escucha el rumor de las ausentes olas a lo lejos, en la madrugada.

El sábado pasado traje mis escasas posesiones desde la casa del centro hasta el departamento nuevo. Godeleva me ayudó. El auto venía cargado hasta el tope con cajas y objetos diversos que de pronto he acumulado. Estuvimos aquí juntas, acomodando cosas y después salimos a comprar algunos muebles. La verdad, no sé qué haría sin ella. La pasamos estupendamente hablando del amor, al calor de una botella de vino y algún guiso exótico de los que siempre se nos ocurren después de algunos tragos las tardes de los fines de semana.

No hay mucho que contar. Ella sueña con casarse pronto y yo sueño con gente que no existe. La vida no nos ha golpeado con saña todavía. Podría decirse que tenemos las ilusiones casi íntegras. Claro que no ha faltado algún tipo que nos haya robado el tiempo, más que el corazón; las caricias que quisimos darle más que compromiso alguno. En mi caso, como ya sabes, la carrera importó más. Godeleva, por su parte, tuvo que trabajar desde jovencita para ayudar a su madre viuda a criar tres hijos. ¿Qué te puedo decir? A veces creo que tengo miedo de asumir un compromiso. Los hombres se me acercan y no sé porqué no puedo responderles. Sin embargo, siempre me encuentro a la espera de algo, de alguien y no sé qué es o quién es.

Mi amiga y yo tenemos el futuro por delante y, sin embargo, pensar en el futuro a veces causa miedo. ¡Cuánta incertidumbre, cuánta soledad parece estarnos esperando!

Godeleva me ayudó a colgar el cuadro y creo que se ve mejor en este nuevo departamento. Es una de las pocas cosas que realmente aprecio.

Sentadas en la alfombra frente a él, miro detenidamente el cuadro; especulo en voz alta quién pudo haberse mecido en ese columpio, quién pudo haber vivido en esa cabaña junto al mar… Sentarme frente a ese cuadro me da una sensación de paz. No puedo explicármelo muy bien. Sólo sé que más de una vez he querido meterme en él, ser yo la que viva en esa casa, en un tiempo congelado donde ningún dolor pueda alcanzarme.

Después de la segunda botella de shiraz, le conté a mi amiga de mis investigaciones y, sobre todo, del presidente de La Falange de Estudio. Trastabillando busqué la imagen que encontré en el archivo.

Es un daguerrotipo muy viejo, de esos que requerían la completa inmovilidad del sujeto por más de cinco minutos. En éste se ve a un joven delgado, vestido con un paletó de solapas de terciopelo, camisa y corbata blancas. Tiene la nariz muy recta y los labios delgados. Usa bigote y el cabello negro peinado de raya de lado, sostenido por alguna clase de gomina.

—Se parece a tu amigo Felipe —dijo Godeleva sin pensarlo mucho.

Yo me quedé helada. Felipe es un compañero investigador del centro. No me había fijado bien, pero en efecto, se parece un poco a Cruz-Aedo. Hemos salido los tres algunas

veces y la hemos pasado bien. Felipe es un sociólogo apasionado que expresa sus ideas con claridad y entusiasmo. Aunque Godeleva lo encuentre "anticuado", a mí, en la nube
etílica de la madrugada, me resulta atractivo.

Después del agradable fin de semana, el lunes me quedé
de nuevo sola, un departamento sin arreglar, una ventana
incomprensible que da al acueducto decimonónico que lleva el agua de Los Colomos hasta el centro, y tres habitaciones soleadas con vista al bulevar.

Al ver el horizonte me imagino la bahía, esa que, de
existir, hace algunos años se habría tragado desde el oeste
una buena parte de la ciudad, e incluso a varios poblados de
indios y más de una universidad de paga.

El edificio, de redondos bordes y sólida construcción,
aguerrido buque, parece dirigirse con sus ventanas de aluminio y vidrios polarizados mar adentro. Es difícil no dejarse vencer por el cálido lengüetazo salado de la brisa. Y sin
embargo, hay que ponerse a trabajar.

Quedarse es otro viaje. Más que refugio o nido, este
edificio es un barril echado al mar. Mejor aún, es un trasbor-
dador que zarpa sin rumbo fijo, y yo con él, a donde quiera
que vaya.

Es muy agradable estar aquí.

Yo lo disfruto sobre todo por las noches. Me gusta quedarme de pie en la terraza que da al "malecón" hasta la madrugada, destrabando los sonidos, separando el ruido de los
motores del sonido apacible de las olas. Las palmeras del

bulevar se mecen en los cristales de mi ventana mansamente y, en ese mismo cristal, se refleja la luna enorme, mágica luna que me transporta a otro tiempo.

Sé que puedo seguir esperando junto al mar. En la penumbra de la madrugada, casi puedo verme sentada cerca del oleaje y sentir el viento agitando mi cabello. Cierro los ojos y me dejo llevar por la sensación de placer absoluto. Pasan las horas. Otra vez la media noche. De nuevo la madrugada. Cuando entro en ese estado, mi imaginación se dispara y empiezo a pensar en todos los viajeros que se tragó el mar. Y aguardando aquí, me siento como Penélope, en espera de alguien que no llega nunca.

¿Qué estoy diciendo? No me hagas caso. Estoy un poco desvelada. Cada vez más frecuentemente trabajo por las noches y descanso más de día. No sé qué es lo que digo, concédeme una pequeña licencia poética. Ya te quité el tiempo un buen rato.

Espero que el clima en París sea bueno y puedas salir a pasear por el Marais, incluso que puedas ir a Versalles. ¿A dónde vas en mañanas como éstas, ahora que no estoy, por cierto?

Te mando un beso,

S.

VII

Guadalajara: julio de 1852

e has preguntado cómo será esto dentro de un siglo o dos? La gente se podría interesar en nosotros —afirmaba Miguel Cruz–Aedo—. ¿Qué tal si a alguien le importa en cien años este manuscrito y trata de recuperarlo? —continuaba preguntando mientras abanicaba las cuartillas de su novela que ya habían empezado a circular entre los íntimos. La introducción se había publicado en el primer número de *El Ensayo Literario*, la nueva revista del grupo, y los capítulos siguientes habían cosechado benévolas críticas de sus amigos en las sesiones de La Falange.

Miguel sabía que podía hacer esas confidencias a José María Vigil, su mejor amigo. Delgado, vestido de sobria elegancia, con educadas maneras y carácter calmado y silencioso. Sus mejillas eran enjutas, un bigote negro sombreaba la boca. Los ojos pequeños y negros con sólo una chispa de luz en el fondo daban un aire melancólico a ese rostro moreno, de rasgos indígenas. Su familia era humilde, Miguel sabía que Chemita había logrado estudiar en el seminario con grandes sacrificios y que había luchado por cada pequeño logro: había trabajado duro para poder pagar el traje a la moda, le había costado noches enteras revestirse de la cultura y la elegancia que eran tan naturales en sus amigos de La Falange y, finalmente, había decidido dejar los estudios de leyes, pocos meses antes de terminar la carrera, para dedicarse por entero al periodismo y a la literatura.

Pronto Miguel se dio cuenta de que su amigo parecía estar escuchando sus arrebatos, pero en realidad pensaba en otra cosa. De seguro estaba de nuevo buscando la manera de conquistar a Asunción, la hermana de Emeterio Robles Gil.

—Pues sí, supongo que tal vez un estudioso de la historia... aunque en realidad, Miguel, que pienses todo eso me parece, por lo menos, pretencioso.

Y luego, sin transición, Vigil preguntó:

—¿Qué clase de versos crees tú que lograrían impresionar a Asunción? ¿Te acuerdas de ese soneto desesperado que le mandé la semana pasada? ¡Ningún efecto! Ni una palabra, ni una sonrisa. Nada.

—No, no me refiero a algún señor que complete datos biográficos. ¿Qué tal una mujer? —dijo Miguel, ignorando las preguntas de su amigo.

José María había fruncido el ceño, enarcando aún más las cejas, se contestó a sí mismo:

—Definitivamente le escribiré una obra de teatro, que refleje el tormento de un joven pobre por una señorita de alta sociedad.

—¿Qué tal una mujer que indague, desempolve viejos papeles para seguir el rastro de la revista, de las obras? ¿En quién se habrá convertido López Portillo para entonces? ¿O Santa Anna? ¿Qué podría decir de mí una mujer dentro de uno o dos siglos? —preguntó Miguel.

José María suspiró aliviado. La aparición de los amigos de La Falange, las señoritas invitadas y la familia de Miguel, dio por terminado aquel diálogo de sordos.

Todo el mundo conocía la casa de los Cruz-Aedo, una solariega construcción en la acera poniente de la calle de San Francisco, a tres cuadras de la catedral, en la esquina de la calle de Los Placeres, a la cual daban el nombre los famosos baños.

La casa era un edificio sólido de grandes puertas labradas. Como la mayor parte de las edificaciones de la céntrica calle, tenía dos pisos; en el inferior, la panadería Balfagón y la oficina del correo se disputaban el espacio con la cochera y las áreas de servicio. Una escalera conducía al zaguán del piso superior. Del lado derecho, se encontraba la sala de recibir. Pequeña aunque confortable, no reunía muchos muebles, pero los que ahí había estaban de un modo definido. Eran hermosas piezas de estilo provenzal con asientos de brocado, herencia de la abuela materna, quien los había mandado traer especialmente de París. Por otra parte, los abuelos paternos, además de las tierras en el sur de Jalisco, también habían dado a José María Cruz-Aedo y doña Rita Ortega algunos muebles como regalo de bodas. Tal era el caso de dos esquineros rococó y las alfombras en pálidos tonos pastel. Varias exquisitas reproducciones de pinturas europeas y un original de Miguel Cabrera, sin duda la pieza más valiosa que poseía la familia, cubrían las paredes de la casa. En esa misma sala, medio oculta por pesados cortinajes, había una puerta que conducía a un salón más amplio cuyo espacio dominaba un piano alemán, orgullo de la familia. Algunos canapés, relegados a las esquinas, hacían perder la sobriedad a todo el conjunto. Ahí era donde se recibía a los amigos y donde tenían lugar las tertulias de los jueves.

Con una sola ojeada, Miguel verificó que las cosas estuvieran en su sitio. Los hermosos muebles de nogal y terciopelo que tanto le gustaban habían sido sacudidos. La sólida belleza del mobiliario se dulcificaba con los detalles que su madre y su hermana habían introducido en el salón: plantas de sombra en macetas de china, visillos de encaje y cortinas del mismo color de los muebles. Las gruesas paredes de adobe se habían vuelto a encalar y tapizar a principios del año; sobre el piso de losetas de barro su madre había colocado una alfombrilla de Venecia. Sobre una esquinera había algunos licores de almendra y granada, así como dulces de las monjas mercedarias que habían mandado traer del convento aquella mañana: masafinas, limones rellenos de coco, macarrones de

leche quemada y jamoncillos de almendra en delicadas figuras para acompañar el chocolate o las bebidas frías.

La primera en entrar en el salón fue Asunción, hermana
de Emeterio Robles Gil; se abanicaba y se quejaba del calor.
Poco después, entraba su hermano junto a Ignacio Vallarta y
el teniente coronel Silverio Núñez, seguidos por Ignacia Cañedo, don Sotero Prieto y su hija Isabel. Al final aparecieron
los otros miembros de La Falange encabezados por Antonio
Molina, el médico Ignacio Herrera y Cairo, así como Pablo
Jesús Villaseñor.

—Esta situación no me gusta nada —venía diciendo
Emeterio—. López Portillo no ha logrado satisfacer a nadie.
Incluso a nosotros nos ha parecido demasiado cuidadoso en
sus reformas. Al fin, moderado.

—Pero a los mochos debe parecerles el mismísimo demonio —intervino Cruz-Aedo—; sin embargo no podemos
negar que lo que ha hecho hasta el momento es digno de
crédito.

Con el rabillo del ojo estudió a Emeterio Robles Gil.
Menor que él, las mejillas azuladas por la barba, peinado de
raya lateral, una lustrosa mata de cabello negro cayendo en
una sola onda sobre la frente amplia. Vestido con gran elegancia y a la última moda, totalmente relajado, con una mano sobre un bastón de caoba con pomo de marfil, semejaba
a un Lord Brummel criollo. Ignacio Vallarta, en cambio, era
un hombre naturalmente atractivo; le había dado por usar en
los últimos tiempos una perilla diminuta y un cuidado bigote

negro que desagradaban a Miguel. Los ojos, sin embargo, eran tan luminosos y la mirada tan apasionada que podía entender perfectamente el magnetismo que ejercía su amigo sobre las mujeres de todas las edades. Incluso un par de veces había descubierto a su tía Florinda suspirando por él.

—No niego que López Portillo ha tenido logros. Esa nueva ley de hacienda, impuesto indirecto sobre peajes y alambiques… Es por lo menos novedoso.

—El señor abogado habla de memoria —terció Vigil—; no se olvide usted de la creación de nuevas escuelas, incluida una para adultos, la Biblioteca Pública y el cuerpo de guardias.

—Ya puede uno salir a la calle de noche con menos temor de ser desvalijado en cualquier esquina, gracias al nuevo cuerpo de policía —el apuesto militar Silverio Núñez dirigió una mirada llena de intenciones a Ignacita Cañedo, quien se abanicaba en silencio del otro lado del salón.

—López Portillo ha hecho mucho más que eso —dijo el joven médico Herrera y Cairo—; está empedrando las calles y haciendo banquetas; ha obligado a la gente a pintar las paredes de sus casas para dar un mejor aspecto a la ciudad. Puso a circular los carros de basura para resolver una cuestión que tiene años, siglos, ignorada.

—No nos toca a nosotros juzgar mal la labor de López Portillo —dijo Pablo Jesús.

Todos sabían que a Villaseñor no le gustaba hablar de política y que era amigo muy cercano de López Portillo. Callaron un momento. La tensión comenzó a filtrarse de manera casi imperceptible.

—Y claro, la exposición de productos naturales, agrícolas y fabriles de Jalisco que se va a abrir en pocos días. ¿Quién había pensado en eso antes, a ver? —la joven poetisa Ignacia Cañedo alzó la voz, como para dar la razón a Pablo, quien se lo agradeció con una mirada.

—También está persiguiendo los juegos de azar y la vagancia. ¿Dónde vamos a tener que ir para echarnos unos "toritos", una lotería? —intervino en tono de chacota el futuro médico, simpático y regordete, Antonio Molina.

—Y por supuesto el apoyo que nos ha dado para la revista. Deberíamos estar más agradecidos —dijo Miguel, con sorna.

—Eso también fue una maniobra política que aprovechamos y todos aquí lo sabemos. Al principio no queríamos a López Portillo, pero con el apoyo a *El Ensayo Literario* nos calló la boca por un rato —Vigil se atrevió a levantar la voz.

—La del país sí es una situación crítica. ¿Cuánto tiempo creen que se sostenga el presidente Arista en el poder? —Emeterio trataba de desviar aquella charla incómoda. Entretanto circulaban copitas de anís, galletas de nuez y miradas oblicuas entre los jóvenes y las señoritas invitadas.

—No mucho —no pudo evitar afirmar, categórico, Antonio Molina—, con la bancarrota y los ataques de ambos bandos no hay quien se sostenga.

—El presidente no ha sabido imponerse —intervenía Silverio Núñez—. ¿Habremos de aguantar siempre medias tintas? Los "mochos" quieren que vuelva Santa Anna y Arista no ha sabido dar un no definitivo. Por otro lado, las reformas más radicales que nosotros queremos no parecen posibles en un escenario como éste.

—Arista terminará por someterse a alguno de los dos bandos. Más bien al conservador. No hay quien aguante esta oposición de los diputados —Sotero Prieto hablaba con energía, y atraía la atención de todos; su acento de español peninsular agudizaba la contundencia de sus asertos; todos los jóvenes lo respetaban, él les había dado a leer a los fisiócratas y los había impulsado a plantear nuevas ideas de igualdad en todo término.

—El presidente no tendrá otro remedio que la disolución de las cámaras —Emeterio hablaba ahora en voz baja, casi en secreto—. Incluso sé de buena fuente que se lo propuso a López Portillo y que éste no aceptó apoyarlo.

—Nadie aguanta esta presión por mucho tiempo —José María no quitaba la vista de la belleza de veinte años que era Asunción Robles Gil. Ella no lo miraba, discutía las cualidades de la nueva costurera de la calle del Carmen con doña Rita y la tía Florinda.

—Y el hilo se revienta por lo más delgado —dijo Antonio Molina—. Esos mochos encontrarán alguna manipulación a tono para quitarlo de en medio.

—O someterlo.

Miguel se entretenía en el prometedor escote de Ignacia Cañedo, en cuya profundidad se alcanzaba a vislumbrar el holán de Flandes y las turgentes carnes blancas de la criollita. ¿Habría sido mala idea dejar de cortejarla?

La conversación languidecía por momentos. Un rumor se dejó sentir en el caserón solariego. Silverio se asomó a la ventana a través del visillo de encaje. El salón se iluminó súbitamente con el resplandor de un relámpago.

—¡Jesús María y José! —exclamó la hermana de Miguel—. ¡Otra tormenta!

—Hoy es 24 de julio, justo hace un mes fue el día de san Juan —secundó doña Rita—. No sé por qué no nos fuimos este verano a San Pedro, allá por lo menos no se inundan las calles.

Las campanas de catedral sonaron anunciando una tormenta de grandes proporciones.

—¡Qué nochecita nos espera!, será mejor que nos pongamos en camino, antes de que las calles se conviertan en ríos y no podamos regresar —Emeterio pidió su capa y la de su hermana a las criadas de la casa.

La tormenta amenazaba con poner fin a la velada. Todavía Antonio Molina intentó animar la reunión tocando una marcha alegre al piano, pero los truenos interrumpían a cada momento los compases y las mujeres exclamaban:

—¿Cuál es la oración de las tormentas?

—Santa Brígida bendita…

—No. Es la de san Bartolomé. "San Bartolomé se levantó de dormir, pies y manos se lavó, con el señor se encontró, '¿Dónde vas, Bartolomé?´, 'Contigo me voy señor´. Vuélvete Bartolomé a tu casa o tu mesón, que yo te daré tu don, en la casa donde seas mentado, no caerá piedra ni rayo, ni niño morirá de espanto ni mujer de parto."

—Hay que sacar las palmas benditas. ¿Dónde las guarda usted, doña Rita?

En cuanto escampó un poco, los invitados fueron saliendo protegidos por lonas impermeables hasta los carruajes.

Miguel regresó a la sala después de atrancar el portón. Se instaló de nuevo en la poltrona, dispuesto a leer otro rato antes de dormir, con la corbata ya floja y el frac abierto. Agradeció en secreto a la tormenta por haber puesto fin a la velada.

Doña Rita y la vieja criada de la casa atravesaban el salón a cada rato, apagando las luces o recogiendo las copas en una charola. Finalmente la señora, rendida, tomó asiento en el diván, frente a su hijo.

—Uff, terminó temprano hoy... Qué bueno que tu padre anda de viaje. Ya sabes que no le gustan las reuniones sociales. Y menos que vengan tus amigos.

—Por fortuna se va a quedar unas semanas en Zacatecas —contestó distraído, todavía intentando leer.

—Ignacita estaba muy guapa —dijo doña Rita—. Quién iba a decir que esa chiquilla tímida se convertiría en una muchacha tan agraciada y tan inteligente...

Se volvió a mirarla, lleno de recelo.

—Madre, no estará usted pensando que yo podría...

—¿Y por qué no? ¿No crees que ya es hora de buscarte una buena muchacha y casarte? Terminaste la carrera; el señor gobernador está dándoles la gran oportunidad de publicar su revista. Estás empezando a atender algunos de los negocios de tu padre. Pronto heredarás la notaría. ¿Y quién mejor para compartir tus ilusiones que la hija de tu querido maestro, don Anastasio Cañedo?

—No sé... Estoy pensando en irme a la Ciudad de México, donde realmente aprecian a los jóvenes. Podría presentarme con el señor Ignacio Ramírez, quisiera que alguien más leyera mi trabajo. Ya ves qué bien hablaron en *El Siglo XIX* de mi discurso e incluso lo reprodujeron en *La Ilustración Mexicana*. ¡Quién sabe! Incluso pronto podría estar escribiendo en *El Monitor*. Después de todo el director del periódico es jalisciense, no sería difícil que me permitiera...

—Sueños... —interrumpió su madre, levantándose—. Así que de bodas, nada.

—Mire, no hablemos de eso —sintió la mandíbula rígida a pesar de sí mismo. Se retorció el bigote, nervioso.

—Se me hace que tú ya estás enamorado —la mujer dejó escapar la frase con socarronería. Se le iluminaron los ojillos y su rostro todo rejuveneció diez años.

—¡Puede! pero ya le dije que no quiero hablar de eso —ya iba a salir del recinto, luego se volvió a mirar a su madre a los ojos—. Una cosa le aseguro: no estoy enamorado de Ignacia Cañedo. Y, por favor, no me interrogue más.

Había emprendido la marcha hacia su habitación. De pronto se detuvo, se quedó pensando un momento y luego se dio la vuelta de nuevo.

—Madre, ¿a usted se le ha ocurrido alguna vez cómo serán las mujeres en el futuro?

—Pues, la verdad... —la pobre estaba confundida, alarmada incluso, por la súbita pregunta.

—¿Usarán la misma ropa? ¿Podrán como algunas mujeres de Europa estudiar una carrera?

—La mujer fue hecha para el hogar, para atender a su marido, a sus hijos...

—¿Podrán salir solas? ¿Vivir solas?

—Una mujer que vive sola es una... ¡Por el amor de dios!, ¿a qué viene todo esto?

Sin embargo Miguel no se detuvo ahí. Volvió a tomar su mano. Susurró en tono confidencial, arrastrado por las ansias de confesarlo todo.

—Hay una mujer que... No. Déjelo. Será mejor que me vaya a dormir —salió de la habitación sin esperar a que su madre se recuperara de aquella entrecortada conversación.

"Debe casarse pronto. Necesita una mujer de carne y hueso a su lado", pensaba doña Rita, ya más tranquila, de camino a su cuarto.

Cuando Miguel despertó eran casi las cuatro de la mañana. En vano buscó los jirones del fantasma que había venido a

poseerlo. En vano persiguió por los pliegues de las sábanas
la huella de su perfume de jacintos. El olor a manzana ácida
de su piel, el aroma del sexo caliente que se había bebido
quien sabe cuántas veces, era lo único que quedaba.

En duermevela, daba vueltas entre las sábanas que des-
pedían cierto olor a muñeca vieja. Otro cuerpo, ¡ay!, lo que
hubiera dado por ese cuerpo junto a él, por un beso húmedo.
El caliente deseo por la mirada de una pupila color de miel
clavada en él lo había hecho despertar, presa de un sudor
helado. Una vez más estuvo gritando en sueños.

Aquella noche aún lo ignoraba. "La flor obscura que
tanto amas te espera húmeda, intocada. Aguarda a que vengas a bebértela sin pausas."

Aquella noche no sabía que aguardaba ya, que estaba
hecho para aguardar. La transformación, el calor de julio, la
posesión, el contacto de la mano temblorosa, el aliento siempre nutriente que viniera a llenarle la boca, la noche. No sabía aún que la tersura de aquella mejilla se iba a convertir en
lo más amado, el mejor recuerdo. La inocencia de la mejilla,
lo volátil y huidizo del mechón rojizo sobre la frente y la sua-
vidad del vientre húmedo aguardándolo formarían una sola
sensación siempre deseada, siempre esperada, desconocida.

Afuera llovía. Aún era de noche. Faltaba mucho para el
amanecer. Abrió la puerta del cuarto, sofocado.

Lió un cigarro con calma sobre uno de los equipales del
pasillo. La lluvia cubría con una manta cristalina las curvas
untuosas de las plantas en el patio. Le encantaban las llu-

vias. El olor a tierra mojada le llenó las fosas nasales junto con el tabaco. Aspiró largamente. La leve brisa caliente del verano tapatío agitaba su cabello sudoroso. Un gendarme recorrió la calle con paso lento, farol en mano, anunciando la vuelta del buen tiempo y la madrugada y el pregón alcanzó a confundirse con la incomprensible salmodia de los grillos en una verde catedral de hojas.

Miguel decidió regresar al cuarto. Encendió la lámpara de aceite y se dispuso a escribir.

Abrió el frasquito de tinta negra y mojó en ella la pluma de acero grabada, regalo de su madre en su cumpleaños. Comenzó la tarea.

Adormilado sobre las hojas de papel florete lo encontró el amanecer. Cuando sonaron las campanadas de las seis, tenía los ojos apenas abiertos y algunas cuartillas cubiertas con papel secante sobre la mesa de la habitación. No alcanzó a sentir el beso que Anita lanzó al aire a través de la ventana del insomne, a escondidas.

Era mejor que se lavara, que se quitara de encima el aroma que se desprendió de su sueño, que se librara del olor a mujer que había en su pecho, en sus muslos, en su sexo enrojecido.

Penosamente se arrastró por las horas del día. Apenas dieron las siete de la noche cuando se encaminó por el rumbo de San Juan de Dios. Cruzando el Puente Viejo se le echaron encima los limosneros; parecían salir en oleadas por las bocas desdentadas de las casas de adobe. Cubiertos

de andrajos, cojeando, tentaleando las paredes en su ceguera
real o fingida, lo persiguieron un buen rato por las callejuelas tortuosas del barrio.

Se había hecho un asiduo de la casa de citas. Mientras
dirigía sus pasos hacia allá, recordó la primera de sus visitas,
hacía más de cuatro años.

Supo de la existencia de la casa por algunos de los compañeros de la universidad. Siempre los había escuchado con
algún desprecio, hasta que se decidió a acompañarlos, en
plena euforia cuando supieron la noticia de la desocupación
norteamericana del territorio nacional. Aquel día, entre el
revuelo de campanas, había ido a buscar la compañía de las
mujeres que vivían con la Tuerta Ruperta, ésas, con escarpín
de seda roja y faldas cortas que dejaban ver lúbricos tobillos,
incluso las más osadas mostraban las untuosas pantorrillas.
Eso, por lo menos, había leído en las novelitas galantes que
escondía en el ropero.

No esperaba encontrarse con una construcción de cantera gris que no dejaba traslucir la vida que animaba su interior. Un ujier discreto había recibido al grupo de estudiantes
que también festejaban. Había anotado sus nombres en un
cuadernillo y los había hecho esperar en el zaguán durante
algunos minutos.

—Así que los futuros abogados se dignan visitarnos
—los recibió la doña desde una de las mesas del fondo—.
Hagan el favor de pasar a esta su casa. No tengan miedo, que
aquí nadie se los va a comer.

Una mujer ya madura, elegantemente ataviada, cubierta de joyas, lo tomó del brazo y lo hizo entrar a la sala. Un parche negro en el ojo izquierdo le hizo suponer que estaba frente a la mismísima Tuerta. Otras elegantísimas damas conducían, detrás de ellos, a sus amigos.

En aquel salón todo era alegría. Un enorme candil de cincuenta luces pendía a media altura. Una mazurca llenaba el ambiente y algunas parejas se dejaban llevar por las notas. Doña Ruperta, como le llamaban al pasar, lo hizo tomar asiento en uno de los canapés de brocado rojo cerca de la ventana e hizo una seña a una jovencita que platicaba alegremente con otras mujeres, del lado opuesto del salón. Encargó a un mozo que les trajeran a los nuevos invitados una copa del mejor vino de Burdeos, cortesía de la casa, "para que regresen pronto", les dijo antes de alejarse hacia el salón del fondo.

La jovencita se le había acercado a Miguel y se había sentado a su lado en el canapé. Tenía una hermosa sonrisa y la piel tersa, como de leche. Los ojos pequeños y muy oscuros también sonreían. Se llamaba Eloísa —sí, como la heroína de la novela de Rousseau—, y olía a flores frescas.

Miguel había cerrado los ojos cuando ella lo tomó de la mano. Aspiró profundamente el perfume intenso, el calor de aquel cuerpo joven, y no se resistió cuando ella lo besó en la boca. La tomó con desesperación sobre una cama mullida y perfumada en un cuarto del piso superior. Su cuerpo parecía no pertenecerle mientras arremetía con violencia. Se miró de lejos en el enorme espejo del tocador de cedro y aquella visión sólo le provocó más deseo. Deseo y rabia. Una rabia extraña que no podía terminar de explicarse.

Nada era como lo había esperado. Ni la casa, ni la Tuerta, ni las mujeres que ahí vivían. Esperaba perfumes toscos y cuerpos groseros. No sabía que iba a gustarle tanto. Aún así, joven romántico a fin de cuentas, esperaba más de su primer encuentro. Esperaba sentir amor. Y si bien la muchacha le había agradado por su aspecto inocente y su cuerpo blanco y fresco, sabía bien que aquel sentimiento que crecía dentro de su cuerpo era simple y llanamente el deseo. El amor carnal. Esa llama se sentía en el cuerpo, esa desesperación por besar, por tocar, por morder... Y luego, demasiado pronto, todo acababa en un espasmo más allá de su control. Sin embargo, esa piel, ese cuerpo eran un refugio mucho más adecuado para sus pasiones que los manoseos torpes bajo las sábanas con que había tenido qué conformarse desde la adolescencia.

Desde entonces Cruz-Aedo visitaba regularmente a la muchacha de la piel de luna. A veces iba con sus compañeros, después de la tertulia con el padre Nájera; a veces iba solo y se encontraba en la casa de la Tuerta a amigos y conocidos, continuando ahí, al calor de los cuerpos y del vino, las discusiones políticas iniciadas en la frialdad de la calle y de la sobriedad.

Esa noche del 25 de julio de 1852 no había sido muy distinta a otras.

Eloísa lo hizo olvidar por un rato los sueños torturantes y los recuerdos vagos de sus pesadillas. Pero al contrario de otras ocasiones, aquella noche no encontró descanso. Había cierto aroma... si tan sólo pudiera encontrarlo en los pliegues de esa piel, si lo perseguía lo suficiente, tal vez...

—Sofía...

—Eloísa. Ya deberías saberlo después de tanto tiempo —corrigió la muchacha y le tomó el mentón partido en un gesto severo, luego sonrió—. No puedo enojarme contigo, dime como quieras.

Empezaba otra vez con las caricias, cuando el escándalo lo regresó a la tierra.

Un grupo de hombres entró cantando y dando gritos al caserón de la calle de Medrano. Las mujeres de la casa se afanaban alrededor de los invitados a la "tertulia", los criados sacaron el coñac más fino y el jerez recién llegado. Las guitarras comenzaron a entonar un jarabe.

Eloísa se levantó para entreabrir la puerta de la habitación.

—Es Blancarte. Trae a otros señores... ¡Madre santa!, viene con el señor gobernador.

La muchacha se apresuró a lavarse. Se vistió y volvió a trenzar su cabello delante del espejo. No quería perderse la diversión que ya se iniciaba con los ilustres visitantes, a quienes se notaba un tanto pasados de copas.

Miguel también se vistió. ¿Debía salir y saludar a su amigo? Se arrepintió de haber tomado tanto. El gobernador nunca lo había visto en ese sitio, ni en ese estado.

—Bueno, guapo, me voy. Si quieres, baja a tomarte unas copas con los señores. Al ratito de seguro que todas bailaremos el jarabe.

Turbado, denegó con la cabeza. Puso algunas monedas en la mano extendida de la muchacha y se acabó el vino de un trago. Se quedó sentado en la orilla de la cama, liando un cigarro.

En ese momento se oyó la voz grave de Blancarte:

—Vamos a tomar hasta que amanezca. Aquí el señor gobernador ha tenido a bien dejarme desempleado. ¡Mire que deshacer el cuerpo de la Guardia Nacional! A ver si cuando tenga que enfrentar un verdadero peligro sus "cuicos" lo sacan a usted de apuros.

El ex coronel Blancarte era un hombre fornido y de alta estatura. Sus palabras dejaban entrever la amenaza entre bufidos pestilentes.

El joven gobernador le respondía en voz más baja, tratando de no perder la calma.

—Se ha malentendido la función de la policía. El nuevo jefe ha hecho una labor excelente al formar ese grupo. Coronel, sólo se pensó que sustituyeran a los serenos en su labor de vigilancia, nunca al ejército. En cuanto a los cuerpos de guardia, no había con qué pagarles, usted lo sabe.

Don Jesús López Portillo se afanaba por suavizar el tono que había tomado la conversación. Incluso llamó a una de las muchachas, que fue a sentarse en sus rodillas, pidió que volvieran a llenarles las copas a todos y que continuara la fiesta. Sin embargo José María Blancarte rondaba la embriaguez y miraba al gobernador con ojos turbios. Dejó que la Tuerta sirviera jerez hasta el borde de la copa, luego, de un manotazo, la derramó sobre López Portillo.

—Usted y su gringo inventor de la policía se van a arrepentir toda la vida de la humillación que me hicieron —gritó—. Además de disolver el cuerpo de guardia no quisieron prestarme los tres mil pesos que les pedí el mes pasado. Se creen muy catrines y muy finos, pero no se le olvide quiénes somos más hombres.

López Portillo se puso de pie, pálido de rabia. Los músicos callaron. Los gritos de las mujeres y el ruido de una mesa haciéndose añicos contra el piso pusieron en guardia a Cruz–Aedo. Se quedó escuchando detrás de la puerta, le costaba trabajo tenerse en pie.

Después de un momento, oyó salir al gobernador y luego las expresiones de burla de las mujeres.

—Que vengan los famosos policías a defender a su patrón.

Con los músculos en tensión, a medio vestir detrás de la puerta, Miguel se preguntaba qué hacer. Blancarte sabía muy bien quiénes eran los amigos de López Portillo. No había manera de salir de ahí sin ser visto por los participantes en la tertulia. La rabia lo hacía expulsar el humo del cigarro con violencia. El vino le hervía en la sangre y sin embargo, con los restos de conciencia que le quedaban, se daba cuenta que no tenía ninguna oportunidad.

No pasó mucho tiempo antes de que los gritos de la policía pidiendo que se disolviera la reunión llenaran el recinto e hicieran callar de nuevo a los músicos. Un piquete de guardia venía a arrestar a Blancarte y a sus compañeros por alterar la tranquilidad pública.

—A mí nadie me va a llevar arrestado —vociferaba el obeso personaje—, mucho menos por orden de ese pelele.

—Las órdenes son muy precisas, mi coronel —respondió el capitán un tanto apabullado, entre las risotadas de las mujeres y los gritos de los borrachos que forcejeaban para no salir de aquel lugar—. Ya podrá usted poner las cosas en su lugar delante de la autoridad. La reunión queda disuelta por orden del señor gobernador.

—¡Que su señor gobernador se vaya a la chingada! —maldijo Blancarte, lanzando un fuerte puñetazo a la quijada del policía que lo sujetaba.

Varios oficiales se arrojaron sobre él, sin lograr reducirlo. Los amigos del coronel pronto reventaron ojos y rompieron tabiques. Espadas en mano, obligaron a salir de la casa a los maltrechos oficiales.

—Ya lo dije, vamos a tomar hasta que amanezca —gritó Blancarte entre las vivas de sus amigos y las risas entusiasmadas de las mujeres—. Y que venga a sacarme López Portillo si se atreve.

Entonces Cruz-Aedo apareció en la lujosa sala de la Tuerta.

—Aquí está un amigo de López Portillo que va a darle a usted su merecido ahora mismo.

Desarmado como estaba, se abalanzó contra el obeso coronel, que lo recibió con un golpe en la quijada. Un par de patadas de los amigos de Blancarte terminaron por dejarlo inconsciente en pocos minutos. El ujier y un mozo lo sacaron de la casa.

Antes de que se cerrara el portón, alcanzó a escuchar la voz del coronel insurrecto:

—¿Y ora qué mosco le picó a este relamido?

—Está borracho. A ver si así se le pasa.

Las carcajadas de todos los presentes fueron lo último que alcanzó a escuchar, tirado en el arroyo. La música de las guitarras y más allá el monótono romper de las olas de un imposible mar turquesa, lo arrullaban. No podía moverse, yacía en un charco donde, enorme, se reflejaba la luna. En las sombras chinescas que dibujaba la luz de la madrugada entre los árboles, con los ojos entrecerrados ya, veía bambolearse en la confusa luz del amanecer, un columpio vacío.

VIII

Guadalajara: época actual

A penas me recuperé de una cruda espantosa. Me da rabia que mi cuerpo no aguante como antes. ¿Estaré tan dañada? Tal vez fue la combinación de bebidas y el estado de ánimo; no puedo evitar sentirme sola. Ya sabes que tengo una enorme dificultad para relacionarme con la gente, tal vez por eso prefiero la compañía de mis fantasmas decimonónicos.

Te voy a decir lo que pasó. Necesito que me regañes.

Los compañeros del trabajo me invitaron a una reunión el fin de semana y le pedí a Godeleva que fuéramos juntas. Fue en la casa de una de las investigadoras, quien rehabilitó una vieja finca en el barrio de las Nueve Esquinas, en la que cada objeto tenía un lugar cuidadosamente escogido: los libreros hechos por los indios de Oaxaca, ídolos prehispánicos y cacharros de barro negro, sillones cubiertos con telas africanas, lámparas de papel, flores frescas y obra de jóvenes pintores, ya sabes.

De algún modo, creo que tenía muchas ganas de ser parte de alguna reunión con los "verdaderos" poetas, músicos, pintores e investigadores; esas donde se llega a la–neta–de–la–vida. Supongo que me imaginaba como parte del grupo de los sumos sacerdotes del intelecto, entre nubes de copal y mariguana, hablando en un lenguaje sólo comprensible para los iniciados. Y al estar ahí, casi caigo en trance.

Fueron llegando en grupos: estaban aquellos dispuestos a ahogar lo que les queda de esperanza en un vaso de tequila; uno que maniobraba el estéreo a fin de hacer callar el estribillo que había rebotado innumerables veces entre los invitados; alguien al que todo le da lo mismo desde que lo dejó su mujer; algunos, más allá, permanecían atentos a la anfitriona, quien hablaba sobre la heroica discusión sostenida con algún funcionario de la cultura y explicaba cómo, para asombro de los incrédulos que nunca faltan, lo había puesto en su lugar. Godeleva, más sociable que yo, escuchaba, conversaba y hasta coqueteaba con los invitados.

Comencé a temblar. Se me nublaron los ojos por el llanto silencioso de noches como esa, de soledad en compañía, de charlas en las que no puedo encajar. Deseé poder cambiar algo. No pude evitar estremecerme al recordar la manera estúpida de meterme en esa trampa, por huir de mi miedo a estar sola en casa. Estaba parada junto a la ventana cuando me di cuenta que comenzaba a llover. La cabeza me daba vueltas. Había bebido de más, como todas estas noches, estos años. La noche entraba cálida y húmeda por el

enorme ventanal, traía consigo los fantasmas de otros tiempos, la brisa lejana del mar. Poco a poco fui controlando el
incipiente mareo y me di vuelta.

Ahí estaba Felipe, discutiendo airadamente con el director del centro sobre temas políticos. Cuando la dueña de la
casa se llevó al joven director al jardín para dirimir quién sabe qué asunto, Felipe me invitó a que nos fuéramos de ahí.

Godeleva y otro compañero nos acompañaron. Fuimos
a un bar y a otro y a otro más, porque Felipe nos quería enseñar el lado más oscuro de la Guadalajara de noche. Nos fuimos más allá de la calzada (la calzada Independencia, antiguo
río de San Juan de Dios, antiguo Paseo, que divide la Guadalajara "decente" de la que supuestamente no lo es; ningún
tapatío de clase media alta se atrevería a vivir más allá de ese
límite). Ahí, como te imaginarás, están los burdeles y las
cantinas más divertidas aunque menos sofisticadas de la ciudad. En uno de esos antros, presenciamos como niñas bien
portadas un table dance y le pagamos a nuestros amigos un
privado en toda forma. Estuvimos bebiendo y manejando
por la ciudad hasta el amanecer. Te diré que fue maravilloso
ver la luna enorme, como una barcarola en un mar muy quieto al final de Javier Mina, enorme avenida que parecía, en
efecto, concluir hacia el poniente, en ese malecón que sólo
existe en mis fantasías.

No fue tan grave lo que sucedió, sino la manera como lo
vivo ahora, la sensación que me deja el ridículo que de seguro habré hecho. En uno de los bares me paré a bailar sola

y comencé a hacer un lamentable strip que aplaudieron los parroquianos, mientras mi amigo se escondía. No me quité más que el saco y un chaleco, pero de todos modos fue algo bochornoso. Mientras manejábamos por la ciudad, yo iba gritándoles a mis compañeros de viaje que cada piedra era mía, cada centímetro de la catedral y cada año de sus torres reconstruidas; que me sé todas las historias de todos los personajes; que me pertenecen todos sus fantasmas.

Empecé a sentir una mezcla extraña de miedo y certeza absoluta de que no hay sobre la tierra un lugar seguro, por un lado, y por otro, la vivificante sensación de que la noche promete experiencias sin nombre, enormes ganas de bailar en las banquetas, deseos de amanecer junto al mar… y cierta culpa.

No debería sentir culpa de pasarla bien, ya lo sé. ¿Será más bien miedo ante la tentación del vértigo? En la oscuridad de la noche tapatía, en el entusiasmo de la música que tanto amo, nos pusimos Felipe y yo, en efecto, a bailar un vals postmoderno en la banqueta. En cada uno de los giros bajo las luces de neón me fueron cautivando más y más el rostro, los rasgos, la voz, el aroma de mi amigo. Le pedí que se quedara conmigo. No recuerdo gran cosa, sólo algunas imágenes: lo acariciaba y le decía que se parecía a Cruz–Aedo. Cuando desperté, por fortuna ya no estaba.

Debería dejar de beber. Voy a intentar seriamente tomar menos. No mezclar bebidas. O mejor beber a solas, metida en mi casa, donde nadie me vea hacer el ridículo.

El malestar me duró tres días. Pensé que me iba a morir. No sólo de la cruda física sino sobre todo de la moral: tratar de recordar obsesivamente los detalles de la noche y sentir una vergüenza terrible por no lograrlo. ¿Qué hice? ¿A quién le pregunto que me diga la verdad? De golpe sentí que era culpable de todo, de lo mío y de lo ajeno, hasta de haber nacido.

Entre la vida y la muerte, en medio del sudor helado y del sopor de ese bendito primer trago que finalmente se queda en el estómago, después de los interminables vómitos, he seguido trabajando.

Ya tengo algunos avances sobre la vida de Cruz-Aedo y la vida cotidiana de Guadalajara en la década de 1850. Es una época difícil. Hasta con la cronología en la mano resulta a veces incomprensible.

En 1852, llegó a ser gobernador de Jalisco un moderado: Jesús López Portillo, padre de José López Portillo y Rojas, el escritor, y tatarabuelo de nuestro ex presidente de la república. Esto resultó muy benéfico para Jalisco. Gracias a sus buenos oficios floreció en Guadalajara, por primera vez en muchos años, la paz entre las distintas facciones de puros, moderados y conservadores; y por ende, se desarrolló la cultura.

Ya tengo fichadas las biografías de todos los miembros de La Falange de Estudio. Unos más ilustres que otros. Quizá algunos nombres te suenen: José María Vigil fue director de la Biblioteca Nacional en el porfiriato y también fue uno de los coordinadores de *México a Través de los Siglos*; Ignacio Luis Vallarta, jurisconsulto, fue gobernador de Jalisco; una de las principales avenidas de la ciudad, así como el primer puerto de Jalisco llevan su apellido. Los otros son menos conocidos: Emeterio Robles Gil escribió teatro y terminó siendo notario; Pablo Jesús Villaseñor, sin duda el más brillante de todos, murió muy joven; Isabel Prieto es la única poeta romántica conocida, murió en Alemania, escribiendo leyendas sobre la Lorelei, enferma de nostalgia del sol tapatío. De Antonio Molina, Ignacia Cañedo y los demás ni te cuento, que, de todos modos, casi nadie los ha oído nombrar. "Tienen nombre de calle", me dijo el otro día Felipe, y sí, de no ser por las calles donde nos movemos, el último soplo de vida se hubiera esfumado de esos seres que no merecieron la atención de la Historia-con-mayúsculas.

A veces me pregunto a quién le va a interesar todo esto. ¿Tiene sentido?

La vida es el sueño de un borracho, ¿no crees?

Yo lo hago para sobrevivir. Porque es lo único que me queda. Suena dramático decir esas cosas, ¿no? Pero es verdad: estos fantasmas me están salvando la vida. Además, a través de ellos he logrado recuperar y crear vínculos con los vivos, otros locos que, como yo, coleccionan retazos de pasado.

Te quiero,

S.

IX

Guadalajara: julio de 1852

l viento incipiente hizo temblar la araucaria, mientras llegaba la noche, entre susurros. El brillo de las estrellas era cada vez más intenso: los luceros parecían brincar hasta el patio central de la casa en la calle del Seminario. Sofía se frotó los brazos casi en éxtasis. Se necesitaba un pintor de otro tiempo, tal vez aún sin nacer, para pintar ese lienzo: una mujer venida de otra parte, del futuro tal vez, desdibujados sus contornos en el gris del anochecer, inundada por el maravilloso añil de la tarde tapatía, sentada en la fuentecilla de cantera, en cuyo fondo comenzaba a asomar un pétalo plateado de la luna. Una cálida tela protegió a Sofía del frío. El asombro la hizo voltear: la vieja criada la arropaba. Nana Luisa era fea y la edad ya le había dejado un rosario de arrugas. Tenía la piel blanca y el cabello trenzado en la nuca. Por único atuendo usaba un vestido de percal, delantal rojo y rebozo negro de algodón. Tenía el acento del norte.

La joven viuda apenas pudo hablar. Estaba distraída, sus pensamientos iban al pasado, a los tiempos cuando había sido una señora rica. Recordaba a la muerte de Felipe, la traición de Remigio Torres. Recordaba el largo viaje por los llanos del centro hasta Guadalajara. Pero sobre todo, recordaba el perfume de Macasar en los rizos de Miguel, el discurso del primero de mayo, la media sonrisa en la comisura de sus labios.

Se repuso a tiempo.

—¿Pero de dónde salió usted? —por fin articuló su susto.

—¿No se acuerda que me mandó a averiguar qué pasaba en palacio?

—Ya se me había olvidado, nana Luisa.

—Está pálida. Válgame, la asusté de seguro.

—Ya estoy bien —afirmó al levantarse del borde de la fuente para entrar a la habitación al otro lado del pasillo—. Dígame pues, ¿qué pasó en palacio?

—Tumbaron al gobernador. Le dio el golpe un tal coronel Blancarte. Desde las dos de la tarde están echando bala desde el convento del Carmen los amigos del señor López Portillo.

—Y nosotras que veníamos a esta ciudad buscando la calma —suspiró Sofía.

—Mejor nos hubiéramos quedado. Ya ve, aquí el otro día hasta nos perdimos en la procesión. Allá todo el mundo nos conocía, o aunque sea nos hubiéramos ido a Durango. ¡Tan bonito Durango…!

La vieja miraba al vacío con ojos soñadores.

—Precisamente, porque todo el mundo nos conocía, no quería la burla ni la lástima de la gente. Por fortuna logramos salvar algo de la herencia de mi madre, a pesar de lo que nos quitó ese desgraciado de Remigio. ¿Quería usted que nos persiguiera para ver si nos exprimía todo?

—Yo digo que no nos tocaba a nosotras salir huyendo.

El angelito de la cabecera de la cama parecía mirarla intrigado. La tenue luz de una veladora apenas alcanzaba a bañar el rostro de porcelana de una muñeca de trapo.

—Señora, con tanto barullo se me olvidó decirle que la esperan en la casa de los Robles Gil a cenar. Vino un mozo a avisar en la mañana.

—¿Los Robles Gil? ¿Cómo es eso?

—Es por las señoras Sierra y Letechipia. También esta mañana mandaron a la criada para avisar que habían llegado de Zacatecas ayer y que desean verla antes de irse. Luego vino el cochero a decir que vendría a recogerla en la noche, como a las ocho, para ir con ellas a casa de los Robles Gil. Ya no tuve tiempo de decirle, con eso que me mandó a ver qué pasaba…

—¡No! ¿Yo a qué voy? No conozco a esa sociedad de catrines tapatíos. Hace mil años que no tengo un vestido decente para una reunión así… Además, ¿de qué les voy a platicar?

—Doña… ¿a poco les va a quedar mal a las señoras? ¿Ya no se acuerda qué bien la trataron en Zacatecas? Usted ya medio los conoce, ¿qué no? ¿Luego sus visitas con sus amigos, los señores Villaseñor? ¿Luego la reunión donde se fue sola la otra noche? —La vieja insistía, divertida, frente a las negativas silenciosas de la joven—. Además esos lagartijos no tienen nada distinto a los de Durango, o los de cualquier otro lado. Han de hablar de las mismas tarugadas: que cuál es el mejor gobierno, que si los curas tienen la culpa, que si Santa Anna volviera al poder. Hoy de seguro sólo van a hablar del golpe.

Sofía sonrió. Sin duda nana Luisa conocía a la gente.

—Lo que no entiendo es cómo van a hacer una cena cuando le están dando golpe de estado al gobernador. ¿No se asustará esta gente con los balazos?

—Uno no entiende nada, ¿verdad? Es que somos mujeres, nos van a decir. O somos de Durango, donde las cosas son de otro modo. Aquí, mientras echaban bala los alzados, a unas cuantas calles, en el mercado, todo seguía como si nada. Nomás veíamos el humo de los disparos. Como a las seis, todito quedó callado, callado. Hicieron una tregua. Ora a ver qué pasa mañana.

Sofía despidió a nana Luisa.

Sola en su habitación, abrió una de las puertas del pesado ropero de caoba. Buscó entre la ropa. Todavía le quedaban algunos hermosos vestidos de raso, de satén, de algodón; estampados y lisos, con grandes escotes y con mascadas de tul. Se probó uno que no había usado en los últimos tiempos; se miraba en la penumbra del espejo del tocador. Bailó entusiasmada.

—Son las siete. Todavía tengo tiempo.

Comenzó a arreglarse. El vestido verde botella y los zarcillos de esmeralda. Un peinado sencillo que disimulara el maltratado cabello rojo; perfume de jacarandas que acababa de comprar en la botica de La Merced, en la calle de Santa Teresa. Los zapatos: unos escarpines de satén negro con cintas para amarrarse a los tobillos. Un poco pasados de moda, qué remedio. Mantendría puestos en todo momento los guantes; sus manos —lo había decidido— no eran el prototipo del atractivo femenino; eran manos acostumbradas al sol. ¿Cómo eran las manos de las otras mujeres?, se preguntaba mientras se pintaba la boca con carmín.

¡Cuántas veces le había dicho Felipe que no montara sin guantes, que no anduviera en el cerro disparando con el rifle a los coyotes, que no se metiera a ayudar a parir a las vacas! Señora rica, pero entrona, eso sí, no como las catrinas de la ciudad. Aunque le pesara a la familia de su difunto marido. Las cuñadas le llamaban "ranchera" y se burlaban de ella "porque había crecido detrás de las colas de las vacas". Por eso al morir Felipe la habían desconocido.

—Ya llegó el coche —oyó decir a nana Luisa.

La calle estaba oscura. Sólo vio la impecable berlina negra de la señora Letechipia y al mozo abriéndole la puerta. Oyó algunos carruajes a lo lejos. Subió a la berlina con dificultad. Le apretaba un poco el armazón de hueso de ballena del corsé. Abordó al fin el vehículo, incómoda dentro de un vestido tan ancho, cuyas crinolinas ocupaban todo el asiento. No sabía abanicarse, ni qué hacer con los guantes que sólo le causaban calor. Por un momento sintió miedo. Nunca había estado en una ciudad con problemas políticos. Claro que los disparos le eran familiares, pero nunca había presenciado un golpe militar. En el tiempo que había vivido en Guadalajara todo había sido tranquilidad. Le habían narrado la asonada de unos años atrás, pero hasta aquel día nada había perturbado la calma citadina. Estaba acostumbrada a vivir atemorizada por los ataques de los indios bárbaros, pero esto era distinto. Vio a un gendarme pasar con un farol encendiendo las lámparas de la esquina y suspiró hondo para darse valor.

El carruaje dio un rodeo por la Plaza de Santo Domingo para recoger a la señora Josefa Letechipia y a su cuñada, la señora Sierra. A varias cuadras se encontraba la catedral con sus torres en construcción; qué rara forma de cucurucho, ¿cuándo irían a terminarlas? Más adelante reconoció la cárcel y, detrás, el seminario. Cruzaron la Plaza de Armas, Los Portales y la calle del Carmen. No se oía ningún escándalo en el palacio. La tregua, al parecer, era efectiva. Frente al convento de San Francisco, por la avenida del mismo nombre, estaba la casa donde se hospedaban las zacatecanas. La calle estaba desierta, al parecer la gente, atemorizada por el ataque de Blancarte, se había recogido temprano.

En el corto trayecto hasta la casa de sus anfitriones, las jóvenes señoras, risueñas, con voces cantarinas y un tanto engoladas, dijeron que se veía preciosa. Preguntaron si los aretes eran herencia de familia. Hablaron maravillas de sus anfitriones de esa noche.

La casa de la familia Robles Gil era un edificio un tanto sombrío, en la esquina de las calles de La Merced y La Cruz, detrás del Palacio Cañedo; en el zaguán había algunos mecheros que proyectaban las sombras de los helechos del patio, magnificadas contra las arcadas de los pasillos.

Asunción, una muchacha simpática, con un soberbio vestido rosa de satín de seda y tul a la última moda, en medio de cuyas olas y olas de encaje caminaba con garbo, la tomó del brazo y la condujo con agradable charla hasta el salón de recibir, como si la hubiera conocido de toda la vida, sin reparar en su angosto vestidito verde de muchas temporadas atrás y sus escarpines maltratados. Fue presentada como la señora Sofía Trujillo viuda de Porras, llegada del estado de Durango.

—Excelente amiguita —dijo Josefa Sierra.

—Un dulce —añadió Josefa Letechipia.

Bajo la araña de cristal estaban reunidos Pablo Jesús y su esposa; Emeterio, apuesto y atildado, junto a su novia Eulalia; Ignacio Vallarta, cuyos grandes y expresivos ojos negros la impresionaron; los padres de Emeterio y Asunción; Ignacita Cañedo, quien disfrutaba de su fama de poetisa ya conocida, según le dijeron las zacatecanas, porque había publicado en México; rubia, de ojos azules, complexión delicada, junto a un caballero elegante y de cabello entrecano cuyo nombre no alcanzó a captar. Estaba además el médico

Antonio Molina, chaparrito, risueño y caballeroso, sujetando la copa con mano insegura.

Incrédula, escuchaba a esa gente dirigirse a ella con naturalidad y afecto. Gente que las señoras ya le habían descrito, a quienes ya había visto en la presentación de *El Ensayo Literario*, cuyos rasgos fue reconociendo, cuyos nombres fue memorizando a lo largo de la noche.

Se comentaba con disgusto el ataque de Blancarte.

—Es una venganza muy sucia —afirmó Vallarta—; es claro que responde a la determinación del señor López Portillo de deshacerse del Batallón de Guardia Nacional.

—Al parecer hubo otro episodio desagradable para el coronel. Anoche estaba escandalizando en una casa no muy decente. Un piquete de guardia llegó a tomarlo preso, Blancarte juró venganza —contó Emeterio con la mirada pícara y un tanto culpable de alguien a quien de seguro no le era ajeno el burdel de la Tuerta.

—¡Pero si estaban juntos ayer en la tarde en la comida que ofrecieron los comerciantes en Los Colomos para el gobernador! —Antonio Molina no salía de su asombro.

—También el gobernador estaba anoche en la casa de esa señora —le dijo al oído Asunción a Refugio—. Dicen que se peleó con Blancarte por una mujer.

El susurro se perdió en la desaprobación general. Abundaron comentarios sobre lo intempestivo del ataque, sobre los motivos fútiles del mismo. No escasearon los presagios sobre el negro destino del depuesto gobernador.

Tocaron de nuevo a la puerta y algunos minutos después, Miguel Cruz-Aedo entró al salón, acompañado por el teniente coronel Silverio Núñez. Estaban agitados y nerviosos, les temblaba la voz al saludar, sin poder evitarlo.

Sofía se turbó al ver a Miguel. No esperaba encontrarlo en aquella reunión, aunque, en secreto, deseaba hallarlo en todas partes. No dejaba de mirarlo. Tenía varios moretes y rasguños en la cara, se movía con cuidado, parecía haber sufrido algunos golpes. Sofía notó la manía que tenía Miguel de retirarse un mechón de la frente. Al detenerse a intercambiar algunas frases con los invitados se jalaba el bigote para asentir o negar, cortés. No dejó de chocarle lo estudiado de sus expresiones y actitudes, la superflua palabrería, lo melifluo de algunas frases, y de pronto se sintió fuera de lugar, enojada consigo misma por haber aceptado la invitación.

Josefa Sierra se acercó del brazo del joven hasta donde estaba Sofía.

—Esta es la viuda Porras —dijo—, Sofía, una amiguita que es un tesoro. Desde que llegó a Guadalajara queríamos que todos la conocieran, le dimos las señas de tu familia, pero es tímida, como ves. Nos acabamos de enterar que ni una vez ha visitado tu casa, a pesar de que tu papá le lleva sus asuntos.

Por fin pudo apretar y besar su mano enguantada.

—Es un placer; sea usted bienvenida a Guadalajara.

Sofía se sonrojó.

Se sentó frente a ella, con la espalda muy recta y ademanes decididos. Si alguna emoción sentía, no la dejaba traslucir.

—Estuvimos con el señor López Portillo en cuanto supimos la noticia —relató de manera pausada—. Unos pocos amigos y un grupo de mal armados civiles es todo con cuanto el gobernador cuenta. A pesar de haber mandado avisar a las fuerzas militares en Zapopan para que vinieran con refuerzos, no recibimos ayuda. Es penoso ver cómo se unieron a Blancarte en tan pocas horas tanto la guardia del palacio como los otros batallones.

—¿Y cómo salieron del convento? —preguntó Ignacio.

—La tregua, Ignacio, pero eso comenzó al anochecer. Fui a casa, con Silverio, para avisarle a mi madre que estoy bien, y vinimos enseguida a informarles de la situación y a pedirles su ayuda para el hombre que nos dio su apoyo y el que ha sido buen amigo.

Un murmullo de aprobación se dejó oír. Se articularon planes de apoyo. Se ofrecieron víveres, hombres y armas. Cada uno de los allí reunidos competía por apoyar más y de mejor manera al gobernador.

Por momentos parecía que nada hubiera ocurrido. Las mazurcas se sucedían en el piano, festejando la casi segura victoria de López Portillo y sus amigos al día siguiente. Corrían los vinos que el padre de Emeterio ordenaba sin cesar, y al filo de las diez los comensales brindaron esperanzados ante la posibilidad de la ayuda federal proveniente de Zapopan que llegaría en cualquier momento. Asimismo, cuando el presidente supiera, de seguro iba a tomar algunas medidas a favor del gobernador López Portillo.

Luego, la señora de la casa ordenó a sus invitados pasar a la mesa.

—No podremos ayudar a nuestro amigo con el estómago vacío —bromeó con voz chispeante, tomando del brazo a Nacho Vallarta.

Olvidadas ya las ceremonias, el grupo fue entrando al comedor. Miguel ofreció el brazo a Sofía, susurrándole al oído:

—¿Esta vez no hay nadie esperando?

—La berlina de la señora Letechipia —respondió, sonriendo y tomándolo del brazo.

Una vez sentados a la mesa, Miguel se vio envuelto en una interminable conversación con el padre de Emeterio sobre un pleito de tierras que el joven abogado tenía pendiente en la notaría.

Al calor del caldo de res, Pablo Jesús comenzó una discusión con José María Vigil sobre los derechos de los trabajadores fabriles. Sofía se sentía perdida, bebiendo a cortos sorbos el caldo. Josefa Sierra, sentada a su lado, le susurró:

—Ya habrás oído hablar de José María Vigil. Es un joven muy culto, pero lo acusan de socialista y ateo. A mí no me gusta hablar de cosas tan serias durante la comida —siguió diciendo en voz más alta—, produce indigestión.

Pronto llegó el guisado. El cerdo relleno con nueces en salsa de naranja se veía apetitoso. Sofía nunca había visto un plato tan sofisticado.

Le costó trabajo conducirse con propiedad. Imitó a Asunción en todo. Qué copa debía emplear para beber agua, cuál para el vino, qué tenedor y qué cuchillo se utilizan para la carne. Imitó incluso su manera de limpiarse las comisuras de los labios con la servilleta y evitó hablar con la boca llena.

Cuando la anfitriona ordenó a la sirvienta traer el postre, Miguel finalmente pudo terminar la conversación con el señor Robles Gil. Entonces se volvió hacia ella.

—¿Cómo es que una mujer tan bella como usted ha podido permanecer oculta en Guadalajara? ¿Cuánto tiempo hace que llegó aquí? —preguntó a Sofía en voz muy baja, casi rozando su oído.

La muchacha se ahogó con el trago de Rioja que acababa de llevarse a la boca. Tosió violentamente mientras Nacho Vallarta llamaba la atención a Cruz-Aedo.

—Miguel, ¿qué cosa terrible le has dicho a nuestra nueva amiga?

Y luego dirigiéndose a Sofía:

—Señora Porras, no oiga usted nada de lo que este caballero le diga. Es un calavera. Hay en esta mesa amigos más confiables para una recién llegada. Si usted lo permite yo podría...

Un coro de carcajadas interrumpió el galanteo.

En medio de las burlas y las risas, Miguel ofreció su pañuelo a Sofía.

—No es necesario, yo…

La joven viuda estaba avergonzada de atraer toda la atención. Le daba rabia no saber contener la turbación que le causaba el poeta, también le molestaba no tener más experiencia, más mundo. Hubiera querido ser como Asunción.

Miguel no tocó su pastel. Siguió extendiéndole el pañuelo a Sofía.

—Haga el favor de tomarlo.

Ella obedeció en silencio. Le había intimidado el tono, casi una orden.

Por fortuna los anfitriones sugirieron pasar al salón a tomar el café y los licores. Esta vez, la dueña de la casa escogió a Miguel para encabezar la comitiva, con él del brazo.

—Querido, ya me dijeron que Sofía Trujillo tiene más de dos años de viuda. Llegó a Guadalajara hace más o menos ese mismo tiempo y vive en la calle del Seminario. ¿Te acuerdas de la casa de los Sánchez Navarro? Pues tu papá la compró para ella. Dicen que es muy amiga de Pablo Villaseñor y su mujer. ¡Qué curioso que no se haya dejado ver! ¿Vas a cortejarla? Ay Miguel, sabes cuánto me gustaría que te quedaras con una de mis niñas, pero comprendo que esta durangueña te resulte atractiva.

El joven abogado conocía muy bien las tretas de la señora Robles Gil. Así que con delicadeza trató de desembarazarse lo antes posible. Cuando llegaron al salón y dejó a la señora bien instalada en un canapé, exclamó:

—En una situación tan comprometida como la de esta noche, no podría pensar en galanteos. Doña Sofía es una clienta de mi padre, como tal, le debo mi respeto.

Luego presentó sus disculpas. Tenía que preparar la defensa del día siguiente.

El grupo comenzó a desarticularse. Algunos se retiraron casi enseguida, conviniendo en una reunión a la media noche para ayudar al gobernador. Sofía se fue con las poetisas zacatecanas.

Afuera estaba el cochero sobre el pescante de la berlina. Más allá, la calle de San Francisco tan angosta, el arroyo empedrado con muchos agujeros en él y con algunas corrientes de agua sucia junto a las aceras, apenas distinguibles del vado. Sofía percibió un extraño silencio hasta entonces inadvertido. Ni un ruido familiar a lo lejos, nada. Grillos cantando en la oscuridad, sí. El zumbido de otros insectos de la Plaza de Armas. Se asombró al notar cuánto viajaba el sonido. Las campanas de San Agustín marcando los cuartos de hora. No pudo reprimir una sonrisa al recordar la presencia de Miguel y la turbación que le había causado. Demasiada tal vez, como si ya hubiera sabido quién era desde siempre, como si se encontrara con alguien de otro tiempo, alguien que le resultaba íntimo.

"Respira hondo Sofía —se decía en silencio—, no olvides el aroma: es tiempo de lluvias, huele la vegetación de la huerta de los conventos cercanos, esa mezcla de olores que no puedes distinguir. Basura tal vez, carne guisada, pólvora, cadáver, recuerda las exequias en la catedral y en el panteón del convento de San Francisco, recuerda esos extractos de perfume y sí, este aire puro aunque polvoriento al que no estás acostumbrada."

Las señoras no dejaban de proferir indignadas frases contra el coronel Blancarte, recordando aquí y allá la gallardía de López Portillo y lo encantadora que era su mujer. ¡Qué dolor debían estar pasando!

No tardó en volver a su casa. La recorrió con curiosidad, como si no la hubiera visto, comparándola con la hermosa residencia de los Robles Gil. En la sala, los tres sillones con asientos de tela muy gastada, los esquineros rococó, una estera de pálido rosa. Colgaba una sola araña de cristal del techo hasta la mitad de la altura de la habitación y dos veladores del mismo estilo a ambos lados de la puerta. Nunca podría invitar allí a sus nuevos amigos.

El pasillo llevaba hasta su cuarto, bordeado por macetas y jaulas de pájaros cubiertas por la sirvienta desde antes de que cayera la noche. Nana Luisa había dejado agua en una jarra de porcelana junto al aguamanil. Se desvistió, se lavó lo mejor posible y se puso el camisón de lino que ya estaba sobre la cama.

Sofía no rezaba antes de dormir. Ese había sido otro punto de conflicto con Felipe. Ella no iba a misa más que obligada por su marido y en ocasiones muy especiales; tenía otras creencias: la de las sombras afiladas de las montañas rojas de su tierra; la del cielo cobalto en la tarde sobre el campo; la del arpa del viento en las catedrales de las hojas en tiempo de lluvias. Sofía creía en otras cosas: cuentos de aparecidos, las brujas de la sierra, el destino fijado en la baraja y, sobre todo, en los designios de la vieja madre Luna.

Cuando todavía era niña, en La Perla de Morillitos, encontraron en la pared de la cocina, al ampliar la estufa, una olla llena de muñecas de tela. Fascinada, acudió a atestiguar el descubrimiento. Don Celestino no quería que su hija conservara las muñecas. "Son cosas de brujas", le había dicho.

Nana Luisa le llevó la olla más tarde a su cuarto.

—Tome, por algo le llaman la atención estas monas. Ha de ser su destino.

Toda la noche se la había pasado librando las coyunturas de tela de las muñecas de los alfileres de colores que las sujetaban. Hasta la madrugada había estado enderezando piernas y brazos y guardando en una cajita de cristal los alfileres de cabecitas rojas, negras, verdes.

Desde entonces empezó a observar el campo; las sombras de los árboles le decían cosas, el viento gritaba augurios, la flama de las velas revelaba secretos siempre vedados para los otros, que pasaban sin ver, sobre todo para las otras mujeres que se cuidaban las manos y la ropa y el pelo. Desde entonces decidió que no sería como ellas, nunca. Su aprendizaje con Soledad fue sólo la conclusión natural de inquietudes sin nombre. Ella le reveló los secretos de la diosa Madre, ella le enseñó cómo usar toda la fuerza concedida a las mujeres, esos seres mágicos con el don de traspasar los mundos.

Las explosiones la trajeron de regreso. Todavía no amanecía y ya los golpistas comenzaban a disparar otra vez. Estaba lloviendo. Era una de esas lluvias pertinaces que inundaban las calles de la ciudad.

Entre sueños escuchó los golpes en la puerta. ¿Quién se atrevía a venir a tocarle en la madrugada? ¿Con esa lluvia? Se puso en guardia. Se levantó despacio, abrió la puerta del cuarto y se cubrió con un chal. De nuevo los golpes. No era en la puerta, era una de las ventanas del frente. Nana Luisa estaba medio sorda y vieja, seguro no había oído.

—¿Quién es? —preguntó antes de abrir el postigo.

—Perdone doña Sofía, soy Miguel Cruz-Aedo.

No podía creerlo. De inmediato el corazón se le aceleró sin control. Sin poder evitar temblores que la recorrían por todo el cuerpo, abrió la ventana. Ahí en la oscuridad de la calle estaba el joven moreno, cubierto por una manga de lluvia, con el pelo en desorden, empapado y tiritando.

—Vine a decirle que nos vamos con el gobernador López Portillo al puente de Tololotlán, cerca de Zapotlanejo. Blancarte ha lanzado un manifiesto; se ha proclamado comandante de la plaza y ha nombrado un nuevo gobernador.

Ella se cubrió el pecho con el chal ante el inesperado ventarrón húmedo. Se quedó pensando un momento de qué manera a ella podría resultarle aquella una información tan importante que no pudiera esperar hasta la mañana siguiente.

—Vine a decirle, por si algo sucede, que usted me ha causado una honda impresión. Que siento que la conozco de toda la vida, que no quiero morirme para no dejar de verla. Que me he atrevido a venir para decirle… Si no regreso, quería que supiera…

—Regresarás, Miguel —el tuteo se dio espontáneo.

—Mañana llegarán las fuerzas federales. Pero ahora no tenemos más que un cañón y cuando mucho cincuenta hombres cansados. No nos queda sino salir de aquí y esperar la ayuda del presidente.

Después de dudar un momento, Miguel tomó su rostro entre los barrotes de la ventana y la besó. Su contacto era una llama y sin embargo se quedó helada. La piel mojada del muchacho le produjo un toque eléctrico. No se suponía que ella volviera a sentir nada. No creyó nunca que el corazón pudiera latirle con tal fuerza.

Lo rodeó con sus brazos a través de los barrotes. Ahora que se atrevía a tocarlo, tendría que dejarlo ir.

—Regresarás.

Más que un deseo, era una orden.

—No te olvides de mí.

—Estaré aquí esperándote.

Miguel le acarició una mejilla con la mano mojada. Volvió a besarla y ella ya no sintió pasar el tiempo.

Cuando abrió los ojos, se había ido. Sólo quedaba la oscuridad más allá de la ventana.

X

Guadalajara: época actual

A caban de pasar las vacaciones de verano. Con dificultad sobreviví a un largo puente. Las calles del centro quedaron vacías y las tiendas cerraron. Si existiera un malecón, se hubiera vuelto bullicioso, con cien mil turistas peleando por su metro de arena en la playa.

Me quedé sola en casa, terminé de arreglar y adelanté trabajo. Surtí la despensa y una amplia dotación de tequila de Arenal aseguró mi sedentarismo. Juré no salir de aquí hasta haber escrito por lo menos un par de capítulos. No fue un gran sacrificio. Imagino las playas cercanas sucias y atestadas. Mejor quedarse en casa. Ni siquiera queda el consuelo de un cine: la programación de estos días en una ciudad de provincia puede ser la peor tortura para cualquiera.

Incluso me alegro de no estar yendo al centro, siento terror de no tener nada que decir, nada que compartir con el resto de la gente. En el centro guardo silencio, cruzo pocas palabras con las secretarias. Oigo a disgusto los chismes de mis compañeros de trabajo, sé que cada vez más soy parte de esos chismes. Los oigo de vez de cuando murmurar que soy rara, que me visto mal, que no tengo amigos, que de seguro me acuesto con Felipe. Cuando nos vamos juntos, la gente nos mira y hace bromas entre risitas cómplices. Ninguno de los dos tiene compromiso y a nadie le tendríamos que dar cuentas, pero, ya sabes, a la gente siempre le gusta hablar.

No me importa, encuentro a Felipe muy agradable, aunque algo me impide entregarme por completo. Cuando estamos juntos, ¡tantas veces me gana el deseo de estar en otro lado!, pero no, me basta ser su confidente, ¡ay, oreja de mí!, recetarme sus largas peroratas para evitar la intimidad. No, ninguno de los dos quiere renunciar a su soledad y establecer un compromiso. Tal vez por eso me parece cómoda y adecuada su compañía; él prefiere a toda costa su independencia, sé que tiene miedo a la intimidad, pero ¡yo también! No cambiaría esta soledad de las noches en vela, esta incertidumbre de los minutos plagados de susurros.

Prefiero que esté lejos, que se vaya con otra a la playa. Es mejor desearse, extrañarse en color dorado y cobalto, lo más lejos posible.

Los años que pasé contigo en París me dieron otra visión de la vida y de las relaciones. Eso me abrió el mundo, me hizo recuperar un poco el control de mi vida.

Ahora, aquí, parece suficiente escribir la tesis. Meterme de lleno en las vidas de los otros, de los muertos hace más de siglo y medio, y hacerlas mías. Es el único compromiso que estoy dispuesta a asumir.

Inmersa en datos y fechas sobreviví las horas. Observé cómo el sol fue pintando y despintando las sombras del patio, cómo el aire empujaba las hojas secas de las plantas de una pared del balcón a otra. Aguanté estoica los calambres en la mano, sin parar de escribir. (Tengo esa mala manía de escribir las primeras versiones a mano, para después pasar en limpio.) Después estuve transcribiendo en la computadora hasta el amanecer.

Estoy sola, es verdad, pero cuando trabajo de ese modo durante toda la noche, siento una presencia indefinida. Una cortina que se mueve delicadamente y deja a su paso un aroma, un susurro. Luego pienso que no, que es sólo la luna enorme, entrando a besar las habitaciones en silencio. Es sólo la noche en blanco, la hoja y yo que derramo tinta sobre ambas, pendiente de las agujas del reloj, pendiente de los grillos y del vecino que a las tres de la mañana destroza canciones de amor a todo pulmón.

Mientras ordeno el montón de páginas a corregir, la pila de carpetas, la información histórica sobre esa ciudad que alguna vez existió, y veo el acueducto que llega a morir a mi balcón, único vínculo con el presente, una brisa lúgubre hace languidecer a la buganvilia contra la barda del fondo. ¿Son pasos?, ¿son voces? Sé que es sólo el viento en la madrugada.

Al filo del amanecer hago una pausa. Salgo al balcón para que la brisa cálida, olorosa a jazmines, me despeje un poco;

sentada en un equipal, el tequila en la mano, me pierdo en el vacío: el sabor del agave en la boca y una inquietud en el estómago… De pronto, veo una sombra a lo lejos. Una sombra expectante que me busca, que mora todas las dimensiones de esta ciudad y a la que siento cerca y lejos a la vez.

Vas a decir que estoy loca, lo cual probablemente es cierto, pero en estas últimas noches, durante las pausas del trabajo en la terraza, veo esa silueta oscura que recorre la calle, mirando de vez en cuando mi ventana. Recorre el acueducto de un pilar a otro.

Al principio no hice mucho caso, supuse que era un transeúnte desvelado, borracho de aguardiente y desamor como yo misma. La curiosidad me llevó a atenuar la luz para no ser vista y atisbar a través de una rendija de la cortina de bambú.

Me acecha un fantasma. Eso quiero creer. No, no me digas nada, no estoy alucinando.

En noches como estas, cuando tengo tanta dificultad para hilar las ideas, quisiera que se acercara ese fantasma y me dijera: "Yo te voy a llevar a donde nunca fuiste. Te voy a mostrar cómo sucedieron en verdad las cosas. No tendrás que inventar nada, porque irás conmigo. Te mostraré las pasiones de otros tiempos, los amaneceres rebosantes de niebla en las barrancas, la piel de la luna en el espejo de un lago que ya no existe, te mostraré las palabras que ya han sido olvidadas desde hace más de un siglo y los corazones podridos de los hombres de buena voluntad." Aunque tomara mi vida a cambio, aunque tomara mi sueño le daría todo. Soy ambiciosa, no tengo remedio. Haría cualquier cosa por olvidar y comenzar a vivir otra vida, con tal de que no fuera la mía.

¡Me gustaría tanto que el fantasma viniera a susurrarme al oído y permaneciera como una sibilante sierpe enroscada entre las flores de la jacaranda y los helechos!

Será que deseo con todas mis fuerzas haber vivido hace siglo y medio, cuando era fácil para una mujer escoger o dejarse escoger el destino. A una mujer le estaba permitido el silencio en una reunión política, un bostezo discreto y un entornar los ojos. No sólo era permitida, sino obligatoria la búsqueda del mejor partido en la ciudad bajo la mirada complaciente de la mamá; el consuelo de un hijo, las obras de caridad, el bordado, las artes de la cocina, las tertulias literarias. Incluso era bien visto el lujo de escribir versos almibarados, cursilones, y ser aplaudida por los jóvenes liberales.

Me reflejo en esos hombres apasionados del siglo XIX que quisieron cambiar su mundo a través de los discursos, que levantaron escándalos con palabras; quisiera, como ellos, poder creer en algo, poder sentir algo así.

Me pregunto qué voy a hacer, qué me gusta hacer, además de trabajar sentada en esta mesa, sin descanso. Trabajar y beber… No bebo para olvidar, sino simplemente para apaciguar la sed. Sed antiquísima, inextinguible, arrolladora.

Me pregunto quién soy, quién he de ser. Entonces, de cara a ese tiempo que me espera inexorable, evoco los vera-

nos que pudieron haber sido; trato con furia de identificar-
me con alguna parte de ese pasado y para no encerrarme a
llorar mi desamparo me sirvo otro vaso de tequila.

Te mando un beso,
S.

XI

Guadalajara: julio–diciembre de 1852

ofía leía emocionada las extensas misivas escritas con una letra difícil de descifrar y palpaba su materialidad. Esas cartas que Miguel le mandaba con un viejo campesino repartidor de leche, quien se aventuraba hasta la casa paterna con mensajes para todos y luego proseguía por el rumbo de Santo Domingo a entregarle a Luisa los paquetes de cartas para la señora, junto con la leche fresca, la mantenían atada a la ilusión.

Tololotlán, 27 de julio de 1852
...estamos desesperados y desvalidos. Las fuerzas de Zapopan no llegaron en todo el día. Se nos termina el parque y no nos queda sino la esperanza de los refuerzos por parte del presidente Arista...

Ella también le escribía, recargada en la mesita de caoba frente a la puerta del cuarto, justo donde caía el rayo de luz. Le daba los pliegos azules al anciano repartidor de leche e imaginaba a Miguel leyendo esas cartas, aspirando el aroma cálido del papel. Todo ello era, con toda seguridad, un alivio para las incomodidades, un poco de olvido para la desesperación y la inactividad de una espera por refuerzos militares que no llegarían.

Guadalajara, 21 de octubre de 1852
... se alargan semanas y meses, Miguel, tal como te dije. Supe que está cerrado el camino a México. Que todo aquel que quiera cruzar por el puente de Tololotlán debe tener un pasaporte. Ojalá que leas mis cartas. Para cuando recibas ésta, estarás enterado sobre el Plan del Hospicio. Ayer se reunieron ahí los principales comerciantes e industriales de la ciudad para promulgar un plan execrable que convenza con cierta palabrería, disfrazada de una postura liberal, a todos los grupos para que regrese Santa Anna. Es difícil que algo se los impida. Pretenden la reforma de la constitución y dar golpe de estado al presidente Arista. ¿Quién vendrá a ayudar a ustedes ahora que las fuerzas federales y el propio presidente actúan de manera tan confusa? ¿Sabrá lo que le espera?
Y tú... ¿cuándo volverás? A veces me pregunto qué estoy haciendo yo aquí, sin oficio ni beneficio, cuando podría pedir un pasaporte, llegar a tu lado, verte. ¿Soy muy atrevida? ¿No debe portarse así una mujer decente? ¿Es eso lo que piensas cuando lees estas cartas? Quiero verte. Necesito verte...

Tololotlán, 28 de octubre de 1852

Sofía:

De nuevo estamos en el puente, sufriendo grandes incomodidades y viviendo como parte de las tropas regulares. He de confesarte que me atrae enormemente la vida militar; ahora siento que es un modo, tal vez el más auténtico, de tomar una posición respecto a lo que está pasando en el país: impedir que Santa Anna vuelva al poder, frenar el desarrollo del partido traidor a la patria, no vivir con los brazos cruzados para observar, impasible, las desgracias de México. Ahora que la revolución ha ganado a otros estados, no queda sino tomar una posición más fuerte. La única posibilidad es el general Miñón, que debe llegar en algunas semanas. Salió el día tres de Tehuantepec. Tenemos las esperanzas puestas en su llegada, ya que las pocas fuerzas federales que están con nosotros se encuentran minuto a minuto más expuestas a la defección... No te preocupes por mí, estoy bien. Sí, deseando verte, necesitando verte también. Hay tantas cosas que quedaron por decir, tanto que quiero preguntarte... ¿Sientes tú lo mismo? Yo tengo el alma dividida. Por un lado, la prisa, el presentimiento de que algo horrible se avecina y que no dejará que el tiempo termine de dar sus frutos y, por el otro, el sofoco, el ansia de verte, la certeza de que aunque no estés a mi lado, estás conmigo. Te respiro, te palpo en mi piel, te escucho como un eco al fondo de mi voz. Y es el sofoco, esa ansia indoblegable, lo que hace que el otoño no se instale del todo, devorando los frutos maduros del estío.

Noviembre, el mes de muertos, se apoderó de la ciudad con un vientecillo helado que acabó de paralizar las esperanzas de los tapatíos liberales. Noviembre, con el tufo diluido a valeriana dando vuelta en las esquinas ventosas del centro, con el color de los cempasúchiles en los regazos de las indias en los portales, el olor de las velas de miel con que la gente obsequia a sus difuntos, la algarabía que el día de muertos instala en el panteón y la huerta de San Francisco.

Sofía regresaba del mercado a medio día. Había insistido en ir, a pesar de las recomendaciones de nana Luisa, quien refunfuñaba que una señora no debe ir a la plaza, pues se expone a que le falten al respeto. Sofía cargaba un ramo de flores de muerto y un racimo de velas de miel. Más atrás, un niño moreno arrastraba una canasta con frutas: naranjas, limas, cañas y calabaza para hacerla en tacha.

Una joven esperaba en la puerta de la casa.

—¿Doña Sofía? —preguntó con voz tímida—. Soy Ana, la prima de Miguel Cruz-Aedo.

Sofía invitó a pasar a la muchacha por el zaguán mientras se quitaba el rebozo. Abrieron la reja y entraron al saloncito de recibir.

—¿Le pasó algo a Miguel? —Sofía se alarmó.

—No, no, no se asuste. Es que… hay una carta dirigida a usted que estaba entre las nuestras. Mi tía Rita pensó que alguien se había equivocado, pero yo la recogí y la guardé. Cuando el viejito de la leche volvió, le pregunté por usted. Quise venir a conocerla.

Sofía estaba intrigada. La jovencita no tendría más de quince años; los ojos vivos y el porte gracioso. Invitó a la muchacha a sentarse.

Anita se turbó. Era emocionante conocer a esa misteriosa mujer. Un amor secreto, como en las novelas. No sabía cómo preguntarle. Sintió admiración y celos por esa mujer espigada que se secaba el sudor discretamente con un pañuelito de lino con olor a lavanda y se arreglaba el cabello rojizo frente al espejo del salón. Le extendió la carta e hizo un intento de irse, pero Sofía la retuvo.

—No, no te vayas. Estaba a punto de empezar a arreglar el altar de muertos. ¿Me ayudas? —en su tono de voz reinaba la cortesía, pero en su pecho le consumía el ansia por leer la carta de Miguel.

—¿Altar? —Anita estaba un poco asustada—. Mi tía dice que esas son cosas de indios y brujas. Que no es de buen cristiano festejar a los muertos.

—¡Qué va! ¿Y para qué son estos días, marcados por los mismos católicos? Más vale recordar a los muertos con alegría, esperarlos como si estuvieran vivos. Aunque sea un día del año.

Sofía dudó un momento antes de decirle, consumida por el ansia de abrir la carta que ya le quemaba la mano:

—Siéntate un momento. Voy a refrescarme y regreso en un segundo.

Y luego a nana Luisa:

—Sírvale limonada a la señorita y no me la deje ir, que tenemos mucho que platicar ella y yo.

Entre las nubes de copal y el olor asfixiante de las flores de muerto en el rincón más oscuro de la cocina junto al fogón, Sofía leyó la carta en el terso papel azul que ya le era tan familiar:

Tololotlán, 29 de octubre de 1852

Sofía:

Huele a tierra mojada. Han vuelto esta noche otra vez a galopar los caballos del sueño, los caballos de siempre, los monstruosos caballos de la locura y del misterio. Huele a tierra mojada como cuando va a amanecer un día de batalla. Todavía no ha llegado el momento del miedo, el de la boca seca y el temblor incontenible de las rodillas.

Luego se alzará el sol entre los cerros y veremos el campamento enemigo. Ahora son solamente lejanas las luces de fogatas que muy bien podrían confundirse con estrellas.

Yo sé —y el enemigo también sabe— que son sólo unos pocos instantes de quietud, de verdadera paz. Unos instantes nada más entre el galope de las pesadillas y el verdadero galope de la muerte. Pero en ellos está lo que llamamos vida. Ese instante ideal entre lo imaginario del sueño y la realidad que te supera. Luego todo será rodar por la pendiente.

Pero ahora es el momento en que se puede ser uno mismo y huele a tierra mojada. Siempre huele a tierra mojada.

No es verdad que yo no quiera que se levante el sol, que ya no se puede retroceder. Regresar es siempre un viaje hacia la nada. Tiene que amanecer para comprender lo que valen unos pocos minutos antes del alba, cuando huele a tierra mojada. El enemigo sabe, como yo, que podemos levantar el campamento y volver a casa. Pero sabe también (tú y yo sabemos) que si amanece, que si se apagan definitivamente los ecos de los caballos del sueño, solamente podremos hacer lo que es inevitable: la batalla.

Antes de la batalla vendrá el miedo, pero después, en el choque violento de las armas, la violencia se volverá dulzura y la emoción de la muerte (que es el amor) será más fuerte que todo y no habrá retorno.

Sólo después, mucho después, cuando vuelva a caer la noche, el que sobreviva sabrá hasta qué punto valió la pena aquel combate y volverá a dormir para escuchar de nuevo los caballos nocturnos de su propia locura, esperando otra vez que se repitan esos pocos instantes antes del amanecer, antes de otra batalla en que huele siempre, como ahora, a tierra mojada.

Estrechó la carta contra su pecho. ¡Cómo la enamoraba ese hombre con palabras! Era verdad, no tenía que estar presente. Estaba con ella, se le había metido hasta el fondo del alma aunque no estuviera presente. Y el beso... ¿Cómo era posible que un beso le hubiera despertado tantas sensaciones? Le temblaban las rodillas al recordar, un ligero escalofrío le recorría la piel y deseó tenerlo cerca, como nunca antes a ningún hombre.

Anita la esperaba en la suave penumbra de la sala, frente a las extrañas figuras y las veladoras que nana Luisa iba poniendo en el altar. Las palabras que había escuchado un minuto antes le resonaban en la mente, así que mientras Sofía se ausentó ella recordaba a su padre, aquel hacendado seco que una noche le pegó a su mamá. Ella lo vio por la rendija de la puerta al levantarse por el ruido. El miedo le impidió entrar. Su madre lloraba recargada contra un mueble, el cabello suelto, mientras el padre la insultaba con el hablar cortado e incoherente. Una botella sobre la mesa de noche, una copa rota en el piso. "Es la última vez que lo soporto", murmuraba la mujer entre sollozos, "te juro que es la última vez". Casi un mes después, lo trajeron con el cuello roto; se había caído del caballo por el rumbo de Atenquique. También recordó a su mamá llorando. Las sirvientas arreglaron al difunto sobre la cama. Luego le dijeron a Anita que entrara a decirle adiós, pero ella tenía miedo. Nunca había visto a un muerto, no quería ver a su padre. Sin embargo cuando lo vio le pareció indefenso. Como si estuviera dormido. Muy cansado y pálido, con el mismo rictus de enojo que tenía cada vez con mayor frecuencia en los últimos tiempos.

Después del entierro, su mamá se encerró en el cuarto. Ella la oía llorar bajito y hablar sin ton ni son. Luego llegaron todos los familiares. Ella tenía mucho miedo. Entonces sintió la mano de Miguel en la cabeza, y se sintió envuelta en el olor a Macasar. Él la llevó a dar una vuelta por el pueblo y la iglesia. Cuando Miguel la tomaba de la mano se sentía segura. Después vivió en casa de sus tíos y su vida cambió por completo.

Estaba sumida en sus recuerdos cuando Sofía entró en el salón con las flores y las velas, y se sentó en el piso para empezar a trenzar los cempasúchiles en un arco. Anita la miraba un tanto desconfiada. Por fin preguntó:

—¿Usted tiene muertos?

—Mi marido murió hace tres años; mis padres, hace más. Tuve varios hermanitos que se murieron en la infancia. Ya ves, tengo una hilera de muertos que recordar.

Anita no se podía imaginar lo que era tener un marido, menos aún enviudar. Bebió la limonada mientras observaba a Sofía y a nana Luisa acomodar en el altar los panes de figuras antropomorfas que habían encargado en la panadería Balfagón, los platitos de calabaza en tacha, las frutas frescas. El salón se había llenado de olores y colores intensos. Cuando nana Luisa trajo el brasero con copal, a Anita le lloraron los ojos, entre el ardor, la fascinación y el recuerdo. Habían dado las tres. Se puso de pie asustada.

—Tengo que irme. Me van a castigar. Gracias por todo.

—Anita —Sofía le tomó la mano—, ven cuando quieras. Me encantará platicar contigo.

Guadalajara, 15 de diciembre de 1852

Miguel, amor mío:

La ciudad en diciembre es cálida, no como mi tierra. En las mañanas puede refrescar hasta cubrirse los patios con un manto de hielo, sin embargo el medio día y la tarde son luminosos, propicios para los paseos y las visitas. Las posadas se organizan como si la ciudad no estuviera sitiada, como si no la estuvieran custodiando casi tres mil rebeldes adictos a Santa Anna, comandados por el coronel Blancarte, en las garitas, en los fosos cavados en las calles y en las trincheras levantadas con escombros. Blancarte mantiene a la ciudad incomunicada mientras ustedes lanzan de vez en cuando ataques dispersos. Sé que siguen en espera del famoso general que viene de Tehuantepec para dar el golpe definitivo. Blancarte y los seguidores de Santa Anna juraron que ustedes, los "agitadores", no volverán a entrar a la ciudad. Prohibieron los fuegos artificiales y las reuniones después de las diez. Sin embargo, los tapatíos se las ingenian para seguir celebrando y las familias compiten por el nacimiento más vistoso frente a las ventanas de las salas. Apenas puedo creer cómo, de pronto, esta hermosa ciudad acostumbrada a la paz se ha ido transformando en un escenario de guerra. No obstante, sus habitantes no quieren creer en la inminencia del desastre. ¡Me conmueve tanto ver cómo conservan, a sangre y fuego, la vida cotidiana!

Tololotlán, 17 de diciembre de 1852

Sofía:

Estoy desesperado. No entiendo qué pasa. El general Miñón, nuestra última esperanza, llegó a San Juan de los Lagos los primeros de diciembre, en plena feria. No quiere atacar Guadalajara, dice que no tiene parque. Se la pasa apostando, el desgraciado, rodeado de "chinas" y lambiscones. Habla mucho, eso sí. Dice que va a formar una compañía "sagrada" con los canónigos de la catedral. Estoy seguro de que está recibiendo dinero de los traidores a la patria. Si esto sigue así, no sé cuándo logremos tomar la ciudad. No sé si volveré a verte.

La carta le produjo una profunda desesperanza. Y sin embargo, no quedaba sino aguardar, seguir aguardando. Ese mismo día, Sofía recibió una curiosa notita en un papel perfumado.

Guadalajara, diciembre 19 de 1852

Doña Sofía:

Suplico a usted venga por la tarde a tomar un refrigerio con nosotros antes de navidad.

Rita Ortega de Cruz-Aedo

Le agradó recibir la atenta invitación de la madre de Miguel. Ella también tenía curiosidad por conocer a la familia, entrar a la casona de la calle de San Francisco. Antes de contestarle, pasó por la notaría del licenciado Cruz-Aedo. El abogado se sorprendió un poco cuando su secretario la anunció.

—Vengo a desearle feliz navidad, don José María, y a decirle que su esposa me ha invitado a su casa.

Los ojos inteligentes del notario se iluminaron.

—¡Ah qué Rita! Hace meses le pedí que la invitara. De seguro hasta ahora se acordó. Con estos desórdenes, esta agitación, ¿quién se acuerda de tener vida social?

Sofía por fin se atrevió a decirle.

—Me enteré que don Miguel es hijo suyo.

—¿Le conoce?

—Me lo presentaron en casa de los Robles Gil hace unos meses.

El sonrojo de la joven era patente. El abogado lo notó y no pudo evitar sonreír en sus adentros.

—El muchacho es un poco atolondrado. Ahora anda metido en la revuelta con el gobernador López Portillo, allá en Tololotlán. Quiera dios que regrese con bien. Ya habrá tiempo de presentaciones luego. Pero vaya, por favor, se lo suplico, a ver a mi mujer. Está delicada de salud, sale muy poco y debe estar angustiada pensando en el hijo. Lo adora.

Sofía entretenía el ansia en las frecuentes sesiones de prueba en la casa de la costurera para hacerse un par de vestidos más modernos. Anunció su visita a casa de los Cruz-Aedo para hasta la tarde del día veinte.

Una criada condujo a Sofía hasta el salón, ahí doña Rita le ofreció chocolate y galletas de almendra.

Doña Rita había cumplido sesenta años, sin embargo lucía un cuerpo espigado y un rostro que se mantenía joven en la madurez. Se reía mucho, tenía una voz cantarina que parecía que iba a romperse como cristal. Una voz de sonámbula, pensó Sofía, sin saber por qué.

—Tenía curiosidad de conocerla —le espetó la señora directamente—, mi esposo habló maravillas de usted, los Robles Gil han quedado encantados con sus visitas y, bueno, al parecer Miguel le ha tomado un gran afecto, me lo dijo en su última carta.

Sofía se sonrojó. Bajó la cabeza e intentó decir algo.

—No, no, no se apene usted. No hay razón. Es una lástima que los tiempos que corren no sean propicios para la vida social. Con las desgracias que nos ocurren no había podido invitarla antes. Anita me contó que la había visitado —no le dio tiempo a Sofía de responder—, es una muchacha extraña. Es mi sobrina, ¿sabe usted? Cuando su padre murió en Zapotlán, vino con su madre, la esposa de mi cuñado, a vivir con nosotros. Me dio gusto que la visitara a usted. Creo que ha de extrañar el aire del campo, el correr como animalito por las calles del pueblo. He tenido que prohibírselo. Aquí, usted sabe, una señorita bien no puede andar como cabra por la calle… Se la pasa trepada en la higuera del patio de atrás. Ella cree que no me doy cuenta, pero bien que sé que ahí se pasa las tardes leyendo novelas románticas: *Pablo y Virginia*, *Abelardo y Eloisa*, *Clarissa Harlowe*, la mujer esa de las mil cartas y *El romance del caballero Faublás*.

—Bueno, la verdad es que yo también a veces me siento sola —dijo Sofía sin saber por qué.

—Ya me imagino, la muerte de su esposo allá en Durango debió ser una experiencia terrible. Y luego esta ciudad sitiada, ¡hágame usted el favor! ¡En pleno diciembre! Miguel perdido quién sabe dónde. ¡Qué va a tener uno ánimo de festejar nada!

En ese momento entraron al salón Anita y su madre, una señora vestida de negro, con grandes ojeras y piel ceniza. Contra lo que se hubiera esperado, la señora la saludó dulcemente, con una sonrisa.

—¡Qué bueno que vino usted! ¡Nos hace tanta falta ver gente joven! Ya no podemos salir ni a misa.

—Sólo falta que conozca a Josefa Epitacia, la hermana de Miguel. Josefita fue a la modista y a visitar a las muchachas Camarena —continuó doña Rita—, pero ya la conocerá otro día. Considere usted ésta su casa, nos hará bien a todos que pase más tiempo acá. No es bueno hablar con las paredes. Es más, la esperamos mañana a comer.

Sofía no quiso decirles que, a pesar de lo que había dicho, la soledad de su casa le hacía bien; el silencio era requisito indispensable para escuchar, en los susurros de la fuentecilla de cantera, los augurios de los espíritus del agua. Todos los días preguntaba dónde andaba Miguel, todos los días las ondinas prisioneras en la fuente le describían los caminos, los campamentos, las tertulias tristes al calor de las hogueras, el dolor de corazón del joven poeta. En el abismo de la fuente encontraba la luna de agua, diosa madre de la fortuna y del más allá. Dueña de la muerte y de la vida, patrona de las vidas de los muertos. Entonces dormía tranquila. Todo estaría bien.

Le habían agradado mucho las señoras Cruz-Aedo, así que aceptó la invitación, y las visitas en poco tiempo se hicieron costumbre. Pasó todo el mes en comidas, arreglo del nacimiento, elaboración del ponche y los buñuelos, y se estableció una amistad estrecha entre las mujeres. Una amistad que fue creciendo al calor de la estufa.

La cocina de la casa de los Cruz-Aedo era distinta de las otras; tenía mucha luz. Doña Rita había pedido que le abrieran una ventana hacia el patio para que entrara el sol. No toleraba cocinar a oscuras y le desagradaba el olor penetrante del carbón quemado que no alcanza a salir por el tiro de la estufa.

Era una habitación agradable, por el ventanal se asomaban las melenas de los heliotropos y se alcanzaba a oír el trino de los pájaros en las jaulas de los pasillos. Entre las cuatro mujeres y dos viejas sirvientas habían criado canarios, jilgueros y cenzontles que alimentaban cariñosamente con huesos de jibia, hierba de alpiste y hasta marquesotes duros remojados en leche.

—Tía, cuéntale a Sofía la historia —pidió Anita aquella tarde.

—¿Cuál historia? —se interesó Sofía, con las manos llenas de harina.

—La historia de cuando mi tío y tú se conocieron.

—Qué le va a interesar eso a Sofía, son historias viejas —doña Rita iba dando forma a las galletas de navidad y las cubría con canela.

—Señora, me interesa muchísimo. Cuéntela por favor —a ella le entretenían las historias de una ciudad que amaba ya y de aquella familia que casi la había adoptado.

—Conocí a José María cuando todavía era secretario de la universidad. También su padre lo había sido antes que él. Estaba guapísimo con su traje negro en el baile al que fuimos. Yo sabía quién era y qué hacía. Sabía también que andaba de revoltoso con los "polares", pero justamente eso lo hacía más atractivo.

—¿Quiénes eran "los polares"? —preguntó Anita con los dedos húmedos por el jugo de los tejocotes que partía para el ponche.

—Unos muchachos traviesos. ¡Ay! Es que a los veinte años los hombres creen que van a cambiar al mundo. Estos eran estudiantes del seminario, de buenas familias y todo, pero se les metió en la cabeza que le iban a enseñar todo de nuevo a la gente. Que la iglesia no tenía razón en quedarse con los diezmos, que los curas eran iguales que el resto del mundo y que más valía que se pusieran a trabajar. Anduvieron repartiendo papeles impíos que causaron un escándalo monumental. Incluso estuvieron a punto de excomulgarlos. Por supuesto, los curas prohibían a la gente decente juntarse con ellos y leer los panfletos y también su revista *La Estrella Polar*.

—Qué bonito nombre —Anita soñaba con las estepas nevadas de algún país del norte donde brillaba el reflejo de una estrella.

—Ay hija, era aburridísima. Hablaban de matemáticas y geometría, de historia y del origen de los pueblos. ¿Qué caso tiene publicar una revista con cosas de la escuela, tan aburridas? Total, que terminaron poniéndoles a los muchachos por sobrenombre "los polares". Y era algo deshonroso, algo así como masones, impíos, ateos.

Las mujeres se quedaban escuchando en silencio. Se habían acabado los tejocotes, siguieron las cañas.

—¿Y mi tío era de esos?

—Ellos pensaban que nadie sabía quiénes eran, aunque al final la gente siempre se entera de todo. ¿Tú crees que hay algo secreto en esta ciudad? Estaba don Anastasio Cañedo, que fue luego maestro de Miguel, él era el mero mero "polar"; se lo llevaron arrestado hasta Tepic por andar escribiendo cosas en contra de don Lucas Alamán. También estaban otros jóvenes de las mejores familias, junto con tu tío José María.

Anita estaba encantada. Le parecía muy interesante que su familia hubiera participado, aunque fuera un tanto indirectamente, en movimientos rebeldes. Sofía se enteraba de más detalles de la vida de Miguel y se iba haciendo cada vez más complejo el hato de sentimientos que tenía por aquel hombre: un deseo casi animal que por las noches no la dejaba respirar; fuego alimentado por la ausencia y que las cartas, lejos de apagar, avivaban aún más; deliciosa tortura, muerte placentera y, ahora, profunda ternura al verlo con los ojos de su madre. Aquello que le iba creciendo por dentro era un diamante con miles de facetas que cada día iban adquiriendo un nombre, un color, hasta un olor definido.

—José María empezó a buscarme; me mandaba cartas con poemas. Comenzamos a platicar en las noches a través de la reja de mi ventana… Hasta que, ya ves tú, empezó a trabajar en la notaría de su padre y pudimos casarnos; luego heredó la notaría y aquí estamos. Ya veintiséis años, gracias a dios, no nos faltaron los hijos, los medios y la salud.

—¿Y Miguel? —preguntó la muchacha mientras ayudaba a la sirvienta a desplumar y destazar una gallina gorda para el caldo—. Tía, cuéntanos de Miguel, seguro que Sofía quiere saber.

Guadalajara estaba aún convaleciente de las infinitas amarguras y agonías de las cruentas guerras de indepen-

dencia cuando nació Miguel. Guadalajara tenía la cara pedregosa, recién lavada por las lluvias caídas a su tiempo.
Guadalajara era una recatada santurrona de falda hasta el
tobillo, zapatillas de raso de color y tápalo de encaje.

Miguel había nacido a la media noche del 30 de mayo
de 1826, con los auxilios de la vieja comadrona, cuyas manos habían recibido a los hijos más ilustres de Jalisco desde
los tiempos de la independencia. La casa de la calle de San
Francisco se llenó de alboroto y gritos de alegría con la llegada del primogénito. Le pusieron por nombre José Miguel
Petronilo Cruz-Aedo y Ortega.

La mujer siguió relatando mientras partía las cañas.

Miguel en la infancia pasaba largas temporadas en la
hacienda de Santa Gertrudis, propiedad de su tío Alfonso,
único que se había dedicado a la milicia y al comercio, actividades que, en aquella época, habían sido bien remuneradas.
El tío Alfonso había conseguido ganancias considerables, a
diferencia del tío Teodosio, uno de los primeros impresores
de la capital del recién formado Estado Libre y Soberano de
Xalisco.

Anita recordaba bien la hacienda. Estaba muy cerca de
Zapotlán y ella misma había pasado mucho tiempo ahí. Llena de entusiasmo, se imaginaba en voz alta a Miguel arru-
llado por las fantásticas historias que el mayoral entreveraba
con el humo del cigarro de hoja, en la aplastante quietud
vespertina del campo en el sur de Jalisco: "Hagan ustedes
para bien saber y mal contar que estos eran un viejito y una

viejita…" Historias de espantos, de soldados que vuelven de la batalla, de princesas hermosísimas condenadas a vivir clandestinamente hasta ser salvadas de un destino cruel por un príncipe azul.

—Del tío Teodosio sacó el gusto por los impresos, por la tinta y los tipos móviles. Se pasó la adolescencia en la oficina del viejito regañón.

—¿Y luego…?

—Y luego ya lo sabes. Miguel estudió en el seminario, siempre fue un estudiante sobresaliente en gramática y filosofía. El mejor de la generación, según el mismo rector. Después decidió cursar jurisprudencia.

Fue su época de los trajes negros, de vagar por las calles en su día franco, del interminable repetir *potoque, potivi, potatum,* de la ya vieja gramática de Iriarte, que como el galope de un caballo o los golpes ásperos del martillo sobre el yunque, atormentaban sin cesar sus oídos. Fueron los años de los paseos a Zapopan y Los Colomos con los compañeros. Entonces se enamoró de un fantasma de crespón negro en catedral. Un amor de adolescente, ideal, casi sin rostro al cual persiguió en las tertulias dominicales de la Alameda y en los bulliciosos salones de baile entre valses y contradanzas. Pero sólo obtuvo un difícilmente aceptable trofeo de enamorado: una flor.

Oh, ¿quién en tus labios tan frescos y rojos
que causan sonrojos al agua y carmín

pudiera, oh hermosa, sorber un momento
la dicha en tu aliento, la vida sin fin?

¿Qué mortal pudiera, con labio indiscreto
robar el secreto que guardas, mujer;
y rasgando el negro, densísimo velo
que oculta ese cielo, en tu alma leer?

—En la universidad se hizo amigo de Emeterio y de Nachito Vallarta, aunque ya los conocía desde el seminario. También por esos años se afilió a la Junta Popular de Jóvenes Entusiastas por la Prosperidad Pública. Querían hacer que la gente tomara conciencia de lo que estaba pasando con el país. Estaba a punto de empezar la guerra. Miguel siempre ha sido muy inquieto. Al mismo tiempo empezó a ir a estudiar con el padre Nájera; con él aprendió griego y empezó a sacar quién sabe de dónde, unos libros muy raros, en francés, que hacían enojar a su papá.

—Y fue entonces cuando se batió en ese duelo absurdo con su compañero, ¿no? —preguntó inocentemente Anita—. Tan feo y esmirriado. ¡Lo aborrezco!

—Se llama Jesús González Ortega —aclaró doña Rita—. No sé porqué se pelearon, pero Miguel ganó y el muchacho se tuvo que ir de Guadalajara. Pura envidia, dicen. Y no lo dudo.

—Luego, llegó de nueva cuenta una epidemia de cólera. Vieras qué horrible se puso la ciudad de luto —la tía Florinda, que no había intervenido hasta entonces, comenzó a relatar—: se destruyó toda la fruta de los árboles en la ciudad; se hacían salvas de artillería, que dizque para purificar el aire de la "electricidad" causante del mal.

—Sonaban a todas horas las campanas de las iglesias —intervino Anita—. Se le ponían a una los pelos de punta.

El ponche estaba listo. Anita no dejaba de mover el líquido espeso de un color dorado y olor a gloria.

—Y ya ven ustedes, tenemos otro abogado en casa —a doña Rita se le escurrió una lágrima furtiva mientras echaba un poco más de piloncillo al ponche humeante—. Algún día heredará la notaría de su padre y quién quita hasta llegue a ser gobernador.

—¡Qué guapo se veía Miguel en el templo de La Compañía junto al señor gobernador y a su maestro Cañedo! ¡Y cómo respondió a las preguntas del examen, qué barbaridad, qué don tiene de expresarse así, sin equivocarse ni una vez! —a Anita le brillaban los ojos y apenas podía contener el cariño que se derramaba en sus palabras—. De la tesis no entendí nada: *La igualdad de los hijos legítimos e ilegítimos...* o algo así. O sea, que todos los hijos merecen la herencia del padre, ¿no? ¿Cuáles son los hijos ilegítimos, tía?

—¡Madre santa! Es tardísimo. Vamos a poner la mesa y dejémonos de historias. Nuestra invitada debe estar aburrida.

Sofía sonrió, divertida ante la airosa salida que doña Rita había dado a la pregunta incómoda. Estaba ansiosa de que Miguel regresara. Quería volver a verlo a la luz de las historias contadas por su madre. Era como si hubiera adquirido sangre y carne. Un torrente de ternura la inundó y en aquel momento supo que a pesar de los tiempos turbulentos y la ciudad sitiada, a pesar de su pasado, a pesar de la misma ausencia del hombre que amaba y la incertidumbre de su regreso, a pesar de todo, era feliz.

El 26 de diciembre, los ataques del esperado general Miñón a Guadalajara hicieron pensar a Sofía que Miguel estaba a punto de volver. Comenzaron a oírse las descargas desde temprano esa mañana. Parecía que toda la ciudad iba a derrumbarse.

Sofía estaba en su casa, cuando un mensajero le llevó una nota de los Cruz-Aedo. En ella, doña Rita le pedía que fuera lo más pronto posible.

A pesar del peligro, Sofía se fue con el mensajero. No se alcanzaban a apreciar grandes daños derivados del ataque de los rebeldes. Algunas personas corrían a refugiarse lejos de los fortines; los soldados iban de una trinchera a otra, cargando parque.

Sofía llegó asustada y sin aliento a la casa de los Cruz-Aedo, pero pronto olvidó su propio miedo al ver que sus nuevas amigas estaban llorosas, con los rostros desencajados por el susto.

Anita le dio la noticia. Don José María había muerto. Una ola de metralla lo había alcanzado camino a su casa aquella tarde.

Apenas podía creerlo. La noticia de la muerte era inesperada e incomprensible. Ella había estado platicando con el notario la tarde anterior y —¡qué ironía!— él esperaba el ataque de las fuerzas leales con gran ansia para ver regresar a su hijo.

Lo habían traído los vecinos que lo vieron arrastrarse ensangrentado por la calle. Hicieron venir al joven y talentoso doctor Ignacio Herrera y Cairo, con su alumno Toño Molina, y sin embargo ya no pudo hacerse nada. Las esquirlas le habían atravesado los pulmones.

Esa noche lo velaron en el salón de la casa. Poco a poco fueron llegando los amigos, los clientes de la notaría, los viejos comerciantes y poderosos industriales de Guadalajara. La casa olía a nardos y jazmines y la luz mortecina de las veladoras y los cuatro cirios que rodeaban al cadáver le prestaban un aspecto lúgubre.

Doña Rita era una estatua pálida y muda en un rincón del cuarto. La tía Florinda y Anita recibían a los invitados con los ojos llorosos. Josefa Epitacia no miraba a nadie. Asentía en silencio cuando se le acercaban a darle el pésame.

Los amigos de Miguel no tardaron en acudir cuando se enteraron de la noticia; entonces doña Rita rompió a llorar con desconsuelo.

—¿Dónde está mi hijo? —preguntaba con angustia—. ¿Por qué dios nos desampara en estos momentos? Solas, completamente solas frente a la muerte.

De nada sirvió que Pablo Jesús, Toño Molina y José María le dijeran que ellos estarían con ella para cualquier cosa, que eran como sus hijos y la acompañarían hasta el final.

Afuera, los disparos de los rebeldes iluminaban la noche, fuegos artificiales de una celebración absurda.

¿Dónde está Miguel?, se preguntaba Sofía, y sentía de nuevo su desamparo al recordar las muertes de sus seres más queridos, hecha un ovillo en una banca del zaguán. Miraba la luna temblorosa en el agua turbia —ensangrentada con las luces rebeldes—, en la pileta del patio.

Pablo Jesús llegó a sentarse junto a ella. La abrazó.

—La muerte es implacable, pero no queda sino seguir viviendo —besó sus lágrimas con ternura—. Ven, tenemos que consolar a la familia.

Anita se había asomado a la puerta. Su mirada era un reproche que Sofía no pudo comprender.

XII

Guadalajara: época actual

Claudia, una antigua compañera de la escuela, vino a visitarme hoy. Trató de disminuir la incomodidad de la partida prometiendo el regreso. No creí que de verdad viniera esta noche. Una hora nomás, dijo al llegar. Preguntó si eran las ocho. "Sí", dije lacónica.

Cuando nos sentamos en el sillón, al rincón le faltaba un perro para cumplir el clisé de dos mujeres tejiendo solas. El cenicero se fue llenando y la botella de tequila se vació en tres cuartas partes. De los amigos mutuos pasamos a recordar los tiempos de la prepa; de la desilusión del matrimonio (el suyo) a la esperanza de los hijos.

El sabor a toronja y tequila en mi boca acompañaba una vuelta de derechos en el estambre tinto, mientras tenía la certeza de que, a pesar de que no ha pasado tanto tiempo, ya no puedo reconocer en la mujer frente a mí a aquella de otros tiempos, otras horas.

Al comenzar la vuelta de puntos de revés, me acordé que también eran las ocho cuando mi fantasma emprendió el viaje. En una pausa de la charla, me pregunté por qué tenía yo que vivir aquella parte del relato, por qué atisbar reflejos en cristales y descifrar el ritmo de pasos ascendentes a deshoras. Sé bien que al fin eso no importa. Al quedarme, también yo hice un viaje.

Luego, Claudia me confió su miedo a envejecer, quedarse sola, ver cómo los años pasan y las manecillas del reloj dan vueltas. No sé en qué minuto entre el cuarto y la media dejé de escuchar. Sé que el tiempo llegó a mi casa, huésped indeseado y moroso, en el momento en que se inició ese viaje sin rumbo ni plazos del que mi fantasma prometió volver. El tiempo se deslizó en mi alcoba, ocupando el lugar del ausente en la cama.

Entonces fue como nacer de nuevo. Recorrí la casa y los objetos para conocerlos esta vez de verdad. Cada uno de ellos tiene una función específica, cumple los deseos de mi fantasma que se ha ido hace siglos. Cuando regrese habrá fruta sobre la mesa, verá los recién adquiridos crisantemos del balcón, sentirá el olor a nardos encerrado en la madera, el asfixiante aroma a flores de muerto y el sabor a vino en cada uno de los perfiles de la penumbra. La espera se percibe a cada paso.

Debo haber envejecido, no lo sé de cierto, porque hace mucho no me atrevo a mirarme en el espejo. Ignoro cuál de las manecillas del reloj ha girado tantas veces.

A mi amiga no puedo contarle esas cosas, ni del vecino que sube la escalera justo a las nueve, arrastrando sus pasos sobre mi silencio y cantando desafinado que el amor acaba. No le puedo contar a mi amiga cuántas veces me he resistido a creer el ominoso presagio de la canción, hasta darme por vencida.

No, a ella no puedo contarle que tengo cartas azules de un tiempo remoto en el cajón del escritorio. No puedo decirle que en ellas un hombre de otro tiempo escribe versos y promete amor eterno. A ella le preocupa su corte de pelo y el estatus de su compañero. Se parece a una que fui. ¿Me pareceré yo a una que ella quiere ser?

A los tres cuartos de hora me di cuenta que era inútil, que perdí el habla de nuevo. Quería que se marchara. No podía decirle que estaba esperando a alguien que llegaría en cualquier momento.

Cinco minutos antes de la hora, por fin Claudia se levantó. La expresión de mi cara era tan apropiada a la circunstancia, que se podría haber dicho que actué mi papel como la mejor actriz. Cuando ella aludió a una hermandad de las mujeres, habló de acompañarse y sostenerse, bordar por las tardes, etcétera… Asentí cortés a pesar de que su plan me sonó lejano, hueco, impracticable. Me dio flojera sintonizar esa frecuencia y le dije adiós.

Bajó de prisa la escalera. Sé que va a ir al supermercado antes de que cierren. No se puede dar el lujo de vagar por las calles de la ciudad. Se mirará de reojo en un aparador y pensará sin duda que no está mal. Y sin embargo, quiere ser independiente, madura. Quiere vivir sola y hacer lo que le dé la gana, que nadie le diga a qué horas volver a casa.

Sabe que podría ser cualquier cosa pero me tiene envidia. Quiere ser yo, pero no sabe que me cuesta sangre cada minuto de sobrevivencia. Afortunadamente pronto se le borrará la envidia, se olvidará de mí.

Cuando Claudia finalmente desapareció entre las sombras y me dispuse a mi vez a olvidarla, la esbelta figura de mi amigo Felipe iba subiendo la escalera. No lo esperaba hoy.

Felipe me visita a menudo. Me ayuda con mi tesis, pone puntos y comas a la caótica acumulación de páginas sobre el escritorio. "Le falta olor, le falta sabor", dice a menudo, cita a Bachelard, descubre, devela misterios mutuos en una especie de agradable costumbre, música al fondo, a veces café, casi siempre aguardiente o tequila. Hemos establecido una relación de amistad, evadimos con cuidado palabras peligrosas como "amor", esta es una relación de otro tipo.

Poco a poco —meses, madrugadas y grillos de por medio, aguardiente y versos ajenos y propios— está claro que ninguna de esas palabras peligrosas será dicha. La promesa de un día al futuro, la presencia incontrastable de otra mujer, de muchas otras que nada tienen que ver conmigo, me dejan tan fría que a veces me asusto de mí misma.

Con él puedo hablar, escuchar; con él puedo pensar, oír la música que ambos amamos y saltar de pronto de la foto color sepia en la pared —la que tengo de los miembros de

La Falange— y de mi cuadro amado con bosque y mar, a discursos desafortunados, un tanto incoherentes, en medio del sueño y del aguardiente.

—Quisiera volver allá —le dije hoy, sin saber bien por qué—. ¿No te ha pasado que te obsesiona la idea de saber cómo vivieron, qué sintieron ellos, y luego la desesperación de lo inalcanzable? En ese momento pienso que la historia sirve para un carajo. O que cada uno inventa la suya y todo es tan relativo que la realidad casi no existe.

—¿Y esto qué es? —me contestó él, burlón.

—Para ellos —señalé a los adustos jóvenes del cuadro—, una mera fantasía. ¿Qué tanto habrán podido imaginar ellos? ¿Qué tan lejos abarcará su capacidad creativa? ¿No te has preguntado alguna vez si ya exististe antes, en su mente?

—¿No te has preguntado si no te preguntas demasiado? —imitó el tono de mi voz, haciéndome reír—. Nosotros estamos vivos, tenemos sangre y carne, respiramos, cogemos y ellos están muertos. Qué envidia deben tenernos.

Luego se rió a carcajadas y yo me sentí súbitamente más ligera, más joven. De pronto se puso serio: "¡Carajo, si tú eres joven! ¿Qué te queda entonces? ¿Qué esperas tú?"

No me atreví a contestarle que espero volver, aunque no sepa a dónde. A ese mundo que era mío, que dependía de mí.

Cuando Felipe guardó silencio, sentí terror de no tener nada que decirle, como tantas veces antes. Nada que compartir ni con él ni con esos seres de allá afuera.

Luego lo miré con detenimiento. No puedo negar que me gusta. Cuando lo miro siento la enorme tentación de repasar soñadora su perfil, bajar por el cuello hasta el pecho, iniciar un contacto que me traiga de vuelta, que me saque del laberinto. A veces, cuando lo siento así de cerca, tengo la incontrolable tentación de hablarle del mar, pero luego Felipe abre los ojos burlones, me hace una broma y entonces sé que jamás se lo diré.

Cuando nuestra charla languidecía, se puso de pie y dijo: "Habría que empezar a vivir. Sin vida no hay historia y mucho menos literatura." ¡Bravo!, pensé y lo odié de pronto por abandonarme en la necesidad de encontrar el camino de regreso. Sin embargo, sé que ese camino he de encontrarlo sola. Lo acompañé hasta la puerta y me quedé de pie en el marco, silenciosa y sombría. Me quedé ahí, en la puerta de mi departamento, otra vez dominada por la misma sensación indefinible: certeza de haberlo aburrido, hartado; de ser incapaz de retener y cautivar a un hombre. Por momentos deseo que él quisiera quedarse, pero luego me gana el terror de que finalmente lo haga. ¿Tiene algún caso? Mi corazón es un tambor llamando al sacrificio, a la masacre ritual y al olvido. Mi corazón no pertenece a nadie.

Quise sentir la noche de frente, así que salí a sentarme en el primer peldaño de la escalera para aspirar el aire quemado y el olor a pino. En cada ráfaga, una presencia inconfundible. No sé qué es, no sé si es el fantasma que recorre el acueducto al amparo de las sombras. Pude percibir su aliento en mi nuca, escuchar el susurro de su voz entre las ramas de los árboles. Olí su perfume en las flores del árbol de magnolia.

Debe ser la angustia de estar sola. Cuando comparo mi vida con la de Claudia, me pregunto si no soy yo la que siente un poco de envidia. Sentada en el rellano de la escalera, con toda la noche a cuestas, busco el cuadro entre las sombras del departamento. Poco a poco me voy acercando a la cabaña junto al mar. Poco a poco voy dejando atrás el bosque de abetos con todos sus ruidos espectrales. A medida que me voy acercando a la cabaña y miro cómo el columpio se mece en la noche, me voy sintiendo en paz.

Me entrego por completo a la fantasía de que mi fantasma va a llegar de un momento a otro, después de un larguísimo viaje, con la rabia encaramada en el cerebro y en el corazón.

¿Qué le voy a decir cuando llegue? Me hago el juego de las adivinanzas sobre lo que percibiré primero: el sonido de sus pasos en las losetas rojas del zaguán, el olor de la lluvia del trópico en su ropa o la imagen de su cara, distinta, después de tan prolongada ausencia; claro, tantas cosas de por medio, tantos viajes de ida y vuelta de las hormigas desde la estufa a la ventana.

Sé que mi fantasma va a volver: agotado, sudoroso, náufrago, desarrapado, febril de malaria, la planicie y la montaña vibrándole en la piel. Será el momento de usar los sentidos, entrenados despacio mientras las manecillas danzaron en círculo. Un sólo minuto —¿cuántos besos?— será suficiente para borrar la hora, pero no la lección de lo visto y oído, no el tacto de la tela cuando alisé la cama ni el gusto de metal en la boca en la madrugada.

Y él, ¿cómo me verá? ¿Senos fláccidos, ajados por falta de besos, ojos huecos de tanto buscar en la oscuridad, voz ronca a fuerza de silencio?

¡Ay! Me verá.

Algún día podré decirle a alguien (¿será él de mi misma especie?) las ganas que tengo de caminar cabeza abajo por el techo e imaginar que esa es mi verdadera casa. Entonces recuperaré mi facultad de hablar.

Sólo un minuto enfrenté la noche; luego entré, dejando abierta la puerta. El zumbar de los grillos se metió conmigo, el olor a madera, el sabor de tierra y papel picado.

Tengo prisa por despertar al tiempo antes de que mi fantasma llegue. Seguro se va a tardar sólo un latido más.

Te quiero,
S.

XIII

Guadalajara: enero de 1853

espués del desayuno Sofía tomó la decisión de salir. Hacía sol y el único trazo del invierno era una brisa fresca que barría las calles. Luisa había insistido en acompañarla y se estaba poniendo ya el rebozo cuando tocaron a la puerta. Refunfunando, la vieja criada se dirigió al zaguán. La joven viuda atravesaba el patio central cuando Luisa venía ya de regreso, para anunciar al visitante inesperado.

—Doña, dice un lagartijo que usted ya lo conoce. Que es Miguel Cruz-Aedo.

—Ay Luisa. ¿Lo dejó entrar usted?

—Nomás al zaguán. ¿Quiere que lo corra?

—¡Cómo comprende! Al contrario, páselo usted a la salita. Enseguida voy. Ofrézcale algo de beber.

—Entonces ya no vamos a Los Portales… ¡Con las ganas que tenía yo de ver cómo había quedado San Agustín después de los ataques! A lo mejor ya ni existe.

Sofía sonreía a su propio reflejo en la fuentecilla de cantera. ¿Qué le iba a decir después de tantos meses de escribirse? Sus sentimientos eran confusos y atrabancados. De pronto se arrepentía de haber confiado en él porque le habían dicho que era un calavera que la dejaría enseguida (algo mencionó Refugio de las aventuras superficiales de Cruz-Aedo). Ella había consultado los mapas del cielo y las barajas a la media noche. Las estrellas y las cartas a la luz del círculo de velas le habían dicho que Miguel era un conquistador, que sólo esperaba terminar con la conquista, para abandonar a su presa en busca de otras más interesantes.

Pero las estrellas también le habían dicho que era un joven apasionado y original, talentoso hasta el genio, que sabía dibujar cuadros con palabras. Le habían dicho que Miguel la amaría como nadie la había amado. Entonces el extrañamiento se le avivaba en la piel.

Parecía que sus pies no se movían de camino a la sala, como en los sueños. Caminaba de prisa y sin embargo siempre parecía estar a la misma distancia de la puerta.

Llegó por fin y lo vio de pie junto a la ventana, admirando las figuritas de barro del nacimiento. Estaba muy delgado, tenía ojeras pronunciadas y vestía de negro por completo. Al verla sonrió. Todo el rostro se transformó. Desapareció el rictus doloroso de su mandíbula y le brillaron los profundos ojos negros. Caminó hacia ella y le tomó la mano.

—Por fin, Sofía.

—Por fin, Miguel.

No sabía qué hacer, turbada ante la presencia de aquel hombre. Era evidente que él tampoco podía acercarse fácilmente.

—Quiero agradecerte —comentó—, me contaron que estuviste al lado de mi familia todo el tiempo durante el duelo.

Volvió la mueca dolorosa a su cara. Sofía, conmovida, lo invitó a sentarse.

—Quería estar presente, él fue muy amable conmigo cuando llegué aquí. Quería ayudar en lo que se pudiera.

—¿Cómo fue el entierro?

—Fue una hermosa ceremonia. Tus amigos leyeron versos, los amigos de él pronunciaron discursos... Tu madre guardó todo para que pudieras leerlo.

—No pude verlo antes de morir. El famoso general Miñón, después de hacerse esperar tanto, no se decidía a tomar Guadalajara —la vena de la frente comenzó a hincharse, la quijada a ponerse rígida—. La indecisión de ese payaso es algo que no le perdonaré jamás.

Las fuerzas leales atacaron a Guadalajara, el 26 de diciembre. Después de dos jornadas de ataques infructuosos, Miñón, desnarigado, se retiró arguyendo falta de parque. Miguel le explicó a Sofía la actuación del general, y aderezaba los hechos con imprecaciones que se morían en sus labios.

—¿Qué bala fue la que mató a mi padre? ¿Fue una bala de Blancarte? Habrá muerto como un patriota, ¿pero si fue una bala nuestra? ¡Como si hubiera sido yo! Yo que alguna vez deseé su muerte... ¡Insensato!

En ese momento, Sofía sintió la necesidad de tocarlo. Sintió que todas sus dudas se desvanecían. Le pasó una mano por la mejilla enjuta, le acarició el pelo negro. La respuesta de él no se hizo esperar. La abrazó en una mezcla de pasión y dolor. Comenzó a llorar apretado contra su pecho. Una eternidad después, cuando por fin logró controlar sus sollozos, continuó.

—Yo te amo, Sofía —de nuevo apresó su mano, ella le dejó hacer—. Lo sabes, ¿verdad? Y sin embargo en tus últimas cartas sentí una sombra de duda. ¿Te arrepientes? Sofía, me estás rompiendo el corazón. Me estás matando de los celos, al pensar que en mi ausencia alguien haya podido pretenderte, que ames a otro, que Pablo Jesús…

—¿Por qué Pablo Jesús? ¿De dónde sale eso? —Sofía estaba furiosa.

—Anita me dijo que la noche de la muerte de mi padre él… y yo, la verdad, no soportaría que lo prefirieses…

—Cállate —el bofetón sonoro tomó a Miguel por sorpresa—. Anita se equivocó. El señor Villaseñor es un hombre casado y Refugio es amiga mía. No te atrevas a hablar así de un hombre decente y menos así de mí.

Los ojos de Sofía relampagueaban.

Miguel no supo qué decir. Nunca se habría esperado una reacción de ese tipo. Le ardía la mejilla, pero un fuego aún más intenso se había apoderado de su corazón.

La besó de pronto, como para que ella no tuviera oportunidad de rechazarlo. Ella lo besó también sin resistirse, entregándose con miedo, lentamente, a un placer que parecía haber olvidado y que sin embargo permanecía vivo en su boca, en sus manos, en su piel toda, dispuesto a derramarse completo de una vez. Entonces ya no pensó en nada más que en gozar hasta el último momento ese placer intenso y doloroso.

—Me quieres. Me lo dijiste mil veces en las cartas. Me necesitas como yo a ti. No me abandones, Sofía. Ahora soy el responsable de la casa. Josefa Epitacia se ha desmoronado. No sale de su cuarto, no come. Necesito que estés conmigo. Necesito verte y tocarte para poder pensar, para que me devuelvas la tranquilidad. El presidente Arista renunció el último día del año y dejó todo el terreno a Santa Anna. López Portillo fue desterrado y acabo de enterarme de que el padre Nájera ha muerto. Nos esperan días aciagos con este gobierno conservador y sé que de aquí en adelante la muerte estará acechando. ¡Te necesito para conservar la esperanza!

Sofía miró aquellos ojos negros arrasados por las lágrimas. Le parecieron aún más bellos de lo que recordaba, de como los había visto en sueños. Ya no le importó nada. Si él iba a dejarla, de cualquier modo un solo minuto, un instante para besarlo y estrecharlo entre sus brazos sería suficiente para que valiera la pena el dolor.

Se abandonó de nuevo a sus besos y lo escuchó susurrarle al oído, como si adivinara sus pensamientos:

—No te dejaré nunca, Sofía. Ni después de muerto, nunca.

Le costó trabajo irse aquella noche a su casa. Ya en la puerta del salón de recibir, se volvió para despedirse de Sofía y su mirada se posó de pronto en el cuadro que dominaba la pared del fondo: un columpio abandonado frente a una cabaña a la entrada de un bosque y, al fondo, un mar pintado de plata por una enorme luna. Sin saber muy bien por qué, le preguntó:

—¿Te gustaría vivir en una ciudad como esta, pero que tuviera mar?

—Tiene mar, Miguel. Hay que buscarlo. Ahí detrás de las trincheras, debajo de los escombros, capaz que lo encontramos.

Mayo tendía su manto caluroso sobre la ciudad. Los ardientes rayos del sol que tenían a los habitantes sepultados en sus casas durante la mañana y a la hora de la siesta perdían su fuerza a medida que se iban haciendo más oblicuos. Al ocultarse tras las lomas que forman el horizonte occidental de Guadalajara, daba la impresión de que un enorme peso se había quitado de la atmósfera. El aire circulaba entonces libremente por las calles; los balcones y ventanas abrían sus puertas para dar paso a las jóvenes que iban allí a disfrutar de la frescura de la tarde y la población entera, que había permanecido silenciosa, como si fueran habitantes de una ciudad asiática en tiempos de peste, comenzaba a salir de sus escondites, imprimía vida y movimiento a las calles.

Miguel y Sofía vivían esas tardes de Guadalajara como un tablero de ajedrez, lleno de posibilidades para encontrarse, vencerse a fuerza de miradas y lograr avances: tocar, oler, provocarse desde lejos.

Una de esas tardes, Sofía salió de su casa, dispuesta a tomar el paseo acostumbrado en la Plaza de Armas. Saboreaba de antemano el agua de chía que iba a beber a la sombra de los naranjos mientras veía pasar a la gente. Cuando llegó frente al seminario, se dio cuenta que Miguel la seguía unos veinte pasos atrás. Al parecer no quería alcanzarla. Sofía cayó en la cuenta de que la estaba espiando. Halagada y enojada a la vez, dirigió sus pasos hacia la catedral. El fresco interior le quitó el sofoco. Había sido buena idea huir del aire caliente y polvoroso que rodeaba a la imponente basílica. El golpe de aire perfumado a incienso y las voces del coro que ensayaba a aquellas horas la transportaron hacia un paraíso efímero. Apenas se escuchaban los rítmicos mazazos de los trabajadores que reconstruían las torres afuera. Su perseguidor seguía tras ella, se escondía detrás de dos pilares. Para ver qué hacía el muchacho, decidió fingir confesarse y se arrodilló en el confesionario que tenía la puerta abierta.

Miguel dudó varios minutos detrás del pilar de mármol. ¿Qué hacer?

Decidió cometer una impertinencia. Su corazón latía con fuerza y él volteaba en todas direcciones para asegurarse de que nadie lo veía; entró también al confesionario y fingió que era un cura confesor.

—Ave María purísima —comenzó la farsa, con la voz enronquecida—. Dime tus pecados.

Ella, del otro lado de la celosía, difícilmente podía ocultar su emoción. Había visto a Miguel dirigirse al confesionario y, por si fuera poco, podía percibir a poca distancia el inconfundible aroma a Macasar.

—Acúsome, padre, de que soy lujuriosa.

A Miguel casi se le olvida fingir la voz. Le tomó por sorpresa aquella confesión.

—Hija…

—Sí, padre, siento un incontrolable deseo por un hombre.

—¡Hija!

—A todas horas lo imagino, padre, y deseo que me toque, que me bese, que me haga su mujer.

—Pero hija, eso es pecado —Miguel apenas pudo murmurar las palabras. Sentía que un calor intenso le recorría el cuerpo, una corriente eléctrica que iba a depositarse justamente en su sexo y le provocaba una incontrolable excitación.

—Pecado es matar a un hombre, padre. Pecado es robar, especialmente a los pobres, mentir… Hasta el orgullo es pecado. Pero amar a un hombre, ¿por qué? Sería pecado si quisiera hacerle esas cosas a cualquiera.

—Pero entonces, ¿lo amas? ¿Amas a ese muchacho..? ¿Cómo dices que se llama?

—No lo he dicho. Tiene el nombre y el cuerpo de un arcángel. Y sí, lo amo. Sé que quiero hacer con él cosas que nunca había deseado hacer con nadie. Quiero ponérmele enfrente y decirle "aquí estoy, tómame, ya no tienes que ir nunca más con las mujeres de la calle de Medrano, yo te haré sentir lo que ellas no podrían hacerte sentir nunca".

—Pero, ¿cómo sabes? —el asombro estuvo a punto de delatarlo.

—En esta ciudad todo se sabe, padre.

—Quiero decir, ¿cómo sabes de esas cosas?, ¿las practicas?

—Las leí. Mi marido tenía *Thérèse Philosophe*, *La educación de Julia* y otras novelas galantes. Hay cosas, padre, de las que encontré en esas novelas, que me encantaría hacerle a ese hombre y que nunca le hice a mi marido.

—¿Qué cosas? —se atrevió a preguntar, casi ahogándose.

—Sí, padre, será mejor que se las diga, para sacarme estos pensamientos de encima. Quiero que me toque, que suba sus manos por mi cuerpo muy despacito hasta que me ponga chinita, chinita. Que me desnude en medio del calor, que me llene de besos, poco a poco, que se ahogue con mis pechos, que se llene las manos con mi cuerpo, que me haga las cosas que sólo su imaginación sabe. Y quiero besar, chupar, lamer, llenarme la boca con su savia y luego volver a empezar con el juego del amor. Toda la noche, cada noche, hasta el amanecer.

Miguel no podía hablar. Presa de un sudor helado, permanecía con los ojos cerrados, conteniendo la explosión que se anunciaba inevitable.

—¿Cuál es mi penitencia?

—Ciento cincuenta aves marías, doscientos padres nuestros, diez rosarios —susurraba con voz neutra.

—¡Padre!

—En el panteón de San Francisco a media noche.

—¡Padre!

Sofía apenas podía contener la carcajada. Salió del confesionario sin esperar más y luego se fue de la iglesia riéndose bajito, satisfecha de la broma.

Cuando volvió a encontrarlo, habían pasado algunos días. Fue un domingo, en una comida campestre organizada en Los Colomos por Asunción Robles Gil. Al verse, sin mediar ninguna palabra, una sonrisa cómplice los convenció de dirigirse hacia el ojo de agua. Caminaban en medio de los enormes árboles. La sombra producía un refugio agradable para huir del calor agobiante de la primavera tapatía.

Parecía obvio que Miguel no sabía cómo comenzar la conversación sin referirse al suceso de la catedral. Miraba a Sofía con un deseo nuevo, despertado por las confesiones de la pecadora y potenciado por su atuendo: un vestido blanco, vaporoso y, como única joya, una cadena de platino con un enorme granate que iba a alojarse en el nacimiento de los senos, turgentes, temblorosos entre los encajes.

—Te vi entrar en la catedral el jueves pasado. ¿Fuiste acaso a ver si escuchabas las aguas del río subterráneo?

—¿Tú crees esa leyenda de que el río Jordán pasa debajo de catedral? Fui a confesarme. Confesarse resulta a veces muy liberador. No importa que la penitencia resulte excesiva.

—A veces el pecado lo amerita.

Los cuerpos estaban cada vez más cercanos entre sí, a medida que caminaban hacia el nacimiento de agua. Él rodeaba su cintura para ayudarla a subir las lomas o evitar que se lastimara con las ramas tiradas entre las hojas. Detrás de ellos, otra pareja de jóvenes se acercaba. Sofía cambió de tema.

—¿Votaste en contra de Santa Anna, Cruz-Aedo? —la incredulidad había puesto un tono agridulce a la pregunta.

—¡Pero claro! ¿Qué esperabas?

—En realidad, nada menos —apretó su brazo aún más.

—Como si hubiera servido de algo. Ya ves. Lo tenemos otra vez en el poder.

—¡Te van a oír!

—¿Qué? ¿Me van a exiliar como a López Portillo y a los otros liberales?

—¿Lo dudas?

—No soy tan importante.

Sofía se rió por dentro. Sabía que, en el fondo, Cruz-Aedo contaba con que el gobernador José María Ortega, hermano de su madre, nunca le haría daño. También sabía que Cruz-Aedo se creía invulnerable. La música del viento entre los árboles decía otra cosa. Decía que era necesario que fueran cautos. Miguel jamás lo sería.

La pareja pasó finalmente al lado de ellos. La muchacha, casi una niña, se reía y se abanicaba mientras el adolescente también se hacía aire con el sombrero.

Cuando los jóvenes se perdieron entre los árboles, Miguel le tomó la mano de pronto y la arrinconó contra un tronco.

Al calor de mayo se unió otro sofoco que los ahogó de pronto.

—Tienes que ser mía. No soporto más… Verte así, que te miren otros. No saber, no estar seguro…

—Me despreciarías.

—Nunca.

—Me dejarías.

—Ya te dije que no te dejaré jamás. Ni después de muerto.

—¿Cómo sabes si no me muero yo primero?

Sus ojos se besaban sin que la razón pudiera evitarlo.

Un par de gotas frías fueron a caer en la frente del joven, en el pecho de Sofía. Pronto, el aguacero puso fin a aquel diálogo, a la tensión insoportable. Tuvieron que volver con los demás. Mojados y felices regresaron a la ciudad, en las carretelas abiertas en las que habían llegado, entonando canciones pícaras al compás de una guitarra.

Mi vida no te enternezcas
que me duele el corazón
¡Ay! Yo quiero arroz

por vida tuya nanita,
que me eches la bendición
¡Ay! Válgame dios.

Había sido idea de Miguel. Cuando toda Guadalajara se iba a veranear a Tlaquepaque, él se ofreció a arreglar los asuntos pendientes de su tía Florinda en Zapotlán. Por su parte, Sofía arguyó una visita a Zacatecas, para no morir de calor en la ciudad desierta.

Un carro de viaje pasó a recogerla en la madrugada. No permitió que la acompañara nadie. Nana Luisa se quedó refunfuñando en el zaguán. "¿Qué va a decir la gente?", repetía. El carro cerrado tomó el rumbo de Lagos sin despertar sospechas.

Después de pasar Lagos, el carro se desvió del camino. Cerca de las ocho de la noche, Sofía llegó a la hacienda Sepúlveda. Una vieja sirvienta salió a recibirla.

—El señor me dio instrucciones de prepararle el baño en cuanto llegara. Bienvenida, señora. Pronto estará lista la cena, ¿prefiere que se la lleve a su cuarto?

Sofía asintió con la cabeza en silencio. Se arregló con cuidado el velo negro que ocultaba su rostro y caminó hacia la puerta.

Se bañó con calma en la tina de hoja de lata. El agua estaba tibia y flotaban en ella flores de buganvilia y hojas de romero. Se hundió por completo en el vientre tibio del agua.

Su largo cabello rojo flotaba como un animal fantástico en un diminuto lago encantado.

Una criadita joven llegó a ayudarla. Era una niña discreta y silenciosa, lo cual agradó a Sofía. No quería hablar con nadie, ni explicar las razones de su visita. La muchacha le frotó la espalda y le lavó el cabello. Sofía se dejó hacer dócilmente. Cerró los ojos y respiró hondo.

Todo su cuerpo temblaba de impaciencia y anticipación. Por momentos creía que no iba a resistirlo, que iba a salir corriendo.

Cuando volvió al cuarto, una cena ligera había sido dispuesta sobre la mesa. La habitación estaba en penumbra, sólo iluminada por los veladores de cristal rojo en las esquinas. Había sido arreglada con esmero. Varios jarrones de flores. Rosas, jazmines y gardenias descansaban sobre las mesas. El piso de losas recién lavadas todavía olía a barro; además, había sido regado con ramas de pino y romero.

Apenas pudo probar los alimentos. Literalmente le faltaba el aire. Sentía tal opresión en el pecho que pensó que se iba a ahogar.

La misma criada de antes llegó a recoger los platos. Preguntó si se le ofrecía alguna otra cosa. Dejó un aguamanil, una jarra de agua con un vaso de cristal coloreado y luego se fue, cerrando la puerta delicadamente tras de sí.

Cada segundo le parecía a Sofía una eternidad. Sentada en el canapé del fondo, escuchaba con atención milimétrica cada ruido: los perros en el patio, los pájaros nocturnos que buscaban lugar entre los árboles, algún relincho en las cuadras, su propia respiración, los grillos…

De pronto la puerta se abrió en silencio y dejó entrar la oscuridad. A la luz del rojo velador, vio la silueta. Su respiración se aceleró aún más. Se puso de pie y se dirigió a la puerta, como si un resorte la impulsara. La leve brisa agitaba los rizos negros del hombre. Sofía le alargó una mano helada. Miguel se acercó un poco tembloroso. Tomó la mano que se le ofrecía, sin decir nada. Con toda calma la fue abriendo, recorrió con un dedo las líneas, los surcos, los montes de distintos nombres, las callosidades en el dedo medio, los vestigios de manchas de tinta en el pulgar y el índice, luego la apretó con impaciencia. Ella lo observaba con una curiosidad de entomóloga. La cautivaron las chispas doradas del bigote, la expresión de curiosidad divertida en la comisura de sus delgados labios rojos, la nariz recta y, cuando él levantó la cabeza para mirarla, los ojos grandes, la mirada cálida, la voz de barítono.

—Nadie sabe quién eres. No tengas miedo. La familia no está en la hacienda. Estamos solos. Llegué temprano para disponerlo todo…

Lo interrumpió el beso de Sofía, muy ligero, en una esquina de sus labios, en el mentón luego, en la mejilla. Él la apretó y la sintió palpitar en su piel. Cerró los ojos para sentir la cintura angosta bajo el camisón de lino, para sentir las anchas caderas, la curva mórbida de las nalgas, los exuberantes frutos de los senos, la promisoria humedad del sexo.

—Ven —contra su voluntad se liberó del abrazo cálido del joven.

La luna, el calor sofocante, la tenue luz, la casi imperceptible brisa desde el patio, el respiro cada vez más fuera de control. Se sentó de nuevo en el canapé mullido y miraba a Miguel con una media sonrisa. Le deshizo el moño de la corbata, desabotonó el paletó y lo despojó del chaleco de satín.

La luz rosada del velador confería matices extraños a ese rostro joven. ¡Cómo temblaba asustado ante sus caricias y sus besos! Olía a ese perfume dulzón y pegajoso del que se iban impregnando las manos femeninas y su rostro. Sofía jugueteaba con los rizos negros de la nuca de su amado. Miraba con amor las mejillas salpicadas de lunares diminutos, las orejas pequeñas, el blanco cuello a su merced.

Miguel parecía haber recobrado la calma, por fin. La levantó del sillón y la sentó en sus rodillas.

—Así quería tenerte —pasó su mano trémula por el mentón femenino, por la boca humedecida, le apartó los mechones rojizos de la cara—, para nunca más dejarte ir. Para que no te me escapes como un fantasma entre la gente, para no conformarme con protegerte de las multitudes o leerte desde un podium.

Miguel le quitó la bata de encajes, sin dejar de mirarla a los ojos; sus manos se ocultaron bajo el camisón de lino. Se abrió camino entre los torrentes de tela. Pasó las manos por la piel muy lentamente, hasta despertar escalofríos. Los muslos, la cintura, el vientre, los pechos de pezones erizados, volvió a bajar hasta llegar al hueco húmedo, caliente, que se abrió como una boca ávida para recibir sus dedos. No dejaba de mirarla, los ojos negros metidos en los ojos de ella, incluso cuando el rostro femenino comenzó a contraerse de placer. La besó en la boca con toda la lujuria y con todo el ardor que había contenido por semanas; el beso ahogó el gemido que empezaba a nacer, incontenible, en la garganta de Sofía.

Ella parecía asustada de su propio placer. Se sentía torpe. ¿Hacía cuánto que no había estado con un hombre? ¿Podía decirse que había estado en verdad con un hombre? Felipe apenas la había tocado unas cuantas veces, sin provocarle ninguna de las sensaciones que estaba comenzando a experimentar con tanta violencia ahora… Un corazón de jaguar parecía latirle entre las piernas. Se rindió a la necesidad dolorosa de fundirse en la carne masculina, perderse en ella, llenarla de besos, buscar incansable con boca y manos los secretos de esa piel hasta someterla. No alcanzaban sus dedos para despertar células y provocar escalofríos, no alcanzaba su boca a abarcar la extensión de su piel y sus sueños. Logró abrir el pantalón y sentir su erección, jadeaba con deseos incontenibles de tenerlo dentro y lograr la efímera posesión.

Miguel la condujo hacia la cama. La hizo tenderse sobre las sábanas de holanda perfumadas. Fue subiendo el camisón de lino y a medida que la tela iba cediendo lugar a la carne blanca y palpitante, él la llenaba de besos y abría surcos húmedos sobre ella con la lengua. El camisón pronto estuvo cubriendo el rostro femenino, envolviendo los brazos y las manos. La tenía a su merced.

Bajo la luz del velador, que esparcía rayos rojos y sombras monstruosas por todas las esquinas del cuarto, Miguel pudo gozar del espectáculo del cuerpo desnudo de la mujer que amaba. Los besos llenos de ternura pronto se volvieron mordidas en el cuello —donde las venas temblorosas evidenciaban la excitación creciente de Sofía—, en los pezones y en el vientre, hasta abrirse paso y lamer esa otra boca de labios carnosos que lo esperaba mojada y caliente.

No pudo esperar más. La penetró con fuerza, con todo el ímpetu de su juventud, procurando contenerse, prolongar ese placer que, en efecto, poco se parecía al que había experimentado tantas veces con las mujeres de la calle de Medrano.

Sofía descubrió que le agradaba el peso de aquel cuerpo sobre ella, tenso, una tormenta que esperaba desencadenarse, los ojos abiertos que miraban más allá de ella, su boca que la buscaba entre besos y palabras. Se inició la cabalgata entre las nubes, en las espirales de luz, sobre los techos de las casas, más allá de las montañas. La tensión eléctrica duraba una eternidad. Luego la tormenta que se desató desde su sexo hasta cada rincón de su cuerpo.

Dejó salir un grito que venía desde las cavernas ancestrales de su cuerpo, desde la memoria más recóndita, desde antes de sí misma y, lo comprendía, duraría mucho más allá de esa noche, ese año, ese siglo. Él también había gritado al inundarla. Se habían ido juntos a un tiempo sin tiempo, que parecía prolongarse dolorosa e indefinidamente.

Luego la ternura, la cabeza amada descansando en su pecho, balbuceante. Un segundo. Un segundo nomás para sentirse llena, para desencadenar la ilusión de poseerlo. Un segundo suficiente para descubrir el verdadero propósito de su vida: acunar en su cuerpo a aquella criatura sudorosa, jadeante y satisfecha.

Miguel susurraba palabras cariñosas en medio del cansancio. Luego se irguió con una chispa amenazadora en el fondo de los ojos.

—No perteneces a este espacio y a este tiempo, pero no te librarás de mí. No importa cuántos años vivas ni en dónde —buscaba el hueco de su sexo con sus dedos, casi hasta lastimarla—, no te dejaré estar, no te dejaré besar otra boca de este modo —la besó, apasionado, buscando con la lengua el secreto más allá de la oquedad húmeda, más allá del paladar, de la lengua— nunca más.

XIV

Guadalajara: época actual

Ayer tuvimos una tarde de calor intenso, una de las peores del año, después de varios días en que no ha llovido en absoluto. Sumida entre las sombras de la espera, aguardo la lluvia, un ritmo nuevo, un escandaloso toque de época, una revolución. Es un tiempo angustioso, como son los tiempos en que se está a la expectativa de algo; en especial cuando no se sabe de qué. Yo misma me siento como si estuviera sumida en una espera infinita, a pesar de que estoy trabajando arduamente.

Además de sentir que estoy aguardando algo indefinible que no llega, siento cada vez con mayor intensidad que no encajo con nadie, que no me encuentro en ninguna parte.

Godeleva se va a casar y desde que se comprometió ya casi nunca la veo. Por esto mismo le ayudé, con mucho entusiasmo, a organizar una enorme despedida de soltera. Estuvieron sus compañeros de trabajo y los investigadores del centro. Combinación explosiva, pero divertida, pensamos. Invitamos también a los antiguos condiscípulos de la prepa y la universidad, algunos familiares… A todo el mundo. Casi nadie faltó.

Desde temprano fueron llegando los invitados y poco más tarde yo había perdido la incomodidad a fuerza de tequilas con refresco de toronja. La incomodidad, mas no el vacío. Con el pretexto de vigilar que a nadie le faltara nada, pude circular por los diferentes grupos de amigos sin incorporarme en realidad en ninguno. ¿Por qué no puedo integrarme a ninguna conversación ni tomar partido? A veces me aborrezco con toda el alma por tener esta actitud entomológica hasta con mis amigos más cercanos. Sólo puedo escuchar, juzgar a veces, como si yo no perteneciera a este mundo, a esta realidad.

En un rincón, tres tipos que no conozco conversaban alrededor de rones campechanos y botanas. Poco a poco comencé a poner atención a la plática. Me resultó tan aleccionadora y a la vez tan asombrosa, que me atrevo a reproducirla aquí, palabras más, palabras menos, para que me des tu opinión.

—Yo le daba todo —comenzó un quejoso, mientras atrapaba un bocadillo— pero ella quería los fines de semana. ¡Oye, no podía darle sábado y domingo, que son los únicos días que paso con mi mujer!

Apesadumbrado el hombre se dirigía a sus amigos. Era joven, no pasaba los treinta y cinco años. No era del todo desagradable, a pesar de ese aire afectado de ciertos profesionistas aun con atuendo informal.

—Aunque ella sabía eso perfectamente —continuó—, me conoce mejor que mi esposa.

¡No sé cómo algunas de nosotras podemos ser tan incomprensivas, tan exigentes, tan ambiciosas! En la memoria las cosas se van borrando pronto: según él, nunca le faltó, jamás la dejó plantada, le cumplió cada capricho... Tal vez todo ello fuera verdad. Lo que el joven no podía aceptar era que su amante se hubiera ido con un tipo dispuesto a vivir con ella, pasar juntos los domingos y todas las noches del año.

—Teníamos una relación maravillosa —prosiguió ante los ademanes de asentimiento y comprensión del grupo—; íbamos a fiestas, la presentaba como mi mujer. Además podía contarle todo, hasta cuando me iba con los cuates, sin que ella me armara un escándalo. La llevaba a cenar, le compraba cosas, la complacía cuando ella quería, a toda hora y claro, yo tenía la seguridad de que no era una cualquiera que me fuera a pegar un sida. La ayudaba económicamente, la hubiera sacado de trabajar en el momento oportuno.

—Mejor, mi cuate —espetó un gordito de esclava de oro y enorme anillo en el meñique mientras prendía un cigarro y se aclaraba la garganta—. No te vaya a pasar lo que a mí: cuando al fin me decidí a dejar a mi mujer, me sale esta otra con que ni crea que me va a cocinar o criar a mis hijos.

—¿En serio? —terció un incrédulo entre grandes carcajadas—. Entonces a mí me va de maravilla. Nos vemos dos
veces por semana, pero de lujo: ella hace la cena, me chiquea,
me atiende de lo mejor y además de que no la mantengo, no
tengo que meter a mi esposa en broncas; no sospecha nada
y jamás lo sabrá.

En una mesa cercana estaba un grupo de amigas platicando. Sin duda fueron examinadas con ojo de catador ex-
perto por los bebedores. Se les iluminó la vista y comenzaron
a babear discretamente cuando diez minutos más tarde Godeleva se sentó con ellas, convirtiéndose en la sensación. Un
"mujerón", dirían nuestros vecinos.

Por un momento fingí interesarme por los comentarios
de aquellas mujeres:

—La verdad, encontrar marido fue lo mejor que te pudo
haber pasado —opinó una rubia artificial de enormes aretes
a la última moda—, cuídalo mucho.

—Sí, m´hija —completó una exuberante morena de
grandes ojos—, es bien difícil vivir sola, ver que se te está
yendo el tiempo, que te estás poniendo vieja, que se te cuel-
gan los pellejos, que nadie está contigo… Y luego, ¿quién te
pela? No, hay que asegurarse —continuó sin perder el hilo.

Mientras la plática seguía su curso, me levanté a llenar
de nuevo mi vaso. No, pensaba en esos momentos, no quiero ser una esposa. No quiero ingresar a ese mundo. Me niego a encontrar un marido que "me dé su nombre", que me
rescate… ¿De qué?

—Prefiero seguir con "aquél" —alcancé a oír todavía a una mujer de más de treinta, guapa y avispada—; lo veo cuando quiero, no le tengo que cocinar, cada quien vive en su casa.

—¡No me digas que no te gustaría vivir con él!

—¡No me digas que no quieres más!

—¡Ay no! —una expresión de sincero rechazo y la risa espontánea de la mujer me hicieron pensar que las cosas están cambiando y que, de algún modo, eso es lo que yo tengo. No sé si es lo que yo quiero. Honestamente no lo sé. Me pregunto: ¿Quién soy yo? ¿Cuál de todas esas vidas estoy dispuesta a vivir? Nunca he cabido en ninguna parte. Nunca pude adaptarme a ningún grupo ni hablar sensatamente casi con nadie.

No quiero entregar cuentas —pensé, mientras me alejaba—, guardar fidelidades, quedarme quieta en la silla de la respetabilidad, a cambio de que me defiendan del mundo. No quiero necesitar la compañía y la ternura que se me escatima, que se me condiciona, a fin de mantener la ilusión de no estar abandonada en ese mundo peligroso. Prefiero mi otro mundo, no menos terrorífico. O mejor aún, prefiero mi vida entre dos mundos. ¡Exactamente! Lo mejor es tener dos hogares y estar siempre dentro y fuera de cada uno de ellos, para no quedar atrapada y poder verlos mejor desde lejos. Prefiero la soledad y a mis fantasmas.

Ya al anochecer llegó el grupo musical. Las conversaciones dejaron de ser necesarias. La gente comenzó a cantar para no hablar. La música incitaba, lúbrica, al baile.

Me dejé arrastrar por el ritmo violento y el alcohol. Bailé hasta caer rendida, conté los mejores chistes de la noche y canté a voz en cuello canciones vulgares que nunca hubiera sospechado conocer. Me resistía a volver a casa. No quería dormirme. Presa de una vitalidad desconocida, en ese momento me sentía capaz de cualquier cosa.

Me fui al departamento de Felipe cerca de Chapultepec, un maravilloso penthouse desde donde se domina toda la zona. Me gusta mucho la creatividad, talento y sensibilidad que se respira en esa casa: sus plantas tienen nombres de personas, así como sus alebrijes de distintos tamaños y colores.

Fueron inevitables las caricias, fruto de la pasión y las ansias de la noche, a salvo del amor. Sexo, nada desagradable, pero vacío. Tú debes haberlo sentido: palabras, caricias de cartón y sin embargo, ¡cuánto placer!

Antes de que dieran las seis, salí del departamento mientras mi compañero aún dormía. Caminé de regreso a mi casa. El aire húmedo arrastraba restos de una fugaz lluvia nocturna. Las mazorcas secas de un terreno baldío daban a luz un sol pálido. Una tormenta silenciosa de nubes formaba un calidoscopio.

Deberías ver la ciudad amanecida: el pasto tiembla fosforescente de rocío en los camellones, entre los troncos y las banquetas grises. En una glorieta, vi a seis hombres en círculo golpear las escobas hechas de largas varas vueltas por el mango contra la acera, con un movimiento rítmico y acompasado, todos a un tiempo, canturreando. Al verlos, imaginé que estaban en una ceremonia druida antes de comenzar la siega en los trigales. Bruegel los hubiera incluido en un cuadro.

El viento movía las ramas de las jacarandas todavía cargadas de flores.

Llegué a casa hace un rato. Evité con cuidado mirarme en el espejo. No debe ser muy reconfortante mi imagen. Despeinada, con el maquillaje corrido, una cruda feroz anunciándose y el asqueroso olor a cigarro pegado en la ropa. Tengo escalofríos recorriéndome la piel, cierto retortijón en el estómago y un dolor agudo en el pecho.

Me siento hueca por dentro y sucia aunque, tengo que reconocer, conmovida por esta ciudad que cada día se me presenta nueva, emocionante, luminosa, mágica.

Mientras intentaba dormir un poco, los vecinos comenzaban la rutina diaria. Se oía a través de las ventanas el motor de los autos calentándose y las voces de preocupadas madres apurando a los niños para ir a la escuela.

No está mal. No está mal del todo.

Te quiero mucho, gracias por leer esto. No hay nadie más a quien pudiera contárselo, nadie más a quien le importe.

S.

XV

Guadalajara: enero de 1854-agosto de 1855
Michoacán: octubre de 1854

legó el año de 1854. A pesar de que en Guadalajara se había declarado a Santa Anna dictador por tiempo indefinido, en la ciudad no
pasaba nada. Incluso habían llegado a olvidar
el peligro. Miguel y Sofía vivían un amor apasionado y
oculto en la casa de la calle del Seminario. Miguel entraba por las noches, a través de una accesoria de la calle de
la Aduana, y salía antes de que amaneciera sin despertar
sospechas.

En marzo había llegado la compañía de teatro al gale-
rón infame que el gachupín Zumelzu sostenía en la calle del
Carmen. José María y Pablo Jesús le habían lanzado poemas
a la actriz María de los Ángeles García. Cruz-Aedo escribió
sobre las rodillas un soneto que lanzó también al aire y que
al día siguiente publicó *La Voz de Jalisco*. Sofía recordaba
los versos:

¿Con que es cierto, la bática Azucena
que al cabo de una ausencia dilatada
tu linda faz por nuestra mal velada
a brillar otra vez vuelve en la escena?

"¿Qué sería una bática Azucena?, ¿sería Bética?", se preguntaba Sofía en medio de la rabia contenida. Días después, Pablo Jesús le dijo que así se les llamaba a las nativas de Sevilla.

Miguel no la había invitado al teatro. A Sofía le dieron celos de Rosa Peluffo, la actriz y traductora española al frente de *Brígida la azotada*. Cruz-Aedo había aventado también versos ese día en honor a la mujer rubia.

Sinceros pero humildes mis cantares
no igualan a tu artístico talento...

Aquella noche, lo recordaba bien, había mandado a Miguel a su casa sin siquiera un beso de despedida. A pesar de que él jurara que Rosa Peluffo pesaba una tonelada, que la admiración que le profesaba era platónica, que... Había terminado por perdonarlo días después.

Después vino mayo cargado de jacarandas y primaveras, mayo de calor y paseos a San Pedro Tlaquepaque con los amigos de Miguel. No olvidaría jamás el revuelo que causó en la ciudad la carta redactada por Nacho Vallarta, Emeterio y Miguel en una de esas tardes de paseo, en apo-

yo del Plan de Ayutla proclamado por un señor llamado
Florencio Villarreal, en el estado de Guerrero, desconociendo la autoridad de Santa Anna. Más allá de la inseguridad política, parecía que la felicidad estaba a punto de
llegar, que aguardaba a la vuelta de la esquina. Miguel se
sentía confiado y beligerante, ella podía percibirlo y se sentía contagiada por la seguridad que irradiaba él, que cita-
ba lo mismo a Lamenais y a Rousseau que a Voltaire y a
Byron.

Pero en junio, el gobernador José María Ortega mandó
preso a Cruz-Aedo por infundir temor entre la población
como liberal.

No habían servido las súplicas ni las amenazas.

Hasta su celda maloliente en el palacio de gobierno, le
llegaban a Miguel las noticias. Su madre había ido a suplicar
por el joven primogénito. Sofía había ido con sus amigos a
entregar una carta de protesta. Incluso su maestro, Anastasio Cañedo, había ido a abogar por él. Nada.

Era la primera vez que había pisado un calabozo. No
era agradable. Quería hacerse el fuerte. ¡Estaba ahí por infundir temor! Eso quería decir que de algo estaban sirvien-
do las protestas, los manifiestos firmados con sus amigos. Y
sin embargo, ¡era tan indigno! Ya un mes con la misma ropa,
sin que se le permitieran las visitas o el papel para mandar
mensajes. La comida era una sopa nauseabunda, un caldo
grasiento con un mendrugo remojado. Sus compañeros de
celda eran los borrachos de Los Portales, que con el vómito

y el sudor hacían insoportable el ambiente. Cuando sintió por primera vez los piquetes de los piojos, sin poder contenerse más, se echó a llorar.

Una madrugada, antes de que saliera el sol, oyó rechinar la llave en la cerradura. Dos guardias lo terminaron de despertar a empujones y patadas. Le cubrieron la cabeza con un costal de tela basta y le amarraron las manos.

—Ahora sí, cabroncito. Conque muy sabroso, ¿no? Muy niño bonito, muy gritoncito con tus amigos los perfumados. Ya se te volteó el chirrión por el palito. Vas a ver lo que es bueno.

Sintió el tufo de aguardiente y ajo muy cerca de su cara. No reconoció la voz.

—Ahora sí —pensó temblando— me van a fusilar.

Lo llevaron caminando a ciegas por los corredores del palacio. Sintió como una bendición el aire cálido. Respiró con desesperación a través del saco que le cubría la cabeza para limpiarse los pulmones.

Nunca como en ese momento respiró tan hondo. Alcanzó a distinguir el aroma de los naranjos en la Plaza de Armas, el perfume de las piedras mojadas después de la lluvia nocturna, el estiércol, la paja, el cuero de los arreos de montar. Estaba en las caballerizas del palacio. ¿Ahí mismo le iban a disparar?

Así que eso era todo. La proximidad de la muerte y en lo único que podía pensar era en lo agradable que era respirar hondo, absorber el mundo entero por la nariz. Pensó en

Sofía y sin querer sonrió. La vida había sido buena con él, de nada se arrepentía.

—Estoy listo —gritó—. ¡Disparen pues! Nomás quítenme este trapo, quiero verles la cara, ¡punta de cobardes!

Como respuesta recibió en el estómago una patada que le quitó el aire, luego un golpe en la cabeza que lo hundió en una noche profunda sin estrellas.

La mujer del columpio reía a carcajadas. Se reía de que él no podía alcanzarla. "Sólo en el futuro." La luna líquida se derramaba en grandes olas hasta la playa de una ciudad de acero. Una ciudad hecha de luna. Él corría sin rumbo buscando la cabaña del bosque inútilmente. Sólo enormes edificios de cristal, sólo caminos grises que no conducían a ninguna parte. La perversa joven, desde el columpio, le derramaba agua helada, luna líquida, luna de mercurio. "Te lo dije…"

—¡Te lo dije!

No era la voz femenina que soñaba siempre. Era una voz áspera que, de algún lado a sus espaldas, se reía a carcajadas. Se sintió empapado, comenzó a temblar.

—Te dije que con un balde de agua sí despertaba el lagartijo este.

—Buenos días, patrón. ¿Le traigo su chocolatito?

Un grupo comenzó a reírse todavía más alto.

¿Dónde estaba? ¿Era esto la muerte? Aguzó los sentidos. Anís. Olía a anís y hierba de Santa María. Un caballo resopló casi a su lado. A través de los pequeños orificios de la tela vio que era de día. No sentía las manos, mientras que los dolores en el resto del cuerpo le anunciaron que estaba vivo.

Alguien le quitó por fin el saco de la cabeza. Miguel intentó lanzar una patada.

—Ah que muchachito tan valiente. Tate quieto o te va peor.

Sintió a su vez una patada en las costillas.

Estaba en el campo. En un carro de carga, acostado encima de algunos costales y el fondo de paja.

—¿A dónde me llevan?

—A México, por orden de Su Alteza Serenísima, mi general Santa Anna. Ya durmió todo un día. Pensamos que se había muerto. A ver, tú, acércale al señorito un jarro de atole.

No pudo resistirse. Bebió con fruición del líquido espeso e hirviente. Por poco y se quema la boca.

—Dale un taco, a ver si resiste hasta México.

No recordaba un manjar más delicioso. La tortilla dura, el chile agresivo y los frijoles refritos. Lo devoró todo con gratitud.

Luego le pusieron de nuevo el saco en la cabeza y reanudaron la marcha. ¿Cuántas horas? Lo único verdaderamente claro era el golpeteo del carro en sus maltratadas costillas, las manos ausentes.

A medida que fueron pasando las horas, una idea fue tomando forma en su cabeza: si llegaba a México, Santa An-

NO ME ALCANZARÁ LA VIDA

na lo mataría, como a tantos otros rebeldes de los que nada se había vuelto a saber. Se concentró. No había nadie más en el carro. Hizo un esfuerzo sobrehumano por sentir las manos. Estaban amarradas y sin embargo, si lograba aflojar las cuerdas…

Ya se metía el sol cuando logró liberarse de la soga. Se frotó las manos para volverlas poco a poco a la vida. Se quitó el saco de la cabeza y comprobó que estaba solo. La escolta iba adelante. Con cuidado midió sus posibilidades. Tenía que lanzarse del carro lo antes posible; pronto se detendrían para pasar la noche. A lo lejos se veía la torre de una iglesia y un poblado.

No lo pensó mucho. En una curva del camino, se lanzó a la maleza. Sintió el golpe seco del cuerpo contra las piedras. Ahogó el grito de dolor que le nacía de todas partes y sacando las pocas fuerzas que le quedaban se echó a caminar cojeando, agazapado entre los huizaches.

"¿Qué es ese ruido?", se preguntaba. "Calma, es sólo el viento. ¿Qué tan lejos estaré de Arandas? ¿Qué tan lejos estaré de Zamora? ¡Si tan sólo pudiera regresar a Guadalajara! Y sin embargo es imposible, mi única esperanza es encontrar a los rebeldes en Michoacán. Muchos de mis amigos se han unido a las fuerzas del general Comonfort, quien estableció su cuartel en las montañas cerca de Uruapan para defender la causa contra Santa Anna. ¿Qué es ese ruido? ¡Una culebra! Dios, ¡qué vergüenza! Nunca he matado una culebra."

Siempre rehuyendo los caminos principales, inició un largo viaje hasta Zamora. En San Miguel el Alto se robó un caballo y en él llegó hasta Atotonilco.

Afuerita de Ayo el Chico le marcaron el alto los soldados santanistas. En vez de detenerse picó las espuelas y pasó por un lado del piquete de tropa. Nomás sintió el frío en el hombro. Le habían pegado. Ni así se detuvo. A todo galope entre los maizales llegó hasta La Noria. Sangraba profusamente.

Cuando lo encontró un campesino, estaba alucinando en un charco de sangre. No había comido en tres días.

Llegó a Zamora los primeros días de octubre, vestido con camisa y calzón de manta, con grandes ojeras y el rostro afilado. Cuando lo llevaron frente al comandante rebelde, simplemente le dijo:

—General Comonfort, soy Miguel Cruz-Aedo, y vengo a pelear contra Santa Anna.

Luego, se desmayó.

Michoacán, 10 de noviembre de 1854

Sofía, amor mío:

No sé si esta carta logre llegar a tus manos, si tus ojos se pasearán por estas mal conformadas frases, producto de la desesperanza y la emoción.

No fue ningún error el haber sido apresado por orden de Santa Anna. Soy sujeto indeseable para su Alteza Serenísima y allegados. Dicen que doy miedo.

Ignoro cuál habría sido mi destino de no haber podido escapar de los guardias que me conducían a México.

Me dijeron que estuviste tratando de liberarme cuando estaba en la cárcel de Guadalajara, que trataste de verme y recibiste sólo despotismo de José María Ortega, lo cual si en mi mano está, le haré pagar. ¿Para qué sirven los lazos familiares? ¿Ni siquiera para tener un poco de misericordia con los enemigos políticos?

Estoy con el ejército de Comonfort. No puedo decirte más por miedo de que esta carta caiga en otras manos. No sé cuando volveré a verte o si regresaré a Guadalajara. Sin embargo tu recuerdo es una luz de esperanza, un torrente de deseo y a la vez un sueño inalcanzable. A veces dudo si fue verdad que te tuve en mis brazos, que existes del todo.

Los días aquí son tediosos. Hace frío. Este lugar no brilla por su cultura ni por su entretenimiento. La soldadesca puede hacerme perder los estribos y la mayor parte de las noches el sueño se hace esperar. No queda sino jugar a las cartas con los oficiales, escribir, leer lo que se encuentre a mano y tomar hasta hacer acudir la pesadez de un sueño plagado de pesadillas. He encontrado algunos amigos, el general Santos Degollado es como un padre para mí, como el padre que he perdido. También está aquí nuestro amigo el doctor Herrera y Cairo, en septiembre lo apresaron en Guadalajara y sé que estuvieron a punto de fusilarlo. De no ser por la intervención de mi querido Silverio Núñez, el doctor estaría muerto ya. Por fortuna estamos aquí todos juntos, planeando, luchando por el futuro.

No sé por qué te cuento estas cosas. A lo mejor es nomás por sacarlas del alma, ya que desde aquí me pareces más que nunca un ser de otro tiempo y de otra realidad. ¡Cuánto me aferro a tu recuerdo! ¡Cuánto desespero por la posibilidad del regreso!

Te beso, te beso tanto.

Sofía, sentada en la fuente de cantera del patio, mientras mantenía los pliegos azules en una mano y el abanico en la otra, recordaba escenas borrosas de aquel pasado feliz que se deslizaba fuera de su alcance. Le seguían asombrando las cartas azules en ese exquisito papel parecido al manila o al mantequilla. Solapaba cariñosa el beso casto del atardecer sobre la letra negra del canutero. Leía las cartas a través de una turbia cortina de lágrimas.

A veces le parecían absurdos sus infructuosos intentos por reconstruir esa ciudad de espera, más allá de las paredes de su casa. Escuchaba el lúgubre tañer de las campanas que avisaban del próximo amanecer o la hora del Ángelus, incluso la hora de apagar las luces para retirarse al descanso.

Santa Ana Acatlán, 28 de enero de 1855
Estoy con Santos Degollado. Estamos sitiando la ciudad. Casi puedo verte desde aquí. Mándame un beso.

Miguel

En enero, el sitio liberal a Guadalajara produjo una escasez de alimentos y una ola de insultos por parte de los periódicos adictos a Santa Anna.

Una chusma indigna y asaz enemiga del nombre mexicano
y de la verdadera felicidad de este país ha tenido la audacia
de acercarse a esta capital y amenazar la tranquilidad pública con todos aquellos horrores que repugnan a la naturaleza
misma...

Sofía hubiera querido no sentir. Volverse hueca y suspender los latidos del corazón para soportar las noticias: el
sitio liberal fue infructuoso. Miguel no regresaría pronto.
¿Estaría vivo?
Una nota fechada en febrero en la Sierra del Tigre le devolvió el resuello:

El ejército tuvo que refugiarse aquí. Esperaremos
el momento propicio para atacar de nuevo. No me olvides. Yo no te aparto de mi corazón.

Miguel

Los meses siguientes tuvo que reprimir el miedo ante la falta de noticias, la escasez de alimentos y la proliferación de enfermedades.

Los pasquines enemigos anunciaron la toma de Zapotlán por parte del ejército liberal. Y después, en agosto, no pudieron anunciar ya la entrada de los dos generales triunfadores —Comonfort y Degollado— a la ciudad de Guadalajara sin disparar un tiro ante la huida definitiva de Santa Anna a Veracruz. No era necesario que lo anunciaran los periódicos, los gritos de la multitud enardecida fueron lo suficientemente fuertes como para hacer salir a Sofía de su casa y gritar con ellos.

Entonces escuchó a lo lejos los gritos de la multitud enardecida: "¡Viva Comonfort! ¡Viva Santos Degollado!" Improvisada pirotecnia haciendo palidecer el arrebol de agosto. Más de un año de ausencia. Cansado, ansioso, venía Miguel de regreso.

El viento estaba impregnado de ese aroma a flores de muerto recién sembradas. Había algo de mausoleo en el ambiente. La tarde olía a crespón y encaje, sí, como el de la cruz pequeña que se erguía sobre el arco central catedralicio.

Esperaba a su amante. A ese amante misterioso que no acababa de tomar forma definida. Había una copa de vino tinto sobre la mesa para él. En el aire flotaba la ambigüedad de los fantasmas. Se asomaba a la ventana en la oscuridad y sabía que no lo vería cuando llegara; sería como la primera vez. En la espera, se volvía de nuevo un desconocido. Como si no existiera fuera de ese aire saturado de nardos donde el vino se resbalaba sobre las notas del violín y de la viola que hacían florituras. Tejería como Penélope para acortar la espera e incluso tener motivos para seguir esperando.

Su cuerpo estaba listo, aguardaba a su manera, húmedo al centro, oloroso a jazmines para que los sentidos del héroe anónimo, exhausto de la batalla, se perdieran al llegar en una especie de sueño florecido. Aguardaría hasta el amanecer.

Los pechos se adelantarían a través del encaje, turgentes, ávidos, enrojecidos en la punta, rociados por el tinto del estambre, de la bebida cautiva en el cristal.

El angelito tallado en la cabecera de caoba los miraría atento a la mosca parada en la solapa de Miguel. Caería la levita y el chaleco. Caerían los encajes y los escarpines de seda escarlata a la luz del velador. Caerían las perlas y las conchas. Los pechos se le llenarían de besos y la humedad propicia de nardos y jazmines lo envolvería todo, antes de que él tuviera que volver a la bruma de donde había llegado.

XVI

Guadalajara: época actual

Nunca te pregunto cómo estás, pero intuyo que te va bien. Envidio la tranquilidad y la paz que gozas. Sé que te ha costado trabajo y que de vez en cuando los nubarrones de la depresión logran colarse a tu casa. "La felicidad es un asunto que sólo preocupa a los ingleses", estarás murmurando al leer esto, pero en el fondo eres feliz.

Siento un desasosiego que no puedo explicar. Hoy el aire trae un aroma extraño, a flores disecadas. El cielo se convierte en un inmenso domo gris y el viento es húmedo. Cuando miro hacia el horizonte siento una soledad absoluta y me encuentro extrañamente indefensa.

Salgo al balcón a ver el acueducto y me invade la nostalgia, sin que sepa a qué se debe. Si de algo estoy segura, es que no hay otro lugar de la tierra donde preferiría estar. "¿Ni París?", parece que te oigo preguntar. Ni París. Me he vuelto una digna habitante de esta ciudad maravillosa. En ningún otro lugar de la tierra, ¿sabes? En ninguno...

El olor a madera quemada, el bosque más allá, el rumor lejano del mar que no existe, el sabor provinciano de los barrios, la petulancia de las plazas de cristal... Amo a Guadalajara, con todo y su chovinismo, con su lenguaje de ritmo tan peculiar, duro y franco; con sus hipocresías y disimulos, con sus visiones particulares, con su segregación de clases y sus pretensiones de gran señora. Amo a Guadalajara con su historia llena de héroes olvidados, con sus hermosos edificios de cantera y su herida profunda, sangrante, primigenia, al fondo de la barranca de Huentitán.

Por las mañanas me voy a la hemeroteca a rastrear los indicios de la presencia de Cruz-Aedo en *El País*, el periódico que publicaba José María Vigil. Instalada en el enorme salón principal de la Biblioteca Pública donde se encuentra el archivo hemerográfico, me siento observada por los próceres jaliscienses que vigilan a los usuarios desde sus marcos en todo lo alto. El padre Nájera me taladra con su mirada, parece que quiere decirme algo que no alcanzo a comprender.

Cuando salgo de ahí, siento que estoy viviendo en el siglo XIX y no puedo evitar ir comparando calle por calle, superponiendo el mapa de la Guadalajara de entonces con el de la ciudad actual. Y creo que nada ha cambiado en lo más recóndito y esencial, sólo en la superficie.

Mientras me dirijo hacia el centro por la avenida dieciséis de septiembre, mi imaginación vuela y me parece ver a los transeúntes vestidos a la usanza de 1850 dirigirse al templo de Mexicaltzingo. Más allá, creo ver a los bañistas en el arroyo del Arenal y más cerca del centro creo encontrarme con los monjes franciscanos que cultivan hortalizas en la huerta, como si no hubieran pasado más de ciento cincuenta años desde entonces.

La contaminada y ruidosa avenida principal de Guadalajara se convierte por fracciones de segundo en la angosta calle de San Francisco, y al atravesar la Plaza de Armas, no distingo el kiosco que trajeron de Francia a finales del siglo XIX; sólo están ahí los naranjos en flor y algo me hace querer entrar al palacio de gobierno, entre las nubes de palomas y el olor de azahar. Subo escaleras, abro puertas, recorro patios internos y nadie me detiene, ni los burócratas, ni los policías municipales, ni los soldados de uniforme azul, ni los funcionarios con sombrero de copa y paletó.

Ya me has dicho que temes por mi estado emocional. Sí…, llevo una vida extraña, casi sin contacto con la gente. Metida en los archivos, invento fantasmas en la penumbra. Pero no te preocupes.

No tomo tanto. Procuro no salir de casa ni dar espectáculos. Me quedo aquí. Me preparo tequila con toronja para sentarme a escribir. Pongo música y dejo que las imágenes me posean por completo, con toda su magnitud que viene desde mundos muy lejanos.

No se lo he confesado a nadie, pero a veces tengo miedo de encontrarme con mi doble por la calle. Es una sensación extraña, un escalofrío que baja por mi espalda. Me invade el pánico de ver reflejada en la vidriera de enfrente a alguien exactamente igual a mí. En algunas ocasiones, durante ese tiempo impreciso que dura la luz roja del semáforo, creo ver un coche cruzar la bocacalle y a una mujer, yo misma, conduciéndolo a toda prisa. Luego el cerebro reacciona de modo conveniente y me indica que esas cosas no suceden en la vida real.

Otras veces, al dar vuelta a la llave en la cerradura de la casa, siento como si entrara a un mundo paralelo en el que alguien diera la vuelta a otra llave igual que la mía y el desorden de la mesa fuera producto de ajenos descuidos. Como si otras personas se hubieran amado en esta cama revuelta. Al deshacer las arrugas y los pliegues de las sábanas, vienen los recuerdos, una felicidad inmensa; luego me invaden incontrolables ganas de llorar. Así como los sueños parecen haber sucedido en realidad cuando uno se despierta, en ocasiones la realidad del recuerdo puede parecer un sueño.

Otras veces sí me salgo de la casa, cuando no aguanto la soledad y el silencio de la noche y no puedo encontrar las palabras correctas, el conjuro que me lleve de regreso a esa otra vida que me apasiona.

Antenoche fui a pasear al centro. Me fui a dar vueltas y me encantó vagar de noche por ahí. Las luces de neón, los espectaculares parpadeando ante mí, ofreciéndome cigarros y shampoo, whisky y medias italianas para hacerme más mujer. Lo peor es que yo hubiera comprado cualquier cosa.

Una avenida Juárez (antigua calle del Carmen) llena de encantos se rindió a mis pies. Había música en la Plaza de la Universidad a pesar de ser más de las once: un conjunto latinoamericano despedazaba a SilvioPablo y después las tumbadoras vinieron a salvar la situación con un merengue caliente. Con desconfianza me senté en una de las mesas del café. Cerveza, el dorado líquido se deslizó suavemente por las paredes del tarro. No pensaba en nada. Me dejaba sentir. La creciente proporción de alcohol iba tomando su lugar en cada uno de mis músculos, en las yemas de mis dedos que de pronto tamborileaban en la lámina de la mesa; en mis pies que seguían el ritmo, en la melena que se me agitaba discreta y, por fin, en una sonrisa amplia, desmadejada, que abarcaba la plaza entera, a las gentes que se movían al compás de la música, al centro de la ciudad. Una sonrisa comprensiva y amante, fraternal y cálida, aunque sin contenido.

Pude haber llamado a Godeleva, a quien cada vez veo menos, pero no lo hice: seguro está ya en la compañía de su prometido, al que no le hace ninguna gracia que una mujer como yo sonsaque a su futura esposa. Cuando cesó la música pagué la cuenta. No hacía frío. Los restos del verano se quedaron atorados en las torres de catedral.

¡Carajo! De pronto me di cuenta que había olvidado dónde estacioné el auto. ¿En cuál de todas las esquinas? ¿En la de los perros callejeros, en la de los cholos, en la de los hombres solos? ¿A dónde ir a ocultarme en la madrugada?, me preguntaba en esos momentos. Los carros se detenían a mi lado para observarme. Los estéreos a muy altos volúmenes hacían vibrar los cristales, en un retumbar sordo. Decidí volver a casa.

Cuando la noche de nuevo quedó en silencio me acosté en la alfombra. Me serví otro tequila, paladeando todos los campos de agave en él —la tierra roja, el azul profundo—, y recorrí con mi imaginación el bosque de mi pintura, bajo la tenue luz de la sala. Envuelta por su cálida lejanía, las olas de un imposible mar cobalto estallaban cada vez con mayor furia. Apagué las luces y en la oscuridad, esperé junto a la ventana.

Los etéreos brazos de luz del farol metían las sombras de las magnolias a la sala. Un ligero temblor me recorría en ese instante en que no se movía ni una hoja del árbol. La penumbra se iba poblando de árboles: pinos, abetos y oyameles. Sentía al fantasma acercarse. A medida que se iba aproximando a mí, tomaba forma, tomaba cuerpo.

¿Cómo puedo bautizar ese sentimiento que brota en lo más profundo de mi ser? ¿Amor? ¿Ansia vacía?

"Me está carcomiendo las entrañas", demasiado rebuscado.

"Me está rompiendo el corazón", demasiado cursi.

Sin ser profesional del sufrimiento, estoy aprendiendo a contar los fantasmas de las horas muertas. Más allá de los cigarros y este nuevo vaso de tequila, más allá del capricho, sólo puede estar el olvido.

Yo sé que mi fantasma no existe, que el perfume de su axila, sus palabras, la forma en que hace el amor no pueden existir. Permanecerá en mis sueños. En lo más profundo de mis deseos será donde él diga lo que quiero oír. Ahí permanecerá, ahí podrá darse por vencido y aceptar que él también... Sé que se quedará en mi cuerpo mientras éste desarrolle brotes de buganvilia, pero también sé que terminará en un recuerdo agridulce.

¿A quién le hablaba en esos momentos? ¿A quién me dirigía en esa noche tibia de suspiros, en esa noche de soledad espesa donde sólo estábamos el fantasma y yo?

Hay que escribir, describir o irse ahogando en ese charco de melancolía. Incluso aspirar el humo de los cigarros y ver cómo se me rompen los bronquios de una vez. Pequeñas motas de algodón, frágiles flores de pelusa, juguetes de la inercia.

Cualquier cosa, menos darle una oportunidad a la esperanza, esa de mirada indiferente y sonrisa irresistible, esa que nunca será, que no existe. Nulificar el temblor de sus palabras, hacer caso omiso de la chispa de su adiós.

¿Qué es esta sensación?

"Se llama deseo", parece que me susurraba él en la penumbra. "Esto es sólo el comienzo."

Mis ojos se perdieron en el telón negro y titilante de la noche buscando en vano su perfil. Mis dedos buscaron inútilmente sus dedos sobre mi cuerpo, reconociéndolo, ávidos, arqueólogos, orfebres. Dedos que encuentran orificios tibios, calientes y luego calcinados. Mi boca se afanó buscando una boca ausente en el aire embalsamado.

La muerte dificulta los encuentros amorosos. Vibra la tierra, lágrimas brotan y queman las mejillas. Violentos espasmos, un grito. Le llamo a un hombre sin nombre, le pregunto si acaso él, fantasma todavía, entendió alguna vez. Si acaso él entiende qué es esto que nos pasa.

¿Lo sentirá él también? ¿Quién dijo que la muerte nos protege del deseo?

Melodrama. Melodrama puro. "Sólo queda el refugio del sueño. Mañana será otro día", pensé en la duermevela.

Luego amaneció. Cuando abrí los ojos todo parecía estar bajo control. La ventana en su sitio: afuera, los pájaros iniciaban su matutina sinfonía de ónix. Otro día se levantaba a barrer las calles, a despejarlas de las flores de los árboles que de noche las protegen del frío. Afuera, el mundo seguía girando. Y esto es algo que a veces no puedo soportar. No está bien que las cosas sigan existiendo; que los pájaros canten como si éstas mañanas fueran como cualquiera y las nubes se rasguen en jirones rojo-violáceos cuando acecha, cada vez más cerca… ¿el futuro?, ¿el pasado?

Algo sí me queda claro: nací para caminar por las calles en busca de imágenes imprecisas que me completan. Nací para dar a luz líneas y mundos propios, palpar texturas diversas, perderme por las tardes, regatear en los mercados, darme oportunidad, derecho de vivir; para regresar al punto perdido y descubrir qué hay más allá.

¿Puedes comprenderlo? Dime que tú sí puedes comprenderlo.

Me gustaría que estuvieras aquí para platicar largamente.

Un beso.

S.

XVII

Guadalajara: agosto de 1855-enero de 1856

iguel, Chema Vigil y Nacho Vallarta sacaron a la luz *La Revolución*, periódico furibundamente liberal. Hasta Sofía se asustó cuando leyó, en presencia de doña Rita y doña Florinda, un día que fue a visitarlas, los objetivos de la publicación.

Descubrir las tendencias del Plan de Ayutla y la voluntad decidida del partido progresista para arrasar sin compasión los obstáculos y para herir en el corazón y con golpe mortal al partido jesuítico…

—Dime tú qué tiene qué ver mi hijo con esas revueltas. ¡Ni sabemos dónde está Ayutla, por dios! Esos muchachos estudiaron con los curas. ¡Golpes mortales! ¿Por qué vas a golpear a tus maestros? Además, ¿tú crees que los van a dejar salirse con la suya?

…para hacer caer en pedazos los misteriosos ídolos que había adorado y exhortar al pueblo a encadenar para siempre a la clase eclesiástica por ser un contrasentido a la civilización.

—Pero ¿de qué hablan estos niños malcriados? ¿Llamarán ídolos a los santos? ¡Mi hijo se va a condenar! ¡Que se me va directo al infierno!

Doña Rita lloraba.

—¿Qué diablo se les ha metido a esos muchachos? —le preguntaba a Sofía, como si intuyera que ella conocía más íntimamente a Miguel y pudiera darle alguna respuesta.

Ante el silencio de la joven, Florinda trataba de justificar a su sobrino favorito:

—Cosas de chiquillos, Rita. Ya verás que se le pasa pronto.

—Miguel no es ya un chiquillo —respondía la señora casi a gritos—, ya tiene edad para dejarse de juegos y revoluciones. Ya era tiempo de que se hubiera casado, tuviera una familia y se dejara de tonterías políticas. ¡Ay, si viviera su padre! ¡Cuánta razón tenía mi pobre José María! Y yo que no lo dejaba regañarlo…

Sofía no se atrevía a decir nada. No acababa de entender tanto dolor de la madre de Miguel. Después de todo, el joven era uno de los más ilustres abogados de la ciudad y atendía asuntos de familias prominentes; también era nada menos que el Oficial Mayor del gobierno de Santos Degollado, catedrático de humanidades en el liceo, jurado de imprenta. Además era temido por su pluma, cuando la afilaba contra los curas, Santa Anna o cualquier forma de injusticia en las columnas de *La Voz de Jalisco*. Por lo general Miguel se cuidaba mucho de que su madre no se enterara de sus escritos más radicales. Ahora la nueva revista había salido a la luz y estaba en manos de doña Rita. Nada había oculto en Guadalajara, sin duda.

Sofía trató de abogar a favor de su amado, mostrándole la invitación en un elegante pliego de cartulina:

El exmo. sr. gobernador Santos Degollado se honra en invitar a usted a la velada patriótica que tendrá lugar en el salón principal del Instituto del Estado la noche del 17 de septiembre, aniversario de las víctimas de la Patria, a las 8 de la noche.

Programa:

Palabras del Señor Gobernador.

Discurso que pronunciará el C. Miguel Cruz-Aedo, miembro de la sociedad literaria La Falange.

Esperamos su puntual asistencia.

—Es dentro de una semana —dijo doña Rita enjugándose las lágrimas—, hay tiempo de que me mande hacer un vestido nuevo.

—Yo misma la acompañaré a comprar la tela. Dicen que ahora que estamos más tranquilos, han llegado maravillas francesas a Las Fragatas.

—Yo llevaré guantes nuevos, y unos escarpines de seda rojos que vi el otro día —añadió doña Florinda.

¿Cómo lo vio aquella noche? Desmejorado a pesar del minucioso arreglo, del severo peinado, de la elegancia del traje oscuro. Estaba más delgado que en sus recuerdos, más pálido que en la memoria de sus dedos, de su boca, que lo habían recorrido por completo en la oscuridad.

A pesar de ocupar un lugar preferente en una de las filas delanteras, en medio de un perfumado auditorio, no podía concentrarse. ¿Cómo juzgó su discurso? ¿Qué iba a decir de él? Epígrafes del *Eclesiastés* y Berthelèmy; un larguísimo periplo por la Europa de los bárbaros, por los regímenes de Aroun-Al-Raschid, Almanzor y Solimán con alusiones a la Cimitarra de Guadelete, la Tea de Alejandría, el jinete del Aerópago y el Pórtico, a fin de justificar las revoluciones; lacrimógenas menciones de los mártires de 1810 y apocalípticos recordatorios de la inquisición.

Desentrañaba con gran dificultad las influencias de Voltaire (y ahora se alegraba de haberle pedido a doña Rita que la dejara leer en la biblioteca de su casa en las largas ausencias de Miguel) cuando Miguel hablaba de "un orden de la historia a partir de hechos inconexos", "una república universal y la igualdad de derechos para todos los hombres" y, finalmente, "un reinado de la razón". Miguel, mientras subía la voz, preguntó a la audiencia compuesta de atildados caballeros con claveles rojos en la solapa y elegantes damas con bandas igualmente encarnadas sobre el pecho:

¿No es ese partido (claro, el conservador) el que, al proscribir la razón hija del cielo, la ha sustituido por la autoridad, hija de los hombres? ¿No es ese mismo, el que abjurando el Evangelio, divino código del amor, ordena la intolerancia como máxima de la Divinidad? ¿No es ese partido el que condenando con anatema la igualdad política y la libertad, emanaciones de la naturaleza, ha querido sostener el *per me regnant* y la inquisición?

Quería verse amenazador. Sabía que los músculos de su cara en tensión pintaban una arruga en medio de las cejas. La audiencia cautiva apenas respiraba. No se levantó un solo susurro mientras hizo un pormenorizado recuento de los delitos de los conservadores a través de la historia. En ululante cadencia, lanzó fuego contra indulgencias, diezmos y primicias, contra el Vaticano y contra Loyola.

Sí, partido traidor y maldito, caerás; y en tu caída no se percibirá una sola palabra de compasión.

Tú, partido conservador, mataste la libertad con el Cristo, la igualdad con el derecho divino de los reyes y la fraternidad con el Santo Oficio...

Tú ahogaste la moral, la filosofía y la ciencia. Tu orgullo ha edificado soberbios edificios mientras quemaba los sembrados y las chozas del infeliz...

Pretendía conmover a Sofía con su vehemencia. Sin duda sabía pintar cuadros con palabras, imprimiéndole un toque dramático a las frases. Leyes de conspiradores, asesinatos, matanzas, la venta del país, despojos a los indígenas, bancarrotas y mentidos triunfos, condecoraciones a naturales enemigos extranjeros.

Y el pueblo lloraba en silencio sobre sus cadenas…

Murmullo general. Susurro de crinolinas sobre el mármol del piso, nervioso agitar de abanicos, súbita brisa que hacía parpadear la luz de los candiles.

¡Jaliscienses! En pie y con una mano sobre el corazón, delante de la augusta imagen que está ahí, jurad por la bendita memoria de sus virtudes, por la sangre que aún humea en los campos de batalla; por la salvación de nuestra infeliz patria y por amor a la humanidad, que guardaréis a costa de cualquier sacrificio y sostendréis los sacrosantos derechos del pueblo.

El atronador aplauso le impidió continuar y el creciente barullo le obligó a rogar silencio. Los caballeros, con una mano en el corazón, se habían levantado; las damas agitaban rojos abanicos frente a la augusta imagen del padre Hidalgo. Apenas pudo concluir, levantando la voz por sobre los acalorados comentarios y los ininterrumpidos aplausos. Se hu-

biera podido decir que la distinguida audiencia se disponía
a tomar las armas en aquel preciso instante para dar muerte
a los enemigos de la libertad.

Por un momento a Sofía le fue imposible acercarse. Miguel iba rodeado de los amigos y compañeros de lucha. Unos
pasos más allá, el flamante gobernador Santos Degollado, con
su traje de gala, lo abrazó con una gran sonrisa. Felicitaciones
y flores recibió aquella noche el joven, sudoroso, ronco, pero
satisfecho.

Doña Rita, quien había permanecido junto a Sofía durante el discurso, llegó primero y abrazó a su primogénito.
Se olvidó de sus disgustos por las ideas radicales del joven liberal. Sólo recordaba los atronadores aplausos, la nube densa
de admiradores, los elogios de Santos Degollado para su único hijo varón. Y llena de orgullo, cubrió de besos a Miguel.

Sofía observaba de lejos la escena, junto a Anita y a la
tía Florinda.

Pronto, los otros jóvenes liberales las rodearon. Toda
Guadalajara se había dado cita esa noche en el instituto.

—Mira Sofía, ese que está allá, con el traje militar, ese
que se quiere comer a Ignacita con la mirada y que querría
destrozar a Miguel, ese es González Ortega —señaló Anita—. Se ve que no soporta que el gobernador Santos Degollado prefiera a Miguel.

González Ortega permanecía alejado con las facciones
contraídas (¿por la envidia?). Lucía los galones de coronel
y miraba lánguidamente a la joven Ignacia Cañedo, que en

aquel momento saludaba, coqueta, al héroe de la noche. Sofía sintió que se le encendían las mejillas por la rabia.

Las notas del piano se hicieron oír en aquel momento.
Y poco después, vio acercarse hasta ella al coronel González
Ortega.

—¿Me concedería usted esta pieza?

Buscó inútilmente en su cuadernillo compromisos de
baile, se volvió hacia su suegra suplicándole ayuda con la
mirada. Nada. Cruz-Aedo todavía conversaba con Ignacia,
quien lo llevaba del brazo hasta la mesa del ponche, así que
no tuvo más remedio que aventurarse en una contradanza
con el militar. Era buen bailarín y sin embargo algo indefinible se interpuso entre los dos. La conversación, que a cada
momento tenía que reiniciarse entrecortada, por fin llegó a
su fin junto con la música. Cruz-Aedo la miraba desde el
otro lado del salón con una mezcla de sorpresa y celos. Ella
le sonrió.

Comenzaron luego a circular los bocadillos y las copitas
de anís. De nuevo las notas del piano se dejaron escuchar en
acordes sutilísimos.

—Es Clemente Aguirre —le susurró al oído la tía Florinda—. Está estrenando esta noche sus nuevas canciones. Esa
se llama A ver tus ojos —informó lo que leía en el programa—,
dicen que se la escribió a la mayor de las niñas Camarena.
Mira, precisamente ahí está, fíjate cómo la mira.

Sofía, en vez de mirar al público, cerró los ojos. Le con-
movían las notas de la canción. Caían como flores en su

corazón. Era una melodía dulce y al mismo tiempo melancólica. Quería tomar cada uno de los acordes y frotarlo contra su piel, guardarlo para siempre. Cuando abrió los ojos, descubrió a Cruz-Aedo mirándola de nuevo rodeado por sus amigos, con una copa de anís en la mano. La observaba arrobado, diciéndole cosas en silencio, secretos siempre vedados para los otros, adivinando los latidos de su corazón al compás de las notas del piano que el compositor ejecutaba con maestría.

Luego, Clemente Aguirre, un joven de perilla oscura y ojos inteligentes y soñadores, se levantó del banquillo del pianoforte y pidió silencio.

—La siguiente composición la dedico a todos los liberales que han creído en las posibilidades del futuro de nuestra patria. La he titulado *La banda roja*.

Miguel se excusó ante sus amigos, quienes le hacían observaciones sobre su discurso, y se dirigió hasta donde estaba Sofía:

—¿Me permite usted?

Sofía, un tanto turbada, encargó su copa a la tía Florinda y se fue flotando en brazos de Miguel, en las nubes del vals, que en su cascada de notas, en sus florituras, iba sugiriendo las posibilidades infinitas del futuro. Como los poemas de Lamartine o de Byron, daba alas a los sueños de los ahí reunidos, que pronto se unieron a la pareja.

Bajo el candil de setenta luces que se estremecía con el viento del estío, las parejas giraban espléndidas. Un solo juego de colores y sombras, una acuarela de matices distintos, en los giros de las crinolinas vaporosas y los faldones de las levitas. ¡Qué dulces notas, qué aromas de los fuertes perfumes aunados a los jazmines de la plaza del templo de La Compañía! Nadie podía dudar en aquel momento que de ahí en adelante todo sería dicha sin interrupciones.

Cruz-Aedo se había asegurado de que su madre, su tía y su prima se fueran a casa en la berlina de la familia y había prometido a doña Rita acompañar a Sofía más tarde.

Mucho después de la media noche subieron a un coche de alquiler. A medida que iban dejando atrás el murmullo de la reunión, la calle del Carmen iba iluminándose. Pasearon en la carretela abierta por la calle de San Francisco hasta el convento; cometiendo una locura imperdonable, siguieron el camino a San Pedro bajo los naranjos en flor. A la altura de Analco, Miguel comenzó a provocarla:

—¿No teme usted mi compañía? ¿No preferiría hacerse acompañar por un apuesto militar?

—Tal vez usted preferiría a una señorita de gran linaje. Además no deja de ser peligroso aventurarme por estos barrios con usted —el tono era de burla con una pizca de celos.

Sofía leyó el folleto manuscrito que circuló después del discurso:

¡Pecador de Usted, Miguel Cruz-Aedo! Federacho sin principios, mas con una convicción profunda, no de entendimiento sino de barriga, ignorante de profesión, demagogo

exaltado, aturdido sin remedio que después de haber sufrido en pos de la revolución hambre, sed, cansancio, sol, agua
(...) ha tenido la desgracia de perder el juicio y la mayor, de
pronunciar un discurso en estado de demencia...

—¿Qué imbécil escribiría ese papelucho? —preguntó
todavía sonriendo de buen grado—. Es peor que los de costumbre.

—Tú y tus amigos deberían saberlo. Son los jurados de
imprenta. Nacho, como fiscal, habrá de castigarlo.

—Por eso no los publican aquí. Verás que lo van a imprimir en la Ciudad de México.

—Pecador, demente —dejó Sofía deslizar los insultos
de la proclama junto a la yema de sus dedos a través de su
mejilla—, exaltado, aturdido —susurró entre su pelo mientras su boca se aferraba a su nuca, a su garganta.

La cabeza y cuello lánguidos de ella como un cisne que
busca su propio reflejo en la superficie nítida del agua.

Al llegar a la garita, cerrada a esa hora, Miguel le había
pasado el brazo por los hombros desnudos y le había susu-
rrado al oído:

—Si no quiere usted perder para siempre el buen nombre
después de esta noche, tendrá que casarse conmigo, doña Sofía.

La rueda chueca de la luna sobre el terregoso camino,
el súbito escalofrío estremecedor, el olor de anís y menta
en el campo, los ladridos de los perros a lo lejos. Un beso
más y hubiera podido alcanzar las insípidas estrellas.

Ella permanecía en silencio. La propuesta la había dejado muda.

—¿Entonces? ¿Nos casamos? —preguntó Miguel, y su voz sonó como el viento entre los alamillos del camino.

—Nos casamos.

El sofoco de la felicidad ahogó el grito y lo convirtió en susurro.

Noviembre una vez más.

El mes favorito de Sofía se vio entristecido con las noticias. Cuando le mandaron avisar, corrió sin pensarlo a la casa de sus amigos más queridos.

Pablo Jesús había caído víctima de la epidemia de viruela que asolaba la ciudad.

—No vengas —rogaba la esposa del poeta en una corta misiva—. Pablo no quiere ver a nadie. Tiene miedo de contagiarlos. No quiere que lo vean así. Desde antier tiene fiebre. Hoy ya delira. Temo lo peor.

No le importó contravenir la orden. Poco después estaba tocando la puerta de la casa del escritor. Apenas alcanzó a cruzar el zaguán cuando Refugio ya venía a encontrarla desecha en llanto. Se echó a llorar en sus brazos.

—Se fue.

Dos palabras. Una frase lapidaria que reunía toda la tristeza del mundo. La joven esposa apenas podía sostenerse en pie. Sofía se la llevó a la habitación ayudada por las criadas. A su espalda escuchaba entrar a los amigos, que venían llegando alarmados. La sala se fue llenando de deudos.

—¡Caramba! Era tan joven. ¡Era menor que nosotros! —Chema Vigil no podía ocultar las lágrimas.

—Y era muy brillante —reconoció Cruz-Aedo—. Escribió más que todos nosotros juntos.

—¡No pude hacer nada! ¡No pude salvar a mi amigo! —el doctor Herrera y Cairo entró a la sala con el rostro descompuesto—. ¿Para qué sirve la ciencia si uno no puede salvar a un amigo?

—Es la voluntad de dios, muchachos —Ignacia Cañedo, con su vocecita suave, pretendió zanjar la discusión.

—¡No hables de dios! —Cruz-Aedo respondió furioso—. No quiero saber de un dios que mata a sus hijos más jóvenes, más talentosos. Pablo no tenía que morir. No odiaba a nadie. No se metió en la lucha más que con la fuerza de su pluma. Y así, sin espada, sin pistola, la guerra lo mató también.

—Las epidemias vienen con la guerra —explicó Nacho Vallarta—, vienen con los sitios y los muertos. Con los cadáveres insepultos y con las ratas. Algún día habremos de vencerlas también.

Al día siguiente el féretro recorrió las calles hasta el panteón de Santa Paula. Ahí los jóvenes le dieron el último adiós a su amigo, en una ceremonia laica con poemas y discursos elogiosos. Sofía lloraba en silencio. Una tristeza le oprimía el pecho de tal modo que sentía que nunca, nunca iba a dejar de llorar.

En enero de 1856, se publicó en el Diario Oficial *El País*, el Reglamento del Cuerpo de Guardias Nacionales, y a pesar de que Miguel, por el hecho de ser profesionista, no tenía que ingresar en aquel, no tardó en enrolarse, para "sostener la independencia, la libertad, la constitución y las leyes de la república".

Por merecimientos anteriores, por el dinero con el que contribuyó a la causa, por los caballos y los hombres que puso a disposición del gobierno o por cualquier otro motivo que no pudo aclararse, fue propuesto de inmediato coronel por el cuerpo consistente de ocho compañías y por tanto designado Batallón Guerrero.

Desde entonces, en los momentos robados al amor en la madrugada, no podía dejar de mencionar constantemente el honor de tal cargo (sueldo de doscientos cincuenta pesos al mes al comenzar la guerra). Por el momento, en "estado de asamblea", quedaba cada uno libre de realizar sus actividades, aunque todos los domingos se obligaba a presidir, junto a los demás oficiales y sargentos, los servicios doctrinales y las academias en el convento de San Francisco.

Asimismo, entre beso y beso, entre somnolientos silencios, Sofía aprendió lo que era una compañía, una escuadra, un piquete, un cabo de cornetas y un clarín mayor.

Mientras la ventisca hacía bailar las hojas del atrio y un sol frío iluminaba de distintos tonos los negros chales de las señoras, los tápalos de encaje, los sombreros de hongo, escuchó el juramento de los cinco coroneles y los doce comandantes ante el barroco altar dorado.

El sacerdote desde el púlpito bendijo banderas y estandartes y fue preguntando a cada uno:

—¿Juráis ante dios y prometéis a la nación que las armas que ésta os confía, las emplearéis en sostén de su independencia, de su libertad y de su sistema de gobierno, conservando el orden interior del estado, guardando y haciendo guardar el debido respeto a las autoridades constituidas?

Ahí donde el humo del incienso iba distorsionando en la distancia las figuras vestidas de azul, aquellos oficiales juraban, para morir en los años venideros recordando su promesa sagrada, cubriéndose con ella, justificándose con ella en cada disparo, en cada golpe de bayoneta, en cada clarín matutino, en el final silencio amortajado.

Sofía casi no daba crédito a lo que veía. Aquellos hombres que habían aplaudido el discurso de Cruz-Aedo en septiembre, el mismo Miguel que había escrito en *La Revolución* tantas veces que había que librarse de los curas estaba ahí, respetuoso y humilde, tomando el juramento de la boca de un sacerdote. Cuando se atrevió a preguntarle cómo podía conjugar en su cabeza una cosa y otra, él le respondió molesto:

—¡No tiene nada que ver!

El rostro áspero de mirada fría de su amante le impidió a Sofía seguirle preguntando nada más.

Cuántas veces le ayudaría a volver a ataviarse en el frío de la madrugada con la levita azul oscuro de vivos escarlata en el cuello, vueltas y ribete del faldón, dos presillas de oro a cada lado del cuello; de las hombreras escamadas de metal amarillo; de la fajilla de cuero blanco con escudo de bronce; de los guantes de cabritilla; del quepí con la divisa que mostraba el grado y el capote de paño azul de cuello encarnado con el mismo elegante adorno de la levita.

—Ya está, Cruz-Aedo, te convertiste en coronel. No te lo tomes muy a pecho —le decía después.

Entonces él cambiaba su semblante, la vena eterna surcándole la frente. Analizaba durante largos minutos la flama de la veladora junto a la cama y le respondía:

—No hay nada que pueda yo tomar más en serio.

Después, tras un abrazo y un beso, salía en silencio de la casa, entre los primeros trinos de los pájaros.

XVIII

Guadalajara: época actual

Una pieza más del rompecabezas! Encontré otro discurso en las polvorientas cajas del archivo, el que pronunció Cruz-Aedo en septiembre de 1855.

He estado investigando sobre Guadalajara en esos años y, a pesar de que no he podido dar con información más o menos accesible, me he dado cuenta de que la ciudad era un hervidero de pasiones políticas. Lejos de desaparecer, los jóvenes románticos de La Falange de Estudio tomaban parte activa en las discusiones frente al terrible desorden que prevalecía. No sólo eso, eran la facción en el poder. Cruz-Aedo, junto con Vigil, Anastasio Cañedo y otros intelectuales liberales eran jurados de imprenta e Ignacio Vallarta era el fiscal, así que ningún documento contrario a la facción liberal podía imprimirse en Guadalajara. Uno de los enemigos de Cruz-Aedo se atrevió a criticar el discurso del que te hablo y el pobre terminó en la cárcel.

El panorama político del año posterior a este discurso de Cruz-Aedo es particularmente complicado. Me refiero sobre todo al enfrentamiento de dos grupos de liberales en la ciudad. El líder liberal Santos Degollado dejó la gubernatura y los radicales se negaron a entregar el poder a los moderados. Julio y la lluvia alimentaron la rebelión radical. No faltaban castillos para quemar ni festivas rondas de puros y moderados al anochecer, lanzándose puyas en las plazas. Sobraron los duelos, los golpes sin ceremonia, los insultos y la sorna. Herrera y Cairo fungió como gobernador provisional y entregó el poder a Anastasio Parrodi que, por ser externo a todas estas pugnas, pudo hacer que el orden volviera, al menos provisionalmente.

Debe haber sido interesantísimo recorrer las calles y encontrarse con esa gente, discutiendo de manera acalorada en las esquinas. ¿Qué habrán dicho? ¿Cómo habrán insultado a sus enemigos políticos al verlos pasar?

Imagínate, los jóvenes liberales tuvieron el atrevimiento de responder a una pastoral del obispo donde pedía al gobernador castigar a los enemigos de la religión. ¡Cuánto admiro a esos muchachos que no habían cumplido treinta años y no tenían ningún reparo en llamar al obispo "bestia apocalíptica"!

Cuando se reestableció la calma en 1856, se formó una junta popular en el Liceo. Pueblo y gobierno unidos, para festejar la apertura de una institución laica, triunfal, en las ruinas metafóricas del Seminario Conciliar. A la puerta del antiguo seminario —sólida mole de cantera detrás de catedral—, la banda militar esperaba, regocijada, para poner notas musicales a la gloria y al triunfo que enardecieron tanto a los relamidos caballeros como al soldado raso y al comerciante, al mozo, a la criada y a la señorita de abolengo.

Anoche, para hacer los honores a aquel entusiasmo añejo, me fui a recorrer, como ya es mi costumbre, las calles del centro hasta la madrugada. Imaginé cómo la inflamada multitud que inauguró la junta popular debe haber andado por esas mismas calles, gritando vivas al gobierno. Fantaseé con Miguel Cruz-Aedo y sus amigos festejando, botella en mano, por las callejuelas oscuras. Esas mismas calles, ahora anchas e iluminadas, entonces se encontraban cubiertas de basura, sin pavimentar, llenas de charcos, lodo y un sinnúmero de ratas que buscaban los rincones oscuros. En cada esquina, las enfermedades respiratorias, o de sarampión, viruelas y escarlatina acechaban como limosneros harapientos.

En el recorrido por los diferentes barrios —distantes entre sí sólo unas pocas cuadras—, donde yo me encontraba a las prostitutas y a los vagos, imaginé que aquellos hombres deben haber visto gatos y perros muertos en las sórdidas esquinas; mientras yo me encontraba con aparadores iluminados en las remodeladas casonas céntricas donde se ponen a la venta complicados aparatos electrónicos, o el anuncio neón del antro en el hotel Francés —que oculta la ennegrecida fecha de construcción del antiguo mesón de San José en 1610—, aquellos hombres debieron encontrar elegantes viejas rezando el rosario tras la reja de los ventanales.

A medida que me fui alejando del primer cuadro hacia San Juan de Dios y más allá, por las calles que ahora tienen números que uno va contando por pares, alcancé a ver un concurrido billar en el barrio de San Andrés, los antros despertándose en la calle de los Gigantes, los hoteles de paso y los locales que expenden carnes en su jugo con nombres que evocan cumbia y madrugada. En cambio, mis personajes debieron haber visto humildes chozas donde los indígenas lloraban angelitos insepultos por más de cinco días; debieron escuchar su salmodia y sentir su dolor; debieron oler el pulque en sus alientos y, a medida que la espesa bebida iba insensibilizándolos, debieron sentir cómo formaban una unidad, en una especie de baile macabro que acompañaban con sonajas de cuero. Cuánto se deben haber lamentado esos jóvenes aquella noche. Con qué palabras inflamadas deben haber acusado a los inmoladores, a los enajenadores de esa muchedumbre astrosa. Cómo debieron haber maldecido las causas y las consecuencias de esos actos. Vitalistas empecinados, cuánto alcohol debieron haber tomado esa noche para poder disfrutar del hueco sonido del tambor y el rasposo, caótico, siseo de las sonajas; cuánto alcohol para no llorar la tragedia propia en la ajena, para no llorarse despojados, abandonados, muertos a destiempo en esas morenas criaturas gimientes.

Regresé a mi casa muy tarde, ya casi de madrugada. No sabes cuánto me fortalecen esos paseos nocturnos en soledad. Afortunadamente esta es una ciudad segura, lo único que perturbó ese periplo fue que al llegar a la avenida Federalismo me paró una patrulla y cuando vieron que iba sola los oficiales me aconsejaron regresar lo más pronto posible.

Una vez aquí, cobijada por la brisa marina que llega desde lejos, me pregunté si era verdad todo lo que vi, si era verdad que fui a donde fui. Escuchando el rítmico oleaje golpear contra los arrecifes, me puse a llorar por no poder quedarme allá y vivir esa vida.

Te quiero mucho, te mando un beso,

S.

XIX

Guadalajara: febrero a agosto de 1856

uando Sofía se despertó aguijoneada por el frío de la mañana, lo primero que percibió fue el humo del tabaco en la penumbra de la habitación. Miguel no dormía a su lado. Con el torso desnudo, fumaba en el vano de la puerta, mirando atentamente a nana Luisa descubrir las jaulas de los tzenzontles, como si intentara hallar la solución a los problemas del mundo en aquella acción mecánica.

—¡Te va a dar una pulmonía! ¿Qué te pasa? Tiene días que te veo muy raro, Miguel. ¿Vas a decirme de una vez qué te pasa?

El joven no respondió. Negó con la cabeza de manera casi imperceptible y le dio una larga fumada a su cigarro.

—Se me hace que ya no me quieres —Sofía llegó hasta él y lo cubrió con una bata. Cerró la puerta y lo obligó a volver a la cama—. Pero si eso es lo que ocurre, me lo vas a decir ¡y ahora mismo! ¿Crees que soy como las noviecitas que has tenido, que languidecen por la duda en silencio?

—Quiero ir a México. Como sabes, Nacho Vallarta fue nombrado diputado constituyente. Él y Santos Degollado me han invitado a participar en las discusiones. Se está escribiendo una nueva constitución y se está fraguando la patria del futuro. Este es un momento clave de la historia, tengo que estar ahí.

—Ah, es eso. ¿Y no puedo ir contigo? ¿No podemos casarnos antes para que pueda acompañarte?

Sin mirarla, con la cabeza gacha, le confesó:

—Me siento culpable, Sofía. No sé ni cómo decirlo. No sé de dónde sale tanta tontería. En mi alma anida la contradicción y la duda. Te amo. No he dejado de amarte ni un solo momento desde que te vi. Prometí casarme contigo y lo haré. No fue mi intención deshonrarte pero…

—Ah, ¡estamos frente a un dilema moral! —Sofía se levantó furiosa. Sintió que la sangre se le agolpaba en la cara y que un deseo homicida le iba creciendo desde el centro del estómago—. Ya te entraron las dudas sobre si deberías casarte con una mujer que accedió tan fácilmente a tus caprichos, te entraron las dudas sobre la ruina social que te espera si alguien llega a enterarse…

—Cálmate —Miguel se levantó de nuevo, con el rostro serio—. No me arrepiento de nada. No es eso.

Y sin embargo, no encontraba las palabras. Rebuscó en su cabeza la mejor manera de plantearlo, cómo decirlo.

—¿Y qué es? ¿Y toda esa palabrería sobre la igualdad de las mujeres? ¿Toda esa palabrería del sexo como algo permitido e independiente del matrimonio? ¿No que todos los impulsos fisiológicos y psicológicos del hombre son básicamente buenos? ¿Dónde quedó todo eso?

—¡Cállate, carajo! —La desolación se convirtió también en furia—. ¿No puedes entender que simplemente quiero ir a México y estar concentrado en lo que va a suceder? No quiero ir en un viaje de bodas. Quiero estar metido en el congreso todo el tiempo que sea necesario, atender a una sola cosa: el futuro de México. Ahorita hay cosas más importantes que contraer matrimonio.

Sofía le aventó su ropa a la cara y le espetó:

—Lárgate.

Miguel hizo un esfuerzo por contenerse. Se vistió de prisa en silencio.

—Por última vez te lo digo: no he dejado de amarte. Tienes que entender que…

—¡Eres un hipócrita! Quieres ir solo a México para buscar la diversión con las actrices y bailarinas. Quieres ir solo para lucirte en los teatros y cafés. Le estorbo al señor coronel de la Guardia Nacional. Le estorbo al joven tribuno, gloria de Jalisco, ¿no es eso? Pues te dejo libre. Vete a "salvar a México", nomás que ten presente que al hacerlo, acabas de perderme.

Le azotó la puerta del cuarto en la cara.

Miguel se quedó atónito. Quiso suplicarle, pero se contuvo, mientras un nudo en la garganta le impedía pronunciar su nombre desde lo más hondo del pecho. Le ganó la rabia y pateó la puerta, luego se fue sin responderle a nana Luisa, quien se le acercó asustada preguntando qué había pasado.

Al sentir que la puerta casi se venía abajo, Sofía se preguntó si correrlo había sido un error, pero luego la rabia anidada en cada parte de su cuerpo respondió que Miguel no la merecía. En todo caso, que el coronel hurgara en su corazón en soledad y decidiera qué era lo más importante en su absurda escala de valores.

Habían llegado otra vez las lluvias a Guadalajara.

Un cerrado vestido de terciopelo verde y guantes de hilo, que usaba a pesar de la cálida humedad, componían el atuendo de Sofía.

Isabel Prieto la había invitado a compartir una taza de chocolate, junto a otras mujeres que ella ya conocía. Aceptó la invitación porque se sentía sola. Después de haber sido la prometida del coronel, después de haber hecho el anuncio a todo el mundo, Miguel y Sofía habían roto su compromiso, y con ello, también le había quedado vedada la casa de los Cruz-Aedo, la compañía de las mujeres que tanto había querido. Desde entonces, había dejado de frecuentar a la sociedad tapatía. Dolía demasiado encontrarse con sus amigos.

Con la invitación, llegaba el momento de reencontrarse con la gente. Además, en el fondo se sabía privilegiada. No cualquiera era invitada a la tertulia de Isabel Prieto. Sólo acudían mujeres ilustradas. Así que se puso en marcha, internándose en esa ciudad, pálida y acongojada.

A medida que el carruaje iba hundiendo sus enormes ruedas de madera en el barro, dejaba atrás el barrio de San Felipe, Los Portales, con los cajones en los que se vendían dulces de higo y tejocote, jamoncillos, violetas, claveles y geranios sobre las faldas igualmente coloridas de las indias, horchatas de tamarindo y arroz, hierbas medicinales e incluso libros; vio pasar la marmolería de la calle de San Francisco, la fábrica de marcos y vidrios dorados en la calle de la Aduana; iba recordando los sucesos del año, las rebeliones, los decretos, los cambios de gobernador y, sobre todo, las intermitentes ausencias de Miguel.

A pesar de la separación, Cruz-Aedo seguía escribiéndole. En sus cartas le contaba las maravillas de la Ciudad de México. Al leerlas, ella se moría de envidia y celos. En una carta Miguel le decía que había estado en el café Veroly, donde se reunían todos los escritores importantes; en otra, le contaba que había conocido a Ignacio Manuel Altamirano en las sesiones del congreso, y que éste lo había invitado a las tertulias literarias y políticas de San Juan de Letrán.

Les han gustado mucho mis poemas, Sofía, le he dado a leer el tomo que tengo ya terminado de mi novela, pero sobre todo he encontrado en el grupo de literatos y polemistas, un auditorio entusiasta para mis artículos y discursos. Dicen que los primeros son dignos de Camilo Desmoulins y los segundos dignos de Saint Just. ¡Qué gran sorpresa me llevé al saber que los discursos se han reimpreso aquí y que tengo lectores incluso entre los indios! En cuanto se acabe esta guerra, considero la posibilidad de establecerme en México, donde sí encontraré apoyo y a un grupo de interlocutores interesados.

Sofía se retorcía de la angustia. Luego se insultaba a sí misma por ser tan crédula, por haber confiado en un calavera, ambicioso, que de seguro andaba con coristas y actrices como la Peluffo. ¿Qué hacer para no pensar en él?

Incluso llegó a repetir los conjuros que conocía de memoria. Mientras las campanas de todas las iglesias doblaban el Ángelus, ella repetía devota las oraciones al Ánima Sola "que andas triste y sola por esos campos de María…" para traerlo de regreso; "te pido prestes una de las almas que murieron de amor y se la pongas a…" en contra de su voluntad; "no lo dejes ni un instante, ni sentado ni con amigo alguno, ni con mujer, estando comiendo ni trabajando, no le des sosiego ni tranquilidad, que gusto no tenga hasta que a mi lado venga. Que venga, que venga, que venga".

No le creía a las estrellas cuando le decían que Miguel regresaría; volvía a hacer cálculos y muñecos de cera que picoteaba inmisericorde en el corazón a media noche, dentro del círculo de velas.

Isabel Prieto vivía en la calle de Parroquia, a espaldas del convento del Carmen. A medida que el carro de alquiler iba disminuyendo su velocidad, Sofía iba distinguiendo las banquetas barridas y regadas gracias al decreto del jefe político, a fin de liberarlas de inmundicias y orines, componentes cotidianos de la polución citadina.

Aun antes de entrar al salón donde ya esperaban las señoras, alcanzaba a escuchar las notas de una marcha militar, aunque embellecida aquí y allá con algunos acordes del "romanticismo musical más lírico", según lo describiría el cronista de *El País* días después.

Al irse acercando, percibió claramente las educadas voces femeninas cantar a coro:

Al estruendo del bronce imponente
Mexicanos del sueño salid
Despejad el baldón de la frente
Y la huella del libre seguid.

Se detuvo en el marco de la puerta. Las tres mujeres estaban junto al piano cantando estrofas que hablaban de gloria, trofeos y victorias.

Asunción Robles Gil le hizo señas de instalarse en alguno de los sillones mientras proseguían entusiastas con aquella marcha que a ella se le antojó repetitiva.

Una vez instalada sobre un canapé, se quitó los guantes y dejó, coqueta, la sombrilla verde recargada en uno de los brazos del sillón, sonriéndoles cortésmente a las mujeres.

Como era costumbre, una criada trajo dulces de Los Portales y galletas del convento de Santa María de Gracia, así como un vaso de cristal coloreado con agua de jamaica, mientras la anfitriona servía el chocolate.

No dejaba de llamar su atención, aunque lo hubiera visto mil veces, el marcado contraste en esos aspectos de las costumbres, así como en los vestidos de las señoritas y los de la sirvienta indígena: miriñaques de fantasía y tápalos de encaje, zapatillas de raso y medias de seda las primeras; tela brillosa y chillante, rebozo y pies descalzos la segunda. En Durango los indígenas tepehuanos permanecían aislados en poblados de la sierra, por temor a las cacerías. La servidumbre era blanca. La criada era su nana. Los mestizos no se vestían con trajes autóctonos.

Una vez concluido por enésima vez el coro, las señoritas tomaron sus lugares en la sala de recibir. La saludaron con calidez.

—¿Cómo se llama la marcha que cantaban? —preguntó, más por iniciar una conversación que por auténtico interés en la mediocre melodía.

—Ay Sofía. ¿Que no lees los periódicos, hija? —la regañó Isabel Prieto con su acento de española peninsular—. Es el himno nacional en honor del presidente Comonfort, del poeta Rivera y Río y el músico Barili.

—¡Caramba! —fue lo único que pudo decir, aprovechando la confusión de las mujeres que se afanaban por servir el chocolate, acercar el servicio de china y ordenar a la sirvienta que llenara a última hora la azucarera.

Temblaba un poco ante la posibilidad única de verse entre mujeres. Sospechaba que había mucho más en el fondo que las banales charlas que se llevaban a cabo en los salones públicos. Y a la vez temía que no lo hubiera.

—¿Han pasado por la Plaza de San Agustín? —preguntó la madre de Ignacio Vallarta, doña Isabel Ogazón—. Desde que iniciaron las excavaciones para construir el teatro ya no se puede ni pasar.

—Díganmelo a mí que vivo enfrente —Asunción no ocultaba su enojo—. Día y noche, noche y día escarbando. Jacobo Gálvez pretende terminarlo antes posible su magna obra.

—Y vaya que es magna. Quiere reproducir nada menos que La Ópera de París en Guadalajara —Ignacia Cañedo hablaba bajito, como temiendo importunar y, sin embargo, no ocultaba la sorna—. En el mural invitó a posar a Esther Tapia, esa estirada, y a Aurelio Gallardo.

—Está guapísimo, ¿por qué no habría de posar? —Isabel Prieto defendió a su amigo.

Sofía dejó de escuchar. Pensaba en otra cosa. Le llegó a la memoria la imagen de Miguel en la Plaza de Armas, discutiendo con sus amigos acaloradamente. Sin interrumpir su charla, él la miraba con nostalgia y amor contenido, sin embargo no le dirigía la palabra. Recordar esos momentos le provocaban a Sofía una especie de calor en el pecho. Sabía que Miguel estaba con su amigo don Santos en México, cuando Comonfort lo había mandado llamar.

—Por fin terminó la zozobra en la que vivimos estos últimos meses —comentó Ignacia Cañedo.

Sofía regresó al presente, traída por la frase de la mujer. ¿De qué hablaba esa boba? ¿Pensaba realmente que la zozobra había terminado?

Se dio cuenta que la joven rubia la miraba insistente. Sus pálidos ojos azules parecían clavarse en ella desde mucho más allá de las pupilas; su rubio cabello recogido en un moño le confería un aspecto de severidad que Sofía no lograba descifrar. A lo mucho, aquella delgada muchacha tendría veintidós años, aunque ataviada con ese vestido de negro crespón, lucía demacrada y ojerosa.

Recordó súbitamente los venenosos juegos de palabras con que se había topado tantas veces en las reuniones a las que asistía cuando vivía Felipe y supuso que, de efectuarse algún intercambio de estocadas, no saldría victoriosa. Y sin embargo, no pudo contenerse:

—¿De qué habla usted? ¿Cree de verdad que esto se acabó? —de pronto sospechó que la poetisa tal vez no hablara de la situación política, sino de algo más personal… ¿Ella también lo hacía? ¿En qué se había metido?

Ignacia no supo qué decir. Asunción amablemente intentó mediar.

—Creo que Ignacita se refiere a que por fin el doctor Herrera y Cairo, nuestro amigo, encontró una salida digna a los conflictos de las distintas facciones liberales, al entregar el poder al general Parrodi.

—Se hubiera armado una revolución si Parrodi no se hubiera presentado y decidiera mediar en el conflicto.

—Sí… pero ¿era justo que un estado como Jalisco se levantara en contra de la federación?

—¿Por qué estamos hablando de todo esto? —Isabel Ogazón se levantó resuelta—. Hay cosas más importantes qué discutir. Creo que Sofía tiene razón: esto no se ha terminado. Creo que ni siquiera ha empezado, no nos imaginamos siquiera lo que ocurrirá con el decreto de desamortización de los bienes eclesiásticos y con el proyecto de constitución que pretende quitarle los fueros a los sacerdotes.

—El señor obispo ya le pidió al gobernador castigar a "los enemigos de la religión" —explicó Ignacia.

Declararse en contra de aquella santa solicitud probablemente causaría un conflicto directo con alguna de esas mujeres. ¿La correrían de la casa? Prefirió callar. Se volvió con una sonrisa beatífica hacia Isabel Prieto y la señora Vallarta, que comentaban el periódico.

—Escucha Sofía, cómo nos ha puesto el buen amigo José María en su artículo de hoy.

—Primero déjame explicarte —interrumpió Isabel Ogazón—. Sucede, querida, que un grupo de mujeres nos hemos pronunciado contra la libertad de cultos en la constitución y al buen señor Vigil le ha dado por ridiculizarnos.

Sofía sostuvo la sonrisa acartonada en silencio. Le tenía sin cuidado la libertad de cultos, en todo caso la apoyaba. Temía en el fondo que aquellas mujeres la obligaran a rezar el rosario antes de tomar el chocolate. Además, le había acometido un resentimiento feroz contra José María, quien había publicado en un periódico de México un poema sobre el terrible desengaño por un amor y lo había dedicado, en forma de epístola, a Cruz-Aedo. Le molestaba profundamente que su ruptura con Miguel se hiciera pública y, sobre todo, que Vigil le echara la culpa a ella del sufrimiento de su amigo.

La voz de Isabel la trajo de regreso:

—Escucha nomás:

¿Cómo poder hacerle frente al lenguaje sintético de dos ojos expresivos que se fijan suplicantes, tal vez inundados en lágrimas? ¿Cómo permanecer impasible ante la actitud desolada de una criatura tan hermosa, tan simpática, que con el cabello suelto, las manos enclavijadas, el vestido en desorden pide, implora, que ni ahora ni nunca se vuelva a tratar sobre la tolerancia de cultos? ¡Imposible!

En efecto, Chemita Vigil se burlaba de la intervención de las mujeres en política, y aún más, de que los periódicos conservadores alabaran dicha intervención.

—Es extraño que luego el señor Vigil se proclame a favor de la igualdad femenina y se nombre vaticinador del futuro —dijo Ignacia—. ¿Qué le habrá hecho decir esas cosas? ¿Quién le habrá metido esas ideas a la cabeza?

—Querida, todo el mundo sabe que él y sus amigos han leído a Constant y que son admiradores de Fourier y Saint Simon —acotó Sofía, agresiva.

—Miren, aquí está ese párrafo —interrumpió Asunción:

El estado de abyección política y social de la mujer tarde o temprano caerá porque es un orden de cosas en oposición a la naturaleza (...) Si consultamos a la historia, vemos que ésta nos dice que la moralidad y la pureza de las costumbres al mismo tiempo que esas cualidades que hacen recomendable a un pueblo, están en razón directa de la importancia social de la mujer.

—Sí, hasta ahí iba bien —intervino Isabel Prieto—. Pero escuchen la última frase, que viene a descomponerle la seriedad a todo lo anterior:

Pues como dice un autor contemporáneo, el mundo será feliz cuando las instituciones políticas se modelen por el baile, en que la mujer es reina...

—Bueno, nos concede la gracia de Terpsícore.

—Como si fuera la única o la más importante —se enfureció Isabel Ogazón, una mujer de casi cincuenta años, de apacible mirada oscura y cabello recogido en la nuca—; por lo demás, se nos prohíbe la asistencia a ciertas diversiones públicas, al billar por supuesto, a las corridas de toros y nuestros hombres jamás nos llevarían a ver algunas obras de teatro.

Sofía recordó la inclinación de los jóvenes tapatíos por las actrices de teatro y volvió a indignarse. No pudo contener su furia contra el escritor.

—Al parecer a nuestros preclaros talentos locales sólo les importa la gracia y la belleza de la juventud. Si la mujer los ama, entonces es una "beldad", un "ángel", una "sirena seductora", pero si por ventura la musa decide abandonarlos, entonces el ángel se convierte en un demonio, la beldad en una arpía, inconstante y veleidosa cuyas gracias "ya no son del Edén la dulce imagen".

Las mujeres la miraron sorprendidas. Había lástima en sus ojos. Isabel se levantó para abrazarla.

—Venga, niña, el tiempo hará que olvides. No la tomes contra el pobre de Chemita. Ha sufrido tanto…

—Yo también —dijo con enjundia. De inmediato se arrepintió.

Un silencio incómodo se dejó sentir en el salón.

Luego todo volvió a la normalidad. Isabel Ogazón se sentó al piano e improvisó una mazurca. Ignacia Cañedo sirvió más chocolate para todas y la anfitriona pidió que se volviera al tema que las había reunido aquella tarde.

A Sofía le fue difícil desentrañar los hilos de esas miradas furiosas. Había sido precisamente Isabel Ogazón quien había sublevado a las mujeres en las charlas íntimas en contra de la libertad de cultos en la constitución, hasta hacerlas redactar la carta dirigida al presidente, que le leyeron de inmediato, cuando ella confesó no conocerla.

Extraño le parecerá que las señoras, no gozando de ciudadanía, tomen parte y con tanto entusiasmo en una cuestión pública. Extraño, es verdad, parecerá a vuestra soberanía que las señoras, cuyo destino se cree en la sociedad estar reducido al cuidado y desvelos del hogar doméstico...

—Si hay algo que los hombres no pueden perdonar, es que una mujer sepa más que ellos —advertía Isabel Prieto—, aunque quieran hacernos creer que están de acuerdo con que nos cultivemos.

—¿Te acuerdas lo que acaba de decir Florencio del Castillo? "El medio más eficaz de mejorar la condición moral del pueblo es educando a la mujer" —intervino de nuevo Isabel Ogazón— "para que no seamos criaturas únicamente destinadas al placer y a la servidumbre."

—O que hagamos eso mismo de mejor manera —completó Isabel Prieto con calor.

Sofía contemplaba la escena, incrédula.

—Si gustas, puedes acompañarnos. Nos reunimos algunas tardes a estudiar. Intercambiamos libros, aprendemos latín y comentamos las noticias de *El Siglo XIX* y *El Ómni-bus*. A veces nos reímos de las ocurrencias de los redactores de *La Ilustración* y mandamos cartas y textos anónimos a *El País* para exasperar a José María. Pensamos unirnos en apoyo al grupo de señoras que solicitan al señor presidente el establecimiento de una escuela secundaria para mujeres.

—Pero eso sí, si alguien pregunta, di que bordamos y hojeamos el *Semanario de las Señoritas Mejicanas* —se interrumpían en medio del entusiasmo—. ¿Quieren buenas hijas y madres dedicadas? ¿Veletas fogosas, entusiasmadas bailarinas? ¿Coquetas, caprichosas y atormentadoras musas? Démosles gusto, pues. Nos quedaremos con la mejor parte.

Sofía recordaría mucho tiempo las crípticas sonrisas en aquel fresco salón, impregnado de fuertes perfumes.

A medida que ella, la nueva invitada, iba alejándose por la calle de Los Placeres, le sobrevenía el recuerdo de la rubia jovencita Cañedo: poetisa que publicó apasionados versos en *La Aurora Poética de Jalisco*, delicada de salud, vivía casi recluida en el Palacio Cañedo hasta antes de su matrimonio con un abogado bastante mayor que ella, al cual había aceptado por una decepción amorosa de la que nadie sabía nada.

Mientras miraba por la ventanilla de la berlina cómo la lluvia hacía caminos indescifrables, Sofía vio a la rubia inclinada sobre un ataúd. La hija primogénita de Ignacia Cañedo moriría. Sintió pena por ella. Súbitamente en el conjunto de datos sueltos, le brincó uno en la cara, impostergable, molesto, verde chapulín: Ignacita Cañedo, la dama de negro, había firmado cada uno de sus poemas con el seudónimo "Sofía".

Volvió a sentir el filo azul de su mirada y su odio recóndito y añejo. Y sintió celos, como nunca antes, como jamás después. Le llegó con claridad la imagen del pasado sentimental de Miguel.

Cuando llegó a su casa, rechazó los cuidados, las preguntas de nana Luisa y se encerró en el cuarto. ¿Dónde andaría Miguel? ¿En verdad la amaba? ¿Por qué no la buscaba?

A la luz del círculo de velas, sacó una sola carta del mazo: los Amantes.

Miguel iba a volver.

XX

Guadalajara: época actual

Perdona que no te haya escrito últimamente. Me encuentro inmersa de tiempo completo en la búsqueda de fechas y datos de mis fantasmas amados.

Incluso me fui al D.F. a buscar evidencias de la estancia de Cruz-Aedo en las reuniones preparatorias del congreso constituyente. No encontré nada claro. Vestigios en los periódicos, menciones de su nombre en las tertulias de Letrán...

He avanzado mucho, creo. Tengo ya casi cien cuartillas del trabajo, pero siempre se me atora alguna cosa. No sé cómo manejar los acontecimientos históricos, no sé qué sentido puedan tener para explicar la historia de las ideas, particularmente la historia del desarrollo del pensamiento liberal en los discursos de Miguel. Quisiera dejar bien claro cuán importante fue esta primera sociedad literaria para la apertura de la opinión pública literaria y luego política; que se comprendiera el papel central que Cruz-Aedo jugó en ese proceso.

A ti él te parece un hombre común y corriente que no pudo trascender su momento. Un pobre iluso que escribió poemas cursis. Pero a mí me parece que a pesar de ello hizo una contribución fundamental.

Aunque tal vez quieras saber con mayor precisión por qué es importante para mí. No lo sé. Y sin embargo me obsesiona saber por qué actuó de la manera en que lo hizo. Supongo que busco una razón más profunda. Quisiera tener la pasión que él tuvo. Además, me siento cerca de ese hombre, aunque hace más de siglo y medio que está muerto.

¿Por qué insisto en narrar las hazañas de este pobre títere del destino? No lo sé. Tal vez porque en el fondo todos somos como Edipo ante la Esfinge.

Sé que hay que hacerlo. Una fuerza más grande que yo me impulsa a ello.

Por lo demás, estoy bien. Disfruto mi vida aquí aunque cada vez me siento más sola. La ciudad me fascina, me gusta recorrerla por todas partes, a todas horas, inventándole ese mar que no existe pero que debería lamer la orilla poniente de la avenida Patria. El otro día los compañeros geógrafos de la universidad me sorprendieron al explicarme que la costa del Pacífico es inundada por el mar un milímetro más cada día. Todo el suelo desde Manzanillo hasta el Volcán de Fuego está hueco por dentro. En cualquier momento, esa placa puede derrumbarse. Si esto pasa el mar llegaría hasta Colima. En el tiempo geológico, eso puede ocurrir en mil años… o mañana. ¿Ves? No es imposible. No es absurdo. Catastrófico, sin duda, pero de una belleza escalofriante.

Me gusta manejar a alta velocidad ya muy cerca de la madrugada, cerveza en mano, por ese malecón imaginario hasta las playas que sólo existen en mis deseos. Pasar oyendo rock a todo volumen, sin ver los grandes hoteles, fingir que no me percato tampoco de los señalamientos en los ramales: "Glendale, 1 kilómetro", "Puerto Vallarta, 340 kilómetros". Pero los veo y me pregunto dónde estoy.

Me encanta ver pasar en una ráfaga multicolor los espectaculares y miro en su paciente espera a las putas color canela en lustrosas minifaldas. Pero sobre todo, me fascina espiar el amanecer tras las montañas, de cara al mar.

De algún modo tiento al pavor de estar abandonada en los arrecifes con los cangrejos, rodeada de imaginarios violadores o asesinos. Todo menos la verdadera soledad que me obliga a enfrentar eso que he querido ser y que he olvidado. La soledad me recuerda las innumerables decisiones cotidianas que me han convertido en mí misma.

En el siglo XIX, las mujeres estaban desde luego menos solas. Tenían los libros, los bordados, las marchas en el piano y los grupos de apoyo que se reunían a tomar el té. La casa abierta una vez a la semana para lucir y lucirse, las festividades religiosas en las que de verdad podían creer.

¿Y yo, en qué creo? Puedo creer en la historia, esa mentirosa huidiza. O mejor, en la literatura.

A pesar de que la soledad a veces es insoportable, sé que es la llave que abre las puertas ocultas detrás del amanecer y que llevan a otros mundos que nadie, nadie más que yo conoce. Sin embargo, me siento tan fuera de lugar...

Todo esto me hace preguntarme qué busco en realidad. ¿Es un hombre lo que espera mi cuerpo tembloroso, un nombre pensado, repetido a tientas, búsqueda desesperada de un recuerdo, la caricia, el beso, la humedad de la boca, la sombra oscura del pecho, la columna de arcilla dejando semillas para convertir mi sexo, acaso mi vientre, en racimo de flores amarillas? ¿Es un hombre, un fantasma, un nombre o un recuerdo lo que quiero?

Desde su espacio impreciso, el fantasma vino a interrogarme; me preguntó para qué sirven los objetos cotidianos, para qué sirven las instituciones contemporáneas, para qué ha servido toda nuestra historia de lucha y sacrificio...

Y yo no supe qué responderle. En cambio he querido decirle: "Tócame, dame descanso, arráncame ese temor culpable de la satisfacción con otros distintos a ti, una y otra vez métete a ese hueco y quédate para siempre. No se precisa nada más: la sombra violeta de rebautizados árboles, olores lejanos, que no nos pertenecen." Y al pensar en todo esto, siento que él nunca se irá de mi lado, lo cual me alivia.

Una tristeza sin razón me fue llegando con mi último gemido. El hueco se convirtió en un todo amenazante, incapaz de ser llenado ni siquiera con esa salobre cera derretida que se ha derramado en la humedad de mis grutas tantas veces.

Me llenó de miedo esa sensación —un tanto titubeante al principio, bien definida después— de que el hueco no podría ser llenado por un hombre, por un ser humano; sólo por un fantasma, por un recuerdo, por un nombre.

Estoy condenada por las veleidades del sueño, a pesar de las risas del viento. Sin importar cuántas veces me sienta en calma, casi feliz, abandonada al embrujo de la cotidianeidad, a la dulzura inefable de las cosas simples, el hueco estará ahí, acechando para beberme; no hay que luchar contra esto, a riesgo de que al final me venza la fatiga. Esa melancolía es fácil de engañar, aunque surja de vez en cuando voraz, en especial en las noches de luna verde, hasta que un día, de súbito, me trague, inexorable.

Me quedé dormida en medio del pánico, repitiendo el nombre, el amado, el tanto evocado, en la aterrorizada esperanza de que la fuerza de esa plegaria, del recuerdo, tenga alguna posibilidad de llevarme de regreso a donde pertenezco. ¿Será posible que a fuerza de repetir su nombre logre traspasar la bruma y pueda por fin encontrarlo en donde quiera que esté?

Más tarde, ya casi de madrugada, me levanté para escribirte.

Gracias por estar ahí para mí.

Te mando un beso,

S.

XXI

Ciudad de México: enero de 1857
Guadalajara: marzo a septiembre de 1857

iguel despertó otra vez angustiado. Había tenido el mismo sueño después de tanto tiempo.

Las olas del mar llegaban a lamer la orilla de esa ciudad metálica que comenzaba a resultarle cada vez más familiar. La mujer del columpio se miraba coqueta en el espejo de agua. Las estelas traslúcidas se pintaban con el rojo de las guedejas rizadas. "Nunca, ya nunca", decía ella entre carcajadas. Se abría el vestido, se abría la piel y le ofrecía el corazón sangrante todavía vivo.

Alcanzó la botella de chinguirito que permanecía sobre la mesa de noche en la pensión donde vivía. Después de algunos tragos, encendió un cigarro y en la oscuridad alcanzó a distinguir la silueta de la mujer que dormía a su lado. Era una de muchas que había aceptado acompañarlo en esos meses de locura y arrebatos. No iba a dejar ningún recuerdo, sólo era pasión de un momento y luego se convertiría en benéfico olvido.

En cambio, Sofía… ¿qué tendría que hacer para olvidarla?

Hasta México llegaban las noticias del sitio de Guadalajara. Blancarte, sin mostrar sus intenciones, estaba reunido con sus tropas en Arenal, luego en Zapopan, esperando el desenlace de la batalla de Parrodi contra los conservadores en San Luis Potosí.

Miguel hubiera querido regresar para enfrentarse a su enemigo y sin embargo no había encontrado el momento, la ocasión, después de muchos meses de estar fuera. Luego supo del triunfo liberal, pero la capital lo devoraba: los espectáculos, los cafés donde se reunía con los diputados a discutir la conveniencia de uno u otro artículo de la constitución. Ahí, entre café y café, entre aguardiente y champagne, hablaba de literatura con Guillermo Prieto y con Ignacio Manuel Altamirano, de periodismo con Francisco Zarco, de política con Benito Juárez, de amor efímero con las actrices del Teatro Nacional…

Cuando era muy fuerte el extrañamiento, cuando el recuerdo golpeaba como bala de cañón, escribía cartas. Que Sofía no se diera cuenta de cuánto la deseaba. Que Sofía sólo supiera que estaba triunfando. Que sintiera envidia, que sintiera celos de los silencios entre las frases aparentemente neutras. Además, se consolaba repitiéndose a sí mismo que estaba formando parte de la historia. Él había estado presente en cada una de las discusiones, él había leído una de las primeras versiones de la constitución. Era parte de algo grande, algo mucho más grande que el amor. Él y sus amigos estaban, por fin, cambiando el futuro.

"Ya nunca...", decía la mujer del sueño, que ahora lo había agitado. Al recordarlo, presa de un sudor frío, sintió miedo de haber cambiado todo en contra de su voluntad. De forma súbita encendió la lámpara y comenzó a empacar. Iba a regresar a su ciudad natal.

Guadalajara se vistió de blanco a finales de marzo, cuando fue proclamada la constitución. Se engalanaron las ventanas con papel de china, se adornaron los balcones con tapices de terciopelo, guirnaldas de rosas y crisantemos. Al atardecer hubo fuegos artificiales y se olvidó la cuaresma.

Se abrieron las casas. A los transeúntes se les obsequiaban jarritos de horchata con aguardiente. Poco tiempo después, los liberales juraron la carta magna. La Plaza de Armas era un prodigio de azahares y castillos. La diamantina noche de naranjos en flor envolvía a las parejas en la calidez de la primavera tapatía.

Sofía había celebrado con sus amigas el viernes de dolores y la jura de la constitución. Había visto a Miguel con sus amigos, pero él no se había acercado.

¡Qué difícil era perderse en la ciudad después de haberse encontrado en ella! Qué difícil era mantenerse en silencio ante los sucesos que deberían haberlos unido. La constitución había terminado por separar a las familias, levantar muros infranqueables entre los amigos, organizar rebeliones y asonadas entre los seguidores de todos los bandos. El obispo lanzó una pastoral atacando a los juramentados. Y los jóvenes liberales habían respondido con una carta atrevida y escandalizante que circuló como folletín. Sofía suspiraba llena de admiración al leer cómo sus amigos se atrevían a llamar a la pastoral "documento farisaico" y "mugido de las bestias apocalípticas".

Hemos colocado el dedo en la llaga; hemos tocado la fibra sensible, porque nada ama tanto el avaro como sus riquezas; en consecuencia, el monstruo herido se rebullirá y pondrá en juego todas sus tenebrosas maquinaciones que acostumbra. Pero ya es tarde, ilustrísimo señor, estamos en medio del siglo XIX en que el pensamiento se transmite con la velocidad del rayo del uno al otro extremo de la tierra; millones de cabezas pensadoras se ocupan sin descanso del porvenir del mundo y escarnecerán y harán añicos al embaucador que pretende engañar al pueblo con intereses disfrazados.

Florecían los almendros dentro del corazón femenino y toda la gama de verdes se asomaba al castaño claro de sus ojos al leer aquellas líneas. Hubiera querido compartir con su amado esas discusiones, sentir la pasión de Miguel de cerca una vez más.

El folleto terminó por acrecentar las pasiones encontradas. No faltaron las asonadas dentro y fuera de Guadalajara, en contra de los seguidores de la constitución.

El 15 de septiembre fue la noche del discurso oficial a cargo de Cruz-Aedo. Ahí estaba la plana mayor de la política y el arte en Guadalajara: el gobernador, con sus secretarios y todo el Estado Mayor, así como todos los miembros de la Sociedad de Bellas Artes, además de los miembros de La Falange y otros amigos de Miguel. Sofía se moría por verlo, así que se dejó llevar por el general Silverio Núñez, el doctor Ignacio Herrera y Cairo y Antonio Molina, por quien Sofía tenía un genuino aprecio. Al escuchar el discurso, ella fingió no poner atención a las frases explosivas que ponían a temblar a los timoratos.

¿Es esta la religión santa del Crucificado? ¿Es esta la iglesia depositaria de los dogmas del Evangelio?

El tribuno preguntaba en tono amenazador a los escuchas que no osaban ni respirar. Había atacado a esa iglesia, proclamando sus excesos a lo largo de los siglos, para luego pasar a defender la constitución y a aquellos que la habían jurado a pesar de las amenazas de los curas. Ni una vez volteó a mirarla, ni por equivocación. Y ella sentía un nudo en la garganta, no por sus palabras, sino por su indiferencia.

Inmediatamente después de concluido el controversial discurso, se llevó a cabo la función inaugural de la Sociedad de Bellas Artes, en el mismo salón del congreso. Aparentemente ocupado con el grupo de seguidores que se arremolinaban a su alrededor, Miguel no había vuelto la cabeza en la dirección en que ella se encontraba.

Luego todos se habían dirigido a la exposición de arte que se organizó en la casa de don Anastasio Cañedo, donde Ignacia Cañedo expuso una pintura entre los grandes pintores y escultores de Guadalajara y la Ciudad de México.

"Con que la güerita también pinta; es un estuche de monerías…", pensó Sofía rabiosa, mientras apuraba una copa de vino tras otra. Sus acompañantes de la noche se habían enfrascado en una discusión interminable sobre la conveniencia de dejar mayor libertad al poder ejecutivo y sobre la utilidad del juicio de amparo asentada en la nueva constitución. Clemente Aguirre tocaba magistralmente un vals al fondo del salón y Antonio Molina la invitó a bailar una mazurca. Cansada del ajetreo y un poco mareada, se dirigió a uno de los balcones del Palacio Cañedo para respirar la noche entera.

—Perdóname —escuchó la voz amada a sus espaldas. Sintió su respiración, el aire cálido en sus hombros desnudos, el aroma a Macasar.

—Miguel —susurró a su vez, y al paladear el nombre, sintió que el mareo se incrementaba—. No…

—¿Qué tengo que hacer para que…?

—No, perdóname tú. No sé… —Se volvió a mirarlo.

Sus ojos le decían que la amaba y no tuvo que decirle nada más. Sus manos le explicaron cuánto la había extrañado y ella ya no se acordó de nada más.

—¿Me concedes esta pieza? ¿Recuerdas? Es nuestra canción.

La tomó en sus brazos y le susurró el poema que le había escrito hacía ya cinco años:

¿Quién en tus labios tan frescos y rojos,
que causan sonrojo al agua y carmín,
pudiera ¡oh! hermosa, sorber un momento,
la dicha en su aliento, la vida sin fin?

—¡Tengo unas ganas de besarte, de comerte!

Se alejaron flotando en las notas de aquel vals, olvidando todo lo que les acechaba. Con cada paso, con cada nota, sentían que la muerte iba quedando atrás, lejos, muy lejos, y que jamás podría tocarlos.

El 16 de septiembre de 1857 comenzó para Sofía con una terrible jaqueca a causa de los vinos y licores servidos (y consumidos) generosamente en las celebraciones de la noche anterior.

Miguel dormía a su lado. La noche había recogido a través de las horas el contenido de sus murmullos. Sólo quedaban los perros, así como una espesa cortina de grillos y unos pocos sapos a la orilla de la fuente, parte del tiempo de lluvias. A lo lejos, los gallos armaban un canon.

Sofía miraba el pecho del durmiente levantarse al ritmo de su respiración. Miraba cómo temblaban las pestañas de Miguel y cómo su mano morena se abandonaba en la orilla de la colcha.

Comenzó a acariciar las barajas: grandes, amarillentas, puestas como sin querer sobre el peinador. Las mezcló despacio, sin dejar de mirarlo. Alisó la colcha de algodón, a fin de poder acomodarlas.

Las partió en tres montones. Tomó el montón de la derecha haciendo formar un círculo a los cartoncillos, en doce sitios distintos. Tomó el segundo, repitió la operación e hizo lo mismo con el tercero.

Se había cubierto con un chal ligero y acomodaba los cartones con presteza. Al voltear los correspondientes a la primera casa zodiacal, Miguel comenzó a moverse. Las cartas se desacomodaron.

El as de espadas, el as de copas y la Justicia vuelta de cabeza.

—¿Qué estás haciendo? —le preguntó amodorrado. No alcanzaba a distinguir las laminillas de colores sobre la cama.

—Un caballero triunfador, hedonista, aunque su gloria es pasajera —murmuró Sofía, mirándolo con una sonrisa.

—¡Bruja! ¡Hechicera! —se sentó con cuidado sobre los almohadones para no hacer más estropicio.

—En la casa dos, la de los bienes materiales, la templanza está vuelta de cabeza, así como el as de oros y el cuatro de bastos.

—Que más parece un arco del triunfo y una pareja bajo él —observó Miguel, tomando aquella carta—. Por lo demás no me extraña, soy intemperante.

Una mirada lujuriosa se posó en los pechos desnudos de Sofía.

—Ten cuidado, Miguel —le tomó la mano—, tu impulsividad te llevará a perderlo todo.

—Es verdad, eres una hechicera. Lo creería si no estuviéramos en el siglo XIX.

—Sí, ya lo dijiste anoche. "El siglo inventor de maravillas, el siglo de los milagros."

—"El siglo de Fulton y de Arago, de Daguerre y de Watt, de Kant y de Fourier, de Lamenais y de Massini..." Si me hubieras puesto atención en vez de hacerles señas secretas a la señorita Prieto y a Silverio Núñez, traidora...

—Antes que nada, Kant vivió en el siglo pasado —dijo Sofía con satisfacción al poder corregirlo—. Además, oí lo suficiente.

Tomó las cuartillas de la mesa y, al cabo de un momento de búsqueda, leyó:

El siglo no puede retroceder; cuenta con poderosos auxiliares: la imprenta y el vapor, el telégrafo y los ferrocarriles; sírvenle de brazos la industria y las artes, de pies el comercio, de cerebro las ciencias y la filosofía, lleva escritas en el corazón estas palabras: 'Libertad, Igualdad, Fraternidad' y al cinto para defender sus conquistas, la espada de Napoleón.

Imitó a Miguel con tono grandilocuente.

—¿No fue eso lo que dijiste?

—¿Kant vivió en el siglo…? ¡Caramba! ¡Y yo dije…! Además de hechicera, marisabidilla.

Sonrió incómodo.

Las cartas temblaron sobre la cama.

—Tienes el caballero de oros, el tres de copas y el diablo de cabeza en la casa tres. Los viajes te traerán victorias y felicidad a tu familia. Vencerás temporalmente al diabólico partido conservador, pero dejarás a tu madre en la miseria.

—Deja eso de una vez —pidió ya alterado—, no me está gustando este juego. Una marejada bajo las cobijas produjo serios daños en el acomodo de las cartas.

—Mira a tu amante —le mostró el nueve de espadas en la casa cinco: nueve aceros atravesando la noche en la que una mujer se levanta llorando de la cama.

—Basta —gritó.

Se le había contraído la mandíbula, la vena hinchada de la frente se notaba más que nunca.

—Mira a tus amigos y a tus esperanzas. Tú eres el caballero de las espadas, para variar.

En el cinco de bastos acomodado junto al caballero de espadas en la casa once, se veía pelear, más que a los cinco aldeanos medievales, a las facciones distintas de liberales en el Colegio de San Juan a mediados de diciembre: liberales radicales atacando a los liberales moderados que atacaban a los liberales puros.

Inquieto, se revolvía bajo las sábanas. Miraba al Emperador de cabeza en la casa doce. Presentía su derrota. En la casa del pasado, tres espadas desgarraban un corazón; en la del presente, las siete copas le mostraban sus tesoros: castillos de arena, serpientes y dragones, joyas, coronas de laurel, la sabiduría y la embozada gloria. En el futuro, cuán predecible, el jinete de la muerte subyugaba sobre su caballo blanco a mendigos y emperadores a la puesta del sol.

—Dije basta —se levantó de súbito, jalándola hacia él. La apretó contra su cuerpo, iniciando el dulce balanceo del amor sobre el círculo del destino, las cartas revueltas, mostrando las más impensadas gradaciones entre el desastre y la gloria.

Amanecía y el cielo era una enorme nube gris. Si se hubieran asomado a la ventana del futuro que Miguel sólo veía en sueños, hubieran visto cómo la niebla proveniente del mar envolvía la ciudad.

—La flecha está en el aire. No hay escape posible —balbuceó Sofía temblorosa.

—No importa, si Amor es el arquero —sus manos, su boca, su cuerpo todo pretendía silenciar el oscuro presentimiento.

Espadas y bastos formaron un solo montón bajo dos cuerpos sudorosos y extáticos.

Una vez más, iba a despertar sola. Nueve espadas podrían haberla atravesado. Se cubrió el rostro con ambas manos, asustada sobre la cama. Cruz-Aedo se había ido. El final de las cosas se acercaba. Y no podía pararlo. "El mundo gira y quien pretenda detenerlo morirá aplastado", había dicho Miguel en su discurso la noche anterior.

"Dame algo en qué creer, me gustaría no saber ahora las cosas que no sabía entonces", susurró Sofía con la esperanza de que Miguel, ausente, pudiera escucharla.

XXII

Guadalajara: época actual

Godeleva se casó, ¿no te lo había dicho? El marido no la deja verme. Soy una mala influencia, según dice. Y ella lo permite. Ella le deja hacer, con tal de no perder el último tren de la respetabilidad. ¿Qué más puedo hacer? No me queda sino apartarme.

A partir de que ella me lo dijo contrita hace algunos meses, sentí lo que es la soledad completa, infinita, redonda, ilimitada y absoluta.

¿Qué se le va a hacer?

Asumo mi destino y lo aprovecho. A veces veo a Felipe, pero cada vez es más difícil compartir con él lo que he ido investigando, la emoción creciente al descubrir nuevos datos. Por lo demás, la pasamos bien cuando nos vemos, hablamos de música y arte, pero poco a poco siento que una barrera invisible se interpone entre nosotros, algo que no puedo definir, ya que aparentemente todo sigue igual.

Anoche decidí irme sola a un bar de Galerías, el nuevo centro comercial, frente a mi malecón, hacia el poniente de la ciudad.

Pensé encontrar el lugar desierto, salvo los trasnochadores saliendo de la última función de cine, y sin embargo estaba lleno. Desusado, sí.

A medida que me iba internando a toda prisa por el laberinto de cristal, las luces de neón se iban tornando más pálidas, hasta convertirse en el fulgor mortecino de antorchas colgadas por todas partes. Era como si algo me transportara en el tiempo, como si me encontrara en medio de un sitio perdido en el siglo XIX.

No avancé mucho antes de toparme con las notas de una canción habanera que no lograba reconocer: el arpa, el salterio y el violín dejaban caer una cascada cristalina sobre la noche sin que el recuerdo lograra brotar de lo más hondo.

Había banderolas de papel de china colgando de las altas galerías y alguna piñata se bamboleaba titubeante. De pronto se me olvidó la razón de mi visita, contagiada de la alegría que se respiraba a mi alrededor, me encontré en el remolino de bailarines que gritaban al unísono: "¡Arriba el nuevo gobernador!"

Dos hombres con el sombrero puesto y largos sacos de terciopelo me hablaron al pasar:

—¿Por qué una damita tan guapa viene sola a una fiesta como ésta? ¿No se da cuenta de que puede ser peligroso?

Como sentí que en realidad no corría ningún peligro, nomás me reí. Me dirigí sin prisas a un puesto de aguas frescas. Me sedujeron los colores de los grandes garrafones. Colores vibrantes en un vientre de cristal: verde del ajenjo fosforescente, cuán alejado del limón; algodonoso blanco de una horchata que contiene mucho más que arroz molido, así como un sangriento shiraz rojo jamaica descansando en su lecho vegetal.

Un poco más allá, el puesto de tiro al blanco y lejos, del otro lado, las apuestas de los galleros eclipsaban un poco el interminable correr de la ruleta. Un obeso personaje vestido de militar apostaba su suerte a la lotería.

Por poco sigo de largo frente al local de la adivinadora de la fortuna. Un ronco pregonero anunciaba las cartas: el Hierofante, el Colgado, la Torre... Algo me impulsó a entrar y dejar atrás la algarabía de la feria. Una mujer alta, esbelta, cubierta con una túnica de oro, me hizo tomar asiento frente al mazo de cartas. Con una voz profunda me pidió cerrar los ojos y concentrarme en lo que quería saber sin pronunciar ni una palabra. El aire perfumado con incienso y cera quemada, los pesados cortinajes oscuros y la luz difusa de un cirio daban al ambiente un halo mágico. Un instante después la pitonisa con su mano helada tomó la mía y la puso sobre las grandes barajas gastadas. "Revuélvelas, siéntelas", "pártelas en tres", "otra vez", "una vez más", fue indicando, precisa. Hizo una cruz de cartas sobre la tela oscura de la mesa. Repitió siete veces la operación y cuando estuvo satisfecha comenzó a interpretar los augurios. A medida que fue leyendo mi destino, a medida que fue desplegando frente a mis ojos el pasado y el porvenir, un intenso mareo se fue apoderando de mí.

Cuando salí de ahí, un grupo de indígenas con sus vestidos de manta azuzaban a otro que cargaba un "torito" de cohetes sobre la espalda. Aunque me encontraba a unos metros de distancia, distinguía con claridad el aguardiente en sus alientos y en sus carcajadas.

La plaza se fue vaciando. Algunas de las proverbiales sillas de alambre yacían muertas en el piso, después de la consabida pelea de rancheros. Los músicos ya habían agotado el repertorio en la plaza central y sé que en algún momento de la madrugada bailé, canté y grité vivas a todo dios.

Las inviolables damiselas de acrinolinados vestidos color pastel, delicados sombreros y abanicos de encaje se fueron ofendidas, por ahí de las dos de la mañana, el rostro un mohín de disgusto. Sólo quedaron algunos sombrerudos abrazados, cantando incoherencias en alguna esquina. Y más allá, algún oficial de alta graduación se llevaba a la banda de música para seguir la fiesta en otra parte.

Entonces encontré el camino a la salida. Afuera, todo era distinto. Fue como si de golpe me regresaran a este tiempo. El estacionamiento de la plaza estaba desierto. Hacía frío, el aire agitaba su melena complaciente en esa ciudad que nunca ha conocido el verdadero rigor del invierno.

Cuando llegué a mi casa al filo de las siete de la mañana, procuré no ponerme a llorar, pero las lágrimas ya rodaban por mi cara. Me sentía tan helada y vacía como un alma en pena. No quise verme en el espejo, a veces no tolero verme a la cara. Poco a poco me fui dejando llevar por mis fantasmas.

Una vez más, me puse a leer el discurso que Miguel pronunció en 1857 y el llanto silencioso se convirtió en gemido. Ah, Miguel, no había medios electrónicos de comunicación ni rock; de otra manera, en vez de discursos habrías escrito canciones y conmovido juventudes en la tele. Puro, por no querer "el bien y la libertad a medias", él era capaz de llenar de insultos a sus rivales moderados en cualquier sesión del congreso y ellos no se tocarían el corazón para apelar a las armas, como sucedió alguna vez en la que, ante la inminencia de la pelea, varios de los integrantes del congreso saltaron por las ventanas para evitar ser detenidos.

Tal vez era el espíritu de la época, pero el fuego con el que este hombre defendía sus ideas me apasiona. ¿Será que esos valores ya no son tan frecuentes hoy?

¡Cuánto me gustaría creer en algo! En el progreso, en dios, en algo.

Me da pena decirlo, pero sin saber muy bien a quién le hablaba, dije en ese momento: "Necesito creer, creer en algo, lo necesito desesperadamente." Pero, ¿quién podría escucharme?

Desde este amanecer alucinado te mando un beso,
S.

XXIII

Jalisco: marzo a octubre de 1858

quién se le iba a ocurrir que Comonfort se iba a dar golpe de estado él solo? —Florinda le servía el atole a Miguel aquella mañana—. Explícame, m´hijo, ¿cómo estuvo que primero proclama la constitución y luego la desconoce?

—Ay tía, creo que ni él mismo lo entiende. La cosa es que ahora aquí tenemos al nuevo presidente, Benito Juárez, que además tuvo que salir huyendo de la capital, perseguido por la rebelión de los conservadores.

—Tú lo conociste allá en México, ¿verdad? ¿Es cierto que es un indio zapoteco puro? ¿Es verdad que es un hombre inteligente y recto?

—Sí, tía, hablé con él varias veces. Es un hombre culto. Tozudo como él solo, y en extremo inteligente, atrevido e inquebrantable.

—¿Nos llevarás a verlo ahora que está en Guadalajara, verdad?

—No es un buen momento, tía. Algo me huele mal. Creo que el presidente no está seguro aquí. Han acusado varias veces a Landa.

—¿El que tiene a su cargo la seguridad de Juárez?

—Ese mismo. Mira, más vale que no salgan de la casa, por si acaso. Tengo que irme, y recuerda lo que te dije. Por favor, dile a mamá cuando despierte que no sé cuándo pueda regresar. Le mandaré avisar en dónde estoy. Que no se preocupe, estaré bien.

Convento de San Francisco, 13 de marzo de 1858
Los acontecimientos de los últimos días, que seguro conocerás, nos han tenido recluidos en San Francisco.

Estoy al frente del Batallón Guerrero. Éste, después de la partida de Parrodi al Bajío a combatir a los enemigos de la constitución consta de sólo ciento veinte hombres y una pieza de artillería.

Estoy inquieto. Temo por la vida del presidente Juárez. Temo que los cuatro batallones que quedan en la ciudad no sean suficientes para defender el palacio de un ataque sorpresivo.

Se murmura que Landa, quien está a cargo de los ilustres visitantes, puede ser un traidor. Si no fuera porque nuestro amigo Silverio Núñez lo avala sin reservas, podríamos dar crédito a este rumor que ha venido circulando por la ciudad.

Esta noche, sin embargo, se ha dado la orden a cincuenta hombres del Batallón Hidalgo de ir a dormir a los pasillos del palacio, a fin de prevenir cualquier movimiento en falso por parte de Landa y la tropa que está a cargo de la seguridad del gabinete presidencial. La derrota de los nuestros en la batalla nos tiene descorazonados. Ni la tropa ni los oficiales podemos ocultar el desánimo. La tensión es enorme. Esperamos que algo suceda de un momento a otro y sin embargo la calma no se ha roto. Amanece apenas y no puedo dejar de pensar en ti. Extraño tu calor y tus besos. Cuántas mañanas se nos han negado, cuántos días hemos robado al amor. ¿Cuándo irá a terminar esto? ¿Lo veremos concluir?

Hay que continuar. Hay que dar órdenes y aprestar a los hombres para el día que se anuncia eterno. No salgas, Sofía. Puede ser muy peligroso. No puedo garantizar tu seguridad en las próximas horas.

Un beso, amor.

Tuyo,

Miguel.

Nana Luisa entró con una charola en la habitación oscura. La luz de la mañana se coló por la abertura de la puerta. Los pájaros cautivos llenaron de gorjeos la penumbra. Entró también el fresco y el aroma del campo amanecido.

—¿Se siente mejor, doña?

Sofía había tenido sueños premonitorios otra vez. Se había agitado la mayor parte de la noche entre las sábanas. Sólo había podido conciliar el sueño al amanecer. Sonrió, adormilada. Su nana, qué felicidad, traía el atole en una olla de barro y cuidaba de ella cuando la ausencia del amor le instalaba un dolor de pecho y terribles presentimientos.

—Esto la va a poner buena —dejó la charola en la mesa de noche. Además del atole de masa, estaba la carta; reconoció la letra de inmediato—. La trajo el señor doctor Molina. Allí está afuerita, quiere revisarla.

—Hazlo pasar, por favor —se cubrió con el chal.

Al sentarse en la cama alcanzó a toser un par de veces. Sonrió con un dejo de coquetería cuando el futuro médico, con maletín y todo, entró en la habitación.

—Doña Sofía, ¿está usted mejor? —el joven de negro bigote hizo el intento de revisarla.

Se tomó un momento para mirarlo a placer: el pelo negro ensortijado, un poco largo, la frente amplia y despejada, espeso el bigote y unos ojos castaños, bondadosos e inteligentes. Era fácil imaginarlo en medio de una cirugía, aunque no tan fácil verlo, como lo había visto en su sueño, sentado a horcajadas sobre el cañón del palacio, prendiéndole la mecha con su puro. Era duro imaginarlo sangrante en el Portal del Mayorazgo.

—No se moleste usted —apretó su brazo, afable—. No es nada. Locuras de mujeres. Escuche, don Antonio, quisiera pedirle un favor.

—Usted dirá, señora. Será un placer —su caballerosidad salía a relucir.

—Probablemente no será muy placentero. Quiero que me acompañe al cuartel de San Francisco.

—Señora, tal vez usted no esté enterada de lo que sucede en la ciudad —con mucho tacto el joven médico comenzó a explicarle. No daba crédito a la petición de la mujer—. La gente está nerviosa, se teme un ataque. Además, permítame decirle que el cuartel de San Francisco no es el lugar para una dama. Cruz-Aedo no podrá perdonarme que yo la exponga a algún peligro.

—Se lo suplico, doctor. Será la única forma de que me dejen entrar. Mire, me vestiré en un momento, mientras tanto puede usted tomarse una tacita de atole —Sofía se puso de pie y le extendió la charola al joven liberal, conduciéndolo rápidamente a la puerta.

Una vez sola, leyó la carta:

—"No salgas, Sofía, puede ser peligroso..." Qué repetitivos pueden ser los hombres —se burló despiadada, decidida a alcanzar a Miguel a pesar de todo.

Cuando se presentó en la salita de recibir, el doctor Molina se atragantó con el líquido.

Dos jinetes recorrieron las calles del centro.

Se percibía la alarma en las primeras calles del barrio de San Diego. Allí encontraron a un hombre maduro en el pescante de un carruaje, a quien Antonio Molina saludó. Iba sin sombrero y era presa de una gran agitación.

—Landa acaba de insurreccionarse —informó—. Imagínese, yo estaba ahí parado en la calle de Loreto, afuera de mi tienda, cuando le dispararon al general Núñez, que iba saliendo de la casa de Diligencias. Fue un milagro, porque al general no le pasó nada, lo salvó su reloj de oro. Entonces el soldado se lo llevó preso por orden de Landa. Más tarde supe que ese traidor libertó a los delincuentes en la cárcel del palacio. Tiene como rehenes al presidente Juárez y a su gabinete.

—¿Y está lista la defensa? —preguntó Molina

—Ya están listos los jefes en todos los fortines: San Agustín, Santa María de Gracia y el Carmen. Apresúrese, doctor. Cruz-Aedo necesitará toda la ayuda posible en San Francisco. Yo me voy a San Agustín en cuanto logre recoger algunos víveres y municiones entre los vecinos de este barrio.

Eran las diez y media de la mañana. Un viento feroz sacudía las escasas hojas de los árboles en el huerto del convento. El doctor Antonio Molina y su ayudante, a quien nadie reconocía, embozado como estaba, en una capa de paño azul, entraron al cuartel donde el Batallón Guerrero se aprestaba para el combate.

Se oía vociferar a Cruz-Aedo y dirigir juramentos a la aturdida tropa.

A las once, una Guadalajara aterrorizada escuchó los primeros estallidos del cañón desde las calles de Santa Teresa y Loreto. Hasta bien entrada la noche, siguió escuchándose la fusilería desde todos los puntos que ocupaban las guardias nacionales fieles a Juárez.

A las doce, el piquete de El Carmen llegó a San Francisco. Miguel entró a su improvisado despacho en una de las celdas del convento, junto con uno de sus subordinados, discutiendo con él la necesidad de llevar parque a San Agustín. Estaba despeinado y sudoroso. Las espuelas de sus botas resonaban en las losas del piso.

—Está bien, capitán. Puede llevar a dos guardias. Vaya usted por la parte trasera de la huerta.

Sofía comenzó a sudar de la emoción contenida cuando Miguel de pronto fijó la atención en el que él creyó un joven embozado en la esquina del fondo. Volvió a mirar y cuando reconoció las facciones de su mujer bajo el ala de un sombrero ancho, no pudo contener la cólera. Cerró la puerta con cuidado para aislar el barullo de la tropa.

Su voz era de hielo cuando finalmente le dijo:

—Te pedí que no salieras —la sujetó con violencia por un brazo—. ¿Te das cuenta de lo que estás haciendo?

Sofía no se atrevió a contestar. Asintió con la cabeza.

—Ya es demasiado tarde para que salgas de aquí. Tendrás que quedarte. ¡Me lleva el demonio! ¿Tienes idea de lo que la tropa haría de saber que hay una señora como tú aquí adentro?

El jaloneo era violento. Podía sentir su fuerza y su vehemencia de manera inesperada. En un momento pensó que iba a golpearla.

—Quería estar cerca de ti —dijo asustada a pesar de sí misma.

La presión de la mano masculina cedió de manera casi imperceptible. Había logrado enternecer, con su voz temblorosa, al coronel ya famoso por su carácter incontrolable y hosco.

—Ponte el sombrero. Vamos a salir. Camina firme y despacio. No abras la boca.

Recorrieron los pasillos hasta llegar a un conjunto de celdas en la parte posterior del convento. La empujó al interior de una de ellas. Sin decir palabra, cerró la puerta. Ella lo escuchó echar el cerrojo exterior y alejarse rápidamente de regreso al patio de maniobras.

La única luz que entraba a la celda monacal era la de un ventanuco del tamaño de un ladrillo. Sofía subió al catre de madera y miró a través del orificio: el huerto y, más allá, los dragones cargando bultos, preparando rifles o llevando a los heridos en improvisadas camillas. Podía oír la voz de Miguel, aún más atronadora. No daba crédito a sus oídos al reconocer en esa voz despectiva la otra, la voz amada, en esos insultos violentos, las mismas palabras que tantas veces la habían acariciado. El ruido era solo un trueno. Imaginaba la lluvia de metralla, veía las columnas de humo más allá de la tapia. Se acurrucó en el catre, tenía frío.

Pensó de pronto que todo era una locura, se preguntó qué hacía ahí, en la modorra producida por el hambre y el escaso calor del paño azul.

Esta no era la ciudad con mar, sembrada de jacarandas y lluvias de oro que Miguel le había prometido: era la ciudad donde las vigas que cerraban las bocacalles de la Plaza de Armas eran usadas como trincheras, donde los colchones y muebles del palacio fueron sacados para guarecerse tras ellos del ataque liberal. Era la ciudad donde Juárez y Guillermo Prieto habían sido capturados en el salón del congreso.

"¿Podría ser yo el eco de un grito primitivo que ha sido prolongado miles de años?", se cuestionó Sofía en medio del sopor. "El sueño de otro. Eso… Soñé que soñaba."

Oscuridad total. Frío intenso. Dolor en cada uno de los huesos. Los músculos no querían obedecerla. Percibió el fuerte olor del tabaco. Con la escasa luz de una luna tímida vislumbró el humo de un cigarro. Una mano larga lo sostenía.

—¿A qué viniste? —sintió la voz de Miguel atravesar la negrura del cuarto.

Alcanzó su mano, le quitó el cigarro y aspiró la bocanada de un humo espeso y mareante. Miguel trató de impedir el movimiento en vano.

—Volviste —dijo Sofía con sequedad.

Devolvió el cigarro y recorrió el brazo de paño, el pecho sembrado de botones metálicos. Palpó el jarro de café que Miguel le ofreció. La oscuridad se hizo líquida, caliente, olorosa y benéfica; le devolvió el movimiento a sus entumidos miembros.

—Los presos andan sueltos por la ciudad. La gente está asustada. No hay alumbrado y se esperan toda clase de excesos esta noche —sonaba desolado—. Esperamos que el presidente esté con vida.

—Juárez está bien —buscó el perfil recto que conocía a la perfección, acarició su bigote húmedo, la boca que permanecía apretada. La cara de Miguel estaba helada; una incipiente barba cubría ya sus mejillas.

El coronel apagó el cigarro con el pie. El silencio duraba. Miguel se fue abandonando en brazos de su mujer; ocultó la cabeza en su regazo. Ella lo cubrió con la capa que usaba, acarició su pelo polvoriento, le besó las sienes sudorosas. Olía a tabaco, a cuero de las botas y a pólvora.

—Duérmete —pidió maternal—, necesitas descansar. Mañana será un día muy largo.

—¿Qué fue eso? —Miguel se incorporó en el catre en un instante. La mañana pintaba en su cara extenuada ojeras grises.

—Es la corneta de palacio. Están tocando a parlamento —contestó Sofía completamente despierta.

—Imposible, además, ¿desde cuándo reconoces tú los toques de corneta? —refunfuñó, consultando el reloj de oro—. Son las nueve. ¡Mis botas! ¡Me quitaste las botas! Tengo que salir de aquí enseguida.

—Miguel, dime que vas a cuidarte, promete que no te pasará nada.

Se quedó atónito.

—¿Cómo...? —las botas en la mano, el dolmán desabrochado, los cabellos en desorden, no atinó a completar la pregunta.

—Hablaste en sueños —mintió Sofía— por favor, asegúrate de estar en contacto con Contreras en San Agustín. Promételo...

Se libró de los brazos cálidos de Sofía sin prometerle nada. Se limitó a cerrar la puerta con el cerrojo de un golpe y se fue refunfuñando todo el camino a su despacho sobre la petulancia de las mujeres y su completo delirio al querer dar órdenes militares.

Pocos minutos después, Sofía escuchó su voz estridente dar órdenes:

—Capitán, ¡alístese con treinta efectivos! Toño, tú y yo con estos hombres nos vamos por la calle de Palacio, hasta la enfermería. Nos apropiamos del cañón y rescatamos a los prisioneros. ¡Castro! Usted avise a Contreras Medellín que nos cubra desde San Agustín.

Sofía no pudo contenerse. Ante la impotencia, gritó a través del ventanuco para que Miguel pudiera oírla:

—¡Idiota!

No pasó ni media hora cuando oyó los balazos. Al inicio la desazón se apoderó de ella. Suspiró con alivio cuando distinguió la voz de su amado, lanzando juramentos contra Landa, contra la suerte, contra sus amigos en San Agustín que no habían aparecido nunca. Finalmente lo escuchó ordenar:

—¡Vayan a levantar al doctor Molina del portal quemado! Está herido. ¡Llévense refuerzos!

El 15 de marzo de 1858, Contreras Medellín, como jefe político, el gobernador interino y el traidor Landa llevaron a buen término la capitulación, y Juárez con su gabinete se hospedaron en la casa del vicecónsul alemán; mientras la guardia del comercio pretendía evitar inútilmente el saqueo de los cajones situados en Los Portales.

Dos días después salió a la luz la proclama de gratitud al pueblo de Guadalajara firmada por Juárez, Melchor Ocampo, Manuel Ruiz, León Guzmán y Guillermo Prieto. Ese mismo día, mientras Juárez y los otros ministros tomaban un baño en el lujoso local de la calle de Los Placeres, toda la ciudad entró a revisar los destrozos causados en palacio. Miguel y Sofía contemplaron los expedientes y procesos del archivo del tribunal hechos pedazos y miles de ejemplares de la constitución de 1857 quemados en mitad del patio, donde se había llevado a cabo el auto de fe. Vidrieras y espejos en astillas, las habitaciones del presidente saqueadas, rotas las alfombras, el salón del tribunal de justicia hecho un desastre.

Miguel pateó con furia un sillón destrozado.

—¡Malditos! ¿Qué clase de personas son éstas? ¿Qué clase de jefe militar permite este saqueo? ¡Peor aún! Son los curas. Son los malditos curas los que hicieron esto. Toda esta conspiración la planearon los curas, el prior del convento, los canónigos… ¿Ves, Sofía, por qué tenemos que luchar?

Hay que detener esta destrucción que cada vez está más cerca. Si hubieran matado a Juárez, ¿te imaginas? Mi nombre hubiera quedado en el escarnio eterno. Y yo, que me dejé llevar…

—Calma, Miguel, no fue tu culpa. Quisiste rescatar al presidente. No te avisaron que había un armisticio.

—Yo debí haberlo sabido. ¡Carajo! —golpeó de nuevo, una y otra vez, los muebles caídos—. Yo debí haber sabido lo que se arriesgaba al romper un armisticio.

—Si hubieras sabido que había un armisticio… Vamos, no te tortures más. Juárez y sus ministros están bien, eso es lo que importa ahora.

—Lo que importa es planear cómo vamos a enfrentarnos a los ataques que están preparando los reaccionarios desde las barrancas, desde el Bajío, ¡por todas partes! Parrodi fue vencido y con las fuerzas que hay en Guadalajara no podemos defender a la ciudad. Juárez tiene que salir de aquí lo antes posible.

Al día siguiente, La Falange de Estudio ofreció una velada literaria en honor de Guillermo Prieto en el salón del Instituto del Estado. Todos los consocios estaban presentes, así como los amigos militares, familiares y muchísima gente que no acudía de ordinario a las reuniones, pero que en esta ocasión estaban ahí para conocer y saludar a Guillermo Prieto, el poeta que había salvado la vida del presidente Juárez.

El general Silverio Núñez, un criollo apuesto, de barba y bigote castaños, frente amplia e inteligentes ojos color de miel, se acercó a saludar a Sofía y a Miguel. Los condujo con una sonrisa, a través de la enorme galería de entrada.

—Miren que me salvé de milagro —contaba asombrado, aludiendo al atentado que había sufrido en Los Portales antes del golpe de Landa—. ¿Ven por qué es importante tener un reloj que no le falle a uno?

—Más valdría tener amigos que no le fallaran a uno —contestó Miguel con sorna, analizando el reloj de oro doblado de manera incomprensible por la bala disparada por Landa con la intención de matar al general.

Núñez lo retó en broma:

—¿Qué pasó? Ya sé que me equivoqué con Landa. ¡Traidor! Ni me lo recuerdes. Pero todos cometemos errores, ¿no es así, Miguel?

—Bien harías en tener más cuidado —recomendó Sofía tomándolo del brazo con la confianza que le conferían más de cinco años de amistad incondicional, y procurando evitar el tema incómodo—. ¿Con quién voy a bailar tan bien las mazurcas si algo llega a ocurrirte?

—¡Qué van a poder conmigo esos persignados de pacotilla! —Una carcajada sonora y sincera apagó las últimas sílabas de la exclamación.

A medida que se iban internando entre la multitud que fumaba, comía y bebía en el ágape del salón, los tres amigos, felices por la velada y por los buenos augurios de la noche, iban escuchando las exclamaciones de sorpresa y algunas risitas apagadas ante su paso.

—¡Qué valor el del presidente Juárez! Dicen que ni se inmutó ante esos traidores —Isabel Prieto comentaba con otras mujeres en un rincón.

—¡Qué sangre fría la de nuestro vate, al interponerse entre el presidente y el pelotón! —Ignacia Cañedo competía por la atención en otro grupo cercano a la puerta.

—Dicen que el más cuitado de los presos era el ministro de Fomento, don León Guzmán. Creo que hasta mojó el pantalón —susurraba Isabel Ogazón a sus amigas que la interrumpieron con abiertas carcajadas.

—El héroe del momento —exclamó burlón con un gran aplauso teatral el coronel Jesús González Ortega al ver aparecer a Cruz-Aedo en el salón.

Miguel en el acto puso la mano sobre la espada y la mandíbula se le crispó. Silverio Núñez, sin perder un momento, avanzó un paso adelante entre los dos viejos rivales.

—Esta es una celebración de amigos en homenaje a un poeta laureado. No la vamos a manchar con la deshonra.

Guillermo Prieto apareció entonces en el recinto y un solo aplauso largo y poderoso acalló la rencilla.

Al final del acto, Miguel le pidió a Sofía que se fuera a casa. Prometió que más tarde la alcanzaría.

—El presidente tiene que salir de la ciudad, es un gran riesgo para él permanecer aquí, temo que peligre su vida —reiteró Cruz-Aedo con tono aspero y decidido a los jefes militares, reunidos esa misma noche en la casa del general Parrodi.

—No tenemos suficientes soldados para fortificar la ciudad. No tenemos posibilidad de resistir —argumentó el general Núñez en apoyo de Miguel.

—La Brigada Miramón acaba de llegar a Zapotlanejo —informó Parrodi con su acento que no dejaba de sonar extrañamente lúgubre en aquel momento—. Los reaccionarios establecerán el sitio en cualquier momento. Tenemos que capitular para evitar más daño a Guadalajara.

—¡De ninguna manera! —exclamaron a una sola voz Cruz-Aedo y Contreras Medellín.

—Caballeros, entiendo su posición, pero comprendan que no nos queda nada. No podemos pagarles a las tropas hace meses, no hay parque. Hemos acudido incluso al último recurso de cobrar la deuda que tiene el cabildo eclesiástico con el gobierno desde los tiempos de la independencia, incluso ofrecimos que sólo pagaran la mitad, pero no lo hemos conseguido. Señores, estamos en la ruina. No hay manera de resistir ningún ataque.

—El presidente tiene que irse enseguida —Núñez apremió a sus amigos.

—Que lo escolten los lanceros de Iniestra y que abandone la ciudad sin que nadie lo sepa —ordenó por fin Parrodi.

—Si sacamos todas las tropas a nuestro mando y nos replegamos en los pueblos del sur de Jalisco, podemos hacer la guerra de guerrillas desde allá —Cruz-Aedo propuso el plan al resto de los jefes militares—. Sé que todas nuestras fuerzas reunidas no llegan ni a trescientos hombres, pero si nos unimos a las tropas de Santos Degollado que van ahora mismo desde Michoacán y Guanajuato hacia Colima seríamos de gran utilidad. Tenemos que irnos esta misma noche. Contreras, tú saldrás por la garita de Mexicaltzingo. Instaremos al capitán Soto a que saque de su cuartel la caballería de Lanceros de Jalisco; yo saldré con Langloix y Larios por la garita de Zapopan y nos encontraremos en Santa Anita. General Parrodi, usted podría…

—Coronel, yo no sé hacer la guerra de bandidos —interrumpió Parrodi y Cruz-Aedo no alcanzó a entender si había desprecio o genuina incapacidad detrás de las palabras del jefe de la División del Ejército de Occidente—. Sin embargo, los dejo en libertad de seguir o no su suerte, junto a sus nacionales.

—No tenemos bagaje, ni caballos —comentó Contreras, desesperado.

—A pie llegaremos en tres días si redoblamos la marcha y salimos a la media noche—. La determinación de Cruz-Aedo influyó para que aquellos hombres por fin se decidieran.

El día del equinoccio de primavera, Sofía esperaba orgullosa y valiente sobre su cabalgadura. Sólo pensaba en Miguel y en los caminos a donde los conduciría la guerra. Varios caballos ensillados se ocultaban tras un enorme eucalipto junto a la garita de Zapopan.

Un grupo de hombres a pie se dirigió hacia allá. Miguel montó uno de los animales, Guillermo Langloix y Daniel Larios otros. Detrás, ciento cincuenta soldados del Batallón Guerrero salieron de Guadalajara rumbo a los pueblos del sur por el camino de Santa Anita, cantando:

A la agrora, a la agrora levántate
Chatita ya amaneció
Ya las aves salen de sus nidos
Cantando se ahuyentan de aquí
Y los gallos se entienden cantando
Y haciendo quiquiriquí.
Y que viva don Benito Juárez
Que es un hombre de mucho valor
Y los gallos se entienden cantando
¡Viva la constitución!

Mientras, Parrodi preparaba la capitulación ante los ejércitos de Osollo y Miramón, que se aproximaban ya a San Pedro.

"¿Qué debe ser una mujer?", se preguntaba Sofía a veces, anestesiado ya su cuerpo por el movimiento del animal a galope. Lunas y noches, días y sed, cabalgando sendas pedregosas que en nada seguían a los caminos. Apenas reconocían los pueblos: Zacoalco y Techaluta. Una laguna seca en Sayula que nunca había visto, el majestuoso valle de Zapotlán.

"¿Qué significa ser mujer?", seguía preguntándose en Ciudad Guzmán. "¿Debo permanecer silenciosa mientras él se jacta de ser el secretario de despacho del general Ogazón, ahora jefe del gobierno liberal en Jalisco? ¿Debo callarme y dedicarme a bordar mientras él se pasa las tardes redactando cartas de préstamos forzosos, sentencias contra bandidos y misivas misteriosas para los principales del pueblo? ¿Qué hago yo mientras tanto? ¿Qué me toca hacer a mí?"

Sin embargo, no se arrepentía de seguir junto a él. Ella había insistido en acompañarlo, en seguir con él su destino, ante los reclamos de nana Luisa.

Entre abril y junio se formó un ejército amenazador, dividido en dos brigadas: una al mando de Juan N. Rocha y otra, en la cual estaba Miguel, al mando de Francisco Iniestra.

En esos meses Sofía aprendió cómo era la vida bajo aquellas condiciones. De las otras mujeres de la tropa reaprendió el significado de muchas palabras que ya había olvidado: mantillas, para envolver a los hijos ajenos nacidos a la intemperie; amamantar, mientras se molía el nixtamal y se preparaban las tortillas. Las mujeres le recordaron también las virtudes de algunas plantas y a leer en el aire la llegada de las lluvias. De nuevo estaba cerca de los caballos y las armas. Recordó que amaba la música del viento entre los árboles y el olor peculiar de los gusanos en las hojas de maíz. Maravillada, se dejaba arrullar por la música pagana que en los lomos de la caña, desde los trapiches a muchas leguas de donde ella estaba, había llegado con el viento.

No había podido tener un hijo de Felipe, y luego había temido tenerlo de Miguel. "No sabría ser madre", se decía. "Yo nací para otras cosas." Pero ahí las mujeres le habían enseñado que podría parir, amamantar y criar a un hijo. Fue entonces cuando dejó de usar las esponjas empapadas de hierbas medicinales que Soledad, la bruja de la sierra, le había enseñado a usar para evitar el embarazo.

Durante esa larga espera en la milicia, le llegó la noticia hasta las barrancas: habían fusilado a Ignacio Herrera y Cairo en Ahualulco. Sofía apenas podía creerlo, recordaba que el doctor vivía en la hacienda de La Providencia desde hacía algunos meses, retirado de la política.

Cruz-Aedo, con lágrimas en los ojos, conteniendo la rabia, le contó esa noche cómo un enemigo de Herrera y Cairo lo había calumniado con las fuerzas conservadoras, acusándolo de ser el proveedor de los liberales en las barrancas.

—Los malditos reaccionarios lo pintaron como un peligrosísimo conspirador. Lo aprehendieron y catearon la hacienda, en busca de las armas que supuestamente ocultaba. No encontraron nada y de todos modos esos cabrones se lo llevaron aprehendido hasta Ahualulco.

—Pero ¿nadie protestó? ¿Nadie abogó por el doctor? ¡Por qué nadie abogó por el doctor! —sollozaba Sofía, recordando al gentil caballero que incontables veces había bailado con ella, que la había curado de fiebres y angustias por igual y que la había acompañado durante las ausencias de Miguel.

—¡Por supuesto! Todos los vecinos ofrecían rescatar su vida a cualquier precio. Ya sabes que él era muy querido en toda la comarca. Sin embargo, lo fusilaron al amanecer.

Miguel se quedó fumando afuera hasta muy tarde aquella noche. No podía impedir que las lágrimas se deslizaran por sus mejillas, aunque por dentro lo que iba sintiendo era un coraje cada vez mayor.

—¿Qué nos toca hacer ante la muerte de nuestros amigos? —se preguntaba Cruz-Aedo perdiendo la mirada en el horizonte—. ¿Qué se hace con tanta impotencia? No puedo parar con nada este mar de rabia que por momentos se me congela por dentro, barriendo con cualquier otro sentimiento. ¿Con qué se mitiga esta sensación? Matando a los traidores, matando a los que ayer eran nuestros amigos y cuyas caras vamos desconociendo en medio del fuego político. Nuestros tíos, nuestros parientes, nuestros compañeros de escuela. ¿A dónde hemos llegado? Quisiera pensar que todo está claro, que estas ideas son las correctas, que nunca nos equivocamos. Quisiera pensar que tenemos la razón y que esta constitución va a servir de algo y que todas las muertes no han sido en vano.

Las aves nocturnas, los grillos y la profunda calma del campo en primavera parecían responderle sin palabras. Tiró el cigarro e intentó conciliar el sueño junto al cuerpo dormido de su mujer.

El primero de julio hubo luna llena. Una enorme luna amarilla que surgía majestuosa de las cúspides montañosas. Había niebla en las barrancas cuando iban bajando otra vez por el pedregoso Camino Real de Colima, desde Tuxpan y Zapotiltic hasta El Mesón, antiguo cambio de postas en el fondo de la barranca de Atenquique. La luna convertía al río Tuxpan en plata pura en medio de la vegetación.

Cuerpo a cuerpo, bajo el gabán de campaña, en la grupa del caballo de Miguel, Sofía iba identificando los promontorios donde el ejército de Miramón se instalaría, las gargantas y los puertos cuyos nombres desconocía, pero que iban a servir de comunicación a los liberales para dominar las barrancas de Atenquique, Platanar y Beltrán. La batalla sería furiosa.

De pronto se vieron solos en la inmensidad, entre las barrancas y la noche, entre los helechos y la luna. La escolta se iba alejando más y más delante de ellos. A lo lejos percibían el tizón de los cigarros de la tropa.

Miguel se volvió a mirar a Sofía, y sin decir nada, se dieron cuenta que estaban pensando lo mismo, el mismo deseo los consumía. Comenzaron el balanceo del amor sobre el lomo del caballo, que parecía comprender lo que sucedía, haciendo más suave su marcha. Los jadeos y el susurro interminable de los besos iban a confundirse con el apacible correr del río en el lecho de la barranca.

Al amanecer del día siguiente, desmontaron en el amplio edificio de El Mesón, en vísperas de la batalla.

Ocho horas duró la batalla de Atenquique. Es curioso lo que cada uno recordaba de ella.

Al general Núñez, después de subir y bajar seis veces la barranca, le mataron al caballo tordillo de un cañonazo; él le quitó la montura en medio de las balas enemigas sin sufrir un rasguño, entre los gritos de los soldados enemigos, instándole a que se les uniera.

Miramón había obtenido cien muertos y doscientos veinte heridos como resultado de la batalla y, sin embargo, la victoria podía adjudicársele a Santos Degollado, a quien se le habían roto los anteojos de arillo de oro y vidrios ahumados en medio de la refriega.

Sofía combatió como uno más de los hombres, pegada a una saliente de roca al fondo de la barranca. No olvidaría jamás el olor a pasto quemado y los gritos de los hombres que cayeron a su lado.

Tras varias campañas infructuosas, el 28 de septiembre de 1858 Santos Degollado, con toda la tropa, puso de nuevo sitio a Guadalajara. Día tras noche, a la luz de las granadas el ejército liberal, fue apoderándose de los fortines, estableciendo su cuartel general en Belén. Desde ahí, Sofía aprendió a manejar una prensa móvil para editar el *Boletín del Ejército Federal*. Recordó que sabía escribir y escribió sin descanso poemas anónimos y artículos inflamados. Podía permitirse ser cursi, exagerar las notas, incendiarse de vehemencia patriótica e inventar nuevos lugares comunes.

El día cuatro de octubre, Silverio Núñez fue a inspeccionar la línea de fuego de la calle de San Felipe, deteniéndose en el zaguán de la esquina de la manzana de Foncerrada para hablar con Cruz-Aedo, quien guarnecía aquel punto. Apenas pudo terminar de saludar a Miguel con una palmada en el hombro mientras este recargaba el fusil, cuando el coronel oyó el disparo y el grito de dolor de su amigo. Soltó el fusil y arrastró al general hacia el rincón del zaguán, gritando a los dueños de la casa que le abrieran la puerta por piedad.

—Un rozón, hermano. Aguanta.

—Me dieron. Ahora sí...

Le arrancó la manga del lado izquierdo. Vio un agujero grande en el hombro de donde brotaba un rojo manantial que no parecía tener fin.

—Fueron esos cabrones de allá arriba, en la azotea de la esquina de Santo Domingo. ¡Tienes que aguantar! ¿Me oyes?

Intentó hacer un torniquete con jirones de la camisa, todavía gritando desesperado a los dueños de la casa que nunca aparecieron. Dejó a su amigo recargado al fondo del zaguán mientras seguía con la defensa de aquel punto. De cuando en cuando le gritaba a Silverio que resistiera y el general le respondía con un movimiento débil de cabeza o una orden proferida entre gemidos:

—¡Pon atención en lo que haces! No te vayan a pegar a ti también y entonces sí, ¿con quién carajo va a bailar Sofía?

Cuando se hizo un alto al fuego algunas horas más tarde, el general había muerto.

—¡Era un rozón! —decía entre improperios el coronel sudoroso y manchado de sangre, cuando Antonio Molina y un par de soldados llegaron con una camilla improvisada. El joven médico lo examinó haciendo a un lado a Cruz-Aedo.

—La bala atravesó el cuerpo, Miguel. Incluso llegó hasta el otro brazo. Mira.

No quiso mirar. En cambio zarandeó con fuerza los barrotes del zaguán de aquella casa, gritándoles a todo pulmón hasta quedar ronco, no sólo a sus habitantes, sino a todos sus enemigos.

—¡Cobardes! ¡Reaccionarios de mierda!

Pocos días después llegaron mil hombres del Ejército del Norte a auxiliar a los sitiadores. Sin embargo, la batalla siguió sin tregua. Cada día se detonaban minas que volaban los fortines de los defensores; también se hicieron horadaciones en los contornos de Santo Domingo para atravesar las manzanas. El veintisiete de octubre, los sitiadores lograron derrumbar el fortín de la calle del Santuario, por donde entraron los constitucionalistas con quinientos hombres, mientras Antonio Bravo se apoderaba del fortín de catedral y, con una columna, del palacio. Subió personalmente a quitar la bandera e hizo ondear su roja blusa liberal como estandarte en el viento. Cuando los constitucionalistas en los diversos fortines vieron la blusa roja ensangrentada en el asta del palacio, supieron que la reacción había sido derrotada.

El triunfo liberal fue también el triunfo de Miguel, quien cantó a todo pulmón con el resto de la tropa. Con el aura de la victoria hizo sonar, en el órgano de la iglesia de Santo Domingo en ruinas, *Los Cangrejos*, la marcha de los liberales puros.

XXIV

Guadalajara: época actual

Gracias por llamarme el otro día. Escuchar tu voz me dio muchos ánimos después de lo ocurrido. Hablar contigo siempre me abre horizontes. Cuando creo que el mundo se limita a Guadalajara, a mi vida solitaria, hablar contigo me recuerda que hay muchas cosas más allá: la música que no conozco, todo ese montón de libros que no he leído, una nueva interpretación de las cosas. Y como dices tú, uno se puede pasar la vida haciendo infinitas interpretaciones de los mismos hechos.

Me gustaría poder interpretar los hechos de otro modo, porque cada vez entiendo menos lo que ha sucedido, todo en lo que mi vida se ha transformado.

No quise asustarte, pero sentí que ahora sí iba en serio. Creí que me estaba muriendo. Lo supe cuando abrí los ojos después de una tormentosa noche. Perdida a pesar del familiar reflejo dorado en la cortina y el tranquilizador ronronear de los coches afuera.

No sé qué decirte. No sé explicar lo que ha pasado. Estoy furiosa. Apenas puedo creerlo. Por más que trato de calmarme, no lo logro; por más que trato de entenderlo se me escapa cómo pudo haber sucedido. Miguel cometió un error gravísimo. Intentó infructuosamente salvar a Benito Juárez, prisionero dentro del palacio de gobierno de Guadalajara. ¿Puedes creer tanta estupidez?, ¿tanta arrogancia? Miguel fue el responsable directo de que Guillermo Prieto se consagrara en la historia entre otras cosas como el autor de la frase: "Los valientes no asesinan."

Debes estar muerto de risa. ¡Uno de los pocos momentos en que el nombre de Miguel figura en los libros de historia es para relatar este penoso incidente, sin mayor comentario! Por lo demás, casi todo el mundo recuerda la famosa frase de Prieto, pero casi nadie conoce los pormenores del caso, ni el nombre del que propiciara tal acto heroico.

Siento que yo soy el sueño de alguien que no me deja vivir por mi cuenta y esa sensación de impotencia me provoca rabia y dolor. Hubiera querido impedir que Miguel se lanzara en esa absurda aventura. ¡Qué hubiera dado por detenerlo!

Desperté en la incertidumbre y creía que la vida parecía haberse suspendido. Estaba inquieta, escuchando el susurrar de los objetos a mi alrededor. Vivientes, observantes, atentos a mi respiración.

La mañana se estaba metiendo al cuarto. Obstinado, el gris del cielo desmentía el día soleado. Bóveda de acero, corazón de nardos, el tiempo brotaba prematuro en las macetas. Se me revolvieron los nombres de los días. Le di la espalda al amanecer e insistí en olvidarme de ayer y de mañana a pesar de que el nuevo día me regaló una magnolia que vino a traer hasta el balcón.

Comencé a gritar para conjurar la verdad. Para hacer que Miguel regresara.

Mis ojos se posaron en este cuadro que es mi único asidero. Sentirme dentro de él me quitó el miedo. Caminar por el bosque y abrir la puerta de la cabaña frente al mar me hizo sentir poderosa y tranquila. ¡Qué súbita paz! Ni temblores, ni escalofríos. Ni náusea ni pánico. Sólo el rumor de las olas y el viento en los abetos.

Cuando volví a abrir los ojos, mi vecino estaba ahí; miré a mi alrededor y me di cuenta de que estaba en el hospital. Parece que en algún momento de sus diarias sesiones de ejercicio subiendo y bajando las escaleras escuchó mis gritos y vino a rescatarme. Tuvo que forzar la puerta. Vaya escándalo.

Luego te llamó a ti. Según me dijo, encontró el número en mi agenda, lo tengo en la primera página por si algo me pasa. Los médicos le dijeron que me había congestionado, que había sufrido una crisis. No había comido en varios días y se me habían pasado un poco las copas. Fue una tontería. Estaré bien. En el hospital me preguntaron si tenía alucinaciones, si había perdido la conciencia alguna vez, si había sufrido algún accidente, si tomo a diario. Ni siquiera pude responder apropiadamente.

No les pude decir que el fantasma viene a mí, que hay momentos en que puedo irme con él del otro lado de la noche, que hay instantes fugaces en que podemos tocarnos.

Me dijeron que tenía que parar de beber y yo no quise escuchar más. Necesito el alcohol. Lo necesito para volver a ese mundo que no puedo conocer en sobriedad. Lo necesito para poder ver a mi fantasma agazapado en las sombras del acueducto, para escuchar sus palabras y sentir sus emociones. Necesito beber para encontrar el mar.

Me dijeron que podía morirme. ¿No estoy muerta ya? Los días en que no puedo volver al mundo donde vive él son grises, áridos, se arrastran penosamente y la vida no tiene sentido.

El alcohol es la única manera de volver allá. No quiero ser normal. No quiero estar sola en este mundo donde no está él. Yo no soy como los otros, como esos que ellos dicen. Mejor beber que soportar el peso de la vida sin amor. No puedo con ella en seco. Duele demasiado.

Te mando un beso,

S.

XXV

Morelia. Enero de 1859

a mañana, a pesar del sol pesado de invierno, a pesar de la incesante actividad que se percibía en los portales y en la plaza, sólo lograba hacer que Miguel se sintiera terriblemente triste, terriblemente solo. Todo el Ejército de Occidente se había reunido en aquella ciudad colonial para recuperar fuerzas, para que los jefes se encontraran con los generales del ejército federal y pudieran repensar una estrategia.

"¿Se perdió la guerra? ¿Ganaron los enemigos de la constitución?"

Miguel se cuestionaba mientras empinaba uno tras otro los jarros de chinguirito en la cantina del Mesón de la Soledad. Con un cigarro y otro y otro entre los dedos, dejaba deslizarse la mañana helada entre las baldosas del lugar.

Un anciano comenzó a tocar la guitarra en un rincón, desgarraba las cuerdas con una melodía triste del campo, pero pronto los tertulianos le exigieron que tocara algo más alegre.

—"Los Cangrejos", buen hombre, toque "Los Cangrejos" —pedían los soldados harapientos, barbudos y sucios, esos que traían a cuestas la derrota.

—Sí, Nicolás, toca "Los Cangrejos" —pidió la rolliza mesonera—. Ahorita le mando hablar a Elpidio, que se traiga el arpa.

Pronto se escucharon los primeros acordes de la marcha de los liberales.

Cangrejos al combate
Cangrejos al compás
Un paso p´a delante
Doscientos para atrás

Todos cantaban a coro. Miguel permanecía en silencio, recordando los últimos meses, la última vez que había oído esa canción, en octubre, en Guadalajara.

"¿Cuándo fue? No quiero ni acordarme y sin embargo… Debe haber sido cuando tomamos la plaza. Reestablecimos el orden a fuerza de golpes. Nos sentíamos los héroes de la canción: *"vendrá Pancho Membrillo y los azotará…"* Y vaya que los azotamos. ¡Qué desgracia no poder contener a los propios subalternos para que no cometieran tropelías! Los ánimos estaban tan exaltados, estábamos tan frenéticos… *"Casacas y sotanas dominan donde quiera"* cantaba la turba y al ritmo de la canción apresaron a todos los curas, incluso a nuestros amigos. ¿No tuve que ir personalmente a sacar de la cárcel a Agustín Rivera?

Luego ahorcaron a los culpables del asesinato de Herrera y Cairo en el Obispado y en la Plaza. ¡Qué mundo de gente, por dios! Toda Guadalajara salió de sus casas, tras el largo sitio, a presenciar el ajusticiamiento. Nunca podré olvidar los gritos furiosos de las mujeres: "¡Mátenlos!" como si se hubiera tratado de los asesinos de sus hijos o sus maridos. Y en cierto modo lo eran...

¿Cuántos hombres habrán muerto ya en esta guerra? ¿Cuántas mujeres se han quedado solas? No podría contar las familias que lloran la pérdida de uno o varios de sus miembros: hijos, maridos, hermanos... Más de alguno de los que estaban aquel día en el ajusticiamiento, incluido yo, sentía que al colgar a los asesinos de Herrera y Cairo, estaba colgando a todos sus enemigos. Yo me opuse a aquella práctica bárbara, pero no puedo negar que muy adentro, disfruté la venganza. ¡Qué vergüenza! A veces me gustaría poderme dejar llevar por la rabia y colgar a todos los asesinos de mis seres queridos. ¡Colgarlos a todos, qué demonios!

No entiendo lo que ocurre. Jamás pensamos que esta guerra llegaría a tanto, que las ambiciones personales llegaran a separarnos, que el poder fuera tan traicionero. Siempre me opuse a que Ogazón hiciera pactos con bandidos y traidores. Al igual que muchos otros de su calaña, no entiende de causas, de lealtades, de ideales; sólo sigue sus instintos y sus ansias de botín. ¡Cómo pudo ese bandido matar a Blancarte, después de que le habíamos prometido amnistía! Nadie más que yo odiaba a ese payaso, pero nunca hubiera podido matarlo a traición.

¿Por qué no matarlo, después de todo? El honor me detiene, el corazón, la moral… ¡Carajo! De pronto siento que todo eso no son sino obstáculos que me impiden saciar la furia, la impotencia, el hambre de venganza que siento crecer por dentro como una enfermedad, como un tumor que me está matando lentamente.

Zuz, ziz, zaz… ¡con qué enjundia cantan estos pobres! Ojalá sólo necesitáramos una tonadilla pegajosa para volver a unir lo que se rompió. ¿Cómo sanar el desgarramiento que siento por dentro desde que tuve que escoger entre Degollado y Ogazón en este pleito absurdo? ¡Ah, la lealtad! Poco a poco esa palabra va perdiendo su significado, como tantas otras, en medio de las penurias y la muerte.

¿Por qué no me puedo dejar llevar por la venganza? ¿Qué me impulsó a intervenir a favor de aquel pobre gacetillero resentido, Tomás Ruiseco, que nunca dejó de atacarme en sus pasquines oscurantistas? Era un valiente e íntegro contrincante. Además, no podemos matar a todos nuestros enemigos. Acabaríamos con la mitad del país. En alguien tiene que caber la razón.

"…entre tanto el Nuncio repite sin cesar…" ¡Otro jarro de chinguirito!, eso es lo que yo repetiré sin cesar hasta que se acabe el barril. Hay que dejar que hierva la sangre, para

que no se congele con los recuerdos: Guadalajara destrozada, mi ciudad con heridas abiertas por todas partes; las plazas llenas de escombros, las fuentes llenas de basura, casas destruidas, saqueadas, entre ellas la de Sofía; muertos por todas partes, inocentes víctimas sin bando ni culpa. No quise reconocer a nadie al ir caminando entre los muertos. Mejor no verles la cara, mejor no saber si es el tendero de la esquina, la india de las flores, los niños que pedían limosna afuera de la catedral…

Tengo que emborracharme para poder dormir. Cada vez que cierro los ojos, vuelvo a ver a Silverio Núñez tirado, en ese zaguán. Prefiero recordarlo bromeándome a pesar de la herida mortal. ¡Cómo se reía!, como si la muerte no pudiera llevárselo. Prefiero recordarlo así, que en la caja de madera en la que le hicimos las honras fúnebres en catedral y en la que lo llevamos luego al panteón de Santa Paula. Tengo que tomar, para que la rabia no se me agolpe en la cabeza y la haga estallar.

Siento que mi ciudad se ha derrumbado totalmente. No sólo por que se abrieron calles nuevas y echaron abajo los templos dañados… casi todos los templos acabaron en escombros: se acabó Santo Domingo; el hermoso convento quedó hecho polvo, así como el del Carmen, para abrir la calle hasta la Penitenciaría. ¡Todo sea en nombre del progreso, todo sea en nombre de la causa liberal! Mi ciudad nunca será la misma. Una parte de mi infancia, de mi juventud, quedó enterrada debajo de esos escombros; siento que esas ruinas son mi vida misma. Todas mis aspiraciones se cayeron con los vetustos edificios coloniales: mis ambiciones de ser poeta, mis esperanzas de cambiar el mundo. Lo estamos cambiando a fuerza de cañonazos pero, ¿qué vendrá después? ¿Es realmente esto lo que soñamos? ¿Por qué ese triunfo pírrico sabe tanto a derrota? ¿Será porque Márquez acechaba desde Tepatitlán para recuperar Guadalajara?

Más alcohol, mesonera. Otro cigarro, aunque sea del tabaco corriente de Tepic. Todo para no recordar lo que más duele. Me ando por las ramas recordando el sitio, los cohetes, las granadas, las bombas debajo de los fortines, la matazón y la injusticia, para no llegar a lo que más me duele.

Sofía. Me duele hasta tu nombre. Cada letra de tu nombre se dispara en mi cerebro como una más de las granadas de ese tortuoso sitio. ¡Sofía…! Aunque se empeñe la suerte en alejarme de ti, aún cuando la misma muerte… ¡no! Eso no. Sofía, mi valiente, mi hermosa amante. Mi mujer. Que esta gente no me vea llorar, que esta gente no se entere de cómo me quiebro por dentro por una mujer. ¡Ay amor! Jamás podré olvidar cómo te encontré en aquella casa en ruinas. Acababa de dejar el cadáver de Silverio en el hospital de Belén cuando alcancé a reconocer a nana Luisa corriendo entre los escombros del Jardín Botánico con los ojos desorbitados, con los vestidos rotos. Me andaba buscando. Corrí tras ella sin entender lo que me decía, temiendo lo peor. Ahí estaba tu casa, destrozada por la metralla. El corazón me dio un vuelco al verte, cubierta de sangre, en el piso de la que había sido tu habitación, la habitación donde tantas veces nos amamos. ¡Estabas viva! Te tomé en mis brazos, te cubrí de besos, y con dificultad te saqué de ahí, entre la turba de civiles y militares que ya se abalanzaban sobre los bienes que poseías: se arrebataban tus vestidos, rompían tus joyas. Ví a dos de mis soldados que al reconocerme, se cuadraron. Les ordené rescatar el cuadro, las joyas que quedaban y a punta de pistola, disparando a ciegas, logramos salir de ahí. ¡Qué rabia! ¡Qué impotencia para detener ese saqueo! ¡Que no me vean llorar!

¿Qué no se cansarán de cantar estos infelices? Sé que lo hacen para darse ánimos, para creer que ellos tienen la razón, para sentir que están pasando penurias por un ideal que vale la pena, pero ¿será cierto? Mejor canto con ellos, para que no me vean llorar. *"Viva la libertad ¿Queréis inquisición?, ¡Ja, ja, ja, ja, ja, ja!"*

¿A dónde iba a llevar a Sofía si no a mi propia casa? Mi madre la recibió como a una hija y la familia entera me ayudó a cuidarla. Todo noviembre, Sofía estuvo gravemente enferma, postrada en cama, tras haber perdido a mi hijo. ¡Un hijo mío! Sofía sufriendo en pleno sitio conservador y todos nosotros con ella. No quiero recordar la palidez de muerte, los ojos sin brillo de mi mujer después de perder tanta sangre.

Márquez puso bajo ataque a la ciudad, y era difícil conseguir comida. Ni siquiera yo, como parte del estado mayor de Santos Degollado lograba conseguir una gallina, verduras frescas, jerez y mucho menos vinos fortificantes para la enferma. No sé de dónde Toño Molina sacaba tiempo para visitarla, entre todos los enfermos, los heridos. ¡Dios lo bendiga! Él mismo llegó a quedarse sin comer con tal de llevarle a ella un trozo de carne para hervirla.

¡Un hijo mío! No puedo contener las lágrimas cada vez que recuerdo lo que pudo haber sido.

Luego el ejército liberal tuvo que abandonar Guadalajara. Como bandidos salimos de la ciudad en la madrugada. No quedó más que la despedida, las promesas, los besos de acíbar en la oscuridad. Aunque se empeñe la guerra, en alejarme de ti… Sofía, te tengo tatuada en el alma. Sofía, ni un solo instante puedo dejar de verte. Hasta la guerra será impotente para arrebatarme tu amor. Tú también llevas en la frente, tatuada con besos, la marca de mi pasión.

Los primeros días de diciembre estuvimos fortificando el puente de Tololotlán y todo el río Santiago para impedir el paso a los "déspotas" bajo las órdenes de Miramón y Márquez. Pasamos varios días esperando el ataque, atisbando el horizonte amarillo de cempasúchiles, pendientes a cualquier indicio de la presencia del enemigo. Pero Miramón logró burlarnos. Cruzó el río de noche. ¡Cuánto deben haberse reído de nosotros esos cabrones! Yo mismo me reiría de buena gana, si no trajera tan atravesada la rabia y la impotencia.

No quedó sino refugiarse en las barrancas del sur otra vez, rodeando hasta Chapala y de ahí a Zacoalco y Sayula. Allí supimos que Miramón tomó Guadalajara a mediados de diciembre y que nombró a Márquez gobernador. Y éste, otra vez, estableció un régimen de terror donde cualquiera era detenido por casi nada. Muchas amigas de mi madre tuvieron que dormir en la cárcel por reunirse a platicar. ¡Qué zozobra, por dios! Cuántas noches me pasé en blanco, pensando en que algo pudiera pasarles a mi madre, a mi tía, a mi mujer… ¿Cómo resolver ese acertijo? ¿Debería estar cuidándolas en Guadalajara? ¿Las habré puesto yo mismo en peligro? ¿Cómo aceptar que por un futuro promisorio tengan que pasar por tantas privaciones el día de hoy?

¡Qué manera de celebrar la navidad! Hechos ovillo en El Mesón, atisbando las barrancas, buscándole una sombra, un temblor extraño a los helechos y a los flamboyanes. Y al despertar nos llegó la noticia: Miramón tomó Colima sin disparar un tiro, flanqueando la barranca. Y para rematar, al día siguiente, sufrimos la derrota en San Joaquín, cerca de Colima. Miramón tomó trescientos prisioneros.

Y como regalo de fin de año, ¡faltaba más! Miramón llegó victorioso a Guadalajara y nosotros los constitucionalistas tuvimos que replegarnos, más que humillados, a Michoacán.

¡Con cuántas ganas de golpear a alguien llegué a Morelia! Los soldados del Batallón Zacatecas me la pagaron cuando los oí burlarse aquel día. Los mandé azotar. Pero eso no acabó con mi rabia; yo mismo con el fuete herí sus carnes hasta quedar exhausto. En cada latigazo sobre las espaldas morenas de los soldados descargué un motivo de furia y de impotencia:

Uno por Sofía que convalece en la ciudad del terror sin saber de mí

Dos por Sofía que lo ha perdido todo

Tres por Sofía y por mi hijo que no alcanzó a nacer

Cuatro por el armisticio en palacio y la traición de Landa

Cinco por la muerte de Herrera y Cairo

Seis por la muerte de mi padre, herido por la metralla

Siete por la zozobra de mi madre

Ocho por Silverio Núñez

Nueve por mis amigos de La Falange que se han ido quedando tan lejos, cada vez más lejos

Diez por Pablo Jesús, víctima silenciosa de la guerra

Once por los muertos sin nombre

Doce por la ciudad de mi infancia que nunca volverá a ser la misma

Trece por mis poemas perdidos para siempre

Catorce por mis esperanzas en la Ciudad de México, por las tertulias de Letrán, por las discusiones en el congreso

Quince por los enemigos de la constitución

Dieciséis por la mujer de luna que veo cada vez que cierro los ojos

Diecisiete por el futuro que se muestra ominoso en una ciudad de metal líquido

Y cada fuetazo que propiné, me sacó a mí mismo tantas lágrimas como si fuera yo quien los recibiera en ese rincón del alma que tengo en carne viva".

—Mi coronel.

El general Santitos, con afabilidad palmeó su espalda. Miguel despertó de su marasmo, se limpió el lustroso bigote, humedecido por el alcohol y se sentó derecho en la silla, intentando verse más sobrio.

Vallarta y otros jefes liberales iban con él. ¿Se darían cuenta de lo borracho que estaba? Oía un murmullo detrás de ellos, ¿era González Ortega queriendo llamar la atención de Santos Degollado?

—Véngase, coronel, vámonos de aquí. No es bueno tomar solo y menos tan de mañana —Don Santitos pareció ignorar a González Ortega quien volvió a una de las mesas del fondo para que pasara desapercibido el desaire.

Salió con ellos, tambaleante. Al volver la cabeza, vio en el fondo de la taberna la figura torva. Estaba con algunos de los oficiales del Batallón Zacatecas.

—¿Era el coronel González Ortega? —preguntó con voz insegura a sus amigos.

—Sí, Miguel. Vino a buscar el acuerdo con los jefes liberales y que don Santitos lo apoye para reclamar el gobierno de Zacatecas.

—No sé porqué no me inspira confianza —murmuró Degollado cargando a Miguel casi en vilo.

—Usted sabe don Santos que aquí cada quién lleva agua a su molino y ve por sus intereses y que son muy pocos a los que de verdad les importa la causa de la Constitución. Jesús es un buen soldado y tiene la confianza de Juárez, aunque tiene sus preferencias y opiniones particulares, muchas de ellas que no comparto —Nacho a su vez sujetó a Miguel del otro lado.

—Y a usted, don Miguel, ¿qué lo tiene tan afligido?

No podía distinguir con precisión a dónde lo llevaban entre la bruma alcohólica. Veía pasar las baldosas bajo sus ojos a toda velocidad y no conseguía articular con precisión su dolor en una sola frase.

—El manantial de sangre que no termina de secarse nunca… El futuro… Lo que falta, todo lo que falta y a mí que no me alcanzará la vida para vivir en ese mundo mejor que nos está costando tanto.

—Perdió a su primer hijo —confesó Nacho.

—Vamos a llevarlo a mi casa —dijo Don Santos conmovido.

Los tertulianos del mesón se fueron quedando atrás, y las notas de la canción interminable se fueron perdiendo en el aire frío de enero

Cangrejos al combate
Cangrejos al compás
Dos pasos pa´ delante,
Doscientos para atrás.

XXVI

Guadalajara: época actual

Quizá no vuelva a ver a Felipe nunca más. Te quiero contar lo que ocurrió a ver si yo misma lo entiendo. Todo comenzó bien. Me invitó de viaje de fin de semana a Morelia y yo acepté encantada. No se lo dije, pero mientras planeamos todo yo pensaba que Miguel había pasado por ahí, y que quizá podría seguir sus pasos.

En el camino iba contándole cómo Miguel había rescatado de la venganza de sus correligionarios a sus amigos del seminario, cómo me enfurecía más allá de todo límite la tontería cometida en su asalto para salvar a Juárez, cómo admiraba que se hubiera ido a seguir la guerra en las barrancas sin una sola moneda con qué pagar a sus tropas... Hablé sin parar mientras dejábamos atrás el géiser de Ixtlán, las ensaladas de Briseñas, los restaurantes de la ribera de Chapala en Jamay.

—¿Sabes? —me dijo de pronto—, ya me estoy cansando de oír todas esas historias de tu poeta mediocre, tu político desorientado, tu militar imprudente. ¡Por su culpa estuvieron a punto de matar a Juárez!

Ante mi absoluta perplejidad, él continuó, tomándome la mano:

—Estoy enamorado de ti y quiero saber si algún día me tomarás más en serio.

Quise tomar todo a broma, respondí que la pasábamos bien juntos y me gustaba… Pero él no estaba dispuesto a darse por vencido tan fácilmente.

—Necesito saber, ahora mismo, si tu viaje al pasado tiene punto de retorno, necesito que me digas si quieres vivir conmigo.

Se me hizo un hueco en el estómago cuando de pronto entendí que todos sus sentimientos habían cambiado y ahora él buscaba una relación muy distinta a lo que siempre tuvimos.

¿En qué kilómetro fue? Eran alrededor de trescientas posibilidades entre Guadalajara y Morelia cuando me volví hacia ese hombre y, después de pensarlo un poco (muy poco), le respondí:

—Sabes que no puede haber nada más entre nosotros, ¿verdad?

Sólo asintió en silencio, derrotado.

Más kilómetros fueron devorados por el auto en silencio absoluto. El bosque michoacano se metía por la ventanilla en profusión de verdes, el olor a madera quemada se confundió de pronto con el del tequila que estaba bebiendo, cuando abrí el vidrio para respirar el frío de la montaña.

De pronto me encontré preguntándome cómo se llegaba en el siglo XIX de Guadalajara a Morelia. Seguro la ruta era muy parecida a la que ahora tomábamos. Miguel recorrió esos caminos, de seguro Miguel estuvo en este mismo bosque, sintió este viento, se calentó con este mismo sol.

¿Qué sentiría cuando iba derrotado a reunirse con la División del ejército federal en la capital de Michoacán? Las carcajadas de Miramón deben haberlo alcanzado a él, como a todas las tropas liberales hasta este bosque.

Carapan quedó pronto atrás. El cerro volcánico que marca la entrada al valle de Cherán se dibujó frente a nosotros. El auto se deslizaba por las escasas curvas del camino a gran velocidad. Algunas figuras femeninas, borrosos fantasmas entre los árboles, puntos fucsia con rebozos de lana azul aparecían aquí y allá.

"Vamos a ciento veinte", dijo él de pronto, sólo para romper el silencio, tal vez para llamar mi atención sobre el peligro, ya que la carretera era estrecha, sinuosa y con curvas peligrosas. Una afirmación contundente, definitiva, viniendo de sus labios.

Vamos demasiado rápido —pensé— y somos dos. Dos seres solitarios que no alcanzan a acompañarse. Yo voy a donde me lleve el fantasma y Felipe no sé a dónde va, pero no me importa.

—¿Quién va a escucharte? ¿Quién va a abrazarte? —Felipe comenzaba a despedirse.

Mi fantasma no pudo venir a mi cuerpo a sacar la angustia. No pudo tomar mis ojos y ver el mundo con ellos. Esta certeza de pronto me llenó de miedo.

Entre Cherán y Paracho comencé a marearme. Le pedí que se detuviera. Di unos pasos hasta alcanzar el bosque. Vomité largamente. Una lluvia fina humedeció mi ropa. Estaba oscureciendo. Aspiré con fuerza el olor de pinos, fresnos y oyameles hasta que me dolieron las fosas nasales. Sentí el frío. Me quedé muy quieta un momento. Cuando volví al auto, sonreía con beatitud.

No supe cómo llegué a aquella enorme cama en un tibio cuarto de hotel. Me dolía la cabeza. Felipe estaba dormido a mi lado, sin duda muy triste. No había corrido las cortinas y una tenue luz de amanecer entraba, bañando equívocamente las figuras: una mesa, un par de sillas, la chimenea.

Me levanté, tratando de dominar el mareo. Me acerqué a la ventana. Abrí la puerta del balcón y de pronto identifiqué la Plaza de Armas, la catedral. Estábamos en Morelia. Te juro que no recuerdo cómo llegamos hasta allá.

Era una espléndida mañana de llovizna y de pálido sol. ¿Qué me hacía sentir tan triste y desolada? ¿Sería la cruda terrible? No era la ruptura con Felipe porque eso, de algún modo, me hacía sentir aliviada.

Una moneda imaginaria cayó en la palma de mi mano. "El día es para mí", me dije. "Tengo que irme de aquí."

Afuera, la mañana se desperezaba, el sol rasgaba un mantón de nubes y los álamos en la plaza (cuerdas y vientos) iniciaban su mejor ejecución de Mozart cuando salí del hotel. Con todo y jaqueca, con todo y temblores, náusea y miedo, me fui caminando por la Plaza de Armas, con la sensación extraña de que no podía sentirme peor y de que no había marcha atrás, que sólo quedaba seguir el camino, aunque no supiera con certeza a dónde habría de llevarme.

Creo que he hecho bien, pero duele mucho la incertidumbre.

Te mando un beso,

S.

XXVII

Guadalajara: enero a octubre de 1859
Ciudad Guzmán: octubre de 1859

ana Luisa le llevaba las noticias todos los días con el desayuno. Sofía tenía prohibido levantarse y, aunque no quisiera, se había visto recluida en la habitación que daba a la buganvilia en el patio trasero en la casa de los Cruz-Aedo. Una sensación de pérdida se había alojado en su cuerpo. Además del hijo que tanto había buscado, había perdido su casa, sus cosas, la ciudad que sin ser suya había aprendido a amar, todo en aras de un futuro promisorio, donde la oscuridad de la superstición y el partido conservador se verían para siempre derrotados. Sin embargo, Márquez y los déspotas gobernaban la región una vez más.

—Explotó el palacio. Dicen que por poco Márquez y Miramón quedan ahí aplastados —nana Luisa llegó diciendo entre grandes aspavientos un dos de enero—. Dicen que fue un accidente, pero no descartan un complot liberal —detrás de ella, Anita leía el periódico con la noticia completa.

—De hoy en adelante, nadie se puede reunir ni comentar las noticias, so pena de muerte —doña Rita comunicó incrédula días más tarde.

—¡Se llevaron presas a las señoritas González Castro y a doña María Robles Gil! —tía Florinda informó llorando, otra tarde—. Por criticar a Márquez en un círculo de señoras.

—En la clase de costura me llamaron demagoga y atea —contó Anita una tarde a finales de enero—. No me importó, yo les llamé reaccionarias y mochas y por poco nos liamos a golpes cuando me dijeron horrores de Miguel. Mira, traigo mis zapatos verdes, para que sepan que piso los principios conservadores. También traigo mi hachita de oro, para que no les extrañe que no traiga una cruz, como ellas.

—No conseguimos leche ni carne —nana Luisa se disculpó contrita—. Se tendrá que tomar el atole en agua y puro caldito de verdolagas.

—Decapitaron a san Pascual en la iglesia del Carmen unos simpatizantes de la causa liberal —contaba Florinda entre escandalizada y divertida—. Mientras no sea a un cristiano de carne y hueso…

Todo eso fue lo que precipitó la decisión de doña Rita de irse a la casa de la tía Florinda en Ciudad Guzmán. La hostilidad, la enfermedad progresiva de Josefa Epitacia y su propio malestar que la hacía sentir desvalida sin un hombre en la casa, habían influido de tal modo en su estado de ánimo que el aroma a jazmines de la casa de la calle de San

Francisco le parecía intolerable. Florinda la convenció de salir de Guadalajara:

—Ciudad Guzmán, como quiera que sea, es un lugar más pequeño, no hay tantas dificultades para conseguir verduras y leche, como a veces hay aquí en los últimos tiempos. Estaremos más protegidas. Y la casa, ya sabes, es cómoda, viviremos muy a gusto, sin la zozobra de quién va a tomar ahora la ciudad, de qué malas caras nos van a hacer en misa. Qué humillación, ver cómo la gente se cambia de lugar en la iglesia cuando llegamos. ¡Nuestras amigas, Rita, se cruzan del otro lado del arroyo para no saludarnos en la calle!

—Ya lo sé, Florinda. Como parte de la familia Cruz-Aedo, siempre seremos sospechosas. Ateas, descreídas, demagogas —doña Rita sollozaba.

Cuando Sofía apareció en el saloncito de costura, donde se estaba llevando a cabo la conversación, alcanzó a escuchar las últimas frases. Estaba todavía pálida y ojerosa después de la larga postración en cama.

Doña Rita Ortega no era una mujer de decisiones apresuradas. Sin embargo, no le cabía duda que aquella era la mejor determinación que podría tomarse. Y le era claro que Sofía iría con ellas. Aunque Miguel no se lo hubiera pedido, ella le había tomado el cariño de una hija. Eran tiempos extraordinarios, donde no se podía sentarse largamente a reflexionar, donde no se debía pensar en el qué dirán. Cuando Sofía se enteró que doña Rita pensaba llevarla con ella, sólo pudo agradecer con una oleada de cariño en el corazón.

—Se hará lo que usted disponga. Quiero agradecerle con todo mi corazón haberme recibido en su casa y haberme tratado como una hija —respondió Sofía, enjugándose las lágrimas, con una mezcla de alegría y sorpresa—. Tendré listas mis cosas cuando ustedes manden.

Dos semanas más tarde, gracias a un salvoconducto que le había extendido José María Ortega con una cara de disgusto y desprecio a su hermana menor, las mujeres lograron salir de Guadalajara a primera hora de la mañana, con varios carros cargados de menaje de casa, baúles con el vestuario más indispensable, algunos caballos de recambio y unos pocos criados, entre los que se encontraba nana Luisa. Una vez que salieron de la garita de Zapopan, la incertidumbre fue haciendo presa de ellos. En Santa Anita los dejaron pasar con el salvoconducto conservador, pero ¿los dejarían pasar al cruzar la línea liberal? En un carro de viaje iba toda la familia hacinada, cruzando las playas de Sayula, junto a otros exiliados de todas clases sociales por el Camino Nacional. Los criados, armados con viejos fusiles, oteaban el horizonte en busca de malhechores o soldados de cualquiera de los bandos. Cada planta que se movía erizaba la angustia de los viajeros. Las tolvaneras cegaban casi por completo a los caballos que, asustados, se agitaban. Al pasar Zacoalco, un piquete del ejército constitucionalista llegó a encontrarlos. Uno de los oficiales reconoció a Sofía y se ofreció a escoltarlos hasta Ciudad Guzmán.

A finales de febrero, ya se habían instalado en el enorme caserón de las afueras del poblado. Las antiguas amigas de Florinda aún la recordaban; pronto la familia Cruz-Aedo recibía invitaciones a tomar el té. Fue ahí donde doña Rita comenzó a presentar a Sofía como parte de su familia y fue ahí donde la muchacha comenzó a sentirse cada vez más, en efecto, como parte de ella. Reponiéndose poco a poco, con los días volvió a tomar los colores de la salud, volvió a salir a caminar al campo, volvió a montar a caballo por las cercanías y empezó a extrañar a Miguel y la vida de campaña más que nunca.

Le preocupaba en carne propia, sin embargo, el bienestar de doña Rita, quien amanecía pálida y con un susurro ronco atorado en la garganta. Le preocupaba la enfermedad de Josefa, que cada vez menos podía quedarse sola en su habitación. Para que las señoras se distrajeran, Sofía las instaba a visitar a las amistades que parecían florecer por todas partes en Ciudad Guzmán. Ella se quedaba a cuidar a Josefa, con ayuda de Anita.

A la casona de Ciudad Guzmán llegaban las noticias de las batallas. Todo marzo las tropas liberales lucharon incansablemente en Beltrán y Platanar, Atenquique y Sayula, hasta romper la línea conservadora entre Guadalajara y Colima. Miguel había estado una vez más con Ogazón en la toma de Colima.

El once de abril, una vez más, Santos Degollado había sido derrotado en la sangrienta batalla de Tacubaya. El mismo día, Márquez había pasado por las armas a cincuenta y tres liberales, incluidos estudiantes de medicina totalmente apolíticos. Salvaje. Sanguinario. De ahí se ganó el mote de "El Tigre de Tacubaya."

Por aquellos días, de boca en mano se fueron pasando los versos de Ignacio Ramírez en los que se llamaba a alzarse contra los enemigos, e incluso "no dejarles ni estrellas en el cielo"; se repetían, en los mesones, en las bancas de la plaza, en la penumbra de las ventanas enrejadas a media noche.

Mientras en Ciudad Guzmán las familias liberales repetían sin descanso los versos como una plegaria, las familias conservadoras en Guadalajara habían coronado a Márquez, en el colmo de la ignominia, con los laureles del valor.

Se enteraron también que Miguel había llegado con las tropas liberales hasta Tepic, a combatir a las fieras tropas conservadoras, y que había salido ileso.

Pocos meses después, en julio, Benito Juárez había promulgado las leyes de reforma en Veracruz (separación total entre la iglesia y el estado, nacionalización de bienes eclesiásticos, supresión de órdenes religiosas, matrimonio como contrato civil y secularización de los cementerios). El acabose para la reacción.

Cruz-Aedo iba de vuelta con su pequeño batallón hacia la antigua Zapotlán desde Tepic. Atosigado por el calor y los mosquitos, apenas lograba pensar con claridad por aquellos caminos polvorientos plagados de enemigos. En Michoacán había recibido las cartas de Sofía, notificándole la mudanza de las mujeres. Luego había tenido noticias del establecimiento de la familia en Ciudad Guzmán, y aunque todo parecía marchar bien, la inquietud que sentía ya como parte suya en medio del pecho no le dejaba olvidar los peligros constantes a los que estarían sometidas Sofía y sus parientes, primero en Guadalajara, en los caminos del sur de Jalisco, y luego en Ciudad Guzmán.

De vez en cuando se detenía en algún poblado a pedir bastimento a los miserables habitantes, que cansados de uno y otro bando miraban con igual desconfianza a reaccionarios y liberales. Miguel sabía que aquellos pobres harapientos habían sufrido vejaciones de las dos facciones enemigas. Iba cruzando, con mayor lentitud de lo que hubiera querido, aquella tierra caliente donde a fuerza de tuba, ponche de granada y aguardiente soportaba el cansancio y el desaliento. Luego, de pronto, desde alguna loma, vislumbraba el intenso azul del mar acariciando las playas desoladas, algún ave marina, algún pelícano flotando sin ningún esfuerzo en el cielo. Entonces, lanzándose en picada hacia la superficie acerada de cobalto, recuperaba las fuerzas.

"Ciudad de mar", pensaba cerrando los ojos para recibir la brisa, recordando sus conversaciones con el padre Nájera, sus sueños de joven sin experiencia, su intenso deseo que pervivía a pesar de todo. "Algún día."

A medida que iba cruzando la sierra y llegaba primero a San Sebastián del Oeste, luego a Mascota, Talpa, Unión de Tula, El Grullo, iba mirando la terrible destrucción por una parte, pero también la esperanza que tenían aquellos miserables en una vida mejor.

"Algún día", se decía al verlos, al hablar con ellos, "cuando se liberen por completo de la superstición, de la tiranía que ejerce sobre ellos la iglesia que les quita el diezmo, que les pide dinero para casarlos, para bautizar a sus hijos y hasta para enterrarlos; cuando llegue hasta aquí la instrucción, cuando estos infelices comprendan cuáles son sus derechos y qué se espera de ellos, entonces habremos ganado la guerra."

—Oiga mi coronel, ¿valdrá la pena todo esto? —le preguntó de improviso un soldado raso mientras engullía un plato de frijoles una noche en el campamento en lo alto de la sierra de Tapalpa, donde se habían reunido por fin con el resto de las tropas, resguardándose de una tormenta en la capa de campaña.

Tenían varios días repartiendo la escasa guarnición entre los heridos y enfermos, a quienes protegían lo mejor que podían entre los huizaches, y lo que sobraba, a veces frijoles viejos, a veces yerbas del monte hervidas; se repartía en raciones iguales entre soldados y oficiales.

—Yo creo que sí. A pesar de todo. ¿Ves toda esta destrucción? ¿Sientes la escasez? ¿Percibes el odio que vamos despertando entre nuestros enemigos que son capaces de las peores traiciones, las peores canalladas, por proteger sus riquezas? Todo esto lo vivimos hoy con gusto, para no vivirlo mañana, para que nuestros hijos no tengan que vivirlo nunca.

—¿Y nuestros amigos muertos? ¿Nuestros familiares? ¿Nuestra ciudad destruida?

—Serán nuestros amigos los que en el futuro sepan de nuestro sacrificio. Serán nuestros hermanos, todos aquellos que nos ayuden en nuestra empresa. Con las ruinas de los conventos vamos a construir la ciudad de nuestros hijos, de nuestros nietos, la ciudad de acero y cristal que vemos en sueños, donde la gente crea lo que le dé la gana, donde no haya fueros, donde la iglesia no sea dueña de todas las riquezas, de nuestras vidas, nuestras muertes y nuestras conciencias.

El soldado guardó silencio. La tormenta llenó con su estruendo toda la noche al descampado. Los rayos en el horizonte sobre el valle de Zapotlán eran un espectáculo salvaje y terrible.

Miguel también guardó silencio. Aterido dentro de su manga de agua, miraba con nostalgia, deseo y esperanza las luces lejanas de Ciudad Guzmán. Al día siguiente estaría con su familia.

El ejército de Ogazón entró a Ciudad Guzmán a fines de julio, haciendo un gran escándalo por las calles. Los habitantes de la antigua Zapotlán ya estaban entregados al sueño, sin embargo, la impaciencia de los soldados hizo que siguieran su marcha hasta la población, para evitarse una noche más en despoblado. Las cantinas y las casas de mala nota iluminaron sus vientres para recibir a los recién llegados. El jolgorio se prolongaría hasta la madrugada.

Miguel llegó al caserón de doña Florinda a media noche.

Qué sobresalto, qué mezcla de angustia y felicidad al ver aparecer la enhiesta figura con uniforme militar en el corredor.

Las mujeres revoloteaban a su alrededor, festejando su regreso, sin saber qué más preguntarle. ¿Dónde había estado? ¿Había comido bien? ¿No lo habían herido? ¿Cómo era Morelia? ¿Había estado con don Santitos?

Apenas lo escuchaban cuando respondía que sí, que había estado en Morelia, una ciudad colonial de enormes edificios; que doña Carmelita, la esposa de Santos Degollado, era un dulce y lo había atendido de maravilla cuando contrajo un resfriado, que todos los liberales se habían reunido en aquella ciudad para tomar decisiones sobre el futuro de la guerra, que había tenido oportunidad de convivir con viejos amigos como Iniestra, Vallarta y otros muchos, que habían fundado un periódico, *La Bandera Roja*, el cual llevaba un epígrafe de La Marsellesa.

Doña Rita daba órdenes de calentar agua y ponerle el baño a Miguel; la tía Florinda insistía en que se sirviera una copita de jerez para recuperar el cuerpo. Anita quería hacerle comer un caldito de espinazo con acelgas y frijoles de la olla. Sólo Sofía permanecía en silencio, tomándole la mano, feliz de estar de nuevo a su lado. Sin palabras, quedaron de acuerdo en que cuando todos volvieran a dormirse, le darían vuelo al cuerpo y a las ganas y dejarían hervir la sangre al calor del regreso hasta el amanecer.

—¡Pero estás herido! —se dio cuenta de pronto Sofía, percibiendo el rozón de bala en la frente.

—No fue nada —aseguró él—. Ni siquiera fueron los soldados de Miramón.

Había sido una bala del general Rocha en las cuevitas de Techaluta, cuando pelearon por una estupidez que Rocha se atrevió a decir. Sofía insistió en saber la razón y Miguel finalmente confesó:

—Fue por ti. Rocha te vio en la plaza un día. Anduvo diciendo que esa norteñita sería para él. Cuando le pregunté si acaso no sabía que eras mi prometida, no se disculpó. Ya te imaginarás la que armamos afuerita del campamento.

—¡Por dios! ¡Qué tontería!

Sin embargo, algo dentro de Sofía resplandecía de orgullo. Nadie se había peleado nunca por ella. No era que le simpatizara Rocha, de hecho le había parecido excesivamente pagado de sí mismo, aunque no dejaba de ser atractivo. La vanidad la cegó un momento. Dos hombres guapos y valientes se habían batido por su amor.

Qué felicidad recorrerse despacio entre las sábanas de hilo con olor a agua de colonia, a escondidas, con la complicidad de la oscuridad que se alargaba perezosa por la mañana. Qué placer enorme el del grito ahogado que se enmudecía en la garganta cuando el éxtasis podía más que el recato y Miguel le tapaba la boca, sonriendo, para que nadie pudiera escuchar sus arrebatos en el resto de la casa.

Otros soldados no habían sido tan afortunados como Miguel. Jóvenes con las piernas cercenadas, las cabezas vendadas, moribundos, gangrenados, ocuparon las casas de las

familias liberales en Ciudad Guzmán por órdenes de Ogazón. Los médicos no se daban abasto para atenderlos. Las
mujeres de la familia Cruz-Aedo no dudaron un momento.
Acudían a diario a velar enfermos, vendar miembros dañados, a dar esperanzas y valor a los heridos.

—Vine a casarme contigo —murmuró Miguel una mañana
de agosto—. Te lo prometí hace mucho tiempo y no quiero
posponerlo más. Cada día que pasa me parece eterno, cada
día es una amenaza que se cierne sobre nosotros. El día menos pensado de nuevo nos pondrán sitio los mochos y tendré
que salir corriendo. No quiero volver a irme sin que seas mi
mujer. ¿Te casarías conmigo por la ley civil?

—Amor mío, hace años que no deseo otra cosa. En mi
corazón siento que estamos unidos desde siempre. Nuestras
vidas las unió el destino desde la primera vez que te vi. Así
que nos casaremos cuando tú lo dispongas, por la ley que
quieras. Lo antes posible.

—En Morelia sentí que me iba a morir. Un desánimo,
una tristeza atroz hicieron presa de mí. Perder tanto súbitamente… no sé. Pero luego, en este trasiego sin fin por las
barrancas, por Tepic, acercarme al mar, dejarme llevar por
las olas poderosas de ese océano azul cobalto, estar tan cerca
de la naturaleza salvaje, todo eso me devolvió las ganas de
vivir, de pelear. Pensé que como el mar, todo va y viene, que
ese sueño de la ciudad de mar que me persigue debe tener
algún sentido y que estamos construyendo no para ahora,

sino para muchos siglos. Si un hijo mío no pudo nacer, ¡tendrán que nacer otros! Si he perdido amigos, todavía te tengo a ti, tengo intactas las esperanzas y el deseo. No puedo, no debo parar, no debo dudar otra vez.

Sofía se limitó a apretarlo contra su pecho con ternura. Se acababa el tiempo, habría que aprovechar cada día antes que de nuevo le quitaran a Miguel.

El primero de septiembre, Miguel y Sofía contrajeron matrimonio civil en el palacio de gobierno de Ciudad Guzmán. Pedro Ogazón había leído solemnemente, por primera vez en Jalisco, la epístola que Melchor Ocampo había escrito. En la ceremonia estuvieron presentes el Estado Mayor del gobernador, además de su secretario y sobrino, Ignacio Vallarta y los jefes liberales de la División Jalisco.

La fiesta fue en la hacienda de La Magdalena, donde el buen clima permitió a los comensales permanecer en los pasillos frescos hasta las ocho de la noche. Por un momento parecía que nada hubiera sucedido, parecía que no estuvieran en medio de la guerra, exiliados de Guadalajara. De nuevo reunidos los jóvenes amigos Vallarta, Cruz-Aedo, Antonio Molina y Chema Vigil, quienes también habían emigrado a Ciudad Guzmán con el ejército liberal, recordaban aquel tiempo que parecía tan lejano, cuando decidieron publicar El Ensayo Literario. Brindaron por los ausentes, sobre todo por Pablo Jesús Villaseñor, Silverio Núñez y Herrera y Cairo.

Un poco pasado de copas, Nacho obligó a sus amigos a jurar solemnemente que volverían a reunirse como hermanos cuando la guerra terminara. Volverían a publicar una revista, una vez triunfante el constitucionalismo, abrirían escuelas, reformarían las leyes, Vigil seguiría publicando El País, Miguel se haría famoso con su novela y se iría a vivir a México, tal vez llegaría a ser ministro de Educación.

La pequeña orquesta de pueblo que había conseguido Antonio Molina comenzó a tocar un aire melancólico que terminó de embalsamar la brisa nocturna. Una nostalgia sin nombre invadió a los presentes. Pronto se quedaron en silencio, como si un presagio ignominioso fuera más fuerte que la efímera felicidad del momento.

Volvieron en los carruajes descubiertos hasta Ciudad Guzmán. El aroma del campo era embriagante. Los pitayales brillaban a la luz de la luna. Sofía, ataviada con un viejo vestido de verano, un velo de espuma de nácar y una corona de azucenas, sonreía con íntima dicha a su marido que, casi acostado sobre el asiento de la carretela, miraba a las estrellas.

—Ya merito, amor. Ya merito se acaba este desastre —murmuraba perdido en las constelaciones que giraban incansables en el oscuro terciopelo del cielo.

De pronto, un destello, una cortina de luz en el cielo con diversos repliegues amarillos, verdes, violáceos y rojos. Una cortina de luz que cubría todo el horizonte hacia el norte y ascendía poco a poco, cambiando de forma y de matices, hasta convertirse en una luz rojiza que iluminaba todo el cielo y se iba disipando lentamente hasta dejar tras de sí sólo un concierto de campanas a todo lo ancho del valle.

La procesión se detuvo. Los invitados se pusieron de pie en las carretelas, los caballos relinchaban inquietos. Los ruidos de la noche se suspendieron de pronto, dejando lugar después de un rato a los ladridos aterrados de los perros.

—Una aurora boreal —susurró Miguel abrazando a Sofía.

Los campesinos se arrodillaron persignándose, asustados. Uno de los caballos se agitó tanto que logró ponerse en libertad y arrolló a nana Luisa.

Vallarta calmó a la multitud, explicándole el origen de aquel fenómeno, que no por ser natural dejaba de resultar extraordinario. Los criados recogieron a nana Luisa, que arguyó haber recibido sólo algunos magullones.

Regresaron a casa al amanecer. La maravilla presenciada no había sido poca cosa. Unos la interpretaban con un buen augurio. Algunos campesinos estaban seguros que era un castigo de dios por la matanza de hermanos contra hermanos y los curas, por supuesto, le echaban la culpa a Benito Juárez y sus leyes de reforma.

Nana Luisa murió dos semanas después de la boda. Los achaques de la vejez, aunados a los golpes del caballo fueron demasiado para su cuerpo cansado. Sofía la enterró en el pequeño cementerio de la antigua Zapotlán.

Márquez ocupó Ciudad Guzmán en septiembre. Los liberales tuvieron que huir otra vez a las barrancas, donde en completo desorden, por los poblados del sur, atacaban en gavillas a los conservadores.

Cuando un mensajero de Santos Degollado, a mediados de octubre, se aventuró por las gargantas del sur buscando a Cruz-Aedo, los jefes liberales le daban informes imprecisos.

—Andaba por Sayula.

—Lo vieron en Zacoalco.

—Dicen que estuvo en Tapalpa la semana pasada.

Por fin el mensajero lo encontró en una ranchería por el rumbo de Amacueca. El desastrado personaje le extendió a Miguel, exhausto, la carta firmada por don Santitos y le pidió, por el amor de dios, un plato de frijoles.

Más tarde, Miguel desdobló la carta que el mensajero le entregara:

República Mexicana, ejército federal,
Gral. en jefe Santos Degollado.
Sr. coronel d. Miguel Cruz-Aedo:

Confiando en el patriotismo, aptitud, valor, honradez y demás buenas prendas que adornan a Ud., he tenido a bien nombrarlo jefe de las fuerzas constitucionales del estado de Durango, para que inmediatamente pase Ud. a encargarse del mando militar de él, con atribuciones y jurisdicción que la ordenanza general del ejército señala a los capitanes generales de provincias. Además de las funciones ordinarias anexas a este empleo, serán objetos principales de los trabajos de Ud., organizar y disciplinar fuerzas para el sostenimiento del orden constitucional en el interior del estado y formar una sección de tropas que venga con el carácter de auxiliares a incorporarse al ejército que hace la guerra contra la reacción en el centro de la república, para que el estado de Durango contribuya como los demás al sostenimiento de la constitución y de la reforma.

Para el desempeño de la importante misión que confío a usted, le autorizo extraordinariamente en los ramos de Hacienda y Guerra, incluso el contingente que de sus rentas debe dar el estado, ofreciéndole que en este cuartel general y después el supremo gobierno constitucional, reconocerán y pagarán los créditos que Ud. contraiga...

Dios y Libertad, cuartel general de San Luis Potosí. Octubre 14 de 1859.

S. Degollado.

XXVIII

Guadalajara: época actual

Hace rato regresé de un corto viaje de fin de semana al sur de Jalisco y Colima. Quise hacer el recorrido sola, aunque una parte de mí todavía se aferre a que hubiera sido agradable hacer el viaje con Felipe. Eso se acabó y lo sé.

Además necesitaba escuchar los ecos de mi fantasma en medio de la música a todo volumen al atardecer, mientras descendía al valle de Acatlán entre los mares de caña y los nopales relucientes al sol, a la orilla de la laguna de Zacoalco, al subir la montaña, en la exuberancia de las barrancas…

No quiero depender de nadie y por momentos me resulta absurdo necesitar a ese fantasma que cada vez está más cerca. Me nutren las fantasías en la distancia y los vagos espectros del siglo XIX. Sólo en la ausencia se puede sentir tanto y sobrevivir.

Aunque sé que conoces bien la región, supongo que no habrás vuelto desde que terminaron de construir los enormes puentes sobre las barrancas en la autopista. No sé si recuerdas la vegetación y los pueblos característicos de la zona. ¿Recuerdas la mágica laguna seca? Es lo más cercano que he visto a un paisaje lunar. Dicen que tenía comunicación subterránea con el mar. De hecho, los habitantes del sur sobreviven recogiendo la sal asentada en ese lecho arenoso e inmenso.

Me encantó recorrer esos lugares otra vez. Me fui por la carretera vieja y fui entrando a todos los pueblos: Zacoalco, Techaluta, Amacueca. Tuve que ir distinguiendo los viejos pueblos de los nuevos, y sentí latir el corazón de cada lugar; sentí en mi nuca el susurro de alguien que no existe al sentarme a escuchar los pájaros en la plaza de Zacoalco. Sin duda la misma plaza que vio Miguel. ¿Habría visto los mismos pájaros?

Oí hablar a la gente en Techaluta, sentí el calor y recorrí las calles entre la enorme montaña y la laguna. Puedo asegurarte que no iba sola cuando me lancé a recorrer los predios hasta las cuevitas que ya nadie conoce y vi a las ánimas entre los campos erizados de agave.

Subí a dormir a Tapalpa. A cada vuelta del cerro la laguna se va haciendo más grande, más inabarcable. El pueblo metido en la montaña ha tomado un enorme auge turístico como paseo de fin de semana. Ya encuentra uno hoteles con chimenea y jacuzzi, todos los servicios para disfrutar de una escapada romántica. En uno de esos lugares, un hotelito decorado con excelente gusto al estilo rústico mexicano, me quedé a dormir. Lo que más se me antojó fue hacer el amor, mientras las llamas de la chimenea proyectaban las sombras en el piso de lozas, en la pared de adobe, en el techo. Hacer el amor sin tregua, como si fuera la primera o la última vez, mientras la lluvia, afuera de la ventana, tienda sobre mi amante y sobre mí su cobija de agua. Y luego —o antes— hablar, al calor del shiraz, sobre poesía, la historia añeja de esos pueblos polvorientos que se quedaron suspendidos en el tiempo desde que la autopista decidió ignorarlos, las fantasías surgidas de la soledad y la distancia. Entre la lluvia, el susurro de su voz. En el fuego, el tacto cálido.

Cuando por fin me quedé dormida, tuve un sueño luminoso. Yo estaba en una playa desierta. De algún modo volaba sobre el mar en un día de verano. El sol se reflejaba en la superficie turquesa haciendo que las olas fueran tomando distintos colores, desde el más intenso cobalto hasta el más pálido azul-plata. El mar parecía un monstruo fantástico sobre cuyo lomo escamoso me deslizaba gozosa. Los pelícanos flotaban suspendidos en el aire cálido encima de mi cabeza y yo reía. En la orilla veía la figura lejana de un hombre. Las olas no me dejaban verlo con claridad. A pesar de que no lograba llegar hasta él, la sensación no era de angustia, sino de alegría. Parecía que estábamos jugando y que ambos sabíamos cómo terminaría ese juego.

(¿Qué significará mi sueño? ¿Podrías interpretármelo aunque sea esta vez? Ya sé que "toda interpretación fuera del consultorio es agresión", como me repites siempre, pero no me importa. Dime si entiendes algo de lo que me pasa.)

A la mañana siguiente continué el camino hasta Sayula, Ciudad Guzmán y luego la fábrica de papel de Atenquique. Al fondo de la barranca, la pesada mole contamina el aire con un olor pútrido que por momentos se hace insoportable. Ahí, al lado, se encuentra El Mesón, antiguo cambio de postas que todavía permanece en pie. Tal vez algún día lo conviertan en museo. Por el momento, no me dejaron entrar.

En el fondo de las barrancas, la vegetación ha tomado posesión de todo y parecería que el río es inaccesible. Me dieron muchas ganas de irme caminando por lo más profundo de esa herida sangrante de la tierra y descubrir sus dobleces, sus secretos, sus fantasmas.

En estas barrancas pasaron muchos meses las tropas liberales y las conservadoras al mando de Miramón. Algunas de las más famosas batallas libradas entre 1858 y 1861 llevan los nombres de estos parajes. Toda esta zona —además de haber sido inmortalizada por Rulfo, quien se encuentra presente a cada paso— fue refugio de los desastrados combatientes de la guerra de reforma, mientras Guadalajara era ocupada (y destruida) intermitentemente por uno y otro bando.

¿Qué se sentiría vivir en una ciudad sitiada? ¿Vivir con el terror a cuestas, cubiertos de polvo, expuestos a enfermedades y carencias? ¿Qué se sentiría andar vagando por las barrancas y buscando refugio en los pueblos, que seguramente hartos de préstamos forzosos, de enfermos y muertos, ya no querrían reforma ni constitución ni religión y fueros, ni nada más que ser dejados en paz?

Pues así anduvieron Cruz-Aedo y sus amigos. Tomaron como base Ciudad Guzmán y desde ahí Ogazón organizó a la maltrecha División Jalisco.

Pues bien, estoy en la parte final del trabajo, aunque todavía me falta averiguar muchos detalles, porque 1859 fue un caos. Está demás decir que me apasiona el ir y venir de estos personajes, me conmueve su desamparo y su fe en quién sabe qué quimeras. Bueno, al final, gracias a esas quimeras tuvimos un estado laico, educación pública y matrimonio civil, mucho antes que los demás países de América Latina.

En fin, me despido por ahora y te mando un beso. Sé que vas a ir a Andalucía; disfrútalo mucho y aunque me gustaría ir contigo nada en el mundo podría sacarme de aquí.

Te quiere,

S.

XXIX

Durango: noviembre de 1859

ofía estiró las piernas. Le dolía el brazo izquierdo. El rebote de las ruedas en el camino la había hecho chocar incontables veces contra la madera de la puerta. El terciopelo color vino tenía un agujero en el costado, dejando ver y sentir a la desafortunada pasajera el esqueleto de madera del carruaje. No había probado bocado desde el desayuno al amanecer en la venta de Nombre de Dios, donde pasó la noche. La dueña del mesón le había preparado una canasta, pero las gorditas estaban tan picosas que sólo pudo mordisquear una. El hambre hacía que la prisa por llegar a Durango se hiciera más intensa. Ya quería llegar a la tierra donde había crecido y que no había vuelto a ver desde el año cuarenta y nueve, cuando su esposo había muerto. ¡Nueve largos años! Se cubrió con el rebozo. Hacía frío. Ya había olvidado el viento que calaba los huesos.

Al llegar a Nombre de Dios había notado algo extraño. Una agitación desusada en el pueblo que ella recordaba casi como si fuera un pueblo fantasma, los diálogos entre los viajeros y el encargado del mesón sobre la renuncia del gobernador, el nombramiento de otro, y luego otro más. ¡Tres gobernadores en unas cuantas semanas! Los nombres desconocidos para ella y que sin embargo se repetían con la fuerza de lo inevitable: el licenciado Subízar, el comandante Marcelino Murguía, el coronel Patoni... Los consejos de las mujeres presentes: "Tenga cuidado, esos caminos no están hechos para nosotras, hay mucha revoltura en la ciudad. Dicen que tomó el gobierno un fuereño." Y finalmente la pregunta: "¿Pues qué viene a hacer una catrina sola hasta acá?"

A las dos de la tarde el furlón precedido por una escolta de fatigados dragones con sus gorras y sus casacas azules cruzó el Puente del Diablo y llegó a la hacienda de Navacoyán, última parada antes de entrar a la capital del estado. Había un gran alboroto: jinetes y caballos polvorientos cruzaban el camino; los mayordomos gritaban órdenes a diestra y siniestra; criadas en grupos llevaban cántaros de agua y provisiones; un piquete de tropa, en la puerta misma de la hacienda, hacía bromas y reía con estruendo. Dos guardias habían encarado al oficial encargado de conducir y proteger a Sofía. Con firmeza lo habían hecho entrar en el casco de la hacienda.

Los criados de la casa se habían acercado al coche para ofrecerle a Sofía un jarro de agua. Le dijeron que había unos diputados sesionando ahí y que todo el Batallón Zacatecas acampaba fuera de la hacienda. Cuando Sofía, alarmada, quiso que alguien más le explicara la situación política de la región, la escolta que se había llevado al oficial volvió por ella. El coronel Patoni, encargado de la plaza, quería verla.

A pesar del sol que caía a plomo, hacía frío, mucho más de lo que alcanzaban a cubrir el rebozo o el vestido de viaje. Sofía se encontró tiritando al cruzar el patio central.

Encaró al militar en la sala de la antigua hacienda textil de Navacoyán, donde el hombre alto y fornido, con la cara picada de viruelas y el hablar golpeado del norte, fumaba un cigarro en una de las poltronas.

—Así que usted es Sofía Trujillo.

—Sofía Trujillo de Cruz-Aedo, coronel.

No la invitó a sentarse. La contemplaba desde el borde mismo de la sequedad y la rudeza. Con descaro la recorrió de arriba abajo, deteniéndose a propósito en ciertos lugares de su cuerpo.

Aunque Sofía estaba acostumbrada a tratar con militares, no dejó de intimidarla aquel personaje, tan distinto de los que había conocido en Jalisco. Tuvo un mal presentimiento. Sin poder evitarlo, el escalofrío inicial se convirtió en franco temblor.

Por fin el hombre se puso de pie y a gritos llamó a la servidumbre.

—Chatita, tráele a la señora de Cruz-Aedo un coñaquito para que recupere el cuerpo —ordenó cuando una joven apareció en el quicio de la puerta.

—No —dijo Sofía, casi gritando—. Gracias.

—Entonces un jarro de atole, para que entre en calor —la muchacha sugirió con amabilidad.

Sofía no pudo negarse.

—Siéntese —Patoni señaló un sillón cerca del fuego. Era una orden.

Sofía entonces se percató que había una enorme chimenea cuyos pilares eran unas gárgolas de piedra con las fauces abiertas. Frente al crepitar del fuego, el frío dejó lugar al miedo. Se sintió indefensa en aquel lugar. Mirando directamente a las llamas, aquello parecía el infierno. Se sobrepuso. No podía permitir que aquel hombre notara su susto.

—Y viene de Jalisco…

—A reunirme con mi marido. El coronel de infantería permanente Miguel Cruz-Aedo. Es el jefe militar de Durango. ¿Lo conoce?

—No —dijo Patoni después de un rato tal vez demasiado largo—. Pero ¡viera cuánto he oído hablar de él últimamente!

No supo qué contestarle. La incomodidad iba creciéndole a pasos agigantados. Patoni se burlaba de ella. Parecía un gato jugando con su presa, antes de comérsela.

El coronel se puso de pie y comenzó a caminar de un lado a otro del salón, como pensando qué hacer con ella. Sólo se escuchaban el fuego y el tintineo de las espuelas en las losas del amplio salón.

Sofía cada vez comprendía menos. Varias cosas se le habían venido a la cabeza mientras trataba de adivinar los pensamientos del hosco coronel que fumaba sin cesar. ¿Quién era ese señor? ¿Por qué adoptaba esa actitud hostil si era un oficial liberal? ¿Se trataba de una asonada? ¿Cuáles eran las reglas de la guerra en esos casos? ¿Iba a encerrarla? No le preguntó nada. Algo le decía que no debía confiar en él.

De pronto aparecieron en la puerta dos hombres mayores, vestidos con corrección y hasta elegancia. Venían fumando y riéndose.

—Coronel, ¿unos "toritos" para después de comer?

—Señores diputados, les presento a doña Sofía Trujillo.

Los hombres la saludaron, besaron su mano y le susurraron las frases de rigor.

—Vino a buscar a su marido, el coronel Cruz-Aedo.

Las facciones de los caballeros se transformaron de pronto. Un murmullo fue creciendo entre ellos. El coronel Patoni no se inmutó. No desapareció de su rostro el gesto divertido de antes. Cuando alzó la voz, los hombres callaron.

—Chatita, llévate a doña Sofía al comedor, debe estar hambrienta, y que le den de comer a la escolta también.

Ya no se permitió sentir miedo. Altiva, continuó mirando fijamente al coronel, hasta salir del salón. Los diputados habían ido subiendo la voz hasta que Patoni los obligó a callar. ¿Qué diablos estaba pasando en Durango? ¿Qué habría hecho Miguel esta vez?

Comió en silencio junto al joven capitán que la había conducido sin novedad hasta allá. Mientras mordía con desgano las gorditas de papa y frijol, recordaba las historias de terror que había oído más de una vez sobre raptos de muje-res por los propios oficiales, violaciones y secuestros. ¿Se-ría capaz el coronel de…? A pesar de su rudeza y el rostro hosco, Patoni no parecía ser un cualquiera. Era coronel del ejército de línea, se expresaba con corrección, debía tener alguna instrucción. Nunca había oído hablar de él, ¿a quién obedecería? Al parecer no era de los amigos de don Santitos y Ogazón. ¿Qué estaría haciendo ese señor con la diputación en Navacoyán? No, no se atrevería a retenerla ahí delante de tantos testigos ilustres, ¿o sí?

Pasó un buen rato antes de que el mismo coronel se hi-ciera presente en el comedor.

—Terminen de comer y váyanse.

A todo galope, con caballos frescos, de inmediato la co-mitiva reemprendió la marcha. Sólo tardaron tres horas más en llegar hasta Durango.

Cruzaron las primeras calles de la ciudad en medio de un silencio que a Sofía le pareció desacostumbrado. La gen-te de toda clase que habitualmente paseaba en la plaza, los mineros malencarados y polvorientos que llegaban a ven-der el polvo de oro a las pulperías, las mujeres desfachatadas que bailaban el jarabe en las esquinas… Nadie estaba ahí en aquella ocasión. Había algo extraño en el ambiente, algo que la recién llegada no pudo definir.

No estaba segura si aquella incomodidad que iba cre-ciéndole en el pecho era producida por la emoción de volver a ver a su hombre, los brincos del carro en los numerosos agujeros de la calle o ese casi imperceptible tufo a valeriana que parecía venir desde la Acequia Grande, arrastrando consigo malos augurios.

Eran las seis de la tarde y el zureo de las palomas tenía algo de lúgubre al mezclarse con el silbido del viento entre las ramas de los sauces. Las campanas de las iglesias de Santa Ana y San Agustín llamaban al rosario. Un viento frío levantaba el polvo de entre las piedras en la calle Real. El carruaje se detuvo frente al cuartel. Dos soldados de la escolta se dirigieron a la puerta. Con un murmullo, el oficial encargado señaló hacia la catedral y más allá, detrás de Los Portales.

A pesar de las llamadas al rosario, no había nadie en las calles. Cuando el vehículo reanudó su tortuosa marcha, la pasajera pudo observar las casas con ventanas derruidas, las tiendas frente a la catedral con cristales rotos y las tablas que clausuraban desvencijadas puertas.

¡Qué distinta había encontrado a esa pequeña ciudad del norte! ¡Qué chaparrita estaba la catedral, qué angostas las calles, pero sobre todo, qué silencio, qué soledad de postigos cerrados y ecos de campanas en las calles vacías!

Al ir recorriendo las calles desiertas de la capital de Durango por la avenida principal, ella se había preguntado de nuevo: "¿Qué está pasando aquí?" Y como si ese fuera un conjuro mágico que actuara en su contra, de inmediato se le despertó un miedo indefinible, un presentimiento que no podía describirse con palabras. ¿Era el lúgubre tañer de las campanas en los últimos momentos de la tarde? ¿Era el ominoso zureo de las palomas en las ramas secas de los árboles?

El carruaje volvió a detenerse en el antiguo Palacio de Zambrano, donde se alojaba el gobierno del estado. Otra vez los soldados de la escolta desmontaron las fatigadas cabalgaduras y se dirigieron a la puerta acomodándose los faldones de la levita azul.

En los portales del palacio de gobierno, la mujer respiró la agitación junto con el humo del cigarro de hoja de algunos militares que caminaban lentamente de un lado a otro de la calle.

Dos oficiales disgustados discutían en voz muy alta.

—¿Tú crees que el gobernador vaya detrás de los diputados?

—¿Y echarse encima a las familias liberales de la ciudad? ¡Ni de chiste! Lo que hay que preguntarse es si cuando el general Santos Degollado se entere va a destituir a nuestro flamante gobernador.

—Y lo más importante, habrá que ver si nuestro gobernador, cuando sea destituido, acatará la orden. Dicen que tiene un genio de los mil demonios.

La curiosidad aguijoneaba a Sofía y esa viborilla luminosa sin duda vencía al temor.

El capitán que la escoltaba salió del vetusto edificio y se acercó hasta la puerta del polvoriento y un tanto desvencijado carruaje.

—Doña Sofía, ya pusimos al tanto al personal de palacio de su llegada. Aquí está el coronel, pero no puede recibirla ahora, parece que está atendiendo un asunto muy serio. Su secretario me pidió que la hiciera pasar hasta la antesala, para que pueda usted descansar un poco. Haga el favor de acompañarme.

El joven oficial abrió la puerta y le tendió el brazo. Ella comprendió que no había alternativa y se dispuso a entrar en el maltratado palacio que aún mostraba huellas de un saqueo: dentelladas de fuego en los pilares, heridas de bala en las puertas y cristales, puñetazos de pólvora en las entrañas de cantera.

Dos grupos de guardias murmuraban en los pasillos. Un empleado civil salió precipitadamente de una oficina al fondo, cerrando la puerta sobre el faldón de su levita; tras abrirla de nuevo, se le cayeron algunos folios en medio de su prisa por llegar a la calle. El hombrecillo regresó sobre sus pasos para recoger el sombrero. Una vez que hubo alcanzado la puerta principal, volteó la cabeza despeinada sobre el hombro derecho para ver a Sofía, quien esbozó una sonrisa ante la torpeza y la curiosidad del desconocido.

Los oficiales que fumaban entraron detrás de ella; los escuchaba preguntar muy quedito quién era, a qué venía. La mirada de los soldados era penetrante y de pronto Sofía se dio cuenta de su estado lamentable: el pelo en desorden, la ropa llena de polvo, el rebozo ajado que trataba de ocultar el frente del vestido, roto ante los jalones de los mendigos en alguna parte del trayecto.

Conducida por el capitán, se fue acercando a la oficina del gobernador. ¿Qué hacía Miguel en aquel despacho? ¿Por qué tenía que esperarlo ahí?

Había en la sala de espera un sillón de brocado y varias sillas austriacas. Una enorme pintura de la ciudad en tiempos coloniales adornaba la pared. El valle del Guadiana estaba enclavado entre dos cerros. Ahí, sin ocupar una gran superficie, se levantaba, católica y tradicional, la contradictoria ciudad de Durango. Más allá se erguía el cerro del Mercado, enorme yacimiento de hierro que se había explotado con éxito desde principios de siglo; luego comenzaba el desierto de huizaches y tierra roja que se extendía hasta el horizonte.

El sol se ocultaba detrás del cerro de Los Remedios tras un telón azul turquesa, sobre un lecho de corales incendiados, y tendía una capa de oro transparente sobre los palacios de cantera. Sofía se dejó caer en uno de los sillones, ya sin fuerzas.

La puerta del despacho estaba cerrada. A pesar de ello, la mujer podía escuchar las espuelas sobre los tablones de madera haciendo sonar incansables su canción diamantina. La nube olorosa del tabaco iba colándose bajo la puerta como fantasma que se retorciera en un baile provocador. El humo arrastraba algunas voces, coloreándose con agitación, enojo, furia.

Sofía, impaciente, se puso de pie y volvió a sentarse en el sillón un par de veces, alisándose el pelo y estirando los brazos. Lo que más deseaba en ese momento era ver a Miguel.

Cuidadosa, analizó los detalles del cuadro. Luego, se acercó al escritorio de nogal del recibidor que permanecía en una esquina apartada y empezó a hojear los pliegos de fino papel arroz, por puro aburrimiento. Nóminas, impresos, revistas de la capital y cartas de letra ininteligible. Tuvo que acercarse bastante para poder descifrar parte de los contenidos:

Exmo. Señor:

Tengo el honor de acompañar a V.E. una comunicación del señor general en jefe del ejército federal, fecha 14 del corriente que contiene el nombramiento y facultades que se sirvió conferirme... Dios y Libertad. Durango, octubre de 1859.

Sofía reconoció la firma inconfundible de Miguel al pie de esa carta dirigida a Marcelino Murguía, gobernador provisional del estado de Durango.

Inclinada, con los codos sobre el escritorio, ya sin ningún recato, leía el nombramiento firmado por el general en jefe del ejército federal, Santos Degollado, en San Luis Potosí.

Al frente de una pequeña compañía, el coronel Miguel Cruz-Aedo había llegado a la capital de Durango el veintiséis de octubre por órdenes de don Santitos. Su misión era pacificar la ciudad y, en sus funciones de comandante militar, armar un ejército con las compañías que permanecían en aquella plaza, a fin de ir a auxiliar al general Santos Degollado en San Luis Potosí. Eso decía el decreto que tenía ante sus ojos.

"Le dejo una esfera tan amplia de acción..." —Sofía estaba leyendo cuando se dio cuenta que el murmullo del despacho había cesado.

—¡Señorita...!

Sofía escuchó detrás de ella una voz suave. Un joven pálido de cabello rubio y ojos azules la miraba desde la puerta. Más que una expresión de enojo, el asombro afilaba aún más un rostro enmarcado por patillas.

—Usted no debe ver esos papeles.

—La señora es mi esposa.

Miguel estaba atrás del joven rubio, toda una celebración en su cara, los ojos, un derroche de fuegos artificiales. Llevaba el dolmán desabrochado, el cabello en desorden, la camisa sucia.

Ella caminó hacia él. Al tocar sus manos las encontró heladas.

No tuvo oportunidad de apreciar al "caballero", como después llamó al recién nombrado oficial mayor de gobierno Cayetano Mascareñas, quien se deshacía en zalamerías.

—Mil perdones señora, haga el favor de disculpar a este torpe servidor suyo.

—Mascareñas, ordene que bajen el equipaje de la señora. Y llame usted a Paula, para que la ayude a instalarse.

El secretario cerró la puerta de la salita de recibir atrás de él.

—¡Estás delgadísimo! —exclamó Sofía abrazándolo—. ¡Mírate esas ojeras! Pareces enfermo —lo acarició—. Y el bigote, qué descuidado está...

Se siguieron mirando en silencio. Había reproche en los ojos de ella, un ansia enorme en los de él. Por fin la besó, larga, amorosamente. Los besos quedaron sembrados en su cuello, en sus hombros, en el peinado que se deshizo por completo ante sus avances, mientras que las manos de él fueron moldeando despacio las formas bajo el vestido de paño marrón.

Las campanas de San Agustín sonaron las siete de la tarde. El grave tañer de cobre parecía extenderse por todo el valle del Guadiana.

—Tengo que regresar ahí adentro... —dijo Miguel—. Estoy arreglando un asunto muy serio. Perdóname que no pueda quedarme contigo. La señora Paula te ayudará con todo lo que necesites.

—Momentito, Cruz-Aedo. Quiero que me expliques qué demonios está pasando aquí.

Sofía llegó hasta él y palmeó una mejilla con fingida severidad.

—Pasa que te extrañaba mucho, que estás bellísima, que en cuanto termine de arreglar estos pendientes te busco y ya no te voy a dejar salir del cuarto en tres días.

Sofía se libró de sus brazos.

—Llegamos a Navacoyán y ahí está la diputación permanente del congreso del estado. Un tal Patoni me interroga y por poco no me deja llegar aquí.

—¿Te hizo algo ese imbécil? —la interrumpió Miguel con furia súbita.

—No, Miguel, no pasó nada. Seguí hasta acá y al llegar al cuartel a buscar al comandante militar de la plaza, nos dicen que está en el palacio de gobierno. Cuando me bajo aquí, descubro que el señor coronel está encerrado en la oficina del gobernador y que tengo que esperarlo. ¿Y ahora me dices que nos vamos a quedar a dormir en el palacio?

Mascareñas apareció en la salita de recibir, ya de vuelta de su encargo.

—No te preocupes —concluyó Miguel, besando a Sofía en la frente—, luego te explico todo. Mientras instálate y come algo, mujer. Ahorita viene doña Paula. Siéntate un momento.

Sofía volvió a instalarse, enojada, en el sillón, mientras Miguel desaparecía en el despacho del gobernador. A través de la puerta entreabierta alcanzó a oír, antes de que llegara la sirvienta, la voz del licenciado Mascareñas.

—A ver qué le parece entonces, coronel:

Miguel Cruz-Aedo, comandante militar y gobernador provisional del estado de Durango.

Duranguenses:

En cumplimiento del supremo decreto del día cuatro del corriente, me he encargado del poder ejecutivo del estado; pero ese ministerio durará en mis manos muy poco tiempo, porque reunida la honorable legislatura dentro de breves días, se ocupará de darnos un gobernante que sepa cumplir, así lo deseo, con su misión, contribuyendo a robustecer los principios republicanos, asegurando la tranquilidad en el interior...

El corazón le dio un vuelco. No pudo oír más.

La señora Paula, una serrana estrábica, hizo su entrada en el salón, invitándola a acompañarla hasta sus habitaciones. Ayudó a Sofía con el rebozo y la bolsa de viaje. Fue caminando delante de ella por el pasillo en la planta alta del palacio. La habitación en que se alojaría era un cuarto grande y cómodo con una ventana enrejada sobre el jardín Victoria, antigua huerta del convento jesuita. Desde ahí podía verse, a lo lejos, el cerro de los Remedios. Hacia la izquierda se asomaban las torres de catedral. Con suerte, esa misma noche vería a la monja de piel de nácar en una de esas torres hasta el amanecer. Según una vieja leyenda, la monja enamorada de un soldado que la abandonó, había acabado con su desgracia tirándose al vacío desde aquella construcción. En castigo, su ánima en pena custodiaba la ciudad en el improvisado balcón de cantera.

Cada prenda que iba doblando para meter en los roperos era un recuerdo: las cartas del escritorio en la sala de al lado, pago de impuestos, notificaciones de aprehensión...

Cada minuto que pasaba era una pieza del rompecabezas que iba armando. La misma pregunta surgía a cada paso. ¿Qué hacía Miguel en Durango?

—Le traje algo para que se caliente usted. Atolito de pinole, doña.

La mujer, ya madura, con las huellas de una vejez prematura en una cara cubierta de pecas, le ofreció una taza humeante que Sofía apuró. El líquido que habitualmente aborrecía, ahora parecía salvar su vida.

La señora Paula, entretanto, la miraba con reserva; luego le ayudó a cerrar las cortinas y a quitarse el pesado vestido de viaje.

¡Qué descanso! Aventó los botines sucios a un rincón. Se frotó lentamente los pies adoloridos.

—¿Qué está pasando aquí? ¿Usted me puede decir?

Se recostó en la gran cama mullida. Tomó el jarro, se calentó las manos con él y aspiró largamente el olor de la canela.

—¿Qué, no lo sabe? Yo, aunque oigo poco y salgo menos, me doy cuenta de cosas.

—Cuénteme, cuénteme todo desde el principio.

—Mire, aquí en Durango las cosas siempre han sido un desgarriate, para qué le digo mentiras… Desde que tumbaron al señor Santa Anna y, junto con él, a su amigo el gobernador Heredia, en Durango no ha habido uno solo que logre tener al pueblo en paz. El señor Subízar quedó de gobernador el año pasado. Muy fina persona, el licenciado. A mí me tocaba llevarle su copita de coñac en la noche. Pero él no era para esto. No sabía lidiar con los generales y mucho menos con los bandidos.

—¿Cuáles bandidos?

—Los tulises, ¿pos cuáles?

Sofía movió la cabeza. Ya había olvidado la interrogación que acompañaba la respuesta, tan característica de la región.

—¡Ah que la doña ésta! No sabe ni a dónde se vino a meter. Lo que hace una por andar siguiendo al hombre, ¿verdad? Y lo peor es que ni lo agradecen los muy mulas. Cuando pueden la dejan a una, como a mí, ya ve. Y por eso ando aquí de sirvienta, a mis años. Pero bueno, el coronel se ve que la quiere, todos los días preguntaba que si alguien sabía por dónde andaba, si ya iba a llegar...

—¿Quiénes son los tulises? —preguntó Sofía, sin considerar las reflexiones de la mujer.

—Son unos bandidos. Dicen que "los mochos" los sacaron de una cárcel en El Teúl, Zacatecas, por eso los llaman así. Luego los trajeron a Durango, ¿cuándo sería? Por ahí a finales de septiembre. Y ahí tiene usted al montón de bandoleros que de buenas a primeras comenzaron a desvalijar las casas y las tiendas de los puros hombres de bien, familias como los Gandarilla, los Alvarado, los Del Palacio, los Morones, todos liberales. Luego estos desgraciados sacaron a los presos de la cárcel y tumbaron a fuerza de golpazos la jefatura política y la de policía, dejaron todo hecho una desgracia. No conformes con eso, le prendieron fuego a todo el papelero ese que guardan en los archivos del ayuntamiento.

—¿Pero cómo llegaron hasta aquí? ¿Cómo no los detuvieron antes?

—Eran muchos, unos doscientos o algo así, y ya habían andado haciendo malditurías en los ranchos y en los presidios, pero ya ve, llegaron hasta aquí. Protegidos por los curas. Dicen que hasta el señor obispo andaba metido en esos enjuagues. Y no lo dudo… ¡Qué casualidad que a purititos liberales desvalijaron! Luego se metieron al palacio, con toda la intención de tirar al gobernador. Pero en eso llegó la tropa del general Tomás Borrego y los hizo retroceder a balazos. Se fueron a Santiago Papasquiaro, a apoyar el Plan de… ¿Tacu… baya? ¡Vaya usté a saber cuál será ese! —se rió de su propio juego de palabras.

—Y por eso trajeron a Miguel, ¿no?

—Ha de ser. El caso es que los señores diputados destituyeron al gobernador Subízar, que no supo hacer nada en contra de los bandidos. Pobrecillo. ¡Temblaba el pobre! —Paula se reía de buena gana, enseñando unos dientes blancos—. No supo qué hacer con los bandoleros el día que se metieron a palacio. ¡Se salió corriendo por la puerta de atrás! No… hay gente que no es para esas cosas. De plano.

—Y entonces llegó Miguel… —Sofía pretendía hilar la historia.

—No. Los diputados nombraron gobernador al coronel Marcelino Murguía, comandante de las fuerzas de Zacatecas, que había venido a pacificar la ciudad y a protegernos de los bandidos esos, pues. El mismito día que Murguía estaba tomándoles el juramento a sus funcionarios, llegó el coronel Cruz-Aedo al cuartel. Y le voy a decir, doña, si algo somos aquí, es sinceros oiga, ¿para qué decirle mentiras? mejor que lo sepa de una vez… Si al coronel Murguía no lo querían los durangueños por ser zacatecano, a su coronel lo quieren menos.

—¿Por qué? ¿Qué fue lo que hizo ahora?

—De a tiro nada, oiga. Nomás amenazó con fusilar a los diputados si no lo reconocían como gobernador, cuando quesque el mandamás del ejército lo nombró a él y destituyó a Murguía.

—¡Madre santa! —Sofía se puso de pie, asustada; luego suspiró—. Ay, Miguel de mi alma…, sutil como siempre. Por eso sacaron a la diputación permanente de la ciudad…

—Yo de eso ya no sé. Nomás oigo a los soldados del cuartel que lo insultan y hablan mal de él, y hasta los catrines que al principio lo recibieron bien. Pues ya se lo dije, oiga. Y ya me voy a ver si algo se les ofrece de cenar a los señores, parece que va para largo la platicadera allá adentro. Por cierto, ¿le traigo aquí algo de comer, doña? ¿Un caldillo? ¿Unas gorditas de papas con chile?

Los ojos de Sofía se iluminaron. A todo dijo que sí.

—Otro día me cuenta cómo conoció al coronel, cómo es que llegó hasta acá.

—Otro día —concedió Sofía—. Es una historia larga.

Después que Paula se fue, Sofía se arrellanó de nuevo en la cama, entre las cobijas, bebiéndose de golpe el resto del pinole todavía caliente.

Al poco rato Paula regresaba con las viandas cubiertas por blancas servilletas de hilo. Sofía devoró encontrándo-

se los sabores la infancia en las montañas rojas y de la adolescencia en La Perla de Morillitos. El chile ancho, la carne
en caldo, el maíz hecho gorda rellena de papas, el requesón
envuelto en tortillas recién hechas, todo ello cubierto por el
abrazo apasionado del mezcal de Nombre de Dios.

De nuevo a solas y ya recuperadas las fuerzas, decidió
aventurarse de regreso por los pasillos oscuros del palacio
colonial de Zambrano, a enfrentar a los fantasmas de pasados siglos y tejer fantasías entre las sombras de las arcadas
barrocas. Sin querer, se encontró en el resquicio de un patio
oculto una ventana que daba justamente al despacho del gobernador.

A través de los postigos entreabiertos se alcanzaba a oír
el rumor del dictado de Cruz-Aedo.

...sería una loca vanidad de mi parte ofreceros el remedio de todos vuestros males, durante el corto período de mi
encargo. Lejos de mí jactancia tal...

Casi podía verlo pasear por el recinto, oía a lo lejos el
incansable picotear de las espuelas en la madera. Acarició
de nuevo el recuerdo de los ojos grandes y oscuros que som-
breaban el resto de las facciones, imprimiéndoles un aire de
resolución que confirmaba la línea ligeramente encorvada
de una nariz española, y una boca cuyos labios descoloridos
y medio ocultos por un negro bigote se plegaban por sus extremos al menor sentimiento de disgusto. De la parte supe-

rior de su ancha frente nacía una gruesa vena que terminaba en el nacimiento de las cejas, que cuando la cólera le dominaba, se fruncían haciendo juego con el labio que seguía la misma expresión.

En política seré como siempre, intransigente para la conquista de los principios... en materia de justicia no reconozco otra norma que la del evangelio: dar a cada quien lo que es suyo. Pero seré inflexible con los prevaricadores, con los bandidos y con los que se atrevan a trastornar de cualquier manera la tranquilidad pública...

Unos pasos se acercaron a la ventana, una mano morena la cerró con brusquedad, lo cual hizo a Sofía regresar asustada a su habitación.

¿Por qué había hecho Miguel esas cosas? De nuevo un presentimiento se alojó a mitad del pecho y luego tuvo la certeza de que ninguno de los dos debería estar ahí. Se puso el camisón y se metió de nuevo en la cama. Cayó al poco rato en un sopor cálido entre las cobijas de lana y los almohadones de plumas con elaboradas fundas de encaje. La arrullaban los murmullos a lo lejos.

"Ninguno de los dos debería estar aquí", repetía en voz baja, como una plegaria, como una salmodia. "Miguel tiene órdenes y yo estoy condenada a venir tras las huellas de este imprudente cascarrabias, orgulloso y rebelde, porque vivir sin él es un tormento mayor, es una tortura no saber..."

El miedo a no saber la había llevado a través de los llanos del centro, de regreso a Durango, sin importarle que la conocieran ahí, sin importarle llegar como la amante del impuesto comandante militar. Que estuviera casada por la ley civil no la hacía más su esposa. La mayor parte de la sociedad en cualquier lugar de México diría sin tocarse el corazón que si no los había casado un cura, eran amantes y nada más. No le importaba. La huella de Miguel la llevaba de regreso a su tierra. Además, no le quedaba nada. Luisa, su nana de toda la vida, estaba muerta en Zapotlán, su casa en Guadalajara había sido tomada por las fuerzas de Márquez y había sido demolida. Era verdad que la familia Cruz-Aedo la quería como hija, pero la enfermedad de Josefa era agotadora para todos. Quería respirar otro aire. Cuando recibió la carta de Miguel pidiéndole que fuera, no lo pensó dos veces. Tenía que ir. Él era su destino, lo supo desde que lo vio por primera vez.

Y su destino estaba de nuevo en Durango.

XXX

Durango: época actual

T e estoy escribiendo desde Durango. Como te dije por teléfono, quise venir a ver qué averiguo en esta ciudad sobre el tiempo en que Cruz-Aedo estuvo aquí. No he encontrado gran cosa, pero de todos modos no quiero irme.

Pasé por Zacatecas e hice un recorrido por la ciudad decimonónica. (Digo que es decimonónica porque creo que las ciudades van tomando forma según el relato que se haga de ellas.) Empecé el recorrido desde la calle de Tacuba, por donde se entraba antiguamente a la ciudad, hasta el convento de San Francisco, que era la salida hacia el norte, y luego hasta el convento de San Agustín. Fue un paseo que realicé para comprender mejor la labor hecha por los liberales puros en la persona de Jesús González Ortega, quien mandó tirar los conventos, compró las iglesias y luego las rentó como casas de vecindad. Cada calle conserva una huella de este general que por alguna razón nunca ha sido de mi agrado. Sin embargo, hay que reconocer que el hombre tenía valor. ¡Mira que tirar un convento y luego convertirlo en logia masónica y templo protestante no es poca cosa! Ése era el espíritu de la época.

Salí llena de nostalgia de esa hermosa ciudad, rumbo a Durango. Llegué al anochecer. No había venido desde que era niña. Ahora veo todo con otros ojos, con sumo cuidado. Esta ciudad no tiene el mismo significado para mí que para el resto de la familia, ya que no nací aquí como ustedes, nunca viví aquí, y me llega la historia de este lugar desde un tiempo muy remoto. Sin embargo ahora siento que cada vez me pertenece más.

El valle del Guadiana está enclavado entre los cerros. Aquí, sin ocupar una gran superficie, se levanta, católica y tradicional, la contradictoria ciudad de Durango. Más allá, el desierto de huizaches y tierra roja se extiende hasta el horizonte.

Espectacular anochecer: el sol se va ocultando detrás de las torres de catedral mientras la tarde cae somnolienta, caliente, rojiza. Tras un telón azul turquesa, sobre un lecho de corales incendiados. La oscuridad va borrando la chapa de oro de los edificios, el rubor de la cantera y envuelve las construcciones con una penumbra apenas desvanecida por la luz de los arbotantes.

En estas calles conviven (no de modo muy pacífico) estatuas de don Benito y del papa Juan Pablo II. La universidad dedicada al benemérito comparte su entrada con una iglesia, en el viejo colegio jesuita; otra iglesia comparte el atrio con una logia masónica y la catedral está delimitada por las calles Juárez y Constitución. En ese sentido, como en otros muchos, esta ciudad sigue siendo decimonónica.

Llegué al hotel que se encuentra sobre la avenida principal, frente al teatro Ricardo Castro. En una de las suites del último piso, a través del ventanal enorme, pude ver por un lado el cerro de Los Remedios y por el otro el cerro del Mercado. En el ángulo derecho asoman las torres de catedral. Desde hace días hay luna llena y cada noche he visto a la monja blanca de pie en una de las torres hasta el amanecer.

En esta misma manzana, exactamente a espaldas de aquí, está el palacio de gobierno. En otro tiempo creo que el hotel formó parte de los terrenos del edificio; el antiguo Palacio de Zambrano, increíble construcción barroca de fines del siglo XVIII, llegaba hasta la prolongación de la que hoy es la principal avenida de la ciudad. Algo que parece un sin sentido se comprende si uno revisa los mapas de la época: una de las calles principales era precisamente la que está frente al palacio y que ahora se llama Cinco de febrero.

En cuanto llegué, impaciente, apenas comí algo y salí rumbo al viejo palacio. El corazón parecía querer correr por su cuenta cuando di vuelta a la esquina. Encontré un edificio recién remozado cuya fachada ha sido despojada de la antigua capa de estuco, mostrando la cantera de sus entrañas. Los portales están iluminados, lo que permite apreciar la hermosa arquitectura colonial que los caracteriza.

Dos guardias vestidos de azul, lejos de resguardar la puerta, veían una diminuta televisión. Eran casi las nueve de la noche, yo sabía que las horas de visita habían terminado. Aún así pregunté si podía entrar. Me dejaron recorrer la planta baja, a la luz de las farolas amarillas.

Una emoción inexplicable me recorrió. Miré hacia arriba buscando en las sombras de los pasillos en la planta alta, detrás de los pilares, bajo los arcos de medio punto, un indicio, una esperanza: había luz en la sala de acuerdos.

A la mañana siguiente regresé al archivo histórico que se aloja en ese mismo lugar para buscar los documentos referentes al desempeño de Cruz-Aedo como gobernador. Antes de ir al archivo, subí la escalera, en cuyo descanso está una estatua de Juárez con un puño en la mejilla (¿lo llegaría todo a saber?) y, detrás, unos murales que conmemoran su entrada a este mismo palacio a su regreso de Paso del Norte. Por supuesto, no me permitieron entrar hasta la oficina del gobernador. La antesala sorprende por su sobriedad, con las paredes forradas de madera y unos candiles modernos. Unos sillones mullidos de brocado rojo invitan a sentarse. Y me senté, sin que nadie me lo impidiera.

El archivo, pequeño, poco frecuentado, está justo bajo el despacho del ejecutivo. Una secretaria amable me tendió los expedientes que se conservan de 1859. Con cada nueva carta, pago de impuestos, notificación de aprehensión, iba yo dándole vueltas y más vueltas a la misma pregunta: ¿Por qué se quedó Miguel en Durango? Pero, además, tampoco cesaba de interrogarme a medida que iba rebuscando entre las cartas con la letra que me es ya tan familiar: ¿Por qué sigo buscando? ¿Qué me impulsa de manera tan ciega y sorda a ir tras las huellas de ese imprudente, orgulloso y rebelde, al que admiro tanto?

Una fuerza desconocida me lleva a través de las calles angostas, a través de ya borrados senderos del Panteón de Oriente donde no encuentro rastros de él. Esa misma fuerza absurda me lleva a los interiores impersonales de reconstruidos templos donde no encuentro ni una sola letra en los carcomidos libros de actas, e incluso me conduce al directorio donde no figura ningún descendiente del coronel. No he logrado averiguar nada que me explique bien qué diablos pasó, algo que pueda entender o aceptar.

Ya no sé de qué hablo, si de la vida de él o de la mía. Las tengo revueltas; a veces las confundo.

La huella de Miguel me lleva de un lado a otro de esa ciudad que no conozco y, sin embargo, me va resultando cada vez más familiar. Hoy fui a buscar la vieja hacienda de Navacoyán. El dueño de la librería a la vuelta del hotel me brindó las primeras orientaciones: por la carretera de regreso a México, a siete kilómetros está la salida al balneario de San Juan. Y dijo que no tardaría más de quince minutos en llegar ahí. Parecía fácil. Finalmente encontré el camino que sale de la carretera a Nombre de Dios, aunque el entronque no tiene ninguna señal. Una angosta senda medio pavimentada que bordea una acequia y conduce hasta el pueblo de

Contreras. Ahí, al final de ese pueblo polvoriento como todos los de la región, está la hacienda de San Diego de Navacoyán. También hay una iglesia del siglo XVIII, uno de los pocos vestigios del Camino Real de Tierra Adentro que, como sabes, llevaba desde la Ciudad de México hasta Santa Fe, en Nuevo México. Me dijo una viejita del pueblo que el altar de esa iglesia está lleno de oro suficiente para mantener a varias generaciones, y que el cura que quiso derrumbarlo murió, como castigo de dios.

Ahora están reconstruyendo el casco de la hacienda. "Pa'l turismo", fue lo único que me informaron los trabajadores, con la habitual charlatanería de los hombres hoscos de la región ante una mujer sola que no se cansaba de interrogarlos. Poco más allá está el Puente del Diablo, otro de los más famosos vestigios del camino, construido en 1782, sobre el río del Tunal. El pobre río es una desgracia de contaminación: apenas un hilito entre los troncos podridos de los sauces.

Asomé medio cuerpo sobre el puente de más de sesenta metros de largo para interrogar a un lugareño, que afilaba impasible un tallo de junco que extrajo del lecho fluvial. Me dijo que el puente había sido construido por el diablo mismo. El ingeniero que llevaba a cabo la construcción no había terminado en la fecha prometida y vendió su alma a Mefistófeles a cambio de que terminara la obra en una noche. Sin embargo, al amanecer, al puente todavía le faltaba una piedra y el diablo no pudo cobrar su presa.

Yo me quedé pensando que a Satán le dio por andar de contratista de puentes a fines del XVIII por todo el país, porque cerca de Coatepec, en Veracruz, hay otro Puente del Diablo que tampoco pudo terminar. Por lo tanto, el pobre tampoco cobró el alma del convocante. (Y eso que ya tenía práctica.)

La hacienda era el último sitio de descanso y aguaje antes de entrar a Durango y, como muchas de la región, era pequeña y sobria. Más allá, me dijeron, está el balneario. Los terrenos que están junto al río tienen cierto encanto y algunos duranguenses vienen a hacer día de campo bajo la sombra de los sauces.

Aturdida por la búsqueda, regresé al hotel, totalmente cubierta del polvo blancuzco con que el aire me maquilló.

Me compré un montón de libros sobre la historia de la ciudad. La mayor parte de esas historias se brinca olímpicamente el siglo XIX, hasta antes del porfiriato, como si en esos años no hubiera pasado nada. No obstante, fue quizá la época más importante en la historia de esta región.

Me cuesta mucho trabajo ir quitándole las capas a la ciudad para descubrir cómo era. Las apariencias engañan. Muchas de las casas que en un momento pensé que se construyeron en aquel momento, sólo son reconstrucciones. Pero al final, ¿podremos saber cómo era realmente Durango en el siglo XIX?

Nadie supo decirme (ni los viejos memoriosos ni los autores de los libros que he encontrado) dónde estuvo el cuartel en 1859. Me he pasado los últimos días buscándolo. Recorro las calles, pregunto a todo el mundo… Ayer llegué a uno de los posibles lugares donde pudo haber estado, en la avenida Veinte de noviembre (que fue Calle Real), y me topé con Soriana y el hotel Gobernadores. "Sí, aquí estuvo la vieja penitenciaría", me dijo uno de los empleados. Alguien me mandó dos calles más adelante, y en ese predio no encontré más que un estacionamiento. Un callejón sin salida.

Me dolían los pies, caminé aterida de frío, pero no pude parar; seguí de frente por la calle principal hasta donde se encuentra el palacio municipal, entre Madero y Pasteur. Les pregunté a los cronistas de la ciudad, recorrí con desesperación los remodelados pasillos… No alcancé a sentir, no pude percibir la presencia a través del siglo y medio que nos separa.

Apenas me detuve un momento a comer y tomar algo antes de seguir mi búsqueda. Un mapa de la ciudad sitúa ese cuartel perdido sobre la calle de Hidalgo, en la esquina de Aquiles Serdán, es decir, al noroeste de la ciudad, rumbo al cerro de Los Remedios. No encontré nada más ahí para pensar que el dato es certero. Cuando llegué al viejo Colegio Jesuita era de noche. Un vigilante me dejó entrar, y mientras recorríamos las arcadas y el hermoso jardín, me iba diciendo que estaba casi seguro que las tropas estuvieron acantonadas ahí, en el seminario que ahora es el edificio central de la universidad. ¿Estaría ahí el famoso cuartel? ¡Qué angustia no poder encontrarlo!

Deben pensar que estoy loca. Sola, con los audífonos, caminando en la noche. De pronto me quedé inmóvil, mirando una puerta o un solar que para nadie tienen la menor importancia. Seguí buscando los indicios, quiero ver más allá... A veces lo he logrado.

Cuando ya me estaba desesperando, providencialmente conocí a una historiadora que me dejó ver los periódicos de 1859 que yo había buscado por todas partes. Me dejó consultarlos en su cubículo del edificio de la biblioteca. Ahí pude ver con una claridad pasmosa cómo se desarrollaron los acontecimientos. Ella me ha dejado usar su oficina y, con más ganas, decidí quedarme hasta que pueda desentrañar todo el misterio que me trajo hasta acá. Ya te iré contando poco a poco.

Como ves, estuve en plena actividad. Caminé todo el día, visité los nuevos museos y los restaurantes donde me di el lujo de pedir mezcal ante la mirada incrédula de los meseros poco familiarizados con una mujer sola: una mujer sola que bebe mezcal.

Por la noche, la luz de la luna dibujó un gélido pasillo nacarado en la alfombra del cuarto. Después de tomar un largo baño en la tina de mármol, pies desnudos, cigarro en una mano, mezcal de Nombre de Dios en la otra, ese pasillo me llevó hasta la ventana. La monja imperturbable de la torre de catedral vigilaba su ciudad. Lúgubres, los perfiles de los campanarios se erigían también en centinelas. En el límite de las sombras, estaba yo.

Me puse a escribir rabiosamente hasta la madrugada. Ese pasillo de luz me llevó hasta el pasado. Vi la sombra blanca con una palidez de muerte. Mi fantasma sentó a fumar en la otra silla, aceptando un trago. Se rehusó a hablarme, a explicarme nada. No pude tocarlo. Coincidimos en el espacio, pero no en el tiempo. Dos péndulos que oscilan paralelos... Luego, al filo de las tres, volvió a su mundo de enigmas y misterios. A pesar de mis ruegos, su sombra lánguida se desvaneció en la oscuridad.

Por cierto, después de no sé cuántos años de andar como alma en pena buscando la fuga de Bach que Soledad tocaba cuando yo era niña, por fin, ¡por fin!, ayer la he encontrado; es la número siete. Digo "encontrado" aunque ha estado ahí todo el tiempo. Había oído y oído sin escuchar realmente, sin prestar atención. No la identifiqué de inmediato. Cuando por fin reconocí las notas, pensé que yo me paso haciendo lo mismo que ellas: escapándome. La vida de Miguel hace lo mismo conmigo: corre por delante mío para evitar que la alcance, ¿no crees?

Te extraño mucho.

S.

XXXI

Durango: noviembre de 1859

Patoni se llevó la diputación permanente a Nava-coyán.

La frase había golpeado en la cara a Cruz-Aedo cuando entró a su despacho a eso de las seis de la tarde. Alrededor de la mesa de acuerdos se encontraban el licenciado Mascareñas, oficial mayor de gobierno; el comandante de escuadrón Francisco Nieto; Francisco del Palacio y Ángel José Fernández, dos de los abogados liberales que habían permanecido fieles al nuevo gobernador, así como el presbítero Higinio Saldaña, simpatizante liberal. Estaban también Francisco Arce y Tomás Borrego, parte del Estado Mayor de Cruz-Aedo como gobernador provisional del estado.

—¿A Navacoyán? —había repetido Miguel intentando situar el lugar, mientras tomaba su lugar en la cabecera de la mesa.

—El último sitio de recambio antes de llegar aquí, mi coronel, a dos leguas de la ciudad. Es una hacienda textilera, su dueño es adicto a González Ortega y, por tanto, al coronel Patoni.

—Ahí han de estar los diputados curándose del susto con las aguas termales —se burlaba el licenciado Fernández.

—Si la diputación permanente salió de la ciudad, ¿cómo vamos a convocar al congreso? Arce, aliste a sus soldados para ir por ellos. De las solapas traeremos de regreso a esos cobardes.

No había terminado de pronunciar esas palabras, cuando Miguel ya se había arrepentido. Arrojó la colilla del cigarro por el balcón. Dio un puñetazo en la herrería barroca pensando: "Soy un imbécil."

—Si me permite, mi coronel, no creo que sea buena idea —por fortuna había intervenido el presbítero Higinio Saldaña con gran cautela—. Todos ellos pertenecen a prestigiadas familias liberales. Si se emprende cualquier acción en su contra, nos echaríamos encima a todo Durango. No es conveniente que nos malquistemos con la sociedad duranguense. Necesitamos todo el apoyo que podamos conseguir.

—Déjelos que se vayan —dijo el coronel Tomás Borrego. Le dio una larga aspirada a su cigarro y se recargó en la poltrona de terciopelo rojo antes de continuar con voz pausada—. Murguía también está allá con el Batallón Zacatecas. Y déjeme decirle que yo conozco a Patoni, me tocó pelear a su lado en varias campañas. Es un hombre astuto, sabe ganarse a todo el mundo. Si lo perseguimos nos atacará con todo, y también tiene de su lado al Batallón Chi-

NO ME ALCANZARÁ LA VIDA

huahua, aunque siga aquí en la ciudad bajo sus órdenes, coronel Arce.

—¿Entonces? ¿Dejo que Patoni se nombre gobernador? Santos Degollado desconoció a Murguía como gobernador provisional y me nombró a mí. Ustedes saben que el decreto de la diputación local nombrándolo a él no vale nada. Sólo el congreso en pleno podrá nombrar al gobernador.

—No se les olvide que esa misma diputación permitió y solapó el Plan de Tacubaya, así que no merece ningún respeto de nosotros, los constitucionalistas. Respetarlos nos haría cómplices de miles de contraprincipios —sentenció Tomás Borrego—. Deshonraríamos la causa a la que pertenecemos.

—Las órdenes de don Santos para Murguía fueron clarísimas: volver a Zacatecas, llevarse el batallón si usted lo consideraba conveniente, y dejarle a usted la plaza —recordó el licenciado Del Palacio.

—Además, ¿no les parece un acto de la mayor ruindad haber interceptado el comunicado del general Degollado y haber forzado el nombramiento de Patoni antes que nosotros nos pudiéramos enterar de las disposiciones de don Santitos? —reprobó el presbítero.

Una vena se hinchaba poco a poco en la frente de Miguel desde la base de la nariz hasta que se perdía en el nacimiento del cabello. La rabia contenida estaba a punto de hacer explosión, y si eso ocurría, iría él mismo detrás de los miembros de la diputación permanente para fusilarlos.

—A ver, las órdenes de Degollado fueron precisas: convocar al congreso y que nombre al gobernador legítimo —indicó el licenciado Fernández.

—Sólo la diputación permanente puede convocar al congreso en pleno —dijo el licenciado Del Palacio—, por eso es tan grave que se hayan ido.

—Tengo su firma para la convocatoria —susurró Cruz-Aedo con voz lúgubre mirando al piso—. ¿Será suficiente? ¿Puedo convocarlos yo mismo?

—Entonces no hay problema, convoquemos a la legislatura en pleno lo antes posible —exclamó entusiasmado Tomás Borrego, un norteño alto y rubio con bigote y barba entrecanos, a pesar de no rebasar los cuarenta años.

—Pero antes los duranguenses tienen que conocerlo, confiar en usted, mi coronel —sugirió el comandante Francisco Nieto—; que la gente se dé cuenta de que su nombramiento es el legítimo mientras se elige a un nuevo gobernador. Que se den cuenta qué clase de gente son Patoni y sus seguidores.

—Patoni ha estado detrás de ese nombramiento desde hace mucho —informó el licenciado Del Palacio—. No va a renunciar a él fácilmente. Se aferrará con uñas y dientes.

—¿Pero cómo no? Si sabe que tiene todo el apoyo de González Ortega —otra vez había explotado Cruz-Aedo.

—La gente tiene que enterarse de que la única autoridad legal en el estado es usted: jefe militar de la plaza y gobernador provisional nombrado por el propio general Santos Degollado —de nuevo intervino el licenciado Fernández.

Los militares asintieron en silencio.

El ordenanza sirvió más café. Estaba oscureciendo. El muchacho al servicio de Cruz-Aedo encendió las lámparas del despacho; con ello se reavivó la discusión.

—¿Qué sugieren, señores? Ustedes saben que mi ánimo no es de componendas. Quisiera irme detrás de esos malditos ahora mismo, exigirle a Patoni que acepte mi nombramiento y dejarnos de sutilezas de una vez. Yo vine aquí a organizar un ejército y a sacar a las tropas acantonadas, no a pelearme por la gubernatura. Sepan que yo no quiero ser gobernador, y menos aquí donde nadie me conoce. Si tomo el cargo es porque Degollado me lo está ordenando, mientras se nombra una autoridad legítima. Y estoy cierto de que esa autoridad no es el coronel Patoni.

—Sabemos sus motivos y por eso estamos aquí con usted —dijo Arce—. Primero que nada, vamos a redactar un manifiesto. Que el pueblo se entere de lo que está pasando.

—Luego hablará usted con los liberales que se quedaron en la ciudad. Sin duda los convencerá usted de sus buenas intenciones —auguró el licenciado Del Palacio.

—Y antes de que se cumpla un mes, como indica el decreto de don Santos, convocará usted al congreso en pleno a fin de que designe a un gobernador. ¿Qué le parece? —dijo el coronel Tomás Borrego.

Miguel se quedó un momento pensativo. No tenía opciones: Santos Degollado, general en jefe del ejército federal, le había dado plenos poderes y ahora tendría que ejercerlos.

—Está bien. Mascareñas, haga usted el favor de tomar nota.

El joven rubio y pálido salió a recoger papeles y borradores. Cuando iba saliendo, había entrado uno de los oficiales de guardia a avisarle al coronel que Sofía estaba en la sala contigua. El corazón de Cruz-Aedo había dado un vuelco y sin esperar más salió a abrazar a su mujer.

En cuanto Miguel salió, Arce se levantó a servirse un poco de coñac y susurró:

—Lo mejor sería que se fuera. Ésta no es su tierra, ésta no es su guerra.

Tomás Borrego, un militar con gran experiencia, sentenció con aire melancólico:

—Esta maldita guerra es de todos, coronel, nos metieron en ella sin preguntarnos nada. Ahora es de todos.

El licenciado Fernández también se sirvió coñac de la mesita del fondo y señaló, paladeándolo con delectación:

—Era el de Zambrano. Aquí estaba cuando le confiscaron el palacio hace dos años, al igual que el resto de los muebles y creo que hasta el servicio. El coñac es francés. Lo mandó traer desde Veracruz. Y ni a Subízar ni a Murguía les dio tiempo de disfrutarlo. Así que mejor nos lo tomamos antes de que otra cosa suceda. ¿Una copita, padre?

Higinio Saldaña también se sirvió un poco del líquido ambarino comentando:

—No estoy seguro de que acepten al coronel en Durango. Después de todo, nadie lo conoce acá y tiene un temperamento fuerte, por decirlo con palabras comedidas. No le va a gustar a los miembros del congreso que haya amenaza-do a los integrantes de la diputación con fusilarlos si no le firmaban la convocatoria y la ratificación del nombramiento que hizo Degollado.

—No diga usted eso, padre; es protegido de Santos De-gollado, incluso su amigo cercano y, la verdad sea dicha, el coronel tiene razón: tenía que hacer cumplir las órdenes del general Degollado. Los diputados estaban totalmente fue-ra de lugar al negarse —el licenciado Del Palacio abogó por Cruz-Aedo.

—Lástima que dejó que Murguía se llevara al Batallón Zacatecas. Con ése y el Batallón Chihuahua tendríamos una defensa más que considerable, tanto contra Patoni como contra los mochos de la sierra encabezados por los conser-vadores dirigidos por ese Domingo Cajén, si deciden atacar la ciudad —reflexionó Francisco Nieto.

—Pues será el sereno, pero es un hecho que el Batallón Chihuahua, aunque esté en la ciudad, no lo respeta —el li-cenciado Fernández encendió un cigarro, dejando ir el co-mentario como al descuido.

—Los batallones no respetan ni a su madre y usted lo sabe —se burló Tomás Borrego. Cada quien obedece nomás a sus fundadores, o a sus padrinos, o a quien les suelta más dinero.

—De buena fuente sé que González Ortega aborrece desde hace años a Cruz-Aedo, así que esto va más allá de la cuestión meramente política —el licenciado Fernández susurró entre divertido y asustado—. Quién sabe si Cruz-Aedo sea el mejor hombre para ponerle orden a este asunto.

En ese momento, Miguel regresó al despacho. Detrás de él venía Mascareñas, que luego comenzó a leer la proclama.

> Duranguenses:
> En cumplimiento del supremo decreto del día cuatro del corriente, me he encargado del poder ejecutivo del estado…

Era ya muy tarde cuando Cruz-Aedo entró a su cuarto. Lo recibió la oscuridad bañada por la luna. Sofía había dejado la cortina abierta, por lo que los rayos plateados formaban un pasillo en el piso que parecía llevar a reinos de ultratumba.

Abrió la ventana y se asomó sobre el diminuto pretil. El frío le cortaba las mejillas. Prendió un último cigarro mientras buscaba en el balcón de la catedral la figura de la monja que se asomaba de perfil en la torre de la iglesia. Del otro lado, los pájaros en la antigua huerta de los jesuitas todavía peleaban por su espacio en las ramas de los duraznos y los manzanos; el rumor de la Acequia Grande llegaba claramente a esa hora de la noche.

¿Cómo era que había llegado hasta esa pequeña ciudad fría y ventosa? ¿Era su destino? Hacía mucho que Miguel había dejado de creer en el destino. Desde que se había dado cuenta de que podía manejarlo a su antojo. ¿O era que el destino lo había estado manejando todo el tiempo a él? ¿Cómo regresarse y darse por vencido? ¿Qué decirle a Santos Degollado?, ¿qué no había podido con el encargo? No tenía opción. Habría que quedarse y asumir el trabajo. Era nada menos que el gobernador. ¿Por qué no sentía orgullo? ¿Por qué sentía el maldito encargo como una losa en la espalda? A lo mejor era miedo. ¿Se había acobardado? No, eso no. Jamás.

Mientras fumaba, recreó la reunión que había tenido lugar desde las primeras horas de la noche en su nuevo despacho. Palabra por palabra, matices, sospechas, quiso reproducirlo todo en la memoria, completar los huecos, para poder asimilar mejor los hechos y valorar mejor cuáles eran sus fortalezas y debilidades.

Se estremeció en medio de sus recuerdos con el frío de la madrugada. Volvió a entrar al cuarto y cerró los postigos con cuidado. Se quitó las botas a la luz del velador rojo de cristal. No quería pensar en lo que le esperaba. Congraciarse con las familias liberales, incluso hablar con la tropa, hacerlos reaccionar... ¡Qué inútil se sentía para cumplir con esas tareas conciliatorias! Hacía tanto que no escribía arengas... ¿Acaso había dejado de creer en todos sus principios?

De pronto tuvo una idea luminosa: publicaría un periódico. Un periódico donde diera a conocer sus ideas, no sólo a las familias liberales, sino a todo el mundo. Era lo que había hecho siempre: confiar en el poder de la pluma, casi tan grande o mayor que el de la espada. Además, Mascareñas podría ayudarle: era un joven culto, también poeta, que podría redactar una buena parte de las notas.

"¿Cómo le pondremos?"

Después de un rato de cavilar dando vueltas medio vestido en la habitación, junto a la pequeña estufa de barro para no morirse de frío, el nombre del periódico lo golpeó con toda la fuerza de los recuerdos y las ilusiones de la juventud:

"¡*La Falange*! Se llamará *La Falange*."

Se dirigió a la cama y se quedó contemplando largamente a su mujer que parecía disfrutar de un sueño apacible. Se acostó a su lado y la acarició con ternura, reconociendo en la penumbra plateada sus rasgos, sus cabellos largos, el aleteo de su respiración en el silencio. Hurgó bajo el camisón de lino para ir reconociendo las formas amadas y sintió su propio cuerpo despertar al deseo tan largamente aplazado.

Sofía, agotada, abrió los ojos apenas y alcanzó a abrazarlo con una sonrisa.

No le importó traerla de regreso de aquel sueño. Se despojó de la ropa y fue buscando en el cuerpo de su mujer los rincones húmedos, los olores conocidos, los lunares, las pequeñas cicatrices, hasta hacer que su piel se erizara. La poseyó casi con violencia, con todas las ansias echadas al vuelo hasta alcanzar un éxtasis vibrante en medio de los gritos.

Mucho rato después, cuando supo que de nuevo Sofía dormía profundamente, le susurró al oído:

—Amor, amor…, "un alma el cielo me dio, un solo amor me infundió y sólo ese amor tendré…" ¿Recuerdas? Te lo escribí entonces y te lo repito ahora. ¿Ves? Te he cumplido. Y tú que me rechazabas por miedo, ¿recuerdas? Decían que yo era un calavera, creíste que te dejaría pronto. Ya ves, la única rival que has tenido es la guerra. Con esa señora te he engañado muchas veces: me he metido entre sus muslos, la he hecho gritar de placer y de dolor; la quiero abandonar y no puedo; me llama, su olor me busca dondequiera que yo esté y me rinde de nuevo en sus brazos. Por eso estoy aquí, amor, en esta ciudad revuelta y fría, siguiéndole los pasos a esta puta que no me deja estar lejos de ella. Perdóname por arrastrarte conmigo. Tampoco quiero estar lejos de ti.

Respiró profundamente el aroma a jacintos de la nuca de la mujer dormida y, por primera vez en muchos días, a pesar del tumulto de acontecimientos que parecía cercarlo, se sintió en paz.

XXXII

Hacienda de Navacoyán, Durango: 10 de noviembre de 1859

osé María Patoni abrió los ojos. Todavía estaba oscuro. Miró a su alrededor y descubrió la presencia cálida de una mujer a su lado. El respiro acompasado y los movimientos suaves del pecho evidenciaban su profundo sueño.

El militar la miró casi con ternura. Se quedó un momento observando los pezones enhiestos bajo la camisa de basto algodón blanco, la trenza negra que descansaba sobre uno de los cojines, los labios rojos y llenos que permanecían entreabiertos.

Maldijo un momento su condenada costumbre de despertar temprano, intentó dormirse de nuevo, pero los ladridos de los perros y uno que otro gallo se lo impidieron.

—¡Qué pinche frío!

Se levantó en la penumbra y se tropezó con la bacinica. Volvió a maldecir entre dientes.

La mujer se incorporó en el lecho con el ruido que producía el chorro de orina en el fondo del recipiente.

—¿Qué hace despierto tan temprano? —se frotó los ojos con pereza—. Uy, ya están cantando los gallos, ya va siendo hora de que me pare a prender la estufa.

Recogió una a una sus prendas de la silla que descansaba en un rincón: la falda de lana, la blusa de algodón salpicada de florecitas color naranja, el refajo y el rebozo. Se alisó los cabellos y terminó de tejerse la trenza.

José María alcanzó a jalarla de un brazo antes de que la muchacha alcanzara a abrir la puerta.

—¿Así nomás, sin despedirse?

Acarició uno de los senos redondos de la sirvienta y la besó en la boca.

—Aquí la espero hoy en la noche, chatita. Y no se le olvide mandarme mi café al ratito.

Una sonrisa blanca de dientes sanos se dibujó en la cara de la muchacha antes de que despareciera en la oscuridad del pasillo de la hacienda de Navacoyán.

"¿Me estaré enamorando? ¿En medio de este desmadre me estoy enamorando? ¡Chingada madre! Tengo treinta y cinco años, no estoy muerto", pensó el coronel, "Nunca se sabe cuándo se va uno a morir. El día menos pensado me va a tocar, más vale que me vaya contento."

—Además, está muy guapa —dijo en voz alta, como si la sirvienta tuviera la culpa.

Patoni decidió empezar con sus tareas. No había acabado de amanecer, pero de sobra sabía que no podría volver a conciliar el sueño.

Puso un poco de agua en el aguamanil de porcelana y comenzó a lavarse, complacido por el efecto tonificante que tenía el líquido frío sobre su piel. Le recordaba las mañanas en la sierra, cuando había sido gambusino y se levantaba al amanecer para lavarse la cara en los arroyos del deshielo. El Güíjalo era el nombre que daban los habitantes de los pueblos de la sierra al riachuelo que traía generosamente pegado al cuerpo el polvo de oro, aunque también esa misma palabra designaba la actividad de colar el agua en un cuerno de vaca en el que se quedaban las codiciadas piedritas. Ir al Güíjalo era lo que él había hecho durante años en la madrugada. "¿Qué carajo será un güíjalo?", se preguntó.

Se vistió despacio. Cuando estaba a punto de encender el primer cigarro del día, una muchachita apenas adolescente se presentó ante su puerta con la bandeja. Patoni le pidió que abriera los postigos de madera, con lo cual la brillante luz de la mañana duranguense se fue abriendo paso por todos los rincones del cuarto. Ya instalado frente a la mesa de trabajo, con la taza de café humeante entre las manos, se encontró a sí mismo con la mirada perdida más allá de los sauces del río, más allá de las áridas montañas rojas que se recortaban en el horizonte.

Recordó con cuánto cariño le servía su esposa el café al amanecer, allá en Guanaceví, mientras él organizaba los papeles de la administración de la mina, ¿hacía cuánto tiempo? Antes de que todo este relajo comenzara, antes de que lo nombraran comandante de la Guardia Nacional en Santiago

Papasquiaro y tuviera que dejar Guanaceví, la mina, a su esposa y a sus dos hijitos. ¡Cómo los extrañaba! No había podido volver a casa en más de un año.

Lió con parsimonia un cigarro de hoja con los preciados restos de tabaco traídos desde San Andrés Tuxtla para los oficiales de alta graduación; González Ortega se lo había obsequiado. En nada se parecía este material al utilizado por las fábricas locales para los mediocres cigarros que usualmente fumaba. ¡Qué vida se daban los generales! Más valía que se convirtiera en uno de ellos pronto.

Había vivido en Santiago Papasquiaro desde 1857; tomó Durango frente al escuadrón de rifleros de Chihuahua un año después, junto con Francisco Arce y Tomás Borrego, liberando a la ciudad del sitio conservador. Y desde entonces se ganó el reconocimiento de González Ortega. Acababa de llegar de Sombrerete, a donde fue a cumplir un encargo de su protector, cuando los diputados Inocencio Guerrero y Mariano Herrera fueron a suplicar su ayuda. Santos Degollado había nombrado a Cruz-Aedo gobernador y había destituido a Marcelino Murguía. Ellos mismos habían ido a pedir al general en jefe del ejército que revocara el nombramiento sin ningún resultado. Cruz-Aedo, para hacer cumplir la orden, había amenazado a la diputación con fusilar a todos si no firmaban la convocatoria para reunir al congreso y el nombramiento para cumplir la orden del general Degollado. Murguía tuvo que salir de la ciudad con el Batallón Zacatecas. Entonces él había sugerido a la diputación permanente establecerse en otro punto. Antes de dejar la ciudad, la diputación lo había nombrado gobernador legítimo. Todos llegaron juntos a Navacoyán hacía un par de días.

"¡Y ahora me viene este cabrón con que él es el bueno! ¿Quién es ese coronelito de Guadalajara? Por más protegido de don Santos que sea, nada tiene que andar haciendo este fulano por acá."

Patoni recordó de pronto a Sofía y su rabia se hizo mayor.

—Y ahora mandó traer a su mujer. ¿Estará pensando en quedarse aquí para siempre ese pendejo? —ya estaba vociferando.

Había tomado la costumbre de hablar solo en sus primeros tiempos de gambusino, cuando el güíjalo lo mantenía durante horas y días a orillas de los arroyos solitarios de la sierra.

Aspiró largamente del cigarro. Bebió el resto del líquido ya tibio mientras recordaba a la mujer de pelo rojo que se le había enfrentado sin ningún temor. Un ligero estremecimiento le empezó a crecer desde el estómago cuando recordó esa mirada eléctrica y profunda.

"Sofía Trujillo… Estuve tentado a dejarla aquí encerrada, pero ¿para qué provocar a Cruz-Aedo sin necesidad? El pinche coronelito es amigo de toda la División del Ejército de Occidente. González Ortega ordenó que no me metiera con él si no era imprescindible. No quiere problemas con Santos Degollado. La verdad, tiene razón, uno no se mete así nomás como así con el ministro de Guerra y general en jefe del ejército federal."

Suspiró pensando en cómo era que el asunto se había enredado tanto. Miró el reloj y se dispuso a asistir a la reunión con los diputados que estaba planeada para las diez de la mañana en el salón principal de la hacienda.

—¿Durmió bien, mi coronel?

Patoni alcanzó a apreciar el retintín en la pregunta del presidente de la diputación, Inocencio Guerrero. De seguro habría visto salir a la sirvienta de su cuarto.

—Muy bien, señor diputado. El aire del campo siempre es bueno para los nervios. ¿A usted ya se le va pasando el susto? No cabe duda, los militares somos muy canijos y ese Cruz-Aedo tiene fama de bragado, ¿verdad?

Atufado, Guerrero ocupó su lugar en la larga mesa de caoba sin decir nada más. Poco a poco los demás fueron llegando, algunos muertos de frío, ya que si bien Durango era azotado por el viento de la sierra y el sol iluminaba con furiosa saciedad, el frío no huía de él y la hacienda parecía estar menos protegida en pleno llano. La hacienda de Navacoyán estaba provista con todas las comodidades, sin embargo, no era lo mismo que estar en casa.

Patoni inició la reunión cuando los cinco diputados que formaban la diputación permanente del congreso local, el coronel Murguía y algunos oficiales del Batallón Zacatecas muy cercanos al ex gobernador llegaron a ocupar sus lugares.

—Señores, es necesario que vayamos pensando en una línea clara de acción. Por lo pronto, si están de acuerdo, habremos de quedarnos aquí unos días. Ya le escribí al general González Ortega. Hoy mismo se va a enterar de lo que ha sucedido en Durango y me dará las órdenes que juzgue convenientes. Ustedes saben que a mi general no le gustan nada los métodos de Cruz-Aedo.

—Créame, coronel, a nosotros tampoco. Eso de que nos haya obligado a firmar a punta de pistola no es de caballeros —aventuró don Inocencio.

—No es ni siquiera de hombres —añadió enseguida Mariano Herrera.

Un murmullo de aprobación recorrió la mesa.

—Se enojó muchísimo el coronelito cuando se enteró que habíamos interceptado el decreto de Santos Degollado y ya habían nombrado ustedes gobernador provisional a Patoni cuando finalmente le llegó a las manos —le murmuró Murguía a uno de los diputados.

—Una cosa es cierta: debemos actuar con cautela —continuó Patoni—. Los tulises están en Santiago Papasquiaro, se han aliado con Domingo Cajén, el jefe del movimiento conservador en la región, y ya se podrán imaginar la peligrosidad de los conservadores unidos a esa banda de ladrones, en especial si saben que estamos divididos.

—Pues yo tengo que obedecer las órdenes de Degollado aunque me pese —dijo Murguía—. No les escuchó ni siquiera a ustedes.

—Será mejor que obedezca, coronel —dijo Patoni—. Explíquele usted personalmente a González Ortega cómo están las cosas acá.

—Por lo pronto, desde ayer escribí un manifiesto de gratitud al pueblo de Durango, lo van a publicar en *La Sombra de Farías* hoy mismo. ¡Con un carajo! —Murguía asestó un puñetazo a la mesa—. ¡Le estamos dejando todo el campo libre a ese imbécil!

—¡Calma, Murguía! —gritó Patoni—. No nos estamos quedando con una mano sobre otra.

—Por lo pronto, permítanme sugerirles, señores, que expidamos un decreto en toda forma, ratificando el nombramiento de nuestro amigo aquí presente, el coronel Patoni, como gobernador interino —el presidente de la diputación, Inocencio Guerrero, se puso de pie—. No podemos permitir que se pisotee la soberanía del estado de Durango. Santos Degollado podrá ser el ministro de Guerra, pero Durango ya no está sitiado: el general no tiene atribuciones para nombrar un gobernador.

—Apoyo la propuesta —dijo el secretario, don Mariano Herrera—. Es necesario también que de inmediato expidamos nosotros la convocatoria para reunir al congreso en pleno y que ratifique el nombramiento. Si Cruz-Aedo intenta hacerlo, podemos argumentar que firmamos la convocatoria bajo amenaza, lo cual es cierto.

Los presentes aplaudieron y aprobaron con gran entusiasmo la propuesta.

—Será un trabajo duro convencer a todos los miembros del congreso de reunirse con nosotros. ¡Convénzanlos, señores miembros de la diputación!

—Yo me comprometo a buscar el apoyo de los comerciantes. Hoy mismo regreso a la ciudad —Regino Mijares era sin duda el más rico entre los ricos de Durango y podía ejercer todo su poder, mover todas sus relaciones en contra del nuevo gobernador.

—Yo puedo hablar con algunos miembros del Supremo Tribunal de Justicia —Marcelino Bracho provenía de una de las familias más ilustres y tenía todas las facilidades para mover a los jurisconsultos a su favor—; necesitamos su asesoría y su apoyo para que Cruz-Aedo no pueda promulgar una nueva ley electoral y que nos ayuden a convencer a todos los diputados.

—Yo haré venir al capitán Pedro Uranga, él tiene a su cargo el Batallón Chihuahua. El capitán me es absolutamente fiel y hará lo que yo le diga. Si Cruz-Aedo pretende movilizar esas tropas, está perdido —concluyó Patoni, al parecer satisfecho con los acuerdos.

Poco antes de las doce, los hombres abandonaron el salón principal de la hacienda. Los pasillos se mostraban llenos de actividad y murmullos. Los mozos preparaban las cabalgaduras por órdenes de los caballeros que regresaban a Durango; los soldados del Batallón Zacatecas arreglaban las monturas de sus caballos para emprender el camino a casa junto a Murguía; las sirvientas entraban y salían de la cocina cargadas con las viandas rumbo al comedor, para servir el almuerzo a los numerosos invitados del patrón.

Los diputados que se quedaron en la hacienda aventuraron la posibilidad de disfrutar de las aguas termales de San Juan por la tarde, antes de que el gélido viento barriera del todo con la escasa luminosidad del día.

XXXIII

Zacatecas: noviembre de 1859
Estancia de las Vacas, Qro: noviembre de 1859

esús González Ortega se asomó a la ventana; desde el segundo piso del palacio de gobierno frente a la catedral de Zacatecas, alcanzaba a ver toda la calle principal, tortuosa, solitaria a principios de noviembre. En aquella región soplaba un frío de muerte en esos meses y nadie en su sano juicio se atrevería a salir de casa después de las ocho de la noche.

El general se acarició los bigotes rojizos y se paseó un rato más por la habitación. Era un hombre de menos de cuarenta años, con el rostro cubierto de pecas, la frente amplia y los ojos un tanto hundidos bajo unas cejas finas y rojizas. No se decidía a empezar la redacción de una carta que permanecía en su escritorio desde las primeras horas de la tarde.

"Excelentísimo Señor…"

La enorme E en la parte superior de la página entretuvo a González Ortega un par de minutos. Cuando cayó en la cuenta, dos grandes gotas de tinta se habían derramado sobre la hoja.

—¡Carajo! —dijo.

Tomó otro pliego y volvió a empezar. ¡Cuánto trabajo le estaba costando esa maldita carta!

¿Cómo iba a poner a Santos Degollado al tanto de la situación con la mayor delicadeza posible? Patoni y los diputados le habían pedido ayuda casi con desesperación. La situación de Durango se iba complicando de manera increíble a cada hora que pasaba ¿Qué hacer?

Teniendo Vuestra Excelencia en consideración las circunstancias en que se hallaba el estado de Durango durante el gobierno del Sr. D. Juan Zubízar, se sirvió disponer el traslado a aquella capital de un jefe activo y enérgico...

—"Activo y enérgico", soberano cabrón, ese Cruz-Aedo, ojalá pudiera decírselo en su cara.

¿Cómo olvidarlo? Lo conocía desde... ¿cuándo? Desde que eran muy jóvenes en el Seminario de Guadalajara. Él había sido compañero de José María Vigil, amigo de Miguel, en los cursos de filosofía. Cruz-Aedo era apenas cuatro años menor. En aquel entonces Miguel estaba a punto de entrar a la carrera de jurisprudencia. Le tocó presenciar su examen de graduación de los cursos de latinidad. Una envidia sorda lo invadió desde que lo vio por primera vez. Sentía una mezcla de admiración y odio que siempre quiso refrenar. Por la manera en que aquel joven moreno parecía ver a través de él, como si no existiera; por las frases tan correctas que solía utilizar, como si estuviera leyendo todo el tiempo. ¡Estirado! ¡Lagartijo! Lo aborrecía por ser el favorito de los maestros, por estar tan bien vestido, por ese porte elegante que lo distinguía a varias calles de distancia. Lo aborrecía a pesar de que por influencia de Cruz-Aedo, había publicado su primer poema en Guadalajara. La Señora Letechipia se lo había pedido a Villaseñor, quien no se mostró muy convencido; luego supo de buena fuente que Cruz-Aedo había insistido. ¿Lo habría publicado por lástima? ¿Por pura conmiseración?

Sobre todo, odiaba a Cruz-Aedo por que un día en catedral, Ignacia Cañedo le había dado una flor. Él lo había visto todo desde detrás de un pilar.

Las facciones torvas del general se suavizaron. Ojalá pudiera volver a los dieciocho años, a aquella época donde el ángel rubio ocupaba sus sueños y sus vigilias. ¡Cuánto la persiguió sin esperanzas! La veía salir del palacio Cañedo todas las mañanas a misa de seis y la seguía desde lejos. Sabía de sobra que no podía aspirar seriamente a ser correspondido, pero ser desplazado por ese figurín, era demasiado doloroso para su frágil ego de estudiante pueblerino en la capital de Jalisco. Además, Miguel ni siquiera la había pretendido con seriedad. Tiempo después, cuando supo que Cruz-Aedo la había abandonado y que ella había optado por casarse con un viejo abogado que le llevaba veinte años, retó a duelo a Miguel una mañana húmeda en Los Colomos. Cruz-Aedo lo había herido en una pierna. A raíz del incidente, había tenido que salir del Seminario y huir de Guadalajara. Desde entonces se alejó del grupo, menos de Vigil, con quien había seguido escribiéndose todos esos años.

Odió al coronel hasta el último día que lo había visto en Morelia en enero. Tampoco entonces parecía que Miguel lograra verlo a él: su mirada lo traspasaba, como si fuera algo insignificante. Habían estado en la misma cantina, a tres mesas de distancia, y ni siquiera lo había saludado. Se paseaba por las calles con sus amigos: Santos Degollado, Vallarta, Iniestra…, haciendo planes para el futuro, en ese pequeño círculo donde González Ortega no cabía, nunca podría caber. Era verdad que los jefes liberales lo habían reconocido como gobernador de Zacatecas, cuando se habían dado cuenta de cuánta gente podía levantar por el rumbo de El Teúl, pero era claro que Santos Degollado no lo apreciaba como a Miguel ¿Por qué don Santitos lo quería tanto? ¿Qué demonios tendría que hacer él para ocupar el mismo lugar en su estimación? ¡Había reconocido a don Santos, ministro de Guerra y Marina de Juárez como único representante legítimo del gobierno republicano! ¡Había peleado, igual que Miguel, por la victoria de la Constitución! ¡Mejor que Miguel!

González Ortega había palidecido de rabia. Escribía con furor, mojando la pluma incansable en el frasquito de tinta azul. Llenaba los pliegos y los ponía a secar a un lado del escritorio, mientras seguía escribiendo, como si un espíritu maligno le dictara. Luego, devolvió la pluma al tintero. Lió despaciosamente un cigarro y fue a encenderlo a la estufa de hierro del fondo de la habitación. Tras dos o tres aspiraciones profundas al aromático humo del tabaco de San Andrés, tan preciado, echó a andar de nuevo el resentimiento.

Encima, se arrepentía de haberse malquistado con los liberales de Durango. Si no se hubiera robado a Aurora, tal vez ya hubiera logrado que las familias prominentes obligaran a Cruz-Aedo a abandonar la ciudad. Había sido una locura haberse robado a una señorita decente. ¿Si Mercedes llegara a enterarse? Se quedó pensativo otra vez. Pasaron algunos minutos antes de que el gobernador de Zacatecas pudiera continuar su labor. Finalmente, reanudó la escritura con enjundia:

Pero cuando arribó a esa ciudad el jefe a quien V.E. confió tan delicado encargo, había cesado el gobierno del Sr. Subízar, cuya política inestable e insuficiente para la situación, era el principal tropiezo para la marcha del Estado por la senda constitucional. La Diputación permanente, apoyada en la opinión pública y en la guarnición, expidió los decretos de que tengo el honor de acompañar a usted ejemplares y desde luego cambiaron las circunstancias...

—O sea que nombraron a Patoni gobernador —murmuró—, y están desesperados por que Cruz-Aedo se acabe de largar de ahí. Eso es lo que tengo que decirle al general.

…viene a ser ya innecesaria la existencia de un Jefe Militar distinto del que la Constitución del Estado ha establecido para que mande las armas del mismo y mucho más advirtiendo la plenitud de facultades y cierta independencia en su ejercicio concedida a aquel Jefe, según así lo demandaba la indolente conducta del anterior gobierno. Pero esa acertada providencia de V.E., no sólo carece ya de objeto, después de cambiada la persona del Gobernador, sino que puede perjudicar a la unidad de acción y a la más expedita marcha del actual gobierno porque demasiado probable es que se embaracen mutuamente dos autoridades independientes entre sí y investidas de igual suma de poder y atribuciones…

Por desgracia el carácter del señor Coronel D. Miguel Cruz-Aedo, ha confirmado aún antes y después de su llegada a esa ciudad, aquellos fundados temores. Este jefe, antes de pisar el territorio de Durango, se aventuró a dar órdenes a fuerzas que aún no estaban a las suyas y que sólo obedecían las del Gobierno legítimo según el decreto de la Diputación y las de Marcelino Murguía, como Comandante de la Guarnición del Estado de Zacatecas, y cuando apenas había entrado a la capital, sin haber todavía presentado sus credenciales al Gobierno y sin haberse dado a reconocer en la plaza, quiso desde luego mandar en la guarnición y tomar por sí mismo un mando que según la ordenanza, debía esperar se le entregara…

…Tan irregular conducta, ofensiva a la primera autoridad del Estado, debía también producir otros males muy trascendentales, que no sin mucha dificultad se han podido impedir, porque las fuerzas de Zacatecas, que ya en otras partes han sido mal vistas y hasta cierto punto hostilizadas por el Sr. Cruz-Aedo, han rehusado positivamente ponerse a las órdenes de un jefe de quien tienen graves motivos de resentimiento y que se les ha presentado ahora con muestras de muy pronunciada prevención y antipatía.

"¡Mandó azotar a tres cabos del Batallón Zacatecas, el muy pendejo, en enero, en Morelia! Eso no se puede hacer ya a estas alturas. Y por nada, lo que es peor. Porque los oyó hablar mal de él y de don Santos. ¿Y cómo no se iban a burlar de que Miramón se la pasara viéndoles la cara todo el tiempo? Si no fuera trágico, nos moriríamos de risa. En fin, por supuesto que los soldados no pueden ver ni en pintura a Cruz-Aedo, y con razón…

Ahora, metámosle un poco de miedo al buen Santitos."

No dude V.E. que la sección de Chihuahua, enviada a proteger aquellos pueblos, se expone mucho a ser disuelta y perdida para la causa que sostenemos si se le ha de precisar a obedecer a aquel Jefe. Apenas he podido contener las dimisiones de los Comandantes y oficiales de Chihuahua,

mientras V.E. tiene a bien pesar en su prudente consideración todo lo expuesto y resolver lo más conveniente y acerta-
do, que a mi juicio no hay ya dificultad en que sea la reunión
en el Gobierno del mando político y militar con cuantas más
facultades crea V.E. poder encomendarle…

Tengo el honor de reproducir a V.E. las seguridades de
mi muy distinguida consideración y particular aprecio. Dios
y Libertad. Noviembre 11, 1859.

Puso a secar el último pliego y siguió fumándose el cigarro mientras veía asomarse a la luna, llena de melancolía,
detrás de las torres de catedral, detrás de los cristales empa-
ñados de la ventana.

Santos Degollado se dejó caer descorazonado en su catre de
campaña en el campamento cerca de Estancia de las Vacas,
en Querétaro. Veía pasar fuera de su tienda a sus soldados, a
las mujeres que llevaban el agua y los bastimentos, los mozos
de los oficiales que pulían las armas de sus patrones. No podía ocultar la decepción después de la conferencia sostenida
con Miramón esa misma mañana en La Calera. No habían
logrado ningún acuerdo. Los principios eran irreconcilia-
bles, no había manera de detener aquella masacre. A pesar
de que ya ninguno de los dos bandos tenía fondos ni manera
de sostener a los ejércitos, sólo la derrota incondicional del
enemigo y el triunfo absoluto de los principios detendría esa

guerra. A pesar de haber ganado la última batalla en Guanajuato, el ejército liberal estaba al límite de sus fuerzas. Y al
día siguiente al amanecer, una vez más estarían batiéndose
en aquel lugar las dos facciones.

El teniente coronel Bernabé de la Barra pidió permiso
para entrar y le extendió una carta.

—La trajo un correo extraordinario de Zacatecas. Es de
González Ortega.

El general en jefe del ejército y ministro de la Guerra,
desdobló aquella misiva y se ajustó los espejuelos ahumados.

"…Tan irregular conducta, ofensiva a la primera autoridad del Estado, debía también producir otros males muy
trascendentales, que no sin mucha dificultad se han podido
impedir, porque las fuerzas de Zacatecas, que ya en otras
partes han sido mal vistas y hasta cierto punto hostilizadas
por el Sr. Cruz-Aedo, han rehusado positivamente ponerse
a las órdenes de un jefe…"

—¡Muchachos! —Don Santos suspiró dejando caer la
carta sobre su regazo. Parecía haber adivinado todo el rencor detrás de la cuidada caligrafía de González Ortega.

El teniente coronel se sentó junto a su superior.

—¿Puedo servirle en algo, señor?

—Sí. De la Barra, haga el favor de escribir una carta. No
sé adónde se fue mi secretario, y es urgente que esta misiva
llegue lo antes posible a Durango.

—A Zacatecas, querrá usted decir...

—No, teniente, quise decir precisamente a Durango. Tengo que poner orden en un asunto delicado antes de que las pasiones personales prevalezcan sobre lo político, sobre el bien de la causa Constitucionalista. Haga el favor de redactar la carta. Estará dirigida al coronel Miguel Cruz-Aedo, jefe político y gobernador provisional del estado de Durango. Debo ordenarle que pase lo que pase, no salga de la ciudad hasta dejar establecido el congreso local y un nuevo gobernador. Se han formado dos bandos en el partido liberal en aquel estado, Murguía apoyaba a uno de ellos y tuve que destituirle. Pedí a Cruz-Aedo que se hiciera cargo del gobierno dado que él, por ser ajeno a los intereses de cualquiera de los dos bandos, podía establecer el orden de manera más neutral y objetiva. Además, confío ciegamente en la fidelidad y las cualidades del coronel, lo cual no es poca cosa después de que Santiago Vidaurri, general liberal y antiguo amigo, declaró la independencia de Nuevo León en septiembre. Usted me dará la razón. González Ortega, por resentimientos personales con Cruz-Aedo, apoya a Patoni, quien se ha hecho nombrar gobernador por la Diputación, nombramiento a todas luces ilegítimo. Van a querer presionar a Cruz-Aedo, lo van a hostilizar y van a buscar que la sociedad duranguense le niegue el apoyo, y sin embargo, él debe quedarse, debe quedarse ahí hasta que prevalezca el orden y la legitimidad en el estado.

—Entiendo, señor.

—Precisamente ahora que González Ortega decide meter la nariz en un asunto que ni le va ni le viene, es de capital
importancia que Cruz-Aedo no salga de la capital del estado
antes de cumplir su cometido. Si no supiera yo que González es un hombre cabal y entregado a la causa constitucional,
juraría que está tramando algo.

—Por desgracia las ambiciones, las envidias, los renco-
res, los resentimientos personales son sentimientos muy hu-
manos en todos los bandos, señor. Y si se puede saber, ¿por
qué el odio entre los dos?

—No lo sé de cierto. Ambos son parecidos, de algún
modo. Los dos son liberales apasionados, los dos publicaron
periódicos a favor de la causa, los dos escriben versos, los
dos son cultos y valientes, estudiaron juntos en el seminario
de Guadalajara… incluso González pasó por una situación
parecida en la gubernatura de Zacatecas, debería mostrar su
apoyo a Cruz-Aedo en vez de hostilizarlo.

—¿Alguna mujer?

—No lo sé, teniente.

Don Santos se quedó pensativo. Algo no le gustaba
de la actitud de González. Algo nunca había terminado de
convencerlo de la excesiva solicitud del zacatecano, de su
desesperación por agradarle. Apreciaba su valor, pero la
personalidad de aquel hombre le impedía confiar en él completamente.

—Lléveme la carta para firmarla en cuanto la tenga lista. Estaré preparando la estrategia para la batalla de maña-

na. Envíala hoy mismo, antes de la reunión de esta noche con todos los oficiales.

En ese momento, un teniente entró a la tienda de don Santos:

—General, Miramón ha reforzado la artillería. Dicen nuestros espías que está colocándola estratégicamente por todo el campo.

—Su ejército es tres veces menor que el nuestro. Si jugamos bien nuestras cartas, tendremos una victoria arrolladora. Ganaremos Estancia de las Vacas, señores. ¡Constitución o muerte!

—¡Venceremos, mi general!

XXXIV

Durango: noviembre de 1859

 n el salón principal del viejo Palacio de Zambrano se preparaban cuidadosamente las viandas sobre la larga mesa situada al fondo. La chimenea al centro del espacioso recinto calentaba el ambiente y esparcía un ligero aroma a oyamel quemado. Se habían encendido todas las luces: el candil principal y los veladores laterales. El coñac esperaba en las licoreras de cristal, las copas relucían en el enorme espejo con marco de hoja de oro que el anterior gobernador había mandado reparar después de los daños ocasionados por los tulises.

A las ocho en punto, Sofía cruzó el pasillo del brazo de Cruz-Aedo rumbo al salón en la planta alta del edificio. Él vestía su uniforme de gala, con la hebilla del cinturón y las estrellas de los hombros recién pulidas, las botas lustradas, la casaca azul y el quepí relucientes; oloroso, como en otros tiempos, a Macasar. Ella lo miraba con una admiración añeja, con un orgullo que no lograba disimular, con un amor que rebosaba ternura.

Él apretó su mano enguantada y susurró a su oído:

—Gracias por acompañarme, amor. Yo sé que esto no debe ser muy fácil para ti, atender a tantos desconocidos, estar dispuesta a enfrentar a esta gente que quién sabe si resulte hostil.

—Los desconocidos no me preocupan, Miguel. Temo encontrarme con la gente que alguna vez conocí. Eso sería incómodo, pero no te preocupes, todo va a salir bien.

Miguel sirvió dos copas de coñac y le extendió una:

—Por Durango, Sofía.

—Por nosotros, Miguel. Porque esto se acabe de una vez.

Pronto hubieron de separarse para atender a los invitados. Llegaron los representantes de las mejores familias liberales de la ciudad. Los comerciantes acaudalados, los jurisconsultos, los abogados, los dueños de las propiedades más prósperas de todo el valle del Guadiana, familias añejas, descendientes de los primeros conquistadores de la Nueva Vizcaya, agricultores de la región, terratenientes, propietarios de las grandes tiendas de abarrotes y los oficiales del Estado Mayor, Francisco Arce y Tomás Borrego, así como los licenciados Del Palacio y Fernández, y el oficial mayor Cayetano Mascareñas.

En tiempos tan agitados, eran pocas las ocasiones en que podía disfrutarse de una tertulia. Las mujeres de la sociedad duranguense tenían curiosidad por saber cómo era Sofía, qué clase de mujer viajaba sola desde Guadalajara y cómo era que amaba al hombre que les habían pintado como un demonio. La saludaron con cortesía, pero ninguna se acercó a hablar con ella. Fue el licenciado Del Palacio quien se apresuró a hacerle compañía.

—Las mujeres de Durango son desconfiadas, doña Sofía.

—Ya lo sé, licenciado. Yo soy de aquí. Conozco a mi gente.

El caballero entrado en años pareció sorprenderse. No se esperaba esa revelación.

—Discúlpeme, se lo suplico. Sin embargo no me resulta conocida. ¿Cómo puede…?

Sofía lo interrumpió:

—Soy la viuda de Felipe Porras, dueño de La Enredadera, allá por San Miguel Papasquiaro. Mi padre era Celestino Trujillo, de La Perla de Morillitos. Casi nunca veníamos a Durango, ¿sabe usted? Mi familia política no me quería mucho. Ya pasó mucho tiempo desde entonces. Parece que hubiera sido en otra vida.

El licenciado no hizo ningún comentario, se limitó a darle una fumada a su puro y a asentir con la cabeza.

Después de un rato de silencio incómodo, el hombre por fin se decidió:

—Algo supe de eso. Las señoras Porras son conocidas en Durango, no las frecuento mucho porque pertenecen a las familias de la reacción, pero nunca las oí mencionar a la esposa de don Felipe. ¿Cómo imaginarme que era usted? Yo también tengo tierras por allá, en San Dimas. A pesar de todo me han quedado algunas. Esta guerra nos ha cimbrado mucho.

Yo soy liberal de corazón, aborrezco las intrigas de sotanas, pero ¡caramba! ¿Qué va uno a pensar cuando un general liberal llega y le invade a uno sus tierras, llega y se lleva a sus hombres, sus vaquitas, su maíz, sin siquiera pedir permiso? ¿Qué pensar cuando un desgraciado le roba a uno la hija?

—¿Quién le hizo eso?

—González Ortega se llevó a mi Aurora. Se imaginará usted cuánto odio a ese señor y que voy a colaborar de todo corazón con el que esté en su contra.

—Ahora entiendo…

Francisco del Palacio se apenó un poco, carraspeó antes de contestar.

—Bueno, no sólo por eso apoyo a su marido. Me parece que el coronel es un hombre honesto y bien intencionado; además, tiene razón. Santos Degollado es un soldado valiente y un hombre de bien, además de ser el ministro de Guerra; si él mandó a don Miguel para acá, por algo debió haber sido. Pero hay que tener mucho cuidado, doña Sofía, hay que ganarnos a la gente. Su marido tiene un carácter muy brusco, está distanciado del batallón que todavía está aquí; los militares no lo respetan y ya ve usted que la gente de bien no lo conoce, ¿por qué lo iban a apoyar?

—Porque, como usted dice, tiene razón.

—Eso casi nunca es suficiente, menos a estas alturas. Ya le digo, eso de los principios es algo muy relativo; hay que apelar al miedo, a la vanidad y a la avaricia. Venga, permítame presentarla, verá que la gente no es tan mala.

Habló con algunas de las mujeres. La invitaron a sus tardes de costura, le prometieron que harían lo posible porque no se aburriera en la ciudad. En cuanto hubiera mayor seguridad, podrían salir de día de campo. Ya se daría cuenta Sofía que también en Durango había poesía, hasta teatro; tal vez no como en Guadalajara, pero la compañía *Magia Artificial* estaba ensayando ya una obra a pesar de todo el escándalo y la inseguridad. De algo tenían que vivir los pobres artistas, concluyó una de las damas.

Durante la cena, Sofía pudo sentarse al lado de Miguel, quien tomó su mano bajo la mesa, apretándola suavemente. Sus ojos negros sonreían, la acariciaban con cuidado y le decían las cosas que hacía tiempo él no podía decirle.

Uno de los invitados, un comerciante de mediana edad, volvió a traer a colación el tema de los tulises:

—Tienen años escondiéndose en la sierra de Los Mochis y llegan a hacer destrozos hasta Nombre de Dios.

—Pero es la primera vez que se atreven a llegar hasta Durango —completó un abogado vestido de estricta etiqueta.

—Apoyados por los curas, señores —sentenció el licenciado Del Palacio—. No se les olvide que después de desvalijar nuestras casas y destruir la ciudad hicieron una junta política, con el apoyo del cura de El Sagrario, del guardián del templo de San Francisco y de algunos conservadores. Ustedes saben quiénes son.

Todos callaron. Sólo algunos susurros alcanzaron a escucharse. Las cucharas chocando discretas contra el fondo de los platos de sopa era lo único que rompía el silencio.

—Los tulises andan ahora por Santiago Papasquiaro, unidos con Domingo Cajén, y si los dejamos, los conservadores van a venir a tomar Durango otra vez —dijo el coronel Tomás Borrego.

Miguel se levantó y se dirigió a los presentes con la voz serena.

—Y sobre todo, que no les vayan a decir que yo vine a usurpar la gubernatura. A mí me mandó el general Santos Degollado. Mi deber es reunir al congreso para que designe a un gobernador. La diputación que nombró a Patoni es la misma que permitió que se proclamara el Plan de Tacubaya en el estado —un rumor creciente de disgusto comenzó a escucharse en el salón—. Aceptar el nombramiento de Patoni equivale a hacerme cómplice de los déspotas, de los enemigos de la constitución. Aceptar el nombramiento de Patoni me deshonraría y deshonraría los honoríficos cargos con que me ha condecorado la autoridad.

Los convocados aplaudieron de común acuerdo.

—Amigos —prosiguió Miguel—: plagado de bandidos vuestro territorio, desorganizada la administración pública en todos sus ramos, azuzado el pueblo por las sordas maquinaciones de los enemigos del orden y el progreso, y divididos los ánimos por las facciones intestinas que, sin escuchar la voz de la patria, dedican toda su atención a hacerse mutuamente la guerra de personas, sería una loca vanidad de mi parte ofrecerles el remedio de todos sus males… Por fortuna, soy extraño a sus discusiones domésticas y estoy acostumbrado a obrar con la conciencia de mis deberes. No consentiré ningún pupilaje ni en hacerme cómplice de ninguna bandera. Mi único norte será la justicia; mis tutores, la razón y la conveniencia pública.

De nuevo un aplauso, esta vez más fuerte, interrumpió al orador.

—Comprendo las dificultades que me esperan en mi camino; sé que quien es independiente contrae enemistades y es martirizado en ruines venganzas, mas nada de eso me arredra si al menos cuento con el apoyo de los hombres honrados y verdaderamente liberales, pues ajeno a cualquier aspiración innoble, quiero estar a la altura de los títulos que me han conferido…

Los invitados ya no lo dejaron continuar. Una larga ovación ensordeció la última frase. Todos propusieron un brindis por el gobernador provisional.

Francisco Arce también se dirigió a la audiencia:

—Todos los partidos de la capital han reconocido y acatado el decreto de Degollado y las fuerzas del estado están a las órdenes del coronel Cruz-Aedo. Sólo la diputación y el coronel Patoni andan aparentando ser víctimas de un golpe de estado, representando un símil de gobierno y propalando especies inexactas y alarmantes para los pueblos.

La desaprobación levantó expresiones de disgusto.

A la hora de los licores y el café, ya sólo se hablaba de no permitir que la ilegitimidad triunfara. Las damas de sociedad le susurraban a Sofía al oído qué afortunada era de tener un marido fuerte y apuesto, de tan delicadas maneras, un gran orador y, además, todo un intelectual. Había llegado a los oídos de los ahí presentes que Cruz-Aedo había escrito una novela. Que escribía discursos inflamados que habían puesto los pelos de punta a los curas en Guadalajara; que sus poemas de amor eran arrebatados y, a la vez, dulcísimos.

Patoni era un minero, un arribista. ¿Qué les podía contar?

Preferían la compañía de un hombre que hablara de los altos ideales de la patria, que supiera quiénes eran Lamartine y Víctor Hugo, que declamara versos en la sobremesa y les contara de los días que había pasado en la Ciudad de México, en el Liceo Hidalgo y en el café Veroly. ¿Era amigo de Ignacio Manuel Altamirano? ¿Y de Francisco Zarco, el insigne hijo de Durango? ¿Había visto actuar en el teatro a la Peluffo? ¡Cómo! ¿Había estado tan cerca del señor presidente Juárez? ¿Sabía Miguel bailar? ¡Cuántas mazurcas y contradanzas iban a flotar con él!

Las rollizas matronas ponían los ojos en blanco, y las hijas de los acaudalados liberales duranguenses palidecían de envidia y deseo al ver al apuesto gobernador y a su mujer tomados de la mano.

Sofía sonrió complacida. El licenciado Del Palacio tenía razón.

Esa noche, antes de dormir, Sofía le preguntó bajito a su marido:

—¿Por qué ya no escribes?

—¿Y quién crees que redacta *La Sombra de Farías*? Mejor aún, ¿quién crees que va a redactar *La Falange*, nuestro nuevo periódico?

—Ya lo sé. No me refiero a artículos políticos del periódico oficial, Miguel. ¿Qué fue de la novela aquella que empezaste a publicar cuando te conocí? ¿De los poemas?

Miguel se recostó en el regazo de su mujer. Así, aspirando el perfume del camisón de lino, se atrevió a decir:

—Todo eso está muerto, Sofía. ¿Cómo comprendes que voy a andar escribiendo versitos en medio de esta catástrofe? ¡Le dejé el espacio de los versos a Mascareñas! ¿Sabías que tradujo a Byron?

—No me cambies el tema, ¿dónde está la novela?

—Ni sé dónde quedó. En la casa, tal vez, entre los papeles del despacho. Fantasías, alucinaciones de noches en vela. No valía la pena.

—Pero si la llevaste a México. Hasta Altamirano reconoció tu talento. Podrías haber…

—Nada Sofía —le tapó la boca con la mano—. Shh.

—¿Viste a la Peluffo en México? —preguntó ella cambiando de tema—. ¿Cómo es que casi nunca hablas de tu estancia allá?

Parecía haber sido en otro tiempo, en otra vida. ¿Fue en 1856? No se acordaba, dijo. Y sin embargo se acordaba bien. Había sido una de las mejores épocas de su vida: los días en plena discusión con los constituyentes, las noches de juerga, de planes y lecturas poéticas en las cantinas y cafés con Altamirano, Prieto y los otros. Lo recordaba como un sueño en el que las ilusiones estaban intactas y parecía que podían hacerse realidad. En ese sueño, él hubiera podido ser un gran escritor y vivir en México, y seguir luchando desde la tribuna por el bienestar del país. En ese sueño, él nunca hubiera tocado una espada ni hubiera matado a nadie.

—Prefiero olvidar lo que pudo ser. Elegí otro camino. Tal vez ni siquiera fue cuestión de elegir. De algún modo las circunstancias lo han hecho por mí.

—Elegiste irte con López Portillo y volviste a elegir cuando votaste en contra de Santa Anna y te llevaron preso. Pablo Jesús, en cambio, nunca…

—Ya sé. Pablo Jesús se retiró de la política. Se separó de nosotros cuando empezó a importar, igual que el doctor Herrera y Cairo. En cierto modo es bueno que se hayan muerto tan pronto. No vieron la peor parte, hubieran tenido que meterse a fuerzas.

—¡Miguel! Tú sabes que Pablo Jesús no abandonó la causa. Sabes que escribió hasta el fin contra los conservadores.

Sofía se incorporó en la cama.

Él le tomó el mentón con los dedos. La abrazó con cariño.

—Ya sé que era tu amigo, y era el mío también, no se te olvide. ¿O sentías algo más por él?

—¡Estás loco!

La besó con furia. Se apropió de su boca como si quisiera beberse su alma, su sangre toda, arrancarle la vida. Deshizo su peinado. Ella lo dejaba hacer, sabiendo que no podía enojarse con él por mucho tiempo, que en el fondo disfrutaba de sus celos absurdos. Ella buscó entonces en su boca las respuestas que él no quería darle, buscó afanosamente con la lengua los secretos de su marido y él, en silencio, se los fue regalando. Los depositó uno a uno sobre el cuerpo femenino como en un altar. Un secreto mientras mordía sus pezones oscuros, un secreto mientras pasaba los dedos por los muslos y llegaba al sexo, un secreto mientras la hacía enchinarse con la lengua, haciéndola gozar y olvidarse de preguntarle nada.

Miguel se sabía privilegiado. Le hizo el amor a aquella mujer que lo besaba entre versos tejidos con su cuerpo. Ella lo remontaba a insospechados paraísos donde él era el absoluto soberano. Alas las manos, dedos los ojos, aquella mujer lo sometía, lo subyugaba, lo atormentaba haciéndole esperar el éxtasis, lo construía a fuerza de palabras sin sentido venidas de una región donde, según ella decía, todas las mujeres habían muerto de melancolía por no haberlo conocido.

En medio de la borrosa conciencia ya habitual en los últimos días, él estaba dispuesto a prometerle a cambio cualquier cosa: ser su esclavo, su sombra, el tapete que pisara. Ella podía golpearlo con el látigo de sus insultos, con el dorso de su desconfianza, horadarlo con sus celos, y él no se iría. No se iría nunca. Si tan sólo ella pudiera esperar a que la guerra terminara… Si tan sólo ella pudiera creer en lo mismo que él…

Cuando el cuerpo de Miguel reposaba entre las colchas, ahíto, Sofía se volvió a mirarlo. Admiraba los párpados cerrados, las cejas delgadas, la nariz recta, la barbilla partida y el bigote negro. Pero también recordaba las noches en que lo había sentido levantarse y, después de encender el cigarro, lo había visto cortar la pluma y escribir. Escribir largamente y luego romper los pliegos, lleno de desesperación. Miguel seguía siendo un poeta. ¿Por qué negarlo? ¿Por qué plantearse la elección? Luchar por una causa no significaba dejar de escribir. Otros seguían haciéndolo, ¿por qué él no?

—Cuando esto termine, prométemelo, vas a terminar esa novela.

Él le palmeó suavemente el vientre y dijo en un susurro, con su hermosa voz:

—Duérmete, mi amor.

XXXV

Durango. Noviembre de 1859.

 abrá sentido don Santos el galope enloquecido de los caballos de la muerte retumbando en su cabeza hacía tres días en Estancia de las Vacas? ¿Habrá sentido la presencia de los monstruosos caballos de la locura y la ansiedad antes de iniciar la batalla?

Cruz-Aedo recibió el parte militar el 16 de noviembre muy temprano: derrota apabullante de las fuerzas liberales en Querétaro, a pesar de la superioridad en los números. Sus propias huestes habían abandonado a don Santitos, ¡cobardes! ¿De qué le habría servido al general en jefe tener diez mil hombres más si no habrían de obedecer sus órdenes y defeccionaban? Degollado tuvo que huir a su pesar, obligado por sus coroneles, rumbo a San Luis Potosí.

"En estos momentos, las recriminaciones no son más que el despecho y la impotencia; la quietud, la resignación con la ignominia. Sólo tenemos un camino de reparación: la lucha. Las mujeres lloran, los hombres se vengan."

Leyó Miguel aquella mañana helada de noviembre las palabras de su amigo querido y de nuevo sintió la rabia subirle por la columna vertebral hasta cegarlo.

Miguel había probado el acíbar de la derrota varias veces en su vida. Era un sabor difícil de olvidar, junto con el olor a tierra mojada y el ruido enloquecido de los caballos de la muerte metido en la cabeza. Se sirvió un poco de la botella de aguardiente que descansaba sobre su escritorio, entre las pilas de papeles que permanecían ahí, esperando la resolución final de Cruz-Aedo.

Indultos… informes de comisiones… permisos extraordinarios… redacción de proclamas… revisión de las leyes recién creadas… peticiones de préstamos forzosos… devolución de propiedades incautadas a los liberales… supervisión del periódico oficial…

—Y hay que hablar personalmente con cada uno de los diputados, convencerlos…

Sabía que no le harían caso. Los pocos que se habían dignado recibirlo, lo habían escuchado de manera fría y distante. ¿Quién reuniría al congreso? Se le estaba acabando el tiempo.

—Que esperen. Que esperen todos. O, a última hora, que se vayan al diablo. Todos nos vamos a ir al diablo. Esta guerra, el país, todo. ¿Qué caso tiene estar aquí? ¡Qué me

importa esta gente a la que ni conozco ni aprecio! ¡Qué demonios hago en esta ciudad! ¡Qué tengo yo qué ver con esta
gente! A ellos les da igual que los mande yo o que los mande Patoni o que los mande el mismísimo Demonio. Alguien
debería tomar nota de todo esto y hacer que tenga sentido.
¿Quiénes seremos todos nosotros en cien años? Nadie. Ceniza. Polvo. Nada.

Los golpes en la puerta lo sacaron del marasmo.

Era Sofía. Al verla, hermosa con el cabello suelto y las
mejillas enrojecidas por el frío, tan deseable bajo el sencillo
vestido de paño, recordó los versos de Quevedo:

...serán ceniza, mas tendrá sentido:
polvo serán, mas polvo enamorado.

Pronto estaba a su lado. Con infinita ternura la mujer
le alisó el cabello y, quitándole el vaso de entre los dedos, se
sentó en sus piernas.

—No has salido de aquí desde hace dos días, Cruz-Aedo. ¿Cuánto tiempo más vas a permanecer encerrado?

—Obligaron a don Santitos a huir a San Luis Potosí.
Dicen que tuvo una entrevista con Miramón en La Calera,
antes de la batalla —le contó sin responder a su pregunta.

—No creerás que el general sería capaz de una traición
—dijo Sofía.

Miró a su mujer con ternura. Pasó la mano por su mejilla delicadamente.

—A estas alturas, ¿quién sabe dónde está la razón? Dicen que quiso llegar a un acuerdo. Evitar tanta mortandad y tanta locura.

—Ya quiero que se acabe, Miguel.

Sofía se acurrucó en su pecho. Cerró los ojos por un momento, luego, volvió a dejarlo solo.

El comandante de escuadrón Francisco Nieto y los coroneles Tomás Borrego y Francisco Arce estaban en los baños de la calle de la Aduana, a media tarde. Descansaban en sendas tinas de madera, fumando cigarros bien lubricados con coñac y jerez.

—Don Santos quiere que saquemos al Batallón Chihuahua de Durango. Acaba de llegar la orden —dijo Nieto—. Está rehaciendo el ejército en San Luis Potosí.

—Después del ridículo de Estancia de las Vacas, es admirable su presencia de ánimo —dijo el coronel Borrego.

—Y su capacidad para rehacer ejércitos, volverse a levantar —terció Arce— no en vano le llaman "La Abeja".

Un agradable sopor los invadía. La conversación desfallecía con el vapor, a medida que sus miembros se relajaban en el vientre acogedor de la tina caliente. De vez en cuando el ordenanza de Tomás Borrego les derramaba sobre las espaldas una jarra de agua caliente.

—¿Y cómo carajo vamos a sacar a los soldados? —dijo Nieto, animado de súbito por el licor—. El Batallón Chihuahua no nos ha obedecido nunca. Cruz-Aedo se ha dedicado a hacerles la vida imposible a ellos y a los de Zacatecas. Antes incluso de que llegara, ya los oficiales decían que con él ni a la esquina.

—Pero no nomás odian a Cruz-Aedo, tampoco quieren nada con usted —Tomás Borrego señaló a Francisco Arce—; son fieles a Patoni y harán lo que él diga. Si no se le han levantado a nuestro gobernador, es porque Patoni de seguro les puso un estate quieto y que algo trama hacer con ellos.

Arce, en medio del vapor y las volutas del cigarro pareció ignorar la alusión a su impopularidad.

—¿Pero Patoni es capaz de ir en contra de las órdenes de don Santos? —preguntó.

—Patoni no le responde más que a González Ortega. Con su protección, no necesita más. Degollado está muy ocupado rehaciendo su ejército —comentó Borrego—. No le importa mucho lo que ocurra aquí. Nos gira órdenes, no se ocupa de cómo las cumpliremos o con quién nos tendremos que pelear para hacerlo.

—A esto ya se lo cargó patas de cabra. Miramón ya nombró a un gobernador conservador en Santiago Papasquiaro y Cruz-Aedo está aquí sin ningún poder real para resistirlo; no es más que cuestión de tiempo.

—Los liberales de la ciudad ya lo están abandonando. No les gustó que les impusiera préstamos forzosos; que proclamara la famosa ley de educación y que les cobrara multas por no poner escuelas en sus haciendas. No cabe duda que la fidelidad a la causa llega hasta donde empieza la bolsa.

Tomás Borrego cogió el periódico con su mano mojada, sujetando el puro con los dientes.

—Pues fíjense que no tanto: aquí hay un par de cartas de adhesión al gobierno legítimo del coronel…y uno de los notables de Durango escribe un recuento de los hechos favoreciendo a Cruz-Aedo. No debemos darnos por vencidos.

—¿Y qué vamos a hacer? —preguntó Arce.

—Usted no se preocupe, mi amigo. ¿Qué no estamos a gusto aquí? Tómese su coñaquito, enjuáguese bien y llénese de pies a cabeza de perfume francés, que ahorita nos vamos a buscar unas muchachas y santo remedio. No sea que el día menos pensado se nos acabe el tiempo.

La carcajada de Tomás Borrego resonó por todo el cuarto. Los militares brindaron:

—Por la república.

—Por don Benito.

—Por el pobre infeliz que en este momento se está devanando los sesos en el palacio de gobierno para encontrar una manera de convencer al congreso de nombrar un nuevo gobernador y de sacar a los soldados.

—No le haga, comandante, que junto con ese pobre infeliz, yo también soy responsable de cumplir la orden.

Volvieron a reírse de buen grado.

—¡Ah qué mi coronel Nieto! Usted siempre tan responsable… A ver cómo le termina yendo.

El 24 de noviembre, Patoni, con su pequeño ejército logró vencer a Cajén, el gobernador conservador, obligándolo a replegarse hacia la sierra. Entró sin disparar un tiro en Santiago Papasquiaro, ese mismo día.

Un par de días después, un barullo se dejó escuchar en el pequeño palacio municipal. El congreso en pleno se estaba reuniendo en el salón principal, convocado por la diputación permanente.

Patoni no pudo ocultar su enorme placer. Agradeció al presidente y al secretario de la diputación, quienes habían trabajado duro para hacer eso posible.

—Señores —les dijo con una gran sonrisa—, ¡lo han logrado! No debe haber sido fácil convencer a los treinta diputados de venir hasta acá. Ahora, para completar nuestro triunfo, permítanme informarles que he recibido una carta urgente de González Ortega. Degollado va rumbo a Tampico para embarcarse a Veracruz. Juárez lo ha nombrado ministro de Relaciones. ¿Quién creen que se queda como jefe del ejército federal? Don Jesús.

—¡Se le acabó el teatro a Cruz-Aedo! —dijo Inocencio Guerrero.

—¡Va la nuestra! —exclamó Mariano Herrera.

Los diputados se integraron a la reunión privada del congreso y Patoni tuvo que esperar las resoluciones en el despacho del presidente municipal.

Unas horas más tarde, los dos amigos de Patoni entraron en la oficina con gran revuelo:

—¡Listo, querido amigo! —Guerrero exclamó primero, llegando hasta el centro de la habitación corriendo en la medida que sus cortas piernas y su pesada humanidad se lo permitían—. Se ha nombrado una nueva diputación permanente, que en quince días promulgará una ley electoral. Mientras tanto, se ratifica su nombramiento como gobernador interino. Cuenta usted con todas las facultades.

—¡Felicidades, coronel! —Herrera le extendió el nombramiento—. El congreso también ha adoptado nuestra protesta contra la conducta de Cruz-Aedo. ¡El único gobernador legítimo es usted!

—Y el único a quien apoya el general González Ortega, nada menos —completó Guerrero—. Pronto estaremos en Durango.

El nuevo gobernador mandó traer la música. Pronto las chinas desgranaban un jarabe y los oficiales hacían traer una damajuana de mezcal. El frío que bajaba de la sierra dejó de sentirse pronto en el modesto palacio y muchos vecinos de Santiago bailaron y bebieron hasta caer rendidos en la madrugada gritando vivas al gobernador legítimo.

¿Cómo podía ayudar a Miguel? Tenía varios días pensándolo, dándole vueltas a las posibilidades. Sabía que los bandidos del Indé eran suficientes en número y en armas como para enfrentarse al ejército y sin embargo ¿cómo ir a buscarlos? Le escribió a su amigo el licenciado Gamiochipi en Santiago Papasquiaro pidiéndole consejo.

"Venga usted" le contestó él, lacónico, "aquí podremos arreglar un encuentro".

Al recibir las noticias de la boca de Miguel a finales de noviembre, sobre el nombramiento del general Degollado y su viaje a Veracruz, al ver el terror en los ojos de su amado, se decidió.

Probablemente él no se daría cuenta de su salida, encerrado como estaba en su despacho. Podía pasar días enteros sin verlo, entre sus encierros cada vez más frecuentes, las labores del periódico, las reuniones con los notables y los oficiales… cada vez dormía menos y, sí, pocas veces estaba sobrio. Casi apostaba que Miguel no la echaría de menos. Pero, ¿y si la descubría? Nunca lo había retado tanto y, francamente, le tenía miedo. Aunque por otro lado, se sentía confiada: el hacerse acompañar por uno de los mozos de la cuadra le permitiría gozar de mayor seguridad. Además, ella conocía aquellos caminos como su propia mano y no era nada mala disparando.

A medida que se iba transformando dentro del atuendo que Paula le había conseguido, dejaba de temblar. Cuando se ciñó la cartuchera y la hermosa *colt* de Miguel, ya era otra.

Villahermosa, Ojo de Agua, Guajolotes, La Tinaja, La Alameda, San José del Pachón…Sofía iba recorriendo los pueblos que habían permanecido en un rincón oscuro de su memoria y cuyos nombres le iban brotando del corazón como si los hubiera visto ayer. Llegó a Santiago Papasquiaro cubierta con un sarape, vestida de soldado liberal. Acompañada por el mozo, había recorrido los caminos siguiendo sin querer las huellas de Patoni para reunirse con su viejo amigo el licenciado.

Cuando cruzaba la plaza, se encontró con la fiesta de Patoni y los diputados. Había dejado al mozo con los caballos en la entrada del pueblo para no despertar más sospechas. A pie quiso cruzar el barullo, sin quitarse el sombrero y con el sarape de campaña subido hasta los ojos.

Uno de los soldados, ya muy borracho, le extendió un jarro de mezcal.

—Brinda por el gobernador Patoni, cabrón. ¡Ándale! O qué, ¿no eres hombre?

No tuvo otro remedio: alzó el jarro y lo apuró sin decir nada. Le dio una palmada en la espalda al joven a quien poco le faltaba para caerse solo.

—Pérate tantito… —pronunció en una jerga alcoholizada el hombre cuando ella ya se alejaba— ¡Momento! ¡Momentito! ¿Cómo te llamas? ¿De qué batallón eres que no te he visto?

Le clavó unos ojillos como alfileres, inyectados por el consumo del traicionero mezcal de la sierra. Intentaba reconocerla bajo el quepí que con dificultad cubría la larga mata de cabello rojo.

—José —dijo Sofía aclarándose la garganta para hacer ronca la voz y bajando la cabeza hasta esconderla en el sarape— soy del quinto de línea.

El soldado, a pesar de la borrachera, comenzó a albergar sospechas. Ya iba a sacar la pistola cuando sonaron los primeros cohetes. La muchedumbre se enardeció y Sofía aprovechó para escaparse entre la turba.

A lo lejos, veía a Patoni bailando con una de las chinas en el templete del palacio. Los cohetes y los toritos de luces retumbaban en el cielo que ya se oscurecía. De nuevo un escalofrío la recorrió toda. El mal presentimiento se acentuaba. Calculó que, siendo como era, buena tiradora, a aquella distancia podría haberle disparado al "gobernador legítimo" y nadie se hubiera dado cuenta. El tiro se hubiera confundido con un cohete, o con uno de los balazos que los soldados tiraban al aire dando gritos. No tenía miedo, más bien sentía una emoción creciente derivada de la travesura. Si Cruz-Aedo supiera dónde estaba, él sí que la mataría.

Llegó a la casa del licenciado Gamiochipi sin contratiempos. El anciano ya la esperaba, muerto de miedo. La tomó en sus brazos y la besó como a una hija.

—¡Por fin! ¡Sofía, hija mía! ¡Dime que no te han reconocido!

—¡Licenciado! —Sofía suspiró con alivio, cerrando los ojos y sintiéndose en casa de nuevo.

Pronto, el ilustre abogado la puso al tanto de todo lo ocurrido aquella tarde.

—Dígame, licenciado, ¿la gente en Indé estará dispuesta a ayudar a Miguel? ¿A ayudarnos? Ahora veo que la situación es más desesperada de lo que pensábamos. Patoni no tardará nada en llegar a Durango y si don Santitos ha dejado el mando del ejército y Jesús González Ortega lo ha tomado, Miguel se ha quedado sin protección alguna. Ese batallón responde a Patoni, o en el mejor de los casos, a sí mismo, pero no va a obedecer a Miguel. ¡Ayúdenos, licenciado! Patoni es capaz de… no sé, tengo un mal, muy mal presentimiento.

El viejo se quedó mirando a la joven señora que hacía diez años se había ido del pueblo buscando su futuro en Guadalajara. Le acarició una mejilla y le preguntó a bocajarro:

—Lo quieres mucho, ¿verdad?

—Como nunca había querido a nadie. Es terco, de un carácter de todos los demonios, hace lo que le da la gana, no siempre lo más sensato, pero no sé qué haría si algo le ocurriera.

—…el hijo de mi amigo Cruz-Aedo… —dijo pensativo el abogado— ¿qué diría su padre?

—Estaría muy orgulloso de él, sin duda.

—Vamos a ver, hijita. Antes que nada, tiene que quedar claro que estas personas son bandidos. Han sido perseguidos por el gobierno de Subízar e incluso ahora, por el gobierno de tu marido. Tendré que prometerles amnistía, el perdón.

—Sí, licenciado, yo me encargo de que se les conceda todo, pero, por favor, que vayan a Durango y nos brinden su protección, nos ayuden a cumplir las órdenes de Miguel, que se establezcan en la ciudad hasta que la nueva diputación haya nombrado un gobernador y nos escolten de regreso a Guadalajara. ¿Cuántos cree usted que puedan reunirse?

—No sé, por lo menos unos seiscientos, setecientos hombres —de pronto el abogado se veía dubitativo—. Mírate ¡por dios! Una mujer hermosa vestida de soldado y planeando una asonada. ¡Hasta dónde hemos llegado!

—Licenciado, mi marido corre un grave peligro. Es lo único que me importa. Además, Patoni, usted lo sabe, no es el gobernador legítimo, como tampoco lo es este congreso espurio que le hace el juego. Usted siempre ha sido un gran liberal, ¡no se arrepienta ahora!

De las tinieblas del patio, entró al salón un hombre embozado.

Sofía se puso de pie y sacó la pistola.

—Vaya, vaya, ¿qué tenemos aquí? Una damita muy, muy enojada.

—O muy desesperada —dijo el licenciado con una sonrisa—. Sofía, guarda eso. Este es Ricardo, el jefe de los bandidos del Indé.

Sofía siguió sosteniendo la pistola, desconfiada.

—¿Cómo sé que podemos confiar en usted?

—Ricardo es mi sobrino, Sofía. Respondo por él. Hace tiempo tuvo que irse al monte por haber matado a un hombre.

—No le cuente tanto, tío. ¿Para qué? Eso es historia antigua.

—Hace un año, en el burdel de Matea, se encontró con un viejo conocido tuyo, quien quiso matarlo a traición por un juego de cartas. Este muchacho le disparó en defensa propia, pero nadie le creyó. Desde entonces se fue al mineral del Indé y vive prófugo. Ricardo mató a Remigio Torres.

—Es una vida como cualquier otra. Ya no podría vivir de otro modo. Con que… tenemos que ir a Durango y ayudarla a salvar a su marido —dijo con un aire burlón aquel hombre alto, de largas patillas oscuras y ojos verdes, como de águila.

—A defender la causa de la Constitución. A salvar no sólo a un hombre valiente, sino la legalidad –dijo Sofía, todavía sorprendida por las revelaciones de aquella noche.

—Esto es una paradoja. Los bandidos salvando la legalidad…

—Cuando los que deberían defenderla se empeñan en destruirla, no queda otro remedio.

—Es convincente esta muchacha —le dijo el bandido a su tío—. La verdad es que la legalidad y la constitución me tienen sin cuidado. Sin embargo la ayudaré porque mi tío me lo ha pedido, porque admiro a una mujer valiente y porque me está prometiendo el perdón —esta vez se dirigió a Sofía, mirándola a los ojos—. Déme un tiempo para reunir a los muchachos y llegar a Durango. Los ayudaremos a cruzar la sierra y los escoltaremos hasta Tepic.

Las palabras del bandido le quitaron a Sofía un peso de encima; respiró profundamente.

Luego se derrumbó en el sillón. Risas y lágrimas eran todo uno, temblaba soltando al fin la tensión contenida. El licenciado la abrazó, consolándola con ternura. Entonces se dio cuenta de que estaba exhausta.

Miguel despertó cubierto de un manto cristalino de sudor helado. Era pleno noviembre y hacía frío. La pequeña estufa de metal que calentaba el despacho desde el rincón se había apagado. Se sintió presa de la fiebre. En vez de agua de la jarra de cristal sobre el escritorio, se levantó a buscar la botella de aguardiente que estaba siempre en la mesa junto a la ventana. Después de apurar varios tragos, salió trastabillando hasta la habitación.

¿Qué hora era?

No había nadie en los pasillos del Palacio de Zambrano. Sólo una luna temblorosa lo miraba desde el cubo de cielo en el patio principal. Qué frío sentía a pesar del aguardiente que le circulaba en el cuerpo.

Abrió la puerta de la habitación y vio que estaba vacía. En la penumbra roja que pintaba el velador, apenas se dibujaba la cama tendida, los muebles ya familiares, la ventana.

¿Dónde estaba Sofía? ¿Qué pinche hora era esa para salir? Oyó las campanadas de las siete en la catedral. "Es temprano" pensó en medio de la nebulosa del licor "seguro volverá pronto".

¿Cuánto tiempo había pasado? Abrió los ojos jadeando de susto y tiritando. Esta vez alcanzó la jarra de agua y bebió directamente de ella. Se moría de sed.

¿Qué hora sería? Debían ser las tres. Alcanzó a ver a la luz de la enorme luna llena que entraba por la ventana. Una hora maldita, pensó. Ni es de noche ni acaba de amanecer. Dicen que es la hora de las almas en pena. ¿Cuánta gente habría muerto en el viejo Palacio de Zambrano? ¿Cuánta faltaría por morir? Sintió un escalofrío que lo recorrió desde la base de la columna vertebral. Un coronel no tiene miedo a los aparecidos. Un militar no cree en esas cosas. Un poeta busca a las sombras de los muertos para que le cuenten historias. Un poeta es casi un alma en pena. Fantasma de sí, ¿por qué tenía que esconderse en las sombras de la madrugada para escribir?

Buscó el cuerpo de Sofía a su lado en la cama. No estaba.

De pronto el susto le bajó la borrachera. Seguía sudando helado. ¿Y si Sofía lo había dejado?

Encendió la lámpara y reguló la luz. Todo estaba en su lugar: los vestidos en el armario, la ropa interior en los cajones. Suspiró con alivio. De pronto descubrió una nota en el pequeño escritorio.

"No te preocupes, amor. Fui a Santiago Papasquiaro a visitar al licenciado Gamiochipi. Antes de que te des cuenta estaré de vuelta".

—¡Esta mujer está loca! Santiago Papasquiaro… ¡me quiere matar de susto!

No había nada qué hacer. ¿Cómo salir a buscarla en medio de la noche? Abrió la ventana para despabilarse con el aire helado. Daba vueltas a grandes zancadas por el cuarto.

—Si algo le llega a pasar por mi culpa… ¡Dios! No podría perdonármelo. Pero ¿qué estoy haciendo? ¿Cómo es que la he descuidado tanto? En estas últimas semanas la he visto tan poco… Si llegara a perderla, yo…

Había sido muy feliz con aquella mujer. Experimentaba con ella sensaciones y deseos que ninguna otra había podido despertarle. Le gustaba mucho la manera salvaje que tenía de hacerle el amor: era una pequeña fiera, un felino de cabello rojo que lo rasguñaba y lo mordía en los momentos de mayor pasión, que se entregaba con un goce pagano a sus caricias más atrevidas y nunca le decía que no.

Con Sofía nunca había tenido que discutir de religión, como con las otras mujeres que había conocido. Ella nunca le había cuestionado su deísmo, sus ataques a los curas y, por el contrario, celebraba sus discursos en que había atacado a la iglesia católica y todos sus ministros, incluido el mismísimo santo padre. A ella parecía no importarle en absoluto que él no fuera a misa y nunca le había cuestionado más de alguna práctica inusual en la cama, ni había tenido jamás que convencerla de que la sensualidad no era pecado. Hacía el amor completamente desnuda, sin ningún recato, a plena luz del día, y era ella quien buscaba las posiciones más extrañas y las prácticas más atrevidas para darle, y darse, placer.

Recordó que, de hecho, nunca había visto a Sofía ir a misa. Siempre encontraba alguna excusa para no acompañar a su madre y a su tía en sus prácticas piadosas cotidianas. Una de las pocas veces que la había visto dentro de una iglesia, había sido la tarde de su falsa confesión. No le conocía un rosario, un misal. Por el contrario, la había visto recoger hierbas extrañas en la madrugada en el campo, prender velas y recitar conjuros mágicos, le constaba que adivinaba el futuro: alguna vez había descubierto las cartas llenas de símbolos extraños que no pudo comprender.

De pronto se dio cuenta que le asustaba un poco su manera un tanto primitiva de acercarse a dios, porque Sofía creía en dios, en una especie de animismo que incluía al fuego, al aire, a los espíritus de la tierra y a las ondinas del agua en los arroyos. No estaba seguro si despreciar sus creencias mágicas y atribuirlas a la ignorancia de otros siglos o asustarse de la precisión de sus augurios.

Sonrió. La amaba. Su manera de creer y de acercarse, con esa sensualidad incontenible a la naturaleza, la hacían ser quien era: esa gata en perpetuo celo, esa pantera dormida e inexpugnable.

—Si algo llegara a pasarle… Si dejara de amarme por culpa de toda esta estupidez… ¿Qué estoy haciendo, por dios? ¿Qué estoy haciendo?

La luz acerada de la mañana lo encontró mesándose el cabello negro, sentado a la mesa de la habitación, escribiendo versos. Cuando se dio cuenta de que había amanecido, rompió los pliegos y los lanzó a las cenizas de la estufa.

"¿Habrá sentido el héroe de las derrotas la presencia de los monstruosos caballos de la locura y la ansiedad antes de empezar la batalla?", se preguntó mientras se lavaba y peinaba, dispuesto a ir a buscar a Sofía hasta el mismo infierno.

XXXVI

Durango: noviembre-diciembre de 1859

l día 29 de noviembre, Cayetano Mascareñas, con su aroma eterno a agua de colonia y su eterno resfriado que ocultaba tras el pañuelo de hilo, entró muy temprano al despacho del gobernador.

Le sorprendió encontrarse a Cruz-Aedo sentado frente al escritorio de nogal a aquellas horas. Lo asustó la palidez cerúlea del coronel, el dolmán desabrochado, el cabello empapado en sudor y la botella de mezcal a medias.

—Señor, ¿está usted bien?

—No se preocupe, Mascareñas. No pasa nada. ¿Qué pendientes tenemos?

Miguel no le dijo, no podía decirle, que no había encontrado a Sofía. Que las tropas de Patoni le habían impedido el paso hacia Santiago Papasquiaro y que había tenido que volverse, apesadumbrado, desde Patos.

El joven oficial mayor, pálido y taciturno, empezó a abrir la correspondencia recién llegada. Bajó la cabeza antes de comenzar con las noticias. Una tras otra, las novedades fueron golpeando a Cruz-Aedo como una ráfaga de metralla.

Se quedaba sin protector y jefe inmediato. Su enemigo Jesús González Ortega ocupaba el puesto de jefe del ejército federal. La legislatura se había reunido en Santiago Papasquiaro y había ratificado el nombramiento de Patoni. El coronel se dirigía hacia Durango a ocupar el edificio del congreso. El Batallón Chihuahua, de nuevo, se negaba a salir de la capital del estado.

—Coronel, hay una carta más —añadió Mascareñas con voz temblorosa—. En ella le ruego que antes de dejar su cargo, acepte mi renuncia a la Oficialía Mayor a partir de hoy.

La certeza que tenía Mascareñas de que Cruz-Aedo dejaría el cargo parecía ser la prueba final de que estaba acabado. Tuvo que pasar un rato antes de que escuchara al licenciado llamarlo con una voz aflautada en la que se traslucía el terror.

Asintió con la cabeza lentamente, mirando al suelo, sin saber muy bien qué hacer.

—Vaya usted —dijo por fin—. Considérese relevado de sus obligaciones. Licenciado —llamó cuando el joven iba a medio camino a la salida—, muchas gracias por su apoyo.

Le parecieron eternos los pocos instantes que tardó Mascareñas en salir del despacho. Cuando la puerta estuvo cerrada, lanzó la botella de mezcal contra ella.

Cuando el joven ordenanza entró a la oficina, encontró al coronel con la cabeza entre las manos, sentado frente al escritorio. Eran las doce del día y no había salido del recinto.

Temiendo importunarlo, recogió los restos de vidrio y salió sin hacer ruido.

A la hora de comer, Miguel seguía presa de una perplejidad en la que se agitaban la rabia y la impotencia. Todo aquel que se atrevió a tocar a su puerta recibió un rosario de injurias. Nadie lo molestó más.

Por la tarde, llegó un correo de Santos Degollado. En efecto, se iba a Veracruz, pero le reiteraba que se quedara en Durango y supervisara la elección del congreso, así como el nombramiento del nuevo gobernador. Le pedía también que se preparara para sacar al Batallón Chihuahua y que esperara sus órdenes desde Veracruz. "No confíe usted en nadie", concluía su amigo.

Acababa de leer aquella misiva que sellaba su destino cuando recibió una misteriosa nota que se le anunció como urgente.

Era de Patoni. En ella le pedía encontrarse con él en privado al día siguiente. Pensaba en reunir al Estado Mayor, hacer venir al presbítero y al licenciado Del Palacio, en quienes confiaba, cuando la puerta del despacho volvió a abrirse. Apareció Sofía.

Contrariamente a lo que se esperaba, Cruz-Aedo la recibió con aparente calma. Se veía agotado. Se mesó los cabellos, se limpió el sudor de las sienes antes de levantarse y encararla.

—No vuelvas a hacerme algo así —le dijo con la mandíbula trabada.

Ella insistió en abrazarlo, pidiéndole perdón con voz contrita, besando sus cabellos, las mejillas sin rasurar, las sienes húmedas.

—Fui a hablar con los bandidos del Indé. Están dispuestos a ayudarnos en cuanto tú lo ordenes —Sofía dejó caer sobre el escritorio de nogal una lluvia de oro aún adherido a la piedra, un oro bruto, aún atado a la simiente de la tierra, desde un saquito de cuero desgastado.

Miguel la miró con una mezcla de sorpresa y furia.

—¡Oro de la sierra! ¿Cómo? ¿Quién te dio...?

—Es un préstamo, Miguel.

—¿A cambio de qué? —la sacudió violentamente.

—Bueno, considéralo un donativo para la causa liberal por parte de los bandidos del Indé.

—¿Y quién te dijo a ti que yo aceptaría la ayuda de los bandidos del Indé, nada menos?

—Con ellos en Durango, nadie se atreverá a dudar de tu fuerza. Podríamos esperar hasta que se nombre el nuevo congreso y el nuevo gobernador tome posesión. Podrían escoltarnos hasta salir de aquí, sin temor de que Patoni o algún otro vayan a hacerte daño. Con ese oro podrías adquirir pertrechos para tu tropa, municiones, rifles...

Miguel tuvo que conceder que Sofía tenía algo de razón. Con sus tropas armadas y la ayuda de los bandidos, su sola presencia, le permitirían gozar de una posición de respeto.

—Así que ya lo sabes todo: que Patoni... —su voz era un susurro agotado. Miraba al suelo—. No, Sofía, no puedo aceptar la ayuda de los bandidos del Indé. ¿Dónde quedaría mi honor? ¿Mi reputación como militar y como liberal?

—¡Por dios, Miguel! Si esta oferta la recibieran González Ortega o Patoni, ¿crees que se detendrían a pensar en su reputación? ¡Se trata de armar a las tropas! Se trata de respaldar la legalidad, tal como tú quieres.

Sofía estaba furiosa. Apenas había dormido, había pasado más de diez horas a caballo y por más que le conmoviera el estado de su marido, sentía que la rabia le iba creciendo por dentro. Nunca había podido entender esa mezcla de amor y rabia que sentía por Miguel; quería besarlo y matarlo al mismo tiempo, con una desesperación que ninguna otra persona le había hecho sentir nunca. Entonces, le ganó la rabia.

—¡Tu honor! ¡Tu reputación! ¿Cuándo me va a tocar a mí? —su voz era un grito desesperado, ahogado en llanto—. ¿Cuándo vas a salvarme de esta soledad en que vivo aunque estés conmigo? ¿Cuándo, por fin, vas a mirarme? Ya le ha tocado a la Patria, a la Revolución, a Juárez, a don Santos, a la Constitución y siempre, en primer lugar, no a tu honor, sino a tu orgullo estúpido. ¿Cuándo a mí?

Primero la miró con rabia, luego la bofetada estalló intempestiva en la mejilla de ella. De inmediato, asustado ante el exabrupto, la tomó en sus brazos. La desesperación de su mujer parecía haber atravesado la dura capa con que se había estado cubriendo.

—Perdóname, te lo ruego —tenía lágrimas en los ojos que se veían más negros, más profundos, a causa de las ojeras—. Te prometo que cuando todo esto termine, nos vamos a reír de estos tiempos. Volveremos a Guadalajara, seremos felices. Buscaremos el mar más allá de las calles, ¿recuerdas?

Sofía de pronto posó los ojos en la carta de Patoni y sólo ver aquella carta terminó por hacerla olvidar el golpe. Su mejilla aún ardía por la fuerza de la cachetada pero también le ardía ahora el amor y la preocupación por lo que pudiera pasarle a Miguel.

—¡Dios mío! ¡Ese hombre te está citando! ¿Piensas ir? Tal vez sea una emboscada, Miguel. Es capaz de matarte.

—Por dios, Sofía, basta. Basta ya. Tengo que terminar de resolver este asunto. Buscar una solución. Ven acá.

Le secó la frente, alineó sus atormentadas cejas.

—Tengo mucho miedo, Miguel. Siento que algo terrible va a ocurrir, a ocurrirte. ¡Vámonos ahora mismo! Vámonos a Santiago Papasquiaro. Los bandidos nos ayudarán a escapar.

—Tengo órdenes que cumplir. Voy a sacar al Batallón Chihuahua. ¿Quieres acaso que me rinda ante mis enemigos? ¿que reconozca que no pude hacerlo? ¿Que huya como un bandido con los bandidos? Peor aún, ¿que solape a esa punta de cabrones y avale a su congreso espurio? Eso me estás pidiendo. ¡Y dices que me quieres! Degollado me dio una orden y no le diré que no pude cumplirla.

—Nadie en tus circunstancias podría hacerlo. Es obvio que Patoni compró o consiguió de algún modo el apoyo de

los duranguenses para impedir que te aliaras con los legis-
ladores, y es más que obvio que algo le ofreció al Batallón
Chihuahua.

Estaba segura que a Miguel le dolía oír todo eso de sus
labios, sin embargo, sentía la necesidad de repetírselo una y
otra vez.

Él no quiso responderle. Se quedó escuchándola en silencio, de pie junto a la ventana. Luego volvió a sentarse.
Se veía verdaderamente vulnerable. La barba del día anterior hacía parecer a su rostro afilado mucho más pálido.
Los cabellos ondulados se encrespaban sin la caricia firme
del Macasar. Un sudor frío cubría su frente y oscuras ojeras
daban una profundidad de muerte a sus ojos negros. Nada
parecido a un héroe, aunque bien pensado, no hubiera sido
cortés de su parte ignorar los esfuerzos que Miguel había
hecho por convertirse en uno. Héroe frustrado, tal vez. Héroe ignorado, de seguro. Pobre Miguel.

En silencio, la rodeó con sus brazos. Ella sintió un vacío al
sentirse acurrucada ante él, recordó su infancia, aquellas caricias que había recibido, inútiles para expulsar la frialdad. Su
madre nunca estuvo a su lado, y ahora esa misma sensación de
las tardes nubladas de su niñez se apoderaba de ella. Miguel
parecía estar ahí, pero en realidad estaba ausente. Altos ideales
como la justicia o la legitimidad lo mantenían ausente. Impos-
tergables empresas como lograr la victoria sobre los enemigos
de la constitución lo arrancaban de su lado, si no en cuerpo,
como todos los años anteriores, sí en espíritu.

Luego recordó la razón por la que ella se había enamorado. Por la pasión que él había puesto siempre en las grandes empresas. Así lo había conocido, como un hombre terco, insensato a veces, pero recto e íntegro, inteligente hasta el genio, violento y atrevido. No podría cambiarlo. Si lo amaba, tendría que aceptarlo exactamente así.

Lo besó larga, apasionadamente, sintiendo cómo la rabia iba desapareciendo.

—Ten cuidado, amor, te lo ruego.

La entrevista tuvo lugar la noche del día siguiente, en total secreto. El licenciado Fernández, dueño de la casa donde se realizó el encuentro, después de ofrecerles una copa de jerez, los dejó solos en el despacho.

—Usted mejor que nadie conoce las órdenes que recibió de Santos Degollado.

—No, coronel, parece que usted las conoció primero: interceptó el comunicado. ¿No se acuerda?

—Tenía que haber convocado al congreso antes de un mes. No lo logró —continuó Patoni sin inmutarse—, a pesar de tener la convocatoria firmada por la diputación. Como sabrá, el congreso ya reunido acaba de desconocer su nombramiento y reiterar el mío, coronel. Tiene que reconocer mi autoridad y salir del palacio. La situación no puede continuar así.

—Ese congreso no tiene facultades para desconocer nada —Miguel respondió con sequedad.

—González Ortega apoya las decisiones de ese congreso.

—Santos Degollado me ha ordenado no abandonar la plaza hasta que me lleve a las fuerzas conmigo. Soy un soldado y obedezco. Comprenda usted que, aunque quisiera irme, está en juego mi honor.

Patoni se quedó perplejo. No podía menos que darle la razón. Su contrincante no podía desobedecer las órdenes del general Degollado.

¿Qué tendría en la cabeza don Santos? ¿Por qué pedirle eso al coronel cuando ya no tenía sentido sacar a los batallones de Durango? Por otro lado, era evidente que el nuevo ministro de Relaciones no quería cederle todo el terreno a González Ortega y sus aliados; querría conservar a alguien de su total confianza en esa región.

—Comprenda usted mi posición, don Miguel. El congreso me ha nombrado gobernador. ¿Cómo va a haber dos gobernadores en el estado? ¿Cómo voy a llevar a cabo mi encargo desde el edificio del congreso, sabiendo que usted está ejerciendo el poder desde el palacio? Bueno, ejercer el poder es un decir… Los soldados no le obedecen. ¿Qué me costaba mandarlo sacar de ahí?

—¡Lo reto a hacerlo! —gritó Cruz-Aedo, poniéndose de pie.

Patoni percibió la vena azul de la frente del coronel hincharse. También se puso de pie, sin arredrarse ante la amenaza. Sabía que no debería sacar al coronel del palacio de gobierno. Las tropas adictas a Tomás Borrego y las propias de Cruz-Aedo eran suficientemente importantes como para causar un buen revuelo; además, sabía que por lo menos un pequeño grupo de la oligarquía liberal estaba a favor del coronel. En el fondo de su cabeza escuchaba las palabras de González Ortega: no enfrentarse a Cruz-Aedo a menos que fuera imposible. Él mismo no tenía ninguna intención de malquistarse con el nuevo ministro de Relaciones, y por ningún motivo desataría una batalla campal en plena ciudad de Durango.

La puerta se abrió en ese momento. El licenciado Fernández entró al despacho.

—Caballeros… —comenzó.

—No se apure usted —lo tranquilizó Patoni—, aquí no va a pasar nada. ¿Verdad, coronel?

Cuando el licenciado volvió a salir, Cruz-Aedo caminó hacia la puerta.

—Los dos estamos perdidos, coronel. Domingo Cajén está esperando una oportunidad para entrar en la capital; la hacienda pública está en bancarrota; los habitantes están hartos de préstamos forzosos. Lucidos gobernadores somos, usted y yo —dijo ya a punto de salir.

—Por eso es mejor que reconozca mi autoridad y nos unamos contra Cajén. Yo tengo el mando de los batallones, el apoyo del congreso y hasta las atribuciones para publicar en su periódico.

Cruz-Aedo enmudeció un momento, conteniendo apenas la rabia.

—¡Jamás! Por el contrario, espero que entre usted en razón y reconozca mi autoridad. Yo tengo plenos poderes concedidos por el ministro de Relaciones de Benito Juárez, recuérdelo.

Cruz-Aedo salió finalmente, azotando la puerta tras de sí.

Patoni suspiró. Se bebió de golpe el jerez y exclamó:

—¡Qué poderes ni qué autoridad! ¡Estamos jodidos los dos!

Los días siguientes, a Cruz-Aedo le fue cada vez más difícil conciliar el sueño. Se levantaba a horas absurdas, obligaba al caballerango a ensillarle el alazán y se montaba a todo galope. A veces iba a dar al cerro de Los Remedios, a veces a la Ferrería. Regresaba cuando estaba amaneciendo, cubierto de sudor helado. Cuando la señora Paula lo veía llegar le llevaba el café, con un chorrito de aguardiente para que entrara en calor. Entonces se sentaba frente al enorme escritorio de nogal del gobernador, a revisar los decretos, las disposiciones, las cartas.

Cada vez menos gente le pedía favores, cada vez menos miembros de la clase ilustrada y pudiente venían a visitarlo.

Como a las hojas de los manzanos, el viento helado duranguense se llevó los decretos del gobernador provisional. Miguel Cruz-Aedo no tenía autoridad alguna para ordenar nada, ya que Patoni había mandado que se dejaran sin valor los contratos firmados por él.

Se pasaba las horas mirando sin ver la huerta frente a su ventana. A sus espaldas, por la Calle Real, estaba el cuartel, ocupado por los soldados que no querían obedecerle. En el otro extremo estaba el edificio del congreso, desde donde Patoni giraba órdenes. El peor de los insultos era que se atreviera a publicar en *La Falange*, su periódico. Ahí dio a conocer todos los decretos en su contra. Ahí también hizo públicos sus discursos masones; en ellos se atrevía a hablar de "el dios de las criaturas racionales" y de "moralidad, buena fe y respeto a la ley". Cada vez que leía esas palabras en el órgano de prensa que él había creado con tanto cariño, se llenaba de cólera, y sin embargo seguía pidiendo que le trajeran el periódico junto con el café de la mañana, para regodearse en la amargura.

Los primeros días de diciembre leyó: "En política, como en literatura, nada es grande si no lleva en sí la idea sublime de la justicia, siempre antigua y siempre nueva, porque emana de un principio constante e inmutable…"

¿Se atrevía Patoni a hablar de literatura? Y sobre todo, ¿se atrevía a hablar de justicia?

…todo comienza y todo termina en ese círculo infinito que liga a todos los seres, a todos los mundos, al universo…

No pudo leer más. En la soledad de su despacho se echó a llorar y comprendió que no tenía una sola lágrima, sólo la desolación. Gobernador sin poder. Ideales estúpidos como la justicia y la libertad. ¿Quién tendría la razón? ¿Qué se suponía que debería hacer? Él, que quiso ser como Alejandro; él, que quiso estar al frente de una nueva falange macedonia que lo cambiara todo a través de la razón, el conocimiento y la cultura… ¡Imbécil! No quedaba ni el consuelo de la borrachera, ni el abismo de la rabia. Ni siquiera quedaba el llanto.

No quedaba otro remedio. Usaría el oro de los bandidos. Tenía que ir a buscar los pertrechos a Mazatlán, a través de la sierra.

—Está bien, Sofía —dijo entrando intempestivamente en la habitación donde Paula la bañaba en una enorme tina de bronce, junto a la estufa encendida día y noche—. Haremos lo que tú dices.

La mujer le hizo una seña a la sirvienta para que los dejara solos.

—¿Dónde están esos hombres? ¿Quién es su jefe?

—Están esperando tus órdenes cerca de Santiago Papasquiaro. Sin tus instrucciones no podrían llegar hasta acá; como sabes, Murguía está resguardando la ciudad desde Nombre de Dios y Patoni tiene hombres apostados hacia el norte.

—¿Con quién debo hablar?

—Ni una palabra más hasta que me talles la espalda.

Miguel se dejó convencer. Tomó la esponja y remojó la blanca espalda de la mujer.

—Su nombre es Ricardo. Hará lo que tú le digas.

—¿Dónde lo encuentro?

—La sábana, Miguel, y la frazada… —señaló Sofía hacia los objetos que Paula había preparado para envolverla, sobre la cama—. Tenemos mucho tiempo. No podrás salir de la ciudad hasta que haya oscurecido.

El agua comenzaba a enfriarse y la piel de Sofía se erizaba. Miguel, ante la vista de esa piel desnuda, los pezones enhiestos, el rojo pubis debajo del agua, decidió darse tiempo. Ella tenía razón: sólo podría abandonar la ciudad protegido por las sombras de la noche.

—Pensándolo bien, creo que no te has tallado bien —se enjabonó la mano y la metió al agua, buscando la grieta de su pubis. Comenzó a frotar delicadamente hasta hacerla gemir y abandonarse en sus brazos—. ¿Me vas a decir dónde encontrar a ese hombre?

—En la casa del licenciado Gamiochipi en Santiago Papasquiaro.

Le besó la nuca, le mordió el cuello mientras la ayudaba a salir del agua.

—Una cosa más: iré contigo —susurró Sofía cuando él ya se vestía con ropas poco llamativas de civil, a la luz mortecina del velador.

—¡Eso sí que no! Te quedas aquí, te haces visible, vas al teatro, te reúnes con las mujeres y procuras que Patoni te vea, ¿entiendes? A todo el mundo le dices que estoy aquí, que me he rehusado a salir del palacio. Nadie dudará de ti.

No se atrevió a contradecirlo y, poco después de la media noche, lo dejó ir.

Poco más de dos semanas, que a Sofía le parecieron eternas, tardó Miguel en volver de su encargo.

—Patoni te ha mandado llamar varias veces —le dijo Sofía ese 25 de diciembre, después de escuchar el relato de su aventura—. Como ya sabrás, González Ortega está también en la ciudad. Tuvo que abandonar Zacatecas, perseguido por los déspotas. Incluso el gobernador de Aguascalientes y el coronel Murguía están aquí desde hace días.

—¡Menuda asamblea! —respondió Miguel con buen humor—. No te preocupes. Ricardo y el resto de sus hombres están entrando a la ciudad poco a poco, vestidos de campesinos y mineros. Para pasado mañana, todo el grupo estará en Durango. Los rifles y las balas están esperando en la cochera. Esta tarde iré a ver qué quiere Patoni.

No le dijo a Sofía, pero temía, esta vez sí, que se tratara de una emboscada.

Reunidos en el salón del congreso aquella tarde, se encontraban el gobernador de Zacatecas y jefe del ejército federal, el gobernador de Aguascalientes y varios coroneles, entre ellos Marcelino Murguía.

Aunque no lo dejó traslucir, Miguel se sintió intimidado por la presencia de González Ortega y los otros personajes ahí reunidos, sabiendo que todos sentían por él una profunda animadversión. ¿Y si habían descubierto su plan?

—Obedezca la orden de Degollado de una vez, coronel. Saque a ese batallón de aquí. No podemos arriesgarnos a perder esa fuerza después de tantos sacrificios para su manutención y disciplina. Cada día que pasa están más expuestos a la defección, y las fuerzas de Cajén están acechando, esperando tomar Durango en cualquier momento —la voz de González Ortega le sonó hueca, rara, después de tantos años.

—Si quiere, le ofrezco al Batallón Zacatecas para evitar que las fuerzas se desbanden —ofreció Murguía con voz meliflua.

—Yo soy único y bastante para reprimir y castigar a mis subordinados, coronel —respondió Cruz-Aedo cortante.

—Hace más de un mes que se le ordenó marchar con esa sección. Su viciosa organización, así como las desavenencias con usted y con Arce, inspiran serios temores de un escándalo trascendental a la causa pública —sentenció Patoni.

—¡Qué va! No me venga usted a decir que ahora tiene miedo al escándalo. Si eso es todo, me retiro. Yo sabré cuándo y cómo hago cumplir las órdenes del general.

Se dio media vuelta, dejando tras de sí murmullos de inconformidad. Por un momento sintió que González Ortega lo perforaba con su mirada. ¿Estaría llevando la mano a la pistola? Hubiera sido fácil matarlo ahí mismo, por la espalda, como hacen los cobardes. Siguió caminando lentamente hacia la salida. Cuando cerraba la puerta, oyó a Murguía preguntar:

—¿Qué está esperando Cruz-Aedo?

—No sé, pero no debe estar actuando solo. Debe tener órdenes que no conocemos.

—Debe estar tramando algo.

—¿Y no podemos obligarlo?

—No. Él depende únicamente de Santos Degollado.

Con una sonrisa, Cruz-Aedo por fin abandonó el lugar.

Llegó temblando a palacio. Sofía lo conocía bien y supo que algo grave había pasado. Le extendió un jarro de aguardiente y un tamal. Miguel negó con la cabeza. No quería nada. Terminó por contarle lo que había ocurrido en la reunión poco antes. Sofía cerró los ojos, asustada.

—Vámonos de aquí —le pidió mientras ponía en orden sus cabellos—. Basta con que aceptes la ayuda de Murguía. Basta con que le dejes las fuerzas a Patoni. No podemos esperar a que llegue la gente del Indé. Podríamos alcanzarlos antes de que entren todos a Durango, salir enseguida. Tres gobernadores en persona acaban de pedirte que te vayas, te ofrecieron ayuda. ¿Por qué rechazarla?

—Es una trampa. Estoy seguro.

—Miguel —prosiguió Sofía muy seria—, sabes que ese batallón está comprado. Déjalos en paz. Vámonos esta noche. Los bandidos del mineral del Indé y las gavillas de tepehuanes, tu propia tropa y los hombres de Borrego serán una fuerza considerable desde la sierra. Desde allá puedes ayudar más a Santos Degollado en caso de que estos tipos estén tramando alguna atrocidad.

—¡Basta! Tú no entiendes del honor, ni de la guerra, ni de nada. No te metas en esto, por última vez te lo digo.

Sofía ya esperaba su grito. No se inmutó. Sabía que cuando Miguel se ponía así, era inútil contradecirlo. Tenía una última esperanza en que Ricardo lograra convencer a Cruz-Aedo al día siguiente.

—Está bien, amor, haremos lo que tú digas.

Se pegó a su ancha espalda y lo sintió respirar. De algún modo aquello le daba ánimo. Mientras estuvieran juntos, encontrarían alguna solución.

XXXVII

Durango: 26 de diciembre de 1859

iempre es el mismo lugar de ensueño. En medio de una pequeña llanura cubierta de cañas de maíz se eleva un bosquecillo, en cuyo centro está la casita rústica cobijada por las copas de los árboles; enfrente de esa casita existe un claro circular que le sirve de patio. A lo lejos, alcanza a verse el mar. Las primeras sombras de la noche invaden ya ese oculto recinto, y el susurro del viento, que trae los cantos del labrador que se retira a descansar, viene a unirse con las sencillas notas de una música campestre. Sólo el tenue resplandor de las estrellas resbalándose entre las hojas alumbra a una joven que se mece en un columpio.

Sé que ella no vive ahí, pero sé también que ha venido a reunirse conmigo a ese lugar que es sólo de los dos.

—¿Dónde vives? —le pregunto—, ¿puedo ir contigo?

La mujer se ríe y extiende la mano para tomar la mía y llevarme con ella. En sus ojos brilla la luna de una manera tan extraña que me hace sentir una impresión parecida a la que se experimenta al choque de un conductor eléctrico y que me fascina con su mirada, como la boa. Ya en el columpio, a su lado, nos balanceamos con rapidez; parecería que voláramos.

Ha oscurecido completamente y la mujer y yo permanecemos enlazados; en mi cara puedo sentir la expresión de la felicidad completa. Los ojos de ella se pierden, tímidos y voluptuosos, en los míos. Palabras misteriosas se pierden en medio de aquella fiesta de los sentidos.

—¿Dónde vives? —vuelvo a preguntarle, aunque ya sé la respuesta.

Sé que viene de muy lejos, de otro tiempo. Sé que vive en una ciudad donde la luz de la luna se refleja en enormes edificios de cristal y acero; donde las calles son anchas, larguísimas; tan largas que llegan hasta el mar. Se parece a ti, Sofía, aunque sé que no eres tú.

—¡Quédate! —le pido, adivinando en su mirada un hondo sufrimiento.

Deniega en silencio.

No sé cómo, pero al mirarla sé que está sola, que a pesar de que podría hacerlo todo, cosas que las mujeres hoy no pueden hacer, se ha pasado muchos años buscándome. Buscándome en la bruma de invierno, buscándome en el agua turbulenta donde esa luna mágica se mira todo el tiempo. Ella tampoco quiere dejarme ir.

Mi mano furtiva se oculta entre los pliegues blancos del ropaje de la mujer que tiembla como las hojas que cubren al escondido cervatillo, saliendo después para perderse de nuevo al tocar otra mano que lleva apretado entre sus dedos un corazón sangrante.

—Ya no te pertenece —dice la mujer frente a mis ojos atónitos. Me miro y comprendo que es mi corazón el que escurre desde esas manos—, ha llegado la hora. Yo seré tu corazón, tus pulmones y tu voz.

De pronto, no sé cómo, ya no estoy en el bosque, estoy en un baile. Conmigo están Pablo Jesús, el doctor Herrera y Cairo, Silverio Núñez haciendo sacrificios a Baco y a Terpsícore, todos envidiables, ¡todos vivos! Yo también gozo, en parte, pues no sé de qué modo al mismo tiempo que rio y que bailo, ni bailo ni rio. Me parece que mi ser toma distintas naturalezas, la una de hierro y de flexible cera la otra; hay otro yo que espía y contradice mis propias inclinaciones.

La preocupación que me domina va tomando cuerpo insensiblemente, y cuando pretendo salir de esa especie de ubiquismo, haciéndome reflexiones sobre aquella extraña contradicción, veo en un extremo de la sala mi propia imagen revestida con todas las propiedades de la existencia. Soy una figura pálida y sombría, como un recuerdo de la muerte; soy una personificación del dolor, con las facciones de la duda y la voz del pasado. Esto es incomprensible y lo mismo pensaba yo, que menos que otro alguno podía explicarme aquella doble existencia. Confuso de verme así reproducido, me acerco a uno de la concurrencia a fin de salir de tan excéntrica duda, y le pregunto:

—¿Conoce usted a ese joven moreno sentado ahí?

—Sí —me responde—, es Miguel.

Al oír pronunciar mi nombre, tiembla todo mi cuerpo, siento una cosa horrible, espantosa. Paso mis manos por mi frente empapada en un sudor frío y quedo mudo, como enclavado en aquel sitio. Con todo, quiero a toda costa aclarar el enigma. Aquel a quien se dirigen mis preguntas me mira con expresión de lástima y curiosidad, y sin contestarme va a confundirse entre los demás, murmurando todos:

—Pobre Miguel.

Desesperado, me arrojo en medio del círculo que forman, pues juguete de aquel sarcástico sabbat, conozco que la razón estaba a punto de abandonarme, y cogiendo por el brazo a uno de ellos, le grito:

—Yo soy ese Miguel que ustedes juzgan tan desgraciado. ¿Qué es lo que me pasa?

El brazo que yo había cogido se escurre suavemente de entre mis manos; a pesar de mis desesperados esfuerzos, el círculo se cierra, enlazándose las personas que lo forman, y comienza a danzar en torno de mí al son de extraños quejidos, en cuyo intervalo el coro repite en tono de réquiem:

—Pobre Miguel.

No puedo soportar más. Por un impulso supremo logro lanzarme fuera de la infernal comparsa. Aturdido, corro hacia la puerta, pero la puerta está siempre a la misma distancia y no puedo llegar a ella. La música se pierde ya a lo lejos y el ruido de las voces hiere mis oídos con un rumor triste y monótono.

Un zumbido lúgubre pasa por mis oídos. Mi corazón salta extraordinariamente dentro del pecho. De repente las luces salen de los candelabros, creciendo hasta tocar el techo, y las llamas rojizas que arrojaban alumbran las fisonomías de una manera siniestra. Los candelabros abren desmesuradamente las desiertas bocas, saliendo de sus costados unos brazos largos y descarnados, trayendo entre los flacos huesos de sus manos blanquísimos sudarios. Los ropajes de las jóvenes se convierten en mortajas que cubren troncos mutilados, y ahora los jóvenes marchan en lenta procesión dirigiéndose hacia mí, a pesar de que sus cabezas separadas del cuerpo danzan sobre el pavimento, mirándome con sarcasmo con sus ojos en que brillaban dos luciérnagas y repitiendo las estrofas báquicas:

—Pobre Miguel.

Doblándoseme entonces las rodillas, mis sienes rechinan, las arterias intentan explotar en mi cerebro. Un vértigo me hace ver todos los objetos moverse circularmente a mi rededor y el frío glacial de la muerte se apodera de mis miembros, faltando tierra bajo mis plantas.

Cierro los ojos para no ver más, pero una mano vigorosa se apodera luego de mi cuello y me hundo en una profundidad. El viento azota mi cara bañada en sudor, y entre el confuso ruido de un rezo de difuntos, oigo súbitamente elevarse el clamoreo tristísimo de un doble de campanas. De mi garganta oprimida como con un dogal, pudo el terror sacar entonces un grito trabajoso.

Despertó.

El alba sonaba en todos los campanarios de la ciudad.

Cuando Sofía entró en la habitación oscura del gobernador, le sorprendió verlo sentado sobre la cama, sudoroso y con el rostro desencajado. Dejó la charola del desayuno sobre el chiffonier para acercarse a él. En los ojos negros de Miguel brillaba el terror. Lo tomó en sus brazos sin decir palabra. Él la estrechó con fuerza, la respiración agitada, la frente sudorosa. Le contó el sueño con todos los detalles y luego dijo:

—Hoy es 26 de diciembre, se cumplen siete años de la muerte de mi padre.

Sofía no le dijo nada. Guardó silencio a pesar de sí misma. A duras penas contuvo los temblores que empezó a sentir en ese momento. ¿Qué debía hacer? ¿Qué podía hacer?

El pálido sol entró tímido en la habitación cuando Sofía abrió uno de los postigos en silencio. A lo lejos se escuchaba el apagado pregón de los mercaderes. En la huerta de enfrente sólo los perros revolvían basura en busca de alimento, para desaparecer como sombras en el Callejón del Arco.

—Miguel, ¿y si nos fuéramos hoy? Ya casi todos los bandidos están aquí. ¿Lo has pensado?

Pronto el coronel se puso los pantalones y la camisa. Sin dolmán salió del cuarto.

—Ya te dije que no te metas en esto.

"Repetitivo como sólo un hombre puede serlo", pensó Sofía. La misma escena de mal drama una y otra vez. Y no podía olvidarlas, las había representado dedicadamente en cada oportunidad y al parecer no podía dejar de hacerlo.

Miguel se alejó rumbo al despacho. Sofía lo miró caminar tembloroso. ¿Cómo sería recordado sin siquiera un acto importante? ¿Sería recordado? Incluso la figura de Patoni, quien había venido a minimizarlo al erigirse como gobernador.

Cuando Sofía escuchó sus ya cotidianos maltratos al mozo de la cuadra, ordenándole que tuviera listo el caballo, salió tras él. Le llevaba la casaca y la capa de paño. Lo abrazó. Estaba helado, tieso como una piedra. Ya no quiso decirle nada, consciente de la inutilidad de cualquier súplica. Sólo susurró en su oído:

—Te amo, no lo olvides. No lo olvides nunca.

En cuanto él se marchó, corrió a la habitación a echar las cartas. En medio de un círculo de velas, estuvo repitiendo los conjuros de protección más fuertes que le había enseñado Soledad. Quemó albahaca, ruda y romero en la estufa del cuarto frente a la imagen del coronel, y finalmente, rendida en el piso, se encomendó a los dioses con toda su alma.

Miguel regresó a la hora de la comida.

Ella esperaba sus pasos a través del pasillo inferior del palacio. Se tardó todavía en sentarse a la mesa. La comida humeante esperaba. Nada le apetecía. Nada podía llenar ese hueco de terror que le iba creciendo en el estómago. Pidió mezcal. Esas últimas semanas Miguel no podía pasarse sin los tragos de mezcal y aguardiente. El sabor amanerado de esas bebidas, el golpe sonoro de calor que producían en su cuerpo, le eran ya imprescindibles.

Sofía se sentó a su lado y estrechó su mano. No se atrevió a pronunciar palabra.

El reloj anunciaba las tres de la tarde con una campanilla aguda. El tic-tac era lo único que se escuchaba en el salón. Un ambiente de paz parecía cubrir aquella escena doméstica: un hombre y una mujer sentados a la mesa, compartiendo los alimentos.

—Sacaré esas tropas de aquí, Sofía —Miguel rompió el silencio de manera súbita—. Es la única forma de salir de Durango. Ricardo y sus hombres están casi listos. Mis hombres están armados. Mañana mismo saldremos. Tengo que salvar lo que queda de mi honor.

Una gran ternura la invadió. Se levantó a estrecharlo. ¡Se salvarían después de todo! ¿Por qué no? Se quedarían esperando las órdenes de don Santitos en Santiago Papasquiaro. El Batallón Chihuahua no se atrevería a desobedecer las órdenes de Miguel, superados en número y en pertrechos. Podrían volver a Guadalajara. Allí podrían ser felices en cuanto la guerra terminara. El corazón de Miguel latía con fuerza, igual que el suyo.

Perseguiría la ilusión de bienestar que le daba el rítmico latir de su corazón hasta el último jirón de vida. ¡Por fin no habría nada qué temer!

El coronel Francisco Arce, un hombre alto, moreno, de ojos verdes y cabello crespo, se presentó inesperadamente en la puerta del comedor.

—Coronel, qué gusto verlo —dijo Sofía, ocultando cierta inquietud que volvía a brotarle de pronto.

—Gracias, doña Sofía. Tengo que hablar con el coronel.

—Hable usted, Arce —Cruz-Aedo se levantó para escuchar a su subordinado.

—Vengo del cuartel, coronel. El Batallón Chihuahua ha pedido protección directa de Patoni y solicita volver a su casa. Patoni los ha tomado bajo sus órdenes directas y ha desconocido nuestra autoridad sobre ellos. Le dijo a Borrego que nos buscó por todas partes esta mañana, pero la verdad es que ordenó a los oficiales del batallón que no nos dejaran entrar ni a usted ni a mí al cuartel. Estaba esperando este momento. No dude usted que incluso lo haya propiciado. Teme que usted tome alguna medida drástica. Un oficial de Patoni lo vio hablando esta mañana con la gente del Indé, coronel. Creí que debería saberlo usted de inmediato.

Sin pronunciar palabra, Cruz-Aedo buscó el dolmán. Sofía reconoció su alteración por la extrema palidez del rostro cuya única prominencia era la vena azul de la frente.

Ni siquiera se despidió. Desarmado como estaba, salió del comedor. Sofía salió tras él. Lo alcanzó en los portales del palacio. Miguel era una estatua de hielo que ni siquiera la miraba.

—Te van a matar —le espetó con dureza.

La hizo a un lado. Ella no podría impedir nada. Miguel se creía, como siempre, invulnerable, omnipotente. Cegada por una furia que nunca había conocido, caminó tras de él, gritándole:

—Mira bien estos pilares, estas baldosas, porque será lo último que veas. Siente bien el frío porque después no sentirás ya nada.

Miguel volvió sobre sus pasos, abrazó, besó a Sofía con furia.

—Si lo que dices es cierto, acuérdate que esto es para siempre, para más allá. "Aun cuando la misma muerte me condenara a no verte, separándote de mí, tras el sepulcro otra vida, tan eterna como dios, hay en el cielo escondida, y en esa mansión querida nos reuniremos los dos…" ¿Recuerdas esos versos que te escribí hace tantos años? Regrésate ahora mismo. ¿Me oyes? Pídele a Nieto que me alcance con mis pistolas. Busca a Ricardo y dile que vaya con toda su gente al cuartel.

Luego se fue. Dobló la esquina oriente del palacio y tomó la calle Mayor. Iba muy de prisa, seguido de cerca por Arce.

Sofía encontró a Nieto enseguida, le dio las pistolas en el despacho y se fue corriendo a buscar a Ricardo en el cercano escondite del jefe de los bandidos. Cuando hubo cumplido su encargo, se dirigió al cuartel. Pronto le faltó el aire. Los voluminosos vestidos, las crinolinas, el corsé, todo le pesaba una tonelada.

La corta distancia que faltaba para llegar al cuartel se le hizo eterna. Tres cuadras contó Sofía en la carrera, antes de que el improvisado cuartel del Batallón Chihuahua apareciera sobre la acera sur. Situado entre las calles Principal y Mayor, del Mercado y San Francisco, en ese edificio que se había pensado para la nueva penitenciaría, se habían resguardado provisionalmente las tropas de Chihuahua que, se pensaba, no permanecerían en Durango más de unas cuantas semanas.

El aire helado soplaba desde la sierra. El sol se había escondido tras los túmulos grises que anunciaban la primera nevada en diez años. A medida que iba acercándose, percibía mejor las voces: la de Miguel, enfurecida, insistiendo se le dejara entrar, amenazando con fusilar a todos los oficiales si no cumplían sus órdenes; la conciliadora de Arce, que pretendía convencer a la tropa, y la monótona del capitán de guardia repitiendo la negativa y las órdenes de Patoni.

Estaba a unos quinientos pasos, lo suficientemente lejos como para sentirse inútil.

Miguel le quitó la espada al capitán Pedro Uranga y la alzó ciego de furia. Antes de que pudiera descargarla, la guardia, al ver a su oficial desarmado, disparó contra Arce y contra él.

Zumbaron las balas, Sofía alcanzó a sentir el olor agrio de la pólvora. Vio retroceder a Cruz-Aedo en un salto absurdo hacia la nada.

El coronel Arce cayó también, pero su cuerpo fue protegido por el del capitán.

Sofía no escuchó su propio grito ronco, y luego no recordó cómo el comandante Nieto la había sostenido con uno de sus brazos, mientras sujetaba en el otro la cartuchera y las ya inútiles pistolas de Cruz-Aedo. Había tratado de evitar que Sofía se acercara, pero no lo logró. Antes que ninguno de sus asesinos pudiera llegar a él, ella estaba a su lado.

Miguel tenía los ojos abiertos, la sorpresa había quedado impresa en ellos. Su cara, contraída por la rabia, tenía aún el gesto decidido que en vida le había sido característico. El dolmán azul estaba mojado; pequeños agujeros humeantes escurrían un arroyo de sangre.

Sofía metió los dedos en ellos para evitar que el líquido siguiera brotando. Eran orificios sin fondo, orificios calientes, pegajosos, que pretendía llenar, volver a cerrar, invalidar con sus manos. El dolmán azul comenzó a cubrirse con una especie de ceniza mortecina que parecía caer de todas las azoteas. Estaba nevando.

El cuerpo inerte de Miguel, bajo la capa militar de paño mojada por el hielo, fue llevado hasta su cama. Sofía, sin fuerzas, cerró la puerta tras ella, pidiendo que la dejaran sola. Descubrió el cadáver con gran reserva: la expresión de la muerte en el rostro amado aparecía aún más sombría. No se cansaba de mirarlo, en afán de recordar sus facciones para siempre.

En silencio entraron al cuarto dos sirvientes. Paula con un cubo de agua, y el ordenanza con el uniforme de gala cuidadosamente doblado.

La sirvienta desabrochó la camisa y cortó la tela donde no era posible despojar a Miguel de ella. Lavó con cuidado los agujeros donde ya se había coagulado la sangre entre los vellos del pecho. Las blancas manos de la serrana actuaban con pericia. Sofía sintió celos. Él era suyo, su Miguel, su coronel.

—¡Lárgate! ¡Lárguense los dos!

Con el trapo que había empleado la sirvienta, le limpió la cara delicadamente. Pasó la noche entera peinando y perfumando con Macasar los rizos, rasurando las mejillas, acomodando el bigote y besando esos párpados que no se volverían a abrir. Repetía como poseída, una y otra vez, una especie de plegaria que venía de muy lejos, de otro mundo, dictada por voces de otro tiempo, para anestesiar el dolor:

De qué noche despierto a esta desnuda noche larga y cruel noche que ya no es noche junto a tu cuerpo más muerto que muerto que no es tu cuerpo ya sino su hueco… desnuda noche larga y cruel noche que ya no es noche… tu cuerpo más muerto que muerto… De qué noche despierto… no es tu cuerpo ya sino su hueco…

Mientras bebía sin cesar mezcal, vistió de gala a Miguel, y cuando al amanecer descansaba ya el cadáver sobre la cama, lo besó en la boca largamente y le susurró al oído:

—Ahora sí, Miguel. Soy lo único que te queda para volver a vivir. Me necesitas. Soy tus pulmones y tu boca. Soy tu futuro.

Entre brumas nebulosas presenció el velorio en un salón del palacio. Gente iba y venía, caras desconocidas se acercaban a despedirlo, a darle el pésame a ella, una estropeada mujer a quien Paula había vestido de luto. Las campanas tocaron a réquiem toda la mañana; una a otra se sucedían las letanías. El aroma de los nardos llenaba el recinto. Desde el día anterior habían mandado sacar las cosas de Miguel, las de Arce y las de Francisco Nieto. Éste había dado la orden a los bandidos de replegarse a Cerro Gordo. Patoni se instalaba satisfecho en la habitación del gobernador, en su despacho.

Al atardecer del día 28 de diciembre de 1859, el sencillo ataúd de pino fue conducido, contra la voluntad de Sofía, a la viceparroquia adjunta al Colegio Jesuita. Una ceremonia de réquiem fue oficiada por el presbítero Higinio Saldaña. A pesar de los honores que dictaba la ordenanza y la presencia de los oficiales de los batallones Zacatecas, Aguascalientes y Durango, de algunos duranguenses adictos a su causa y de los gobernadores de Aguascalientes, Zacatecas y Durango, era claro que nadie extrañaría ahí al orgulloso, al violento, al déspota, al intruso, al ultraliberal Cruz-Aedo, quien murió a los treinta y tres años.

Era casi de noche cuando la procesión terminó de recorrer la calle del Tránsito. Entre el confuso ruido de los rezos de difuntos se escuchaba el clamoreo tristísimo de un doble de campanas. En el panteón de Santa Ana fue sepultado el coronel, en un rincón alejado, como para que no estorbara la vista a los verdaderos hijos de Durango.

Sofía no fue encontrada por ningún lado en los siguientes días. Patoni dio la orden a sus subalternos de hacer un inventario de los objetos personales y entregarlos al juez civil. Entre ellos, estaban algunos pliegos de papel florete donde se hablaba de una mujer de pelo rojo que se mecía en un columpio a la luz de una luna fantástica, en un bosque junto al mar.

Epílogo

Guadalajara: época actual

N unca te dije lo que me auguraron las cartas del tarot aquella noche en la feria. No puedo siquiera repetir las palabras que hasta hace poco no terminaban de hacer sentido en mi cabeza. Odio los métodos de adivinación que utilizan las metáforas. Nadie puede ser lo suficientemente inteligente —menos si está desesperado— para entender algo como "es preciso mirar hacia el norte".

El oráculo me dijo que era necesario "volver más allá del final." Que buscara "en el pueblo más lejano con el nombre del arcángel" y que "en el rostro del pasado" encontraría las respuestas.

¿Cómo descubrirme a mí misma en todo esto?

Me fui a buscar las huellas de Miguel más allá de la capital de Durango, al norte precisamente. Primero llegué a Santiago Papasquiaro, a ver si encontraba algo de Patoni y para saber si Cruz-Aedo había estado ahí de verdad.

Para ir a la cabecera municipal tuve que pasar por lugares maravillosos que nunca pensé conocer: la presa de Peña del Águila, donde la puesta del sol se refleja pintando las aguas de innúmeros matices del dorado; Canatlán y sus huertos de manzanas que bordean la carretera por varios kilómetros; la estación del tren y la hacienda en Guatimapé, ambas muy viejas y abandonadas, donde se respira el viento de otros tiempos que sin duda fueron mejores. Esa población es la entrada al municipio llano de Nuevo Ideal, sembrado de colonias menonitas. ¡No podía creer lo que veía! De pronto me sentí trasportada al pasado, al ver a mi lado carretas tiradas por caballos y hermosos hombres y mujeres vestidos de granjeros de hace no sé cuántos años, llevando mercancías por rectos caminos hacia casitas de cuento de hadas. Luego pasé por Chinacates, que ahora se llama José María Morelos, y desde donde puedes llegar nada menos que a Palestina, antes de alcanzar por fin la imponente serranía pedregosa que lleva al pequeño valle de Santiago.

No encontré nada en el pequeño archivo de ahí, sólo pude hallar un aroma familiar en las callecitas de casas antiguas, algo que me impulsaba a seguir buscando. Me senté a tomarme una cerveza en un local justo enfrente del palacio municipal, y cuando volví a estudiar el mapa de los alrededores, me quedé sorprendida al constatar que había un pueblo cercano cuyo nombre parecía sobresalir del mapa:

San Miguel Papasquiaro. Cuando pronuncié despacio las sílabas, de pronto recordé el oráculo y no dudé en seguir el camino hasta allá.

La brecha que parte la sierra árida, abriendo una pedregosa cicatriz entre los huizaches, se volvía por momentos difícil. A lo lejos, soledades. Ni un pueblo, ni una ranchería, sólo el ronroneo del motor del auto que amenazaba con desbaratarse en cada bache. No puedo describir con exactitud lo que iba sintiendo en el camino. Por un lado, tenía una gran esperanza de encontrar algo, sin saber muy bien qué, y por otro llegué a pensar que me inventé todo lo que he encontrado hasta hoy: el lugar, las historias, los nombres. Creí que nada de eso había tenido una existencia real. A cada vuelta del camino estuve a punto de arrepentirme. ¿Y si me asaltaban? ¿Si me detenía alguno de los sospechosos vehículos que pasaron a mi lado? ¿Estaría de verdad en peligro? ¿Qué tan lejos tendría que ir?

Entonces, del lado izquierdo del sendero apareció un pueblo. Cuando llegué ahí, vi a una mujer guareciéndose del aire en el precario refugio de una tapia de adobe. Pregunté cuál era el nombre del lugar. "Es San Miguel de Papasquiaro, oiga", respondió. Y cuando me preguntó a qué iba, no supe qué contestarle. "Pues vaya a darle la vuelta a la plaza, porque no va a encontrar nada más."

El pueblo es muy viejo. La mitad de las casas de adobe ya están en ruinas, y un par de tiendas de abarrotes miran a la plaza donde varios eucaliptos podados comparten un encierro absurdo en la plancha de cemento donde está el quiosco. Junto a la iglesita de una sola torre a punto de caerse, se encuentra el pequeño cementerio.

Varios señores casi ancianos platicaban dentro del kiosco y me dirigí a ellos sin saber a ciencia cierta qué preguntarles. Eran hombres recios, enjutos, vestidos de campesinos, y desde que me acerqué se me quedaron viendo con fijeza. Estoy acostumbrada a la mirada de los hombres, particularmente a la de aquellos que no esperan la presencia de una mujer sola, pero estas miradas me inquietaron por su insistencia.

Cuando les pregunté por la tienda, me respondieron con amabilidad, y esto me hizo perder la desconfianza. Me estaba empezando a beber una cerveza en la sombra de la pequeña miscelánea cuando uno de los ancianos se acercó a mí.

—Usté dispense —me dijo con el tono característico de la región, mientras se acomodaba el sombrero—. ¿Qué anda haciendo por acá? ¿Paseando nomás?

—Buscando huellas de un fantasma —se me ocurrió contestarle después del último trago, sin saber a ciencia cierta por qué.

Mientras, él seguía mirándome con sus ojos cansados, como quien se detiene ante un rostro para reconocer gestos y expresiones que no son visibles de inmediato, pero que se alcanzan a adivinar si se observan con esmero y paciencia.

—¿No será usté pariente de doña Rafaelita? —preguntó después de un rato.

Me quedé pensando, repasando a todos nuestros familiares, todos los apellidos que recordaba de nuestros antepasados. No, no pude ubicar a nadie con ese nombre.

Él se quedó en silencio, mirándome con una mezcla de desconfianza y azoro. Se quitó el sombrero, se rascó la cabeza y luego dijo por fin:

—Permítame llevarla a casa de doña Rafaelita, quisiera enseñarle una cosa.

Quise negarme arguyendo prisa, al recordar todas las historias macabras de pueblos aislados. Pero al final me ganó la curiosidad.

Recorrimos las calles con un frío aún más punzante que el de Durango. Pasamos por casas abandonadas y patios silenciosos. Muchos habitantes se fueron del pueblo, al norte, por supuesto, y las casas se quedaron vacías. Había un silencio espeso que me hizo sentir alerta.

La casa de doña Rafaela estaba al final del pueblo. Era una hermosa construcción antiquísima de piedra y ladrillos rojos. Cuando la mujer nos abrió la puerta y me vio junto al anciano no pudo ocultar su sorpresa. Empecé a articular una disculpa, pero el hombre se me adelantó y se la llevó del brazo al interior de una sala oscura. Pensé irme, por un momento…, pero desistí. Me encontraba agitada sin saber por qué, pero una voz en mi cabeza me repetía que ya era demasiado tarde para volver los pasos atrás. De pronto, otra mujer apareció en el umbral. La reconocí de inmediato. Era la misma que me había visto al llegar al pueblo.

—¿Ya acabó de sacarles fotos a las tapias? —preguntó burlona, invitándome a pasar—. Tómese un atolito de pinole que es muy bueno para el frío, mientras mi tía le enseña una cosa.

Mientras oía a la mujer platicar con otras jóvenes que hacían buñuelos en el patio de la casa, me puse a ver, más allá del corral y los enormes huizaches, las montañas: cercanas, entrañables, protectoras. Sentada junto al horno de leña, con los ojos clavados en el horizonte, me sentí en paz.

Doña Rafaelita apareció en medio de las sombras de la sala y, sin decirme nada, me extendió un cuadro pequeño.

Era un daguerrotipo antiguo donde se veía a una mujer joven, con un vestido escotado de encaje y una melena recogida en lo alto de la cabeza. Del peinado se desprendían algunas guedejas rojizas que se acomodaban con gracioso descuido en su cuello y su nuca. Una gargantilla ceñía su cuello, y en la mano derecha sostenía un precioso abanico de carey y encajes.

En el filo de la penumbra no pude distinguir bien los rasgos, así que salí al patio para mirarla a pleno sol.

Más allá de los encajes y el complejo peinado, más allá del abanico y las joyas, reconocí la misma mirada, la misma sonrisa, el mismo gesto en la cara y hasta una idéntica postura corporal.

¡La mujer del retrato era yo!

Me quedé pasmada. El corazón me dio un vuelco, pero mi parte racional me decía que aquello no era posible. De verdad no puedo comprenderlo, y sin embargo, fue como si de pronto mi vida cobrara sentido. No podemos entender todo. Desfalleciente, contemplé la imagen una y otra vez, en un silencio que a cada segundo se volvía más denso e inexpugnable. Dejé que mi corazón y mi cuerpo se llenaran de recuerdos y sensaciones, hasta sumergirme en un luminoso instante de paz.

—¿Quién es ella? —pregunté ávida a mis atónitos anfitriones en cuanto pude sobreponerme.

—Es una parienta lejana. Abuela de mi abuela o algo así…

—Pero debe haber algún dato, alguna pista, algo que me permita conocer…

—Mire, está firmada, a ver si usté le entiende a la letra, ahí debe decir quién es.

Escrita con canutero en una caligrafía delicada, decía:

"Al amor de mi vida, Miguel Cruz-Aedo, de su amada Sofía Trujillo."

—¡No puede ser! —exploté.

Mi estómago era un hueco infinito y mi corazón daba tumbos incontrolables. "No puede ser, no puede ser, no puede…", repetía de manera frenética, como una verdadera posesa.

Entonces la señora me pidió calma, al tiempo que extendía otra imagen ante mis manos que no paraban de temblar. Era el viejo daguerrotipo de Miguel que yo había visto reproducido en el archivo.

—También estaba esta foto. A'i atrás tiene algo escrito —señaló doña Rafaelita ante mi azoro—, era su marido. Dicen que fue militar y hasta gobernador de Durango, oiga.

Mis manos sudorosas dieron vuelta a la fotografía y encontré los versos que me sé de memoria:

Y mientras mi vida dure
Mientras haya poesía
Mientras el agua murmure
Y mientras la luz fulgure
Mi arpa cantará a Sofía.

Y cuando esté ya pendiendo
De un sauce sobre mi tumba
Oirás que aunque no existiendo
¡Sofía! el aura repitiendo
Irá, si en sus cuerdas zumba

Tuyo para siempre, Miguel.

No pude decir nada. Rompí en llanto, sin saber qué más hacer, ante la mirada curiosa de todos…

Cuando recobré un poco la tranquilidad, después de instantes que me resultaron eternos, hice mil y un preguntas sobre ellos. Quería saber si tuvieron hijos, dónde estaban sus tumbas, cuáles habían sido sus destinos.

—Aquí no está ninguno de los dos —dijo doña Rafaela—. ¡Vaya usté a saber! Dicen que nunca se encontraron ni sus tumbas, ni sus cuerpos, ni nada…

No pude contenerme. Una vez más volví a romper en llanto.

Cuando me incorporé sobre mi cama, ya de regreso a Guadalajara, supe de inmediato lo que debo hacer. Rescataré a Miguel de su muerte. Si no lo rescato no podré seguir en pie. Es mi único destino. Sólo así podré recuperar mi vida. La muerte de él tuvo un propósito… Pero yo sigo al lado de él, aquí, viva, y no dejaré que el olvido lo borre por completo. No puedo separarme nunca más de él, así que contaré su historia para evitar que siga muriendo a cada instante. Lo siento aquí, es mío. Respiro su aliento, lo palpo en mi piel, lo escucho como un eco en el fondo de mi voz.

Sé que soy sus pulmones y su boca: su futuro.

Por primera vez no siento que mi existencia sea el sueño de un pobre iluso. Miguel y yo dejamos de ser como dos notas de las fugas de Bach que coinciden en el espacio, pero alejadas en el tiempo. Ya no somos dos péndulos distantes que oscilan paralelos en una misma bruma de invierno.

Esa noche dormí como no había podido hacerlo desde que comencé la investigación. Tuve un sueño luminoso. El mar espumeaba tranquilo. El sol tocaba el oleaje como un remo apacible. A lo lejos había una cabaña entre varias filas de abetos. Ahí donde las olas se desvanecían acariciando la arena, yo me mecía en el mismo columpio que aparece en mi pintura. El viento golpeaba delicadamente mis brazos, hasta que me sentí acompañada y envuelta por un aliento familiar. Una mano estrechó con firmeza y dulzura la mía…

Desperté feliz, pensando que era un buen augurio.

Agradecimientos

Quiero agradecer a todos los que me acompañaron en este viaje de veinticinco años.

Antes que a nadie, a Patricia Mazón, sin cuya ayuda, esta novela no habría llegado a sus editores.

A Laura Lara, a Jorge Solís Arenazas y Antonio Ramos, no sólo por haber creído en este sueño y haber reescrito conmigo la versión definitiva, sino por todo lo demás. También a quienes hicieron posible el diseño de este libro: Miguel Ángel Muñoz, Víctor Ortíz y Enrique Hernández.

A aquellos que leyeron la última versión preliminar y trabajaron conmigo en ella: a Gonzalo Lizardo, cuya dedicación agradezco profundamente; a Jaime una vez más y a Alberto, mis más severos críticos; a mis amados maestros Wolfgang Vogt y Adalberto Navarro Sánchez, quienes desde 1983 me infundieron el interés por las sociedades literarias de Jalisco.

A Magdalena González Casillas, quien compartió el entusiasmo por esta historia y me ayudó a buscar datos personales de las familias Robles Gil y Vigil; Arturo Camacho, quien me facilitó material para documentar la Sociedad Jalisciense de Bellas Artes, a Ángel José Fernández y a Juan José Doñan, por haberme hecho llegar materiales invaluables, a Kamuel Zepeda, por ayudarme a documentar la historia de la música en Jalisco en 1856 y a Marco Antonio Flores Zavala por acercarme a la historia de González Ortega y a Zacatecas.

Agradezco mucho a María de los Ángeles Gallegos del Archivo Histórico de Durango, quien me ayudó a buscar los documentos y me los facilitó depositando en mí su confianza, así como a Liliana Salomón Meraz por facilitarme los periódicos duranguenses *La Sombra de Farías* y *La Falange*, de 1859.

A través de los años, las diferentes versiones de esta historia fueron leídas por amigos, familiares y colegas: Constanza Rosas, Armando Zacarías, Gloria Angélica Hernández, María Elena del Palacio, Jorge Domínguez, Aranzazu Camarena, Marco Aurelio Larios… Cada uno de ellos aportó su granito de arena, cuando no su carne y sangre, gracias.

En su estado inicial, este trabajo fue auspiciado por la Beca Jóvenes Creadores del Fonca en 1990. Vaya mi reconocimiento a todos aquellos que hicieron avanzar el trabajo entonces: Rafael Torres Sánchez, Adolfo Castañón, Silvia Molina, Luis Humberto Crosthwaite, Ana Clavel y Francisco Amparán. Más vale tarde que nunca.

Así mismo, deseo agradecer a personas e instituciones sin cuyo apoyo, este libro no hubiera podido terminarse: antes que nada, a la Universidad de Guadalajara, en particular el Centro Universitario de Ciencias Sociales y Humanidades, a todos mis amigos de esa institución: a Raúl Padilla López, José Trinidad Padilla López, Marco Antonio Cortés, Carlos Fregoso Gennis, Lilia Oliver, Ana María de la O, Jaime Olveda y particularmente a Juan Manuel Durán Juárez —director de la Biblioteca Pública del Estado—, así como a la Universidad Veracruzana, particularmente a su rector, Raúl Arias Lovillo.

Un agradecimiento especial a Mario Aldana, Francisco Barbosa y Alejandro Pizarroso Quintero por haber añadido palabras, expresiones, giros y vida a esta novela, así como a Jesús Guerrero, por su asesoría desinteresada y su amistad.

También quiero agradecer a aquellos que han vivido con la sombra de "El Coronel" encima durante casi veinticinco años: los alumnos de mis cursos de novela histórica en la Universidad de Guadalajara, mis amigos, mi hijo Alejandro y sobre todo a Alberto (no cualquiera soporta un rival del otro mundo, me consta).

Gracias por la paciencia, gracias por todo.

Celia del Palacio.

Índice

No me alcanzará la vida de Celia del Palacio, se terminó de imprimir en junio de 2008 en Impresora y Encuadernadora Nuevo Milenio, S. A. de C.V., San Juan de Dios 451, Col. Prados Coapa 3a. sección, Tlalpan, C. P. 14357, México D.F.

El diseño de portada fue de Víctor Ortiz Pelayo; diseño de interiores y formación tipográfica de Miguel Ángel Muñoz, corrección y cuidado de pruebas de Antonio Ramos Revillas y Elizabeth Corrales Millán, y el cuidado de edición estuvo a cargo de Jorge Solís Arenazas.